KB126814

THIEVES" GAMBIT

갬빗
훔쳐야 이긴다

케이비언 루이스 지음
이경아 옮김

비룡소

차례

1

'퀘스트' 가문은 이 세상 그 누구도 믿어서는 안 된다. 퀘스트 집 안 사람만 빼고.

그러므로 퀘스트 사람, 특히 우리 엄마가 내게 시키는 일이라면 ─하물며 개를 집어넣었다가는 동물 학대로 잡혀갈 법한 자그마한 캐비닛 속에 프레첼 모양으로 몸을 배배 꼰 채 들어가 있으라는 지시라 해도─나는 그렇게 시킬 만한 이유가 있으리라 믿는다. 적어도 내가 훔치려는 물건이 그런 고생을 감수할 가치가 있을 것이라고 말이다.

내가 평범한 사람이라면 내 다리는 지금쯤 감각을 잃었을 것이다. 엄마의 유연성 심화 훈련이 이런 일에는 정말 쓸모가 있다.

나는 지금 어느 저택의 후미진 구역에 있는 비좁은 공간에 몸을 구겨 넣은 채, 가짜로 만든 내 인스타그램 계정을 거의 세 시간째 들여다보고 있다. 지난 몇 달 동안 기숙사 생활을 올리는 인스타그램 계정을 꼼꼼하게 살펴보는 일은 넷플릭스에서 한국 드라마를 보는 것보다 더 중독적이었다.

자정에 배터리가 20퍼센트까지 떨어지자 나는 기사 검색을 중단해야 했다. 엄마는 내게 '쓸데없는 짓'에 배터리를 허비하지 말라고 경고했다. 엄마의 문자를 놓치는 날이 바로 내가 이 세상을 하직하는 날이다. 그래서 나는 장갑을 낀 손가락으로 다급하게 스크린을 두드려 화면을 밝혔다.

수신인 : 로절린 퀘스트, 갬빗 초대장

그런데 도착한 것은 엄마의 문자가 아니다. 이메일인가? 내가 신청한 여러 하계 체조 강좌 프로그램 중 한 곳에서 마침내 답장을 보내 줬나? 아니면 치어리딩 프로그램인가? 며칠 전 집이 텅 비어 그 어느 때보다 외롭던 밤에, 또래 친구들과 대학 캠퍼스에서 분주하게 몇 주를 보낸다면 기분 전환이 확실히 되리라는 생각에 나는 고등학생을 대상으로 대학에서 여는 하계 강좌 프로그램에 닥치는 대로 신청 메일을 보냈다. 그리고 지금까지 한 통도 답장을 받지 못했다. 내가 신이 나서 날조해 낸 신청서를 대학 당국이 꿰뚫어 본 건 아닌지 슬슬 걱정이 되던 참이었다.

내가 잠금 화면을 풀기도 전에 알림 창이 떴다. 이번에는 엄마의 문자다. 마치 내가 딴짓을 하려는 걸 알고 온라인으로 내 손을 찰싹 때려 준 것 같다.

네 차례야.

이메일은 나중에 확인해야겠다.

나는 캐비닛의 문을 살짝 열었다. 이때 문 아래로 손가락을 집어넣어 경첩이 받는 힘을 덜어 주는데, 이렇게 하면 '끼익' 소리가 나지 않는다. 간단한 기술이지만 나는 내 이름 쓰는 법보다 이 기술을 먼저 익혔다. 나는 밖을 살짝 확인했다.

복도에는 아무도 없었다. 엄마의 사전 확인에 따르면 사람들은 이 구역에 발길을 하지 않는다. 엄마를 비롯해 다른 직원들은 대부분 저택의 반대편에 있는 개인 전시실에서 광이 나도록 화병을 닦으며 시간을 보냈다. 그러니 그곳에 비해 이곳은 보안이 허술했다.

버려진 사주식 침대와 텅 빈 책꽂이, 테이블보도 없는 작은 탁자들이 있는 방들을 살금살금 통과했다. 아무도 없는 이 정적은 다른 사람에게 불안을 일으키겠지만, 나는 쓸쓸한 복도와 사람 없는 침실이 낯설지 않다. 한참 눈을 감았다 뜨면 안드로스에 있는 우리 집으로 돌아왔다는 생각이 들지도 모르겠다.

머릿속에 집어넣어 둔 이 저택의 도면을 떠올리며 1층의 넓은 거실을 통과하는데, 벽에 붙여 놓은 장식용 테이블을 뒤덮듯 따닥따닥 놓여 있는 사진에 절로 시선이 향했다. 지나온 방 어디에도 이렇게까지…… 개인적인 물건은 없었다.

나는 내게서 제일 멀리 있는 액자 하나를 집었다. 붉은 벽돌 건물의 계단에서 밝은 표정을 지으며 포즈를 취한 대학생들. 사진 아래쪽 구석에는 검은색의 단정한 필체로 이렇게 적혀 있다. 대학교 1학년 시절.

추억들. 관계들. 사진은 훔칠 수 있어도 이런 것들은 훔칠 수 없다. 추억을 쌓고 관계를 맺고 싶다면 내 힘으로 직접 이루어야 한다. 집을 떠나서. 엄마를 떠나서.

바로 그때 작은 소리가 들려 나는 그대로 얼어붙었다.

사진을 내려놓고 일단 소파 뒤로 몸을 숨겼다. 쪼그리고 앉은 채 나는 내 '최애' 무기를 펼쳤다. 퀘스트 집안은 총기류를 선호하지 않는다. 총은 요란하기 때문이다. 엄마는 칼을 가지고 다닌다. 엄마 말로는 예전에 할머니는 효과 빠른 진정제를 넣은 주사기 세트를 가지고 다니셨다고 한다. 그 약물을 5성급 레스토랑의 요리사가 만든 양념처럼 사람들에게 투약하셨다나.

나는 다른 사람의 살에 칼 또는 바늘을 찔러 넣을 배짱은 없는 것 같다. 그래서 운석 팔찌를 무기로 삼았다. 팔찌라고 하지만 실은 기다란 사슬이라 평소에 손목에 감아 두면 된다. 게다가 끄트머리에 달린 체리 크기만 한 육중한 금속 추는 셋째 손가락에 끼고 있는 자석 반지에 똑딱단추처럼 잘 붙어 있다. 칼에 비하면 이 팔찌는 검문소를 통과할 때 문제없이 들고 갈 수 있다. 게다가 내가 휘두르면 칼처럼 끝장을 내지는 못해도 꽤 위력을 발휘한다.

타박타박 발소리가 점점 더 다가온다.

보안이 허술하다더니.

팔찌를 상대의 목에 휘감으려고 뒤로 물러나다가, 나는 웃음이 터지려고 해 혼이 났다. 소파 뒤에서 퐁 튀어나온 건 너무 예쁜 고양이였다. 몸통의 털은 모래색이지만 발은 재에 담갔다가 얼굴에 문지른 듯한 샴고양이. 고양이는 새파란 눈으로 나를 보며 깜박이더니 소파에서 훌쩍 뛰어 내려와 그르렁거리며 내 발에 몸을 비벼 댔다.

나는 팔찌를 손목에 다시 감고는 고양이의 귀 뒤를 살짝 긁어 주었다. 고양이는 야옹 울더니 벌러덩 드러누웠다. 내가 막 시작된 이 녀석의 하루를 즐겁게 해 준 모양이다.

어릴 때 엄마가 일로 오랫동안 집을 비울 때면 나는 반려동물에 대한 다큐멘터리를 원 없이 보곤 했다. 동물도 예외 없이, 퀘스트의 피가 섞이지 않은 존재는 집 안에 한 발자국도 들일 수 없다는 사실을 깨닫기 전의 이야기다.

샴고양이는 인기가 좋은 품종이다. 예쁘니까. 하지만 세상에서 가장 외로운 고양이기도 하다. 샴고양이는 동료가 없으면 일찍 죽는 경향이 있다. 이 방치된 저택의 주인은 자신의 고양이에게 친구를 만들어 줄 생각도 하지 않은 것 같다.

내가 계속 이동하자 고양이도 기분이 좋은 듯 꼬리를 살랑거리며 위풍당당하게 따라왔다. 나는 고양이를 뒤로 슬쩍 밀었다. 너무 예쁘지만, 고양이 조수를 두는 건 계획에 없다. 모퉁이를 돌자마자 냅다 달렸다. 내가 지나온 복도와 다음 복도 사이에 유리문이 있었다. 나는 고양이가 뒤따라 들어오기 전에 그 문을 얼른 닫았다. 고양이가 나지막하게 야옹 하고 울자 마음이 몹시 아팠다. 마침내 고양이는 쌩 가 버렸다.

고양이가 가자 나는 경비원이 혹시 지나가다 변화를 알아차리는 일이 없도록 유리문을 다시 열었다.

나는 머릿속 지도에 의지해 커튼을 활짝 걷어 놓은 방으로 들어갔다. 잘 꾸며 놓은 실내가 케냐의 별빛과 달빛만으로도 환하게 보였다. 말끔한 가구, 예술품으로 꾸민 취향 있는 벽, 그 누구도 몸을 뉜 적 없는 침대. 유령들을 위한 또 하나의 침실이었다.

그리고 탁자에 외롭게 서 있는 화병 하나.

1740년경 청나라 건륭제 시대의 도자기였다. 추정 가격? 얼마든 관심 없다. 우리에게 중요한 금액은 의뢰인이 자기 라이벌에게서 훔쳐 낸 화병을 건네받는 조건으로 우리에게 제시한 액수뿐이다. 일주일 전, 이 화병은 저택의 반대편 구역에 있는 개인 전시실에 있었다.

그러니까 엄마가 이곳에서 일하기 직전까지는 그랬다.

엄마는 이 일을 '퍼즐 맞추기'라고 부른다. 복제품을 조각내 몰래 들여와서는 한 조각 한 조각 다시 맞추었다. 엄마처럼 솜씨 좋은 사람에게 진짜를 가짜로 바꿔치기하는 일은 어린아이 장난이나 다름없다. 문제는 화병의 주인이—당연하게도—도난을 걱정한다는 거다. 그래서 직원들은 매일 퇴근할 때마다 경비원에게 몸수색을 받았다. 엄마는 화병을 저택 안 어딘가에 숨겨 놓을 수는 있어도 가지고 나갈 수는 없다.

그것은 내 담당이다.

나는 엄마가 침대 아래에 넣어 둔 상자를 꺼냈다. 상자 안쪽에 폭신한 쿠션을 대어 놓았기 때문에 충격 흡수용으로 그만이다. 물론, 물건을 도저히 온전한 상태로 가지고 나갈 방법이 없다면 쿠션은 없어도 된다.

화병을 집어 드는데 덜거덕거리는 소리가 났다. 화병을 손바닥에 거꾸로 뒤집으니 다이아몬드 팔찌가 툭 떨어졌다. 실소가 나왔다.

엄마는 보석 팔찌가 얼마나 많은지 한꺼번에 다 낀다면 화성에서도 반짝이는 엄마가 보일 정도다. 왜 그렇게까지 좋아하냐고 물어 보면 엄마는 이렇게 대답할 것이다. 왜, 안 돼?

상자 안 옆면에는 레이저 포인터가 끼워져 있었다. 나는 레이저 빔의 각도를 창문 한쪽에 설치된 동작 감지기에 향하게 잘 맞췄다. 동작 감지기에 관한 재미있는 사실이 있는데, 아마존에서 파는 5달 러짜리 레이저 포인터 하나면 대부분 다 속여 넘길 수 있다는 거다. 동작 감지기는 자신에게 향해 있는 빔이 흐트러질 때만 동작을 감지한다. 그러므로 빠져나가는 동안에도 레이저 포인터를 곧장 감지기로 향하게 맞춰 두면 동작 감지기는 레이저 빔이 흐트러진 적이 없다고 여길 것이다. 이런 간단한 해결책이 가장 좋다. 창문을 못으로 박아 고정했다면 나는 애를 먹었을 것이다. 그래 봤자 아주 조금 더 힘든 정도겠지만.

약 60초 후, 나는 스파이더 걸처럼 창밖으로 나가 창턱에 붙어 있었다. 허벅지 사이에 가방을 꼭 끼우고는 막 창문을 닫으려는 찰 나, 뭔가가 방으로 불쑥 들어왔다.

필사적으로 밖으로 나가려는 뭔가가.

아까 본 샴고양이가 내 옆으로 총알처럼 튀어 나가 곧장 풀밭으 로 뛰어내렸다. 음, 고양이다운 멋진 착지. 하느님이 보우하사 레이 저 포인터를 여전히 동작 감지기를 향해 놓아 뒀기 망정이지 깜박 했다간 큰일 났을 거다.

고양이는 야옹야옹 울어 대며 내게 얼른 내려와서 같이 놀자고 했다. 이 고양이는 정말이지 근성이 있다.

창문을 닫은 후 나는 풀밭을 감시하는 보안 카메라를 향해 벽에 딱 붙어서 이동했다. 그 카메라가 반대 방향을 돌아보지 못하도록 막기 위해 내게 주어진 시간은 딱 10초였다. 정교하게 작업할 여유가 없다. 나는 카메라에서 벽으로 이어지는 전선 두 개 중에 더 굵은 것을 냅다 뽑아 버렸다. 카메라는 중간에서 그대로 멈췄다. 누가 와서 수리할 때까지는 쭉 이런 상태일 것이다. 되도록 내가 사라지고 한참 후에 오면 좋겠다.

어느새 고양이는 목이 터져라 울기 시작했다.

"알았어, 금방 갈게."

내가 달랬다. 이런, 고양이에게 말을 해 버렸다. 다행히 영상만 녹화되는 카메라라 말소리는 녹음되지 않았을 것이다. 엄마가 제품 번호를 알아내어 미리 사양을 확인해 두었었다.

나는 훌쩍 뛰어내렸다. 고양이가 내 다리에 제 몸을 마구 비볐다. 이런 고양이를 어떻게 밀어내란 말이야? 가방을 들고 있지 않은 손으로 고양이를 훌쩍 들어 올리자 녀석은 내 품에 쏙 파고들었다.

나는 잔디 깎는 기계들이 내일의 노동을 위해 늘어서 있는 곳으로 쏜살같이 달렸다. 운전석 아래, 엔진 바로 위, 비료 봉지 뒤 자그마한 공간이 지금부터 내가 몇 시간 동안 버텨야 하는 스위트룸이었다.

나는 지평선을 바라보았다. 저 멀리 파도처럼 일렁이는 사바나의 풀밭과 부시윌로우 나무들이 별이 총총 떠 있는 하늘과 맞닿아 있었다. 이런 순간이면 나는 내 가족이 3대에 걸쳐 온 세상을 넘나드는 이 일을 사랑하게 된 이유를 알 것 같다.

물론 언제나 밤하늘과 시원한 바람이 반겨 주지는 않지만.

"너까지 데려갈 수는 없어."

내가 꼬리 윗부분을 살살 만져 주자 고양이가 캭캭 소리를 냈다.

"그래도 네가 사는 곳은 이렇게 풍경이 좋잖니, 안 그래?"

고양이가 야옹 울었다. 이런 말을 하면 미쳤다고 할지 모르겠지만, 그 소리는 분명 고양이 말로 "너 농담하니?"였다. 나는 고양이를 내려놓고 비료 봉지들을 밀어 놓고는 상자를 가슴으로 안고 몸을 접듯이 그 공간으로 들어갔다. 사방에 기름 냄새와 곰팡내가 진동했다. 그렇지만 참아야지 어쩌겠나. 엄마는 새 노트북 생각만 하라고 하실 것이다. 500달러를 들인 땋은 머리도. 엄마와 이모가 아니면 신은 모습을 보여 줄 사람도 없는 커스텀 운동화도.

밀쳐 놓은 비료 봉지들을 제자리로 돌려놓는데, 고양이가 봉지 틈으로 쏙 들어왔다. 그러고는 상자 위에 자리를 잡고 가르랑거리는 것이 아닌가.

"너도 훔쳐 가 달라는 거니?"

고양이가 내 볼을 핥았다. 한숨이 나왔다. 좋아, 데리고 있어도 괜찮겠지. 잠깐 동안은. 시간이 얼마나 흐르면 이 녀석 주인이 고양이를 도둑맞았다는 사실을 알아차릴지 궁금했다.

그때 은신처에 있는 내 눈에 저 멀리 불빛 하나가 들어왔다. 아니, 두 개인가? 누군가 풀밭을 순찰하고 있었다. 평소보다 이른 시간인데……. 경보가 울렸을까? 카메라가 고장 난 걸 벌써 알아 버렸나?

고양이가 그르렁거리는 소리는 선풍기 소리처럼 요란했다. 나는 조용히 시키고 싶었지만 고양이 입을 막을 방법을 누가 알겠어?

나는 팔찌를 풀려고 손을 뻗었다. 소리를 들어 보니 내가 있는 쪽으로 오고 있었다. 경비원들을 앞지르려면 얼마나 빠르게 이곳에서 튀어 나가야 하지?

젠장.

"날라……."

남자 한 명이 혀를 끌끌 찼다. 병에 담긴 고양이 간식이 달가닥거렸다.

"어딨니, 이 말썽꾸러기야?"

젠장, 젠장.

나는 날라를 밀어내려고 했지만, 녀석은 오히려 상자 위로 되돌아올 뿐이었다. 게다가 연신 그르렁거리고 야옹야옹 울었다.

그때 샴고양이에 대한 사실 하나가 기억났다. 이 고양이들은 가장 시끄러운 품종이라는 것.

"소리가 들리는데. 어떻게 빠져나왔지?"

다른 남자 목소리가 들렸다. 그러자 상대방이 툴툴거렸다.

"몰라. 이 멍청한 고양이는 틈만 나면 도망치려고 하잖아. 보스가 올 때까지 벽장에 가둬 둬야겠어."

나는 온 마음을 다해서 날라에게 조용히 하라고 빌었다. 날라는 창문에서 뛰쳐나왔을 때 왜 멀리 달아나지 않았을까? 그랬다면 지금쯤 아주 멀리 갔을 텐데. 며칠이고 몇 주고 겁에 질린 채 벽장에 갇혀 있을 날라의 모습을 그리자 마음이 찢어지는 듯 아팠다. 날라가 조용히만 있어 준다면 데려갈 수 있을 텐데. 엄마 의견이 뭐 대수람?

하지만 날라는 절대 조용히 할 생각이 없었다.

그리고 경비원들과 우리 사이의 거리는 점점 좁혀졌다.

미안해, 날라. 나는 팔을 비틀어서 뒷주머니에 넣어 둔 레이저 포인터를 꺼냈다. 상자 위로 붉게 빛나는 점을 밝히자 날라의 동공이 커지고 근육이 뻣뻣해졌다. 고양이 반사신경, 활성화 완료. 손전등 불빛이 순간 잔디깎이에서 다른 곳을 향했다. 나는 예상보다 훨씬 더 형편없어진 기분으로 레이저빔을 저택의 벽에 쏘았다. 날라는 총알같이 튀어 나가 풀밭을 바람처럼 가르며 조그만 불빛을 향해 돌진했다. 그 바람에 경비원들에게 딱 들키고 말았다.

"내가 잡았어!"

날라가 필사적으로 쉭쉭거리는 소리가 밤공기를 가득 채웠다. 경비원의 손아귀를 빠져나가려고 무시무시하게 저항했지만 이미 패배한 싸움이었다.

손전등 불빛이 사라졌다. 모든 것이 사라지고 조용한 내 숨소리만 남았다.

내가 고양이에게 한 짓이 너무 싫었다. 하지만 고양이라도 알 건 알아야 한다. 아무도 진심으로 믿어서는 안 된다는 걸.

2

"괜찮니, 로스?"

일을 마치면 엄마는 절대 이렇게 물어봐 주지 않는다. 대신 이렇게 묻는다.

"물건은 잘 챙겼겠지?"

나는 잔디깎이에서 굴러 나와 곧장 엄마의 발치로 떨어졌다. 잔디깎이가 작동을 시작한 후로 마지막 30분 동안 나는 열사병으로 죽을 뻔했고 기름 타는 냄새에 거의 질식할 뻔했지만, 신경 쓰지 마시길. 나는 멀쩡하니까. 목숨이 붙어 있고 엄마가 곁에 있다면 내 상태는 '멀쩡'이다. 중요한 건 물건이다.

"역시 내 딸이야. 나무랄 데 없이 훌륭하게 해냈구나."

엄마는 상자를 열어 물건을 확인하면서 말했다. 작업복을 입고 정원사로 위장한 엄마는 완전히 딴사람 같다. 세련된 '나쁜 언니' 같은 평소 모습과 달라도 너무 다르다. 심지어 화병에서 팔찌를 꺼내 차고 있는데도 말이다.

엄마는 팔찌의 다이아몬드들이 아침 햇빛에 찬란하게 빛나는 모습을 보며 만족의 한숨을 쉬었다. 역시 엄마는 다이아몬드가 잘 어울렸다. 굳이 분류하자면 엄마는 화려한 분위기의 미인이다. 구불거리는 긴 머리, 인조 속눈썹을 이어 붙인 세련된 속눈썹. 엄마는 풍만한 엉덩이와 잘록한 허리를 돋보이게 꾸미기를 좋아했다. 호리호리한 내 몸매와는 사뭇 다르다. 엄마의 패션 스타일은 극적이다. 북슬북슬한 모피 코트와 하이힐 같은 화려함을 말하는 것이 아니다. 어디서든 엄마가 존재감을 마음껏 드러낼 때면, 행인들이 가던 길을 멈추고 뒤를 돌아 엄마를 다시 본다는 점에서 극적이라는 말이다.

그래서 엄마는 다이아몬드를 사랑한다. 자신을 더욱 빛나게 만들어 주는 것이라면 뭐든 좋아한다.

엄마가 내 이마에 얼른 입을 맞추었다. 엄마에게서 갓 다듬은 잔디와 휘발유 냄새가 났지만 내게서는 더 심한 냄새가 났을 것이다.

"엄마만큼 훌륭하죠."

내가 대꾸했다. 엄마는 이런 칭찬을 정말 좋아하니까. 나는 얼른 잔디깎이 기계에 올라타 엄마가 앉도록 옆으로 비켰다. 엄마는 아마도 성공한 작업보다 내 칭찬 덕분에 흡족한 미소를 지으며, 잔디깎이의 시동을 켜 저택 부지 끄트머리로 운전했다. 그곳에는 오프로드 지프와 물, 눈물 날 정도로 고마운 에어컨이 기다리고 있었다.

나는 자동차의 에어컨에 이마를 가까이 댔다.

에어컨에서 나오는 시원한 공기를 숭배하다시피 하는 나를 보며 운전석에 앉은 엄마가 말했다.

"다음에는 더 시원한 곳으로 가야겠다. 아르헨티나 남부는 어떠니? 아니면 알프스?"

"우리는 지금 막 일을 끝냈어요. 게다가 보셰르 집안도 생각해야죠."

나는 우리가 지난번에 덴마크와 이탈리아에서 벌인 작업에 대해 보셰르가에서 불만을 터트렸다는 소문을 들었다. 유럽의 고급 절도 시장에 대한 자신들의 비공식적인 권리를 우리가 침해했다는 것이다. 가족 체제로 유지되는 절도 제국의 세계에서는 꼭대기에 오직 한 가문 혹은 대륙마다 한 가문이 존재할 뿐이다.

나는 좌석 등받이에 몸을 기대고는 보조 배터리를 꺼내 방전된 내 휴대폰에 꽂았다. 그러자 엄마가 곁눈질로 '안 돼.' 하는 눈빛을 보냈다. 아직 우리 대화가 끝나지 않았으니 한눈팔지 말라는 거다.

"보셰르가의 속내를 알아내려고 전전긍긍하느니 주문 제작한 보석을 훔치다가 잡히는 편이 나아."

엄마는 완벽하게 다듬은 눈썹을 나를 향해 치켜올렸다. 결국 나는 엄마가 원하는 대로 고개를 끄덕였다.

문득 한 가지 생각이 번쩍 떠올랐다.

"있잖아요. 우리가 유럽에서 의뢰를 더 많이 받고 싶으면 그곳에 누군가를 심어 놓으면 되지 않아요? 이를테면 제가 유럽에 있는 학교에 잠시 다녀 보는 거예요. 학생으로 위장하는 거죠. 좋은 기회 잖아요?"

나는 숨을 삼켰다. 독립하는 문제를 좀 더 자연스럽게 다시 꺼내는 방법이 많이 있을 것이다. 지금까지 나는 어딜 가든 엄마나 이모와 함께였다. 덕분에 수많은 곳을 가 봤다. 몇 달 전 나는 열일곱 살이 되면, 다시 말해 바하마 제도의 아이들이 고등학교를 졸업하는 나이가 되면 엄마의 태도도 바뀔 줄 알았다. 그러니까 나를 예전보다 덜……

"흠…… 그건 안 될 거 같은데."

엄마는 곧게 뻗은 텅 빈 도로와 사바나의 들판만 똑바로 바라보며 말했다. 나는 엄마의 설명이 이어질 줄 알았다. 안 되는 이유 같은 것 말이다. 그런데 예상과 달리 엄마는 이렇게 말했다.

"집으로 돌아가면 일주일 내내 저예산 영화나 보면서 빈둥거릴까, 응?"

내가 억지로 미소를 지었다.

"좋아요."

내 대답에 만족한 엄마는 휴대폰으로 음악을 틀고 소리를 잔뜩 키웠다. 내 휴대폰 화면이 켜졌다. 이메일. 신청한 하계 프로그램 중한 곳에서 보낸 편지였다.

나는 엄마가 못 보도록 휴대폰을 살짝 틀어서 읽었다.

친애하는 로절린 양에게

저희 엘리트 체조 하계 캠프에 응모해 주셔서 감사합니다. 제2차 강좌 기간(7월 1일 ~ 7월 28일)에 귀하를 초대하게 되어 기쁩니다. 혹시 이 초대장을 제때에 확인했다면, 제1차 강좌 기간(6월 2일 ~ 6월 29일)에 한 자리가 비었사오니 고려해 보시기 바랍니다. 전국적으로 명성을 얻고 있는 우리는 체조 분야에서 또래와 우정 맺기를 희망하는 젊고 재능 있는 선수를 매년 여름마다 받고 있습니다. 부디 이곳에서 특별한 경험을 얻어 가시기 바랍니다.

이메일에는 숙소와 참가 비용, 연락처도 적혀 있었다. 읽으면 읽을수록 표정 관리가 힘들었다. 내가 가짜로 지어낸 자기소개서와 대회 수상 경력이 통했다. 나는 그곳에 갈 수 있다. 원하면 일주일 후에. 오늘은 5월 26일이니까.

날라는 기회가 나타났을 때 경비원들을 피해 달아나야 했다. 그러나 그러지 않았다. 그 결과 벽장에 갇히는 신세가 되었다. 나는 그런 실수를 저지르지 않을 것이다.

나는 답장을 썼다. 꼭 가고 싶습니다!

엄마는 스피커에서 터지듯 흘러나오는 랩을 따라 부르면서, 같이 하자며 내 어깨를 슬쩍 밀었다. 평소처럼 나는 처음에 입을 꼭 다물고 싫은 척했다. 엄마는 '손목에 얼음'이라는 가사에서 팔찌를 찬 손목을 휙휙 움직였다. 그 모습에 내가 웃음을 터트렸다. 겉으로는 아무것도 변한 것이 없었다. 한탕을 끝낸 후에 찾아오는 희열도 똑같고. 나와 엄마도 똑같다. 하지만 영원히 이렇게 살 수는 없다. 내 운명의 바퀴가 엄마의 코앞에서 막 굴러가기 시작했다는 생각이 들었다. 하지만 엄마는 아무것도 모른다.

나는 수신함의 스크롤을 내려 메일을 확인했다. 아까 엄마의 문자를 받기 직전에 받은 메시지는 어디에 있지? 이상하네. 개인 메일함에 있지 않다면…….

블랙박스 메일 계정. 우리 가족이 일을 맡는 경로. 오직 딥웹을 통해서만 접근할 수 있으며 해킹에 100퍼센트 안전하고 절대 추적받을 일이 없다―내가 여덟 살이었을 때 엄마는 이렇게 설명해 주었다. 이 계정으로 온 메일을 받으려면 비밀번호를 입력해야 한다. 이건 평범한 지메일 계정과는 달랐다. 나는 한 번도 블랙박스 이메일로부터 통지를 받은 적이 없다. 있을 수 없는 일이다.

나는 블랙박스 계정으로 들어가기 위해 다섯 개의 비밀번호를 입력했다.

역시 문제의 메일은 그곳에 있었다. 미확인 상태였다. 엄마가 아직 열지 않은 것이 분명했다.

심장이 너무 세게 뛰어서 입으로 튀어나올 것 같았다. 누군가 오직 나를 위해 블랙박스로 메일을 보냈다는 뜻이니까.

안녕하세요, 로절린 퀘스트 씨.

축하합니다. 우리의 주목을 받으셨군요. 귀하는 올해 열리는 '도둑들의 갬빗'에 초대되었습니다.

대회는 일주일 후에 시작될 예정이며, 2주 동안 진행됩니다. 참가를 원하시면 연락 주십시오.

― 주최자들로부터

3

도둑들의 갬빗? 대회? 며칠 후 바하마 제도의 집으로 돌아온 나는 하계 체조 캠프에 몰래 참가할 생각에 잔뜩 휩싸여 있어야 할 상황이었다. 그런데도 초대장의 내용이 야찌 게임 컵 속에 담긴 주사위처럼 머릿속에서 자꾸 달그락거렸다.

말하자면 그렇다는 거다—사실 나는 야찌 게임을 절대 하지 않는다. 저녁 엄마가 속임수를 계속 쓰겠다고 공언한 순간 매력을 잃어버렸다.

어쨌든 그 초대장은 민첩성 훈련에 집중을 못 할 정도로 내 뇌를 마구 흔들었다. 훈련을 시작한 지 한 시간이 훌쩍 넘었다. 스트레스를 날려 버리는 데는 이 훈련이 그만이다. 2.1미터 간격으로 배치해 둔 폭 30센티미터의 상자들 사이를 건너뛰는 연습이었다. 지난달 나는 기존의 개인 최고 기록을 깼다. 상자 사이의 간격이 1.9미터였다. 엄마는 내 나이에 2.3미터를 뛰었다고 했다.

나는 균형을 잡고 무릎을 살짝 굽힌 후 다시 도약할 준비를 했다. 내 발이 상자를 떠나는 순간, 나는 실패를 예감했다. 추진력이 부족했다. 발의 앞부분이 상자 가장자리에 닿았지만 내가 몸을 확 끌어 올리기도 전에 중력이 나를 끌어 내렸다. 나는 매트 위로 쿵 떨어졌다.

나는 씩씩거리며 땋은 머리 한 갈래를 입으로 후 불어 치웠다. 그때 내 위로 그림자가 드리웠다. 자야 이모가 풍만한 엉덩이에 손을 올린 채 나를 내려다봤다. 이모와 엄마는 일곱 살 차이지만, 똑 닮았다. 눈을 가늘게 뜨고 봤다면 엄마가 퀘스트 가문 특유의 뾰로통한 입술을 한 채 내게 인상을 쓰고 있는 줄 착각했을지도 모른다.

"오늘 왜 그러니?"

이모는 내게 손을 내밀지 않았다. 퀘스트가에서는 아무도 손을 내밀어 일으켜 세워 주지 않는다.

"그 얼빠진 신발 탓이야. 그것 때문에 실수를 하는 거라고."

나는 오늘을 위해 신은 신발을 내려다보았다. 수백 개의 자잘한 황금 나뭇잎들이 천 부분에 정성스럽게 수놓아져 있고, 고무 이음새를 따라 그려져 있고, 밑창까지 새겨져 있으며, 신발에 어울리는 금빛으로 반짝이는 신발끈이 달린 흰색 커스텀 컨버스 운동화. 내 신발은 환상적이었다. 이모는 선택적으로 취향이 형편없어지는 게 분명하다.

"이모, 나 상처받았어요. 내가 신고 걸을 수도 없는 물건을 살 거라 생각하시다니 너무하잖아요."

하이힐이나 통굽 부츠를 모으는 것과는 다르다. 주문 제작한 이 운동화는 훈련용으로 그만이었다.

"그렇다면 방금 왜 그런 거야? 자, 무슨 생각에 빠져 있는지 다 털어놔 봐."

같이 이야기를 할 때면, 이모는 이런 것까지 물어보려니 성가시다는 듯 말한다. 그렇지만 너무 냉정해 보이는 건 순전히 이모의 말투 때문이다. 이모가 곁에 있었으면 하는 순간이면 이모는 늘 내게 와 주는데, 그건 이모가 '로절린어'를 유창하게 구사하기 때문이다. 내가 **이모 뭐 해요 👀** 라고 문자를 보내면 '이모, 하고 싶은 말이 있어요'라고 알아들을 정도로 말이다. 어찌나 촌구석인지 편의점이 가정집 거실에 차려져 있고, 자갈이 깔린 도로변에 종일 앉아 있으면 자동차보다 멧돼지를 더 많이 보는 이 섬에서 살면, 엄마를 제외하고는 이야기를 나눌 사람이 거의 없다.

이모는 우리가 전용 비행기를 타고 돌아올 때면 늘 집에서 기다려 주었다.

"이모, 혹시 '도둑들의 갬빗'이라고 들어 봤어요?"

초대장을 받은 후 처음으로 입 밖에 내 봤는데, 머릿속으로 생각했을 때만큼 말이 안 되는 것 같다. '도둑들'이라니, 복수지 않는가? 이건 앞뒤가 맞지 않는다. 도둑들은 절대 한자리에 모이지 않으므로.

이모는 내 말에 곧 배를 강타할 주먹을 기다리는 사람처럼 잔뜩 긴장했다.

이모는 들어 본 적이 있다.

나는 앉아서 양 손바닥으로 바닥을 짚었다.

"조직에서 초대장을 보냈니?"

"일주일 됐어요. 그 사람들이 조직이라고 누가 그래요? 그 사람들이 누군지 아세요?"

"그래서 뭐라고 했어? 답장은 했니?"

이모는 내 질문을 완전히 무시했다.

나는 코를 찡그렸다.

"블랙박스로 들어온 정체불명의 메일에 답장하지 않는 게 좋다는 것 정도는 저도 알아요. 보자마자 삭제했다고요."

이모의 몸에서 힘이 스르르 빠져나갔다. 이모가 예상한 펀치는 들어오지 않았다.

"잘했어."

"제가 물어볼 차례예요. 대체 그 조직의 정체는 뭐예요? 그리고 이모는 아는데 왜 나는 모르죠?"

나는 공중제비를 해 착지했다. 이모와 엄마, 나는 키가 비슷하다. 그래서 마주 보면 이모의 눈을 들여다볼 수 있다. 아까까지만 해도 궁금한 정도였지만 이제는 나도 알아야겠다. 우리 가족끼리는 비밀이 있으면 안 되는 법이니까.

이모는 혀를 끌끌 차며 시간을 끌었다.

"그냥 돈 많은 얼간이들이야. 어떤 권력체를 이용해서 대체로 1년에 한 번씩 '갬빗'을 개최해. 그 사람들에 대해 내가 아는 건 이게 다야."

'이모가' 아는 건 이 정도란 말이지. 엄마는 더 많이 알고 있을 거라는 뜻일까?

이모가 내 눈을 슬금슬금 피하는 모습을 보니 지금까지 내게는 일부러 이 이야기를 하지 않았나 보다. 그러니 이 조직에 대해 더 많은 정보를 얻어 내려면 조금 고생을 해야 할 것 같다. 나는 이야기의 방향을 바꾸었다.

"그리고 그 '갬빗'이라는 건……?"

순간 이모가 정말로 대답해 주지 않을 것만 같았다.

"그건 대회야. 도둑질 대회. 일종의 사적이고…… 불법적인 게임 쇼 같은 거야."

이모는 땋은 머리를 어깨 뒤로 넘기고는 연습용으로 온갖 종류의 잠금장치를 넣어 둔 상자로 걸어가 수갑을 하나 꺼냈다.

나는 이모를 따라갔다.

"제가 상위 1퍼센트 부자들의 비밀 클럽이 개최하는 불법 게임 쇼에 참가할까 봐 깜짝 놀라신 거예요?"

"내가 게임쇼 '같은' 거라고 했잖아. 허투루 듣지 마. 이건 텔레비전 예능 프로그램이 아니라고."

이모는 머리에서 실핀을 하나 꺼내 수갑의 자물쇠를 풀기 시작했다.

"어디서 들었는데, 누군가는 꼭 피투성이로 떠난대. 떠날 수 있다면 말이지."

수갑이 톡 열린다. 이모는 내게 손을 내밀라는 몸짓을 했다. 나는 멍하니 두 손을 내밀었고 이모는 한 손에 수갑을 채웠다.

"그럼 왜 게임을 하는 거예요? 상금이 어마어마한가 보죠?"

도둑들은 절대 공짜로 일하지 않는다.

"어마어마한 포상이라고 하는 편이 더 맞겠구나."

이모는 나를 빙그르르 돌리더니 수갑의 다른 쪽을 잡고는 내 두 손을 등 뒤로 돌려 수갑을 채웠다. 본능적으로 나는 양팔 사이로 몸을 빼서 팔을 앞으로 돌렸다. 그리고 땋은 머리를 만지작거려 핀을 하나 꺼냈다. 내 땋은 머리 안에는 작은 성을 쌓아도 될 만큼 핀이 잔뜩 꽂혀 있다.

"사람들이 그러는데 게임에서 1등을 하면……."

이모가 말을 이었다.

"소원을 하나 들어준대."

나는 이모 쪽으로 고개를 갸웃했다.

"소원이라고요? 별똥별 떨어질 때 비는 소원 말이에요?"

"별똥별은 소원을 이뤄 주지 않아. 돈이 이뤄 주지."

이모는 내 얼굴 앞에서 손가락을 딱 튕겼다.

"딴생각하지 마."

맞다. 수갑. 나는 핀의 머리 부분을 수갑에 끼운 후 잠금장치의 느낌을 익히기 시작했다.

이모가 인상을 썼다.

"그런 핀 없어도 빠져나올 방법이 있는데……."

"이모, 제 엄지손가락을 부러뜨릴 생각은 마세요."

수갑 한쪽이 딸깍하고 열렸다. 뼈를 건드릴 필요 따위 없다. 이모는 예전부터 뼈를 제자리에서 빼는 기술을 내게 가르치려고 했다. 그 선만은 절대 넘고 싶지 않다.

"아픈 건 처음 몇 번뿐이라니까."

이모는 좀처럼 포기하지 않았다. 나는 나머지 잠금장치도 푼 후 수갑을 테이블 위로 떨어트렸다. 이모가 나를 유심히 보았다.

"그 초대장에 대해서 엄마에게 말하지 않았구나, 그렇지?"

이모의 말 뒤에는 '왜?'라는 물음이 숨어 있었다. 나는 그 질문을 무시하면서 다시 연습을 하려고 상자를 배치하기 시작했다.

"엄마는 바쁘잖아요. 다음 작업 계획도 짜야 하고 이것저것 일이 많으니까요. 이모도 알면서."

그리고 저는 며칠 후면 몰래 떠날 계획이고요……. 도둑질 대회라니 호기심이 동하기는 하지만 그런 대회든 엄마가 또 나를 끌어들이고 싶어 하는 다른 작업이든 방해를 받을 위험을 무릅쓸 수는 없었다. 지하 세계에서 벌어지는 대회가 우정을 일구는 데 도움이 될 리가 없지 않은가. 하물며 교활한 사기꾼들이 잔뜩 모이는 대회라면 더욱.

"흠."

이모가 로절린어를 유창하게 하는 만큼 나도 '자야 이모어'를 잘한다. 해석. 그래도 얘기해 봐.

나는 한숨을 푹 쉬었다. 그리고 상자 위로 뛰어 올라가는 대신 엉덩이를 의자에 딱 붙이고 앉았다. 훈련실에는 온갖 종류의 훈련용품이 여기저기 굴러다니고 있다. 금고, 다트 보드, 암바와 헤드락 기술 연습용 인체 모형, 풀어야 하는 매듭이 다양하게 지어져 있는 밧줄. 우리 가업을 짐작할 수 있는 방은 이곳만이 아니다. 집안 곳곳에 몇십 년에 걸쳐 여러 대륙에서 거둔 전리품들이 널려 있다. 나는 다섯 살이 되었을 때 집안에서 전해지는 이야기를 모두 다 알게 되었다. 저 책은 할아버지가 미국 의회 도서관 서가에서 훔쳐낸 것이다. 저 정물화? 그건 사라 이모할머니가 루브르 박물관을 방문한 후 그곳 지하 수장고에서 자취를 감췄다. 우리가 열쇠를 넣어 두는 그릇에 있는 동전들? 이모가 우간다 대통령의 참모총장에게서 슬쩍했다. 이 집은 자잘한 기념품으로 가득 차 있다. 대부분은 다른 식구들도 여전히 이 집에서 살던 시절의 유물이다. 과거에 가족과 엄마 사이에 고약한 다툼이 벌어졌다고 한다. 자세한 이야기는 나도 아직 못 들었다. 그 후로 엄마의 부모님은 서로의 일이 겹치지 않는다는 사실을 확인하는 것 외에는 아무 연락도 하지 않기로 하고 친딸과 인연을 끊었다. 감히 말하는데, 그 전리품들은 뻔히 보이는 곳에 숨긴 것이 아닌 척 숨겨져 있다. 마치 눈에 띄면 안 되는 사람이 있기라도 한 것처럼.

이놈의 집은 전체가 도둑의 낙원이다. 내가 태어난 이유를 상기시키는 것. 일, 가족, 내가 살아가는 유일한 목적이 되어야 하는 것들.

그런데 기억과 전리품이 다가 아니다.

매주 냉장고와 캐비닛 위에는 열어야 할 새로운 자물쇠들이 나타난다. 자동차 열쇠는 걸핏하면 없어진다. 운전해서 어딜 가야 한다면, 전선을 연결해 시동을 켤 줄 알아야 한다. 엄마가 내 전자 기기를 모두 어딘가에 넣고 잠가 두는 바람에 자물쇠의 새 비번을 슬쩍한 적은 또 얼마나 많았던가. 이 섬에서 전자 기기마저 없이 사는 건 지옥 그 자체다. 엄마는 우리가 이렇게 사는 건 자유롭기 때문이라고 했다. 제약이 없고, 재미있고. 분명히 이 일은 그럴지 모른다. 그렇지만 일을 하지 않는 시간은 …….

올해도 이런 식으로 고립된 채 홀로 보낼 수는 없다. 이 바닥에서 가족이 아닌 사람은 절대 믿지 못한다. 이렇게 섬에 갇혀 살거나 이 삶을 버리고 평범한 친구들을 사귀는 것. 둘 중 한 가지만 택해야 한다. 나는 친구를 사귀기 위해서라면 주중에 벌이는 도둑질의 희열도 기꺼이 포기할 각오가 되어 있다.

이모의 질문은 여전히 해답을 만나지 못한 채 공중에 걸려 있다. 나는 왜 엄마에게 말하지 않았을까?

나는 땋은 머리의 끄트머리를 만지작거리며 어깨를 으쓱했다.

"도둑질을 잠시 쉬고 휴지기를 갖고 싶다고 하면 어떨까요?"

"그 휴지기에 네가 따로 하고 싶은 일이 있나 보지?"

이모가 온화하게 말했다. 딱 적당한 톤에 적당한 볼륨으로 말하면 내게서 진실을 끌어낼지도 모른다는 듯이.

나는 팔짱을 꼈다. 이게 이모의 뻔한 전술인지 아닌지 몰라도 내게는 효과가 있었다. 이모가 엄마보다 나이가 훨씬 어리기 때문인지, 나는 이모가 훨씬 대하기 편했다. 이모에게라면 내 탈주 계획을 말해 줘도 괜찮을지 모른다. 우리 가업을 위해 대학에서 배우고 싶은 것이 있다고 그럴듯하게 포장할 수도 있다. 운 좋게 이런 편안하고 힘 있는 집안에 태어나고도 가족을 버리는 배은망덕한 사람으로 보이지 않을 이유를 적당히 지어낼 수도 있다. 그러면 이모는 내가 엄마에게 이야기를 꺼내도록 도와줄지도 모른다.

바로 그때 또각또각 울리는 샌들 소리에 내 생각이 뚝 끊어졌다. 잊지 말자—엄마는 항상 듣고 있다. 적어도 내가 엄마와 한집에 있을 때는. 나는 생각해 낼 수 있는 최선의 대답을 퉁명스럽게 내뱉었다.

"제가 원하는 건 가족뿐이에요. 우리 가족이 없다면 나란 존재는 뭐겠어요?"

"따분한 사람? 가난한 사람? 세상에서 가장 아름다운 섬에서 살지 못하는 사람?"

엄마가 연습실로 들어왔다. 오늘 엄마는 하이 웨이스트 청바지에 어깨를 드러낸 붉은색 블라우스로 캐리비언 스타일을 완벽하게 살렸다. 엄마는 휴대폰에 뭔가를 끝까지 입력한 후 마침내 우리에게 관심을 돌렸다.

"우리 아기들, 무슨 이야기 중이었어? 무서운 꿈 얘기?"

나는 숨을 삼켰다. 천만다행으로 이모는 갬빗 초대장에 대해 엄마에게 말할 것 같지 않았다. 한쪽 주먹을 허리에 얹고 눈을 가늘게 뜬 채 엄마를 노려보는 모습으로 보아 내 동향을 일러바칠 마음은 없어 보인다.

"나한테 아기라는 말 좀 그만해. 언니에게 딸은 한 명뿐이고 나는 그 딸이 아니니까."

"오구오구…… 내 인형이 심통이 났네."

엄마는 이모의 두 볼을 꼬집었고 이모는 그 손을 찰싹 치며 밀어냈다. 확실히 엄마는 어릴 때처럼 이모를 살아 있는 인형으로 여기는 것 같다. 이모가 다섯 살이고 엄마가 열두 살이었을 때, 엄마는 이모가 꼬박 한 달이나 자신이 사람이 아니라 인형이라고 믿게 만들었다. 그 후로 27년이 흘렀건만 엄마는 이모에게 같은 짓을 하고 있다.

이모가 턱에 힘을 주었다. 그리고 쿵쿵거리며 방을 나가 버렸다.

"그런 식으로 놀리지 마세요. 이모가 정말 싫어해요."

엄마는 코웃음을 치며 손톱에 낀 때를 튕겼다.

"너는 자매가 없잖아. 그래서 모르는 거야."

그 말이 마음을 콱 찔렀다. 친구도 없고, 아빠도 없고, 형제자매도 없다. 이 중에서 적어도 두 개는 엄마 탓이었다.

나는 방금 한 생각에서 비롯된 죄책감을 억지로 눌렀다. 아빠와 관련된 상황에 대해 무조건 엄마를 원망하는 건 공평한 처사가 아니다. 엄마는 연인 관계라는 것에 끌리지 않았기에―엄마의 성적 취향에 관한 이야기가 나왔을 때 엄마가 내게 들려준 설명만큼 심오한 설명이었다―정자 기증을 받기로 했다. 그런데 세상의 하고많은 남자들 가운데 엄마가 고른 남자는 단 하나의…… '샘플'을 제출하고 2주 후에 사망하고 말았다. 나를 찾아 주위를 맴돌거나 자신이 기증한 정자로 태어났을지 모르는 아이들을 찾아다닐 일이 절대 없을 사람을 고른 것이다. 엄마는 만삭이 되고 나서야 그 남자가 죽었다는 사실을 알았다고 맹세했다. 이런 이야기에 엄마가 설마 거짓말을 했으리라고 생각하지 않는다. 다 알면서도 엄마에게 화를 낼 이유가 필요해질 때면 머릿속 한구석에서 슬그머니 모습을 드러내는 종류의 이야기였다.

엄마의 시선이 내 뒤에 놓인 상자로 향했다.

"2미터?"

내가 몸을 꼼지락거렸다.

"거의요."

엄마는 고개를 끄덕이더니 내 앞에 섰다. 나는 엄마와 키가 거의 비슷하지만, 이럴 때면 엄마가 나보다 훌쩍 더 큰 느낌이 들었다. 엄마는 내가 꼬마였을 때처럼 지금도 나를 번쩍 안아서 빙빙 돌 수 있을 것만 같다. 엄마에게서 코코넛 로션 향기가 풍겼다. 그 순간 나는 정말 꼬마로 되돌아간 기분이었다. 이런 게 파블로프의 실험인가 하는 그건가. 땋은 머리 타래 하나를 귀 뒤로 넘겨 주는 엄마의 냄새를 맡을 때면 마음이 편안해진다. 이 사람이 내 엄마라는 확신. 내가 진심으로 뭔가를 원한다면 엄마에게 그냥…… 부탁하면 되지 않을까?

입 안이 바짝 타들어 가는 느낌이다. 일단 말을 꺼내 봤다.

"있죠……. 루이지애나 주립 대학에 미국에서 제일 좋은 체조 강좌가 있는 거 아세요? 거기 학생들은 2미터 점프도 쉽게 해낼 것 같던데."

엄마가 일순 긴장했다. 그리고 천천히 물러났다.

'엄마는 너를 사랑해'라고 말하는 따스한 표정이 사라졌다.

아무 말도 하지 말걸 그랬다.

"자꾸 그럴래, 로스?"

엄마는 그 어느 때보다 짜증이 난다는 듯 말했다.

"대체 뭐가 문제인지 모르겠어요. 나는 이제 열일곱 살이에요. 이 섬에 사는 내 또래 아이들은 전부 곧 대학에 간다고요."

내가 고집을 부렸다.

"그걸 네가 어떻게 아니?"

"맞아요. 내가 그걸 어떻게 알겠어요. 아는 애가 한 명도 없는데!"

몇 년 동안 귀가 따갑게 들은 말이 머릿속에서 다시 울렸다. '이 웃집에 찾아가면 안 돼. 센트럴안드로스 고등학교에 다니는 건 안 돼. 다른 가족은 절대 믿으면 안 돼.'

그래, 나도 안다. 우리 가족의 가업을 드러내면서까지 주민들과 사이좋게 지내는 건 좋은 생각이 아닐 것이다. 게다가 나는 어릴 때부터 우리와 같은 직종의 사람들은 무슨 일이 있어도 믿지 말라고 배웠다. 그럼 이곳을 떠나 아주 먼 나라에서 평범한 사람인 척 살며 절대 정체를 드러내지 않는다면, 그때도 다른 사람을 만나는 일이 그렇게 위험할까?

"너 아는 사람들 많잖아."

엄마도 지지 않았다.

"나랑 자야 이모. 외할머니, 외할아버지와도 늘 전화로 연락하고.

사라 이모할머니도 있고."

엄마는 그 정도를 정말 많다고 생각하는 걸까? 게다가 이 가운데 서른이 안 되는 사람은 나밖에 없는데? 나는 팔짱을 끼었다.

"그분들은 아는 사람에 넣을 수 없어요. 가족이잖아요. 그 정도로는 충분하지 않……."

멈추려고 했지만, 내가 무슨 말을 하는지 알아차리기도 전에 말이 튀어나와 버렸다. 얼른 엄마를 보았다. 입꼬리가 올라간 엄마의 입술은 방금 내가 한 말을 이렇게 해석했다고 말해 주었다. 엄마로는 충분하지 않아요.

"내 말은……."

엄마는 손가락을 들어 내 입술을 눌렀다. 나는 입을 다물었다.

"로절린."

엄마가 말했다.

"가족은 절대 너를 떠나지 않아. 네게 거짓말을 하지도 않지. 절대적으로 믿을 수 있는 사람이 가족이야. 우리가 뭘로 먹고사는지 생각해 보렴. 사람들은 늘 뭔가를 원해. 대부분 남이 가진 것들을 말이야. 사람들은 자신들이 필요한 것을 네게서 얻어 내려고 너를 바이올린처럼 연주할 거야. 네가 친구로 생각했고 믿을 수 있다고 생각한 사람들이 네 심장을 반으로 가르고 네가 죽어 가도록 내버려 두겠지. 그런 걸 바랄 정도로 어리석지 않잖니, 아가. 네가 아직 정신이 다 여물지 않았다고 해도, 엄마가 대신 현명하게 선택해 줄 테니까 괜찮아. 왜냐면 나는 너를 사랑하거든. 그래서 내 대답은

'노'야. 너는 아무 데도 못 가. 엄마 없이는 안 돼. 끝. 결정났어.'

끝났다. 끝이라는 말이 돌에 새겨졌다. 판결은 내려졌다. 반대 심문도 없고. 나의 증언도 없다. 나는 아픔이 느껴질 정도로 이를 꽉 다물었다. 가슴에서 열이 치솟았다. 그렇지만 분노를 표출하는 짓 따위는 하지 않을 것이다—물건을 집어던지지는 않을 것이라는 뜻이다.

이렇게 된 이상 플랜 B로 갈 것이다. 플랜 B란 '엄마가 뭐라고 해도 나는 내 길을 가겠어'이다. 그러기 위해서 나는 냉정을 지켜야 한다. 절대 속내를 드러내서는 안 된다.

엄마와 시선이 마주쳤다. 엄마는 내 대답을 기다리는 중이었다. 나는 애써 고개를 끄덕였다. 엄마는 표정이 환해지며 턱 밑에서 양손을 맞잡고 미소 지었다. 꼭 방금 막아 낸 일은 별것 아니었다고 말하는 듯한 미소였다.

"착하네, 우리 딸. 그나저나 전에 엄마가 사 준 금색 지퍼 달린 예쁜 배낭은 어디다 뒀니?"

나는 움찔했다. 여름 캠프에 가져갈 짐을 싼 가방이 그 배낭이기 때문이다. 엄마가 벌써 눈치를 챘나?

"몰라요. 어디 있겠죠. 왜요?"

엄마가 대답을 머뭇거렸다.

"나 미워하지 마. 가방에 짐을 싸 둬. 급하게 할 일이 생겼거든. 오늘 밤 출발할 거야."

"오늘 밤요? 이제 막 돌아왔잖아요!"

도망갈 짐을 엄마가 찾아내지 못한 건 천만다행이지만, 일이라니 너무 운이 나빴다. 다른 의뢰에 끌려가는 게 내 계획에 도움될 리 없으니까.

"진정해, 아가. 다른 대륙으로 가라는 게 아니니까. 저기 파라다이스 섬 쪽이야. 왔다 갔다 이틀이면 돼. 자세한 내용은 에어드랍으로 보내 줄게, 됐지?"

엄마는 알겠다는 대답을 벌써 들은 것처럼 방을 나가고 있었다.

"하지만……."

엄마가 나를 돌아보았다.

"제가 할 일이 있다면요?"

엄마의 표정이 어두워졌다.

"가족보다 더 중요한 일이 뭐니, 로스?"

새로운 경험?

친구 사귀기?

더 중요한 일이 있는지 알아볼 기회?

이 가운데 어느 것도 정답이 아니었다. 엄마는 정답이 어떠해야 하는지 이미 내게 말했다. 내가 믿을 수 있는 사람은 내 가족, 그러니까 엄마뿐이다. 그밖에 아무것도 중요하지 않았다.

나는 엄마가 이모를 당신의 작은 인형이라고 부를 때 이모가 화를 내는 마음이 어떤 건지 알겠다. 가끔은 엄마가 농담을 하는 것처럼 보이지 않는다. 엄마는 늘 우리를 장난감처럼 대한다. 자신이 이기리라 믿으며 우리를 가지고 논다.

만약 내가 떠난다면 이번에는 내가 엄마를 가지고 놀 차례일 것이다. 머릿속에서 계획 하나가 형태를 갖추어 갔다. 이번 일을 해야 한다면, 일을 하는 도중에 사라지면 어떨까? 그런 전개는 엄마도 전혀 예상 못 하지 않을까?

나는 진심으로 환하게 미소를 지으며 양팔로 엄마의 허리를 감싸 안았다.

"우리보다 더 중요한 일은 없어요."

엄마는 빤히 바라보더니 소유욕을 발휘하듯 나를 꼭 안았다.

"착하네."

엄마는 나를 좀 더 꼭 안았다.

"기억해 둬. 이 집을 나서면 아무것도, 아무도 없어. 네가 진심으로 믿을 수 있는 사람은 없다는 뜻이야."

4

"지도를 그리고 표시했어요."

나는 테이블 맞은편에 앉은 엄마가 볼 수 있도록 아이패드를 빙그르르 돌렸다. 갓 칠한 매니큐어를 보던 엄마가 아이패드로 눈길을 돌렸다. 매니큐어는 이 리조트 스파에서 제공하는 서비스였다.

우리는 파라다이스 아일랜드에 와 있다. 사람들이 바하마 제도를 상상할 때 떠올리는 전형적인 곳이다. 산호색 건물들이 높이 솟아 있고 하얀 백사장에는 소라튀김을 파는 가게들이 점점이 흩어져 있으며 이 섬의 관광객들 대부분이 열 번 넘게 환생을 해도 보기 힘들 고가의 세련되고 우아한 요트들이 선착장마다 정박해 있었다. 그 사치스러운 요트 중 하나의 선실로 들어가면 우리의 목표물이 있다. 그래서 우리가 묵고 있는 호텔 10층 방은 그곳을 감시하기에 완벽한 환경이었다.

엄마는 내게 잠입-탈출 계획을 짜라고 했다. 물론 엄마가 할 줄 몰라서가 아니다. 엄마는 내가 열네 살이 되자 작업을 할 때마다 내게 이 부분을 배정했다. 훈련의 성과를 알아보는 스트레스 테스트 같은 것이다. 내가 최고라는 사실을 엄마에게 인정받았다고 생각하면 기분이 좋아졌다. 궁지에 몰려도 그곳을 빠져나올 방법을 찾아내고야 마는 사람이 있다면, 그건 바로 엄마 딸 로스 퀘스트였다.

엄마는 내가 이중으로 계획을 세웠다는 사실을 모른다. 엄마가 보고 있는 계획도에는 요트에 침입했다가 빠져나올 경로가 보인다. 하지만 내 눈에 보이는 건 해변으로 잽싸게 도망친 후 나소 국제공항에서 새로운 삶을 향해 편도 여행을 떠날 때 써먹을 경로였다.

나도 모르게 미소를 짓지 않으려고 참으려니 몹시 힘들었다. 엄마는 내 탈출 계획을 위해 이곳에 나를 끌고 왔고 나는 그 기회를 이용해 도망칠 작정이다. 언젠가 엄마가 내 가출을 이해하실 즈음이면 이날을 되돌아보며 내가 짠 정교한 계획에 감탄할지 누가 알겠는가.

"이 요트는 이물에서 고물까지 95미터나 돼요. 엔진실을 빼도 갑판이 네 군데나 되고요."

엄마가 끼어들었다.

"탑승 기록을 보니 요트에는 승객이 다섯 명, 승무원이 열다섯 명 타고 있어. 그러니까 그 두 배라고 생각하자. 알겠지, 아가?"

"그럼요, 알고말고요."

내가 벌써 그걸 계산에 넣지 않았을 리 없잖아. 이건 퀘스트가의 규칙 중 하나다. 무엇을 상대하건 그 두 배라고 생각하라.

"선실 구역과 승객 공간을 피해 가도록 최적의 경로를 짜 봤어요. 배의 끄트머리에 쾌속선을 거치할 수 있는 부분이 있어요. 우리

쾌속정 '조디악호'는 그 구역과 배의 우현 사이에 띄울 거예요. 근처에 둥근 창이 없거든요. 그런 후에 이 지도에 표시한 대로 제1 갑판에 있는 맨홀로 들어가서 엔진실을 지나 화물실로 들어가는 거죠. 상당히 효율적인 경로예요. 여기에서 물건을 꺼내 전부 우리 보트로 옮기는 데 30분도 걸리지 않을 거예요."

정말 흠잡을 데 없는 경로였다……. 거의 말이다.

엄마가 입을 꾹 다물었다.

"비상 계획은 없니? 긴급 상황에 활용할 만한 다른 경로?"

나는 그 말에 심장이 점점 빨리 뛰기 시작한 사실을 들킬까 혼났다. 몸을 앞으로 숙인 채 다른 청사진을 화면에 불러냈다. 이 지도에는 훨씬 더 꼬불꼬불한 긴급 경로가 나와 있었다. 승무원 선실을 이리저리 빠져나가 배의 후미에 도달하는 경로였다.

"이것도 있기는 해요. 그런데 너무 복잡해요. 처음 보여 드린 경로가 좋아요."

내가 장담했다.

"다른 경로가 없는 건 확실하지?"

엄마는 다른 탈출구는 없는지 도면을 다시 살펴보았다. 적어도 그 도면에는 없다.

"내가 출구를 두고 실수할 리 없잖아요."

이 문제라면 엄마도 내게 한 수 접고 들어가야 한다.

"완벽해."

엄마가 일어섰다. 어딘지 나를 다시 물끄러미 바라보는 기분이 들었다.

"해가 지면 출발한다."

물은 잉크처럼 새까맸다.

속도를 올리자, 마치 그림자 위를 미끄러져 별이 반짝이는 수평
선으로 곧장 달려가는 것 같았다.

음, 물론 그 수평선을 향해 가는 사람은 나였고, 그 전에 우선
이 일부터 해치워야 했다.

그 요트는 마치 투명한 배처럼, 날렵하고 검은 선체가 새까만 배
경에 얼어붙은 듯 멈춰 있었다. 우리를 태운 조디악호가 파도에 까
닥거리며 달리는 동안 나는 머릿속으로 모든 계획을 다시 짚었다.
운이 좋다면, 요트에 탄 사람들은 지금쯤 모두 자고 있을 것이다.
엄마가 목표물이 담긴 가방을 나르고, 나는 그동안 다음 운반물을
가방에 싣는다. 썩 세련되고 멋있는 일감은 아니다. 그렇지만 급하
게 의뢰받은 일이고, 이모 말에 의하면 무슨 의뢰든 다 멋지게 해
치울 수는 없는 법이다.

아주 쉽게 돈을 벌 수 있는 간단한 작업이었다. 여기에 살짝 더
어려운 부록을 내가 추가했을 뿐.

미래에 대한 기대감에 손끝이 찌릿찌릿했다. 푸른 바다색 바탕
에 추상적인 파도와 포말이 그려져 있고 연두색 신발끈이 달린 내
스니커즈가 보트 바닥에서 훌쩍 뛰어올랐다. 주먹을 꽉 쥐었다가
손가락을 쫙 폈다. 엄마가 바다에서 시선을 떼고 그런 나를 보았다.

"설마 긴장한 건 아니지, 아가."

엄마가 장난스럽게 말했다. 새까만 옷을 입고 머리는 실용적으로 뒤로 넘겨 하나로 묶었으며 밤의 어둠에 가려져 모습이 반쯤 보이지 않는데도, 엄마는 그 어느 때보다 열 배는 더 매력적으로 보였다.

내가 미소를 지었다.

"흥분되는 거예요."

엄마도 내게 미소를 지으며 내 허벅지를 꼭 쥐었다.

"이기는 건 흥분되는 일이지."

엄마는 아무것도 몰랐다.

요트까지 30미터가량 남겨 둔 채 엄마는 엔진을 껐다. 우리는 요트를 향해 노를 젓기 시작해 선창이든 둥근 창이든 불빛이든 이런 것이 보이지 않는 곳까지 접근했다. 요트에는 켜진 불이 거의 보이지 않았다. 모두 잠들어 있다.

엄마가 먼저 제1 갑판으로 올라갔고 내가 그 뒤를 바짝 따랐다. 보이지 않는 길을 엄마를 따라 걸어갔다. 한시도 경계를 늦추지 않고 언제든 신호만 보이면 바로 운석 팔찌를 풀 준비가 되어 있었다. 그러나 요트는 이 세상이 아닌 것처럼 정적에 잠겨 있었다. 승선한 사람들이 있다는 걸 알면서도 어딘지 텅 빈 요트 같은 기분이었다.

소리 없이 훌쩍 뛰고 깡충깡충 뛰다 보니 우리는 어느새 갑판 아래 화물칸이었다. 작고 둥근 구멍으로 들어온 달빛이 나무 상자들을 환히 밝혔다. 꼭대기에 얹혀 있는 상자 하나를 엄마가 뜯었다.

안에는 바닷속 몇 미터 아래에서 인양한 수 세기 전의 보물이 들어 있었다. 금화며 고대 선박에서 남은 바퀴 조각들, 도자기 파편, 은식기, 팔찌, 녹슨 단검 등. 오늘 밤 운 나쁜 주인들은 우리와 같은 업계에 있지만 분야가 조금 다른 사람들이었다. 보물 사냥꾼. 이들은 고대 유물을 손에 넣기 위해 닥치는 대로 난파선을 턴다. 심지어 발견된 지 며칠 되지 않은 곳을 털기도 한다. 물론 이런 보물은 발견된 위치가 어디며 어느 해역에 가까운지에 따라 처음에 그 난파선을 찾은 사람이나 그 나라의 소유물이지만 말이다. 이 호화로운 요트를 보면 확실히 돈이 되는 사업이다. 물론 우리가 지금 하는 이 일만큼 불법적이기도 하다.

요트 주인들에게는 재수 나쁜 상황이지만, 이들에게 보물에 대한 선수를 빼앗겼다는 사실에 몹시 심통이 난 경쟁 팀이 있었다. 이 경쟁 관계의 보물 사냥꾼들이 다급하게 이미 한 번 도둑맞은 보물을 다시 훔쳐 달라고 의뢰를 해 왔다. 우리 가족이 받는 의뢰비를 지불하고 보물은 힘들게 암시장에 팔고 나면 그들이 손에 쥐는 건 얼마 안 될지도 모르겠다. 아마도 돈보다는 자신들의 적수를 화나게 하는 것이 이 의뢰의 목적일 것이다.

엄마가 양손을 모은 채 뒤를 가리켰다. 이것은 '짐 싸서 나가자'라는 우리의 암호였다. 나는 고개를 끄덕이고 우리가 가져온 쿠션을 댄 더플백 하나에 금화와 은식기를 집어넣기 시작했다. 우리는 열심히 가방을 채웠고 마침내 엄마가 가방 하나를 메고 출구로 향했다. 나도 얼른 두 번째 가방에 물건을 담기 시작했다. 이런 식으로 나는 가방을 채우고 그동안 엄마는 밖으로 운반하면, 시간도 반으로 줄어들고 소음도 그만큼 적을 것이다.

가방이 채워져 가자 내 심장 박동도 점점 빨라졌다. 작업이 막바지로 향할수록 내 탈출에도 가까워졌다. 탈출이 점점 현실이 되자 온몸이 따끔거리는 듯했다. 뭔가를 훔치기 직전처럼 손끝이 간질간질했다. 물론 이번에는 이 보물 때문이 아니었다. 내 미래를 되찾기 일보 직전이기 때문이었다.

이윽고 우리는 마지막 상자에 이르렀다. 이 상자를 다 비우려면 가방 세 개면 될 것 같았다.

마침내 때가 되었다.

몇 번째인지 모르겠지만 엄마가 돌아왔다. 나는 마지막으로 물건을 꽉 채운 가방을 건네고 텅 빈 가방을 받았다. 엄마가 꽉 찬 가방을 받는 순간, 아무런 티를 내지 않기로 마음먹었으면서도 마지막으로 엄마를 한 번 더 바라보지 않을 수 없었다. 나의 탈주는 엄마에게 배신 그 이상도 이하도 아닐 것이다. 내가 일주일 만에, 또는 하루나 한 시간 만에 돌아오더라도, 심지어 엄마가 나를 도로 끌고 가게 되더라도 이 일은 우리 사이에 영원히 앙금으로 남을 것이다. 로스가 도망쳤어. 로스는 가족을 버렸어. 로스는 가족만으로 충분하다고 생각하지 않아. 지금 이 순간을 기점으로 내 인생이 전과 후로 딱 나뉘려는 참이다. 먼 훗날 나는 어느 쪽이 더 좋았다고 생각하게 될까?

엄마와 눈이 마주치자 나는 얼른 시선을 피했다. 엄마에게 들켰

나? 엄마는 정말 내 마음을 읽나? 나를 막으려 할까?

엄마는 그러지 않았다. 엄마는 다른 때와 마찬가지로 가방을 받아들고 아무렇지도 않게 자리를 떴다. 나를 붙잡을 마지막 기회가 그렇게 사라졌다.

엄마가 내 시야 밖으로 나가는 순간, 나는 행동에 들어갔다. 미리 써서 저장해 둔 메일이 15분 후에 발송되도록 예약해 두었다. 그 무렵이면 엄마가 돌아왔을 테고 내 휴대폰 전원은 꺼져 있을 것이다. 내용은 간단했다. **휴식이 필요해요. 몇 달 후에 돌아올게요. 약속해요.** 짧지만 엄마의 기에 눌려 절대 할 수 없는 말이었다. 다음으로 나는 머릿속 도면에 따라 화물칸의 그늘로만 이동해 양쪽에 선반과 소형 보트가 달려 있는 구석으로 갔다. 나는 깔끔하게 쌓여 있는 구명조끼와 구급약, 비상용 장비들 사이에서 그것을 찾았다. 요트 승무원의 온라인 게시판에 나와 있는 대로였다. 배터리로 작동하는 엔진이 장착된 팽창형 구명보트.

기밀문이 중앙에 금속 바퀴를 단 채 꽉 닫혀 있었다. 국제 해사위원회가 피난용으로 너무 좁고 안전하지 않다고 판단했기에 비상탈출 계획 도면에서 빠져 있는 문이었다. 나는 구명보트를 잡아뺀 후 문에 달린 바퀴를 돌렸다. 문이 열렸다. 밖을 보니 1.8미터 아래 배를 철썩거리며 때리는 시커먼 바닷물이 보였다. 어느새 심장이 쿵쿵 뛰기 시작했다. 이곳에서 곧장 뛰어내리면 된다. 비상 엔진으로 충분히 해안까지 갈 수 있었다. 이 숨어 있는 문은 엄마의 쾌속정에서는 보이지 않는다. 지금으로부터 10분 후, 내가 사라졌다는 사실을 엄마가 알아차릴 즈음이면 나는 이미 어둠 속으로 자취를 감추었을 것이다.

나는 구명보트를 훌쩍 던졌다. 이제 나도 훌쩍 뛰어내리기만 하면 된다.

바로 그때 총성이 정적을 갈랐다. 물로 뛰어내리려던 순간 나는 그대로 얼어붙었다. 갑판을 쿵쾅거리며 돌아다니는 발소리가 들렸다. 밖을 보니 빛줄기가 파도 위를 비추고 있었다. 사람들이 잠에서 깨어나 총을 쏘아 대고 있다.

엄마. 혹시 발각됐나?

나는 주(主)화물칸으로, 다급한 발걸음 소리와 위험을 향해 달려갔다. 마침 가장 낮은 갑판으로 이어진 사다리를 내려가는 엄마가 보였다.

안 돼요! 대체 엄마가 왜 저러는 거지? 아래로 가면 출구가 없는데. 엄마는 막다른 골목으로 달려가는 중이었다. 그쪽이 아니라 이쪽으로⋯⋯.

엄마는 알 리가 없었다.

내가 이 층에는 다른 출구가 없다고 말했으니까.

나는 얼른 소리쳐 엄마를 부르려고 했다. 하지만 오랜 세월에 걸친 훈련이 나를 막았다. 엄마를 부르면 추격자들은 우리가 있는 곳, 엄마가 있는 곳을 알아차릴 것이다. 그들이 아직 알아차리지 못했다는 작은 가능성을 믿어 보기로 했다.

나는 엄마를 부르는 대신 뒤를 쫓아갔다. 당장 엄마를 데려와야 한다.

그러나 내가 화물칸으로 뛰어 들어가는 순간, 잔뜩 화가 난 남자 두 명이 들어왔다. 물론 총을 들고 있었다. 그들은 질문을 하는 수고도 들이지 않았다. 텅 빈 보물 상자들을 힐끔 보는 것만으로 충분했다.

둘 중 한 명이 권총을 들어 올렸다. 나는 몸을 돌려 뛰기 시작했다. 등 뒤에서 총성이 울렸다. 그들은 나를 꼼짝도 못 하게 했다. 열려 있는 비상구로 돌아온 내가 할 수 있는 일은 한 가지밖에 없었다. 나는 훌쩍 뛰어내렸다.

물이 나를 빨아들였다. 나는 숨을 참고 요트의 뒤편으로 헤엄쳐 갔다. 둔탁한 총성이 수면을 가르고 들어왔다. 아직 펼치지 않은 구명보트가 내 머리 위에 있었다. 나는 수면 1미터 아래에서 숨을 참을 수 있는 한 계속 헤엄을 쳤다. 도저히 숨을 참지 못하고 물에서 고개를 내밀자 소금물에 눈이 따가웠다. 간신히 조디악의 가장자리가 눈에 띈 순간 파도가 내 시야를 가렸다. 다시 숨을 크게 들이쉬고 몇 미터 개구리헤엄을 친 후에야 쾌속정 옆쪽으로 갈 수 있었다. 물에서 몸을 끌어 올리려는 순간 빛줄기가 배를 지나쳐 주위를 비추었다. 불빛은 먼저 수면에 닿았다. 두 사람이 서치라이트를 수면에 비추며 배 너머로 총을 내밀고 있었다. 동그란 빛이 점점 쾌속정으로 다가왔다. 배에 타고 있는 모습을 저 불빛에 들키는 건……내게 좋을 리 없었다.

다른 방법을 떠올릴 새도 없이 나는 손을 놓고 다시 물로 들어갔다. 나는 쾌속정에서 멀어지며 이번에는 요트 쪽으로 몇 미터를 헤엄쳐 갔다. 때맞춰 서치라이트가 조디악호와 그곳에 실린 보물을 비췄다. "저기 있다!" 머리 위에서 누군가 이렇게 소리쳤다. 나는 파도와 싸우며 요트에 몸을 딱 붙인 채 난간을 올려다보려고 고개를 들었다. 남자 두 명이 계단을 서둘러 내려와 도둑맞은 물건을 다시 손에 넣으려 했다. 머리 위에서 누군가가 끙 소리를 냈다. 여자 목소리였다. 굳이 보지 않아도 목소리의 주인공이 엄마라는 사실을 알 수 있었다.

"이걸 당신 혼자 다 옮겼나?"

다른 목소리가 물었다.

엄마는 대답하지 않았다. 설령 대답을 했다고 하더라도 귓속에서 윙윙거리는 소리 때문에 들리지 않았다. 나는 요트의 옆면에 매달린 채 죽을힘을 다해 그림자 속에 떠 있었다. 물을 먹고 기침을 해서 발각되지 않으려고 젖 먹던 힘까지 다 썼다. 하지만 엄마…… 엄마를 위해 뭐라도 해야 했다.

수영 선수처럼 호리호리한 근육질에 선원답게 피부가 그을린 두 남자는 우리의 쾌속정을 요트에 얼른 잡아맸다. 너무나 순식간에 벌어진 일이었다. 내가 상황을 파악하기도 전에 들키지 않고 요트에 다시 탈 기회가 날아가 버렸다.

"누가 당신을 고용했어, 어?"

머리 위에서 이런 말이 들렸다. 자갈이 구르는 듯한 목소리였다.

"당신 아내."

엄마의 말소리가 들렸다. 웃음기가 느껴졌다.

"당신을 견디는 대가로 한몫 챙길 자격이 있다더군."

찰싹. 피부를 때리는 금속성 소리.

그 남자가 다시 물었다.

대답이 없다.

"내 눈에 띄지 않게 데려가. 곧 다 불 거야."

아니, 그럴 리 없다. 나는 엄마가 그러지 않으리라는 걸 안다. 일
단 말을 하면 그들이 엄마를 죽이지 않을 이유가 사라지니까.

그 전에 엄마를 구출해야 한다. 내가 배를 돌아서 비상구로 돌
아갈 수 있다면……

요트의 엔진이 켜졌다. 엄청난 물이 호를 그리며 뿜어져 나오면
서 동시에 빨려 들어갔다. 그 바람에 나도 물에 집어삼켜졌다. 나
는 파도 아래에서 미친 듯이 몸을 움직여—물에서 숨 쉬지 마, 너
는 물속에서 숨 못 쉬어—어떻게든 어둠을 뚫고 수면으로 돌아가
려고 했다.

마침내 수면 위로 얼굴을 내밀고는 물을 뱉고 한바탕 기침을 했
다. 소금기에 눈이 타는 듯하면서 시야는 흐릿했다. 나는 주변이 다
시 잘 보일 때까지 계속 눈을 깜박거렸다. 그때 요트가 속도를 내
기 시작했고, 그렇게 밤 속으로 사라져 갔다. 엄마를 싣고서.

5

나는 기겁을 했다.

처음에는 엄마 때문이 아니었다. 나 때문이었다. 해변에서 멀리 떨어진 시커먼 바다에 나 홀로 있었다. 해류에 휘말려 떠내려가 영영 돌아오지 못할 수도 있다. 그러나 반짝이는 불빛이 구세주였다.

구명보트가 몇 미터 떨어진 곳에 떠 있었다. 나는 그곳으로 미친 듯이 헤엄쳐 가, 마침내 구명보트를 부풀리는 줄을 뜯어낼 수 있을 정도로 접근했다. 구명보트가 부풀기 시작했다. 나는 보트로 올라가 철썩 소리를 내며 보트 안으로 떨어졌다. 구명보트 뒤쪽에 장착된 작은 모터가 야광 경고문과 함께 작동을 기다리고 있었다. '엔진 작동 시간은 30분입니다. 현명하게 사용하십시오.'

이 구명보트를 물에 던져 놓은 덕분에 나는 목숨을 건졌다. 그리고 내 목숨의 대가가 엄마였다.

엄마는 가 버렸다. 요트에 억류된 채…… 어딘지 짐작도 못 할 곳으로. 그 사람들은 엄마를 얼마 동안 살려 둘까? 엄마에게서 정보를 빼내기 위해 무슨 짓을 하려고 들까?

저 멀리 요트의 불빛이 보이지만, 구명보트 엔진의 배터리는 큰 바다를 가로질러 그 요트를 추적하기엔 역부족이었다.

그래서 나는 멍하니 앉아 있었다. 어둠이 나를 완전히 에워쌀 때까지 희망 없는 어둠 속에 앉아 파도에 출렁거릴 뿐이었다. 엄마는 가 버렸다.

내 탓이었다.

전화가 울렸다. 나는 훌쩍거리면서 반사적으로 뒷주머니에서 휴대폰을 꺼냈다. 방수 케이스는 돈을 투자할 가치가 있다. 그렇게 물에 잠겨 있었는데도 알림이 떠 있었다. 예약해 둔 메일이었다. 그 메일은 상처에 소금을 뿌리는 격이다. 내 혓바닥에 잔뜩 남은 소금기와 맞먹었다. 이런 와중에도 엄마가 그 메일을 못 봤으면 좋겠다는 생각이 들었다. 엄마를 납치한 자들이 분명히 휴대폰을 뺏어갔을 테니까.

나는 엄마의 번호로 전화를 걸었다. 해류 덕분에 신호 눈금이 하나 뜰 정도로 해변에 가까워져 있었다. 예상대로 아무도 전화를 받지 않았다. 하는 수 없이 문자 메시지를 보냈다.

나는 너희가 억류한 사람의 동업자다. 전화 받아.

그러자 그쪽에서 내게 전화를 해 왔다. 조금 전 엄마를 심문하고 때리기까지 한 남자의 목소리가 빠른 말투로 물었다.

"네놈이 아직 내 요트에 있을 것 같진 않군. 혹시라도 아직 있다면, 어느 갑판에 있는지 털어서 내 고생을 덜어 주는 게 어때?"

미국 억양이다. 미국 남부. 당장은 억양을 알아낸다고 무슨 소용이 있는 건 아니지만.

"내 동업자를 돌려줘."

"네, 손님. 아이스크림도 같이 드릴까요?"

발을 끄는 소리가 들렸다. 남자가 어딘가에 앉는 모습이 머릿속
에 그려졌다.

"누가 너희를 고용했는지 말하는 게 어때? 그러면 그 여자 시체
는 찾기 쉬운 곳에 두고 갈게, 어?"

심장이 콱 조여들었다.

"맹세하는데 그 여자를 죽이면 네놈들이 죽고 싶게 만들어 주겠
어."

남자가 웃었다.

"아이고 무서워라. 목소리를 들어 보니 애송이 같은데. 몇 살이
야? 스무 살 정도? 나는 쉽게 겁먹는 사람이 아니야. 특히 철부지
10대의 위협에는 눈 하나 깜짝하지 않아. 그러지 말고 네 엄마한테
대신 협박해 달라고 해 봐."

나는 순간 숨을 헉 들이쉬었다가 금방 후회했다.

그가 잠시 입을 다물었다.

"아, 알겠어. 그 여자가 네 엄마구나? 이런, 너도 참 운이 없네. 이
봐, 네가 참 안됐다 싶어 애송이……. 아니야, 거짓말이야. 이런 게
바로 인생의 교훈이란다. 앞으로 네 엄마에게서 절대 배울 수 없는
교훈 말이야. 가끔 인생은 네 뜻대로만 되지 않는다는 거."

피가 미친 듯이 온몸을 돌아다니기 시작했다. 이 남자는 언제든

지 통화를 끝낼 수 있다. 엄마의 휴대폰을 난간 너머로 던져 버리면 되니까. 그러면 엄마는 영원히 사라질 것이다.

이 사람들은 절대 엄마를 내게 넘길 생각이 없다. 절대로. 그렇지만 그는 아직 전화를 끊지 않았다. 아직 기회가 있었다. 그들은 보물 사냥꾼들이다. 그들이 원하는 보물을 제시하면 된다.

"원하는 게 뭐야?"

이제 나는 그의 언어로 말하기 시작했다.

"30분 전만 해도 나는 내 보물을 되찾을 생각뿐이었어. 하지만 보물은 되찾았지. 그러니 네가 말해 봐. 내게 뭘 줄 수 있나?"

"100만."

받아. 그 정도는 쉽게 마련할 수 있다. 엄마는 그보다 훨씬 더 많은 돈을 모아 두었다.

그가 웃음을 터트렸다. 배 속 깊은 곳에서 터져 나오는, 최근에 들은 이야기 중에 최고로 재미있다는 듯한 웃음이었다.

"내 요트를 보기는 한 거냐? 나는 이런 요트가 두 척이나 더 있어. 내 생일날 아무리 형편없는 선물을 받아도 그것보다는 비싸."

배 속이 배배 꼬이는 것 같았다.

"1000만."

내가 장만하기 어려운 액수였다. 외할머니와 외할아버지에게 손을 벌려야 하리라. 하지만 두 분은 도와주실 것이다. 두 분과 엄마 사이에 어떤 앙금이 있건, 엄마는 두 분의 딸이니까.

"이봐, 네게 엄마의 가치가 그것밖에 안 되나?"

나는 망설였다. 몸값을 얼마나 더 올려야 하지? 2000만? 3000만? 그 정도는…… 마련할 수 있겠지? 최고로 의뢰비를 주는 일을 몇 건 맡고 가족의 도움을 받으면 될 것이다. 비싼 기념품도 몇 점 팔아야겠고. 할 수 있다. 아마도, 아마도…….

남자가 말했다.

"이렇게 천천히 올라가니 지겨워 죽겠군. 그러니 내가 액수를 말해 주지."

바스락거리는 소리가 들렸다. 그 사람이 누군가와 이야기를 하는 것 같았다. 엄마의 목숨이 어느 정도 가격인지 정하고 있으리라.

그가 돌아왔다.

"정했어. 10억."

내가 어찌나 고개를 세게 흔들었는지 땋은 머리채가 어깨를 찰싹찰싹 때렸다.

"미쳤어! 나는 10억을 만들 재간이 없어. 불가능하다고!"

"오, 할 수 있어, 퀘스트 아가씨."

나는 그대로 얼어붙었다. 엄마가 이름을 말했을 리 없다. 엄마는 절대 그런 짓을 하지 않는다.

남자는 내가 묻기도 전에 내 의문에 답을 해 주었다.

"어렵지 않았어. 너희 가족이 카리브해를 기반으로 활동한다는 이야기를 들었거든. 그 흑인 도둑들. 그래서 전설적인 퀘스트 한 명을 사로잡았다고 짐작한 건데, 맞았나?"

대답할 필요도 없었다. 어차피 그도 내 대답을 기대하지 않았을 것이다.

그가 흡족해하며 말했다.

"그럴 줄 알았어. 자, 너희 정체도 알아냈으니 네가 내게 10억 달러를 가져올 수 있을 것 같군. 이런 일을 할 만한 사람은 당연히 퀘스트겠지."

결국 이렇게 되고 말았다. 그는 몸값을 단 한 푼도 바꾸려 하지 않을 것이다. 엄마가 목숨을 살리는 대가로 10억 달러.

"좋아."

내가 말했다. 1년이 걸린다고 해도 내가 10억 달러에 달하는 물건을 훔칠 수 있을 리 없었다. 아니지, 내가 아직 모르는 숨은 능력이 있을지도. 엄마를 위해서라면 뭐든 할 수 있다. 충분히 시간을 준다면.

"시간은 얼마나 줄 거야?"

나는 꺽꺽거리듯 말했다.

"흠……. 내가 꽤 인내심이 있는 사람이거든. 일주일은 어때?"

"1년."

"안 돼."

나는 머리채로 손을 집어넣고 머리를 감쌌다.

"일주일은 말이 안 돼. 일주일로는 국제은행 송금도 못 한다고. 도저히 안 돼."

그가 잠시 말을 멈췄다.

"그럼 한 달을 주지. 그 이상은 1초도 안 돼."

나는 버킷 리스트에 엄마를 되찾으면 이 자식의 턱을 날려 주겠다는 항목을 집어넣었다.

"엄마가 살아 있는지 알아야겠어. 통화를 하게 해 줘."

"웃기지 마. 자꾸 짜증 나게 하면 다 끝내 버릴 거야. 알겠어?"

그의 어조를 들어 봤을 때 '끝낸다'가 무슨 뜻인지 의문의 여지가 없었다. 이쯤에서 입을 다물어야 한다는 건 안다. 하지만 어쩔 수 없었다.

"당장 목소리를 듣고 싶어."

그는 잠시 대답을 망설였다.

"지금 의식이 없어. 나중에 전화 다시 해. 걱정하지 마. 그동안 네 엄마는 우리가 잘 돌봐 드릴게."

그가 다시 웃음을 터트리더니 그대로 전화는 끊어졌다.

나는 천천히 귀에서 휴대폰을 뗐다. 보트 안으로 바닷물이 잘박잘박 넘어왔다. 희망이 생겼다. 엄마는 적어도 한 달 동안은 목숨을 부지할 수 있다.

하지만 그 기간이 끝나면 그자들은 엄마를 죽일 것이다. 그전에 10억 달러를 어떻게 구할지 방법이 떠오르지 않았다.

파라다이스 아일랜드의 작은 만으로 구명보트를 끌고 들어가는데 주위에 아무도 없었다. 가출을 위해 싼 가방은 내가 놓아둔 그대로 닫힌 카바나 뒤에 놓여 있었다. 나는 가출 계획을 짜면서 온갖 문제를 다 걱정했다. 한밤에 배를 타고 섬으로 들어오는 나를 보고 누가 국경 수비대에 신고하지 않을까? 숨겨 놓은 가방이 없어졌으면 어떻게 하지? 구명보트가 제대로 펼쳐지지 않으면? 그런데 이런 걱정은 다 쓸모없었다. 우주가 나를 보고 비웃고 있는 듯했다.

엄마 휴대폰으로 전화를 한 후—그러니까 납치범과의 통화 말이다—내 휴대폰 전원이 꺼졌다.

우선은 보조 배터리로 충전부터 해야 했다. 그리고 집으로 긴급 전화를 걸었다. 늘 외워 두고 있으며 모든 것이 엉망이 되었을 때만 걸게 되어 있는 번호였다.

신호음이 한 번 울리자마자 상대방이 전화를 받았다.

"무슨 일이야?"

나는 모래사장에 그대로 주저앉으며 훌쩍거렸다.

"내가 다 망쳤어요, 이모. 정말 완전히 다 망쳤어요."

우리 개인 조종사인 파올로가 세스나 항공기를 몰고 와 나소의 사설 공항에서 나를 맞이했다. 한 시간도 지나지 않아 나는 안드로스에 도착했다. 엄마의 지프로 갈아타고 공항에서 러브 힐까지 온 나는 아침 햇살을 받으며 지친 몸을 이끌고 집으로 들어갔다. 모든 것이 꿈 같았다. 끔찍한 악몽. 나는 지난 몇 시간을 몽유병 환자처럼 돌아다니며 오늘 있었던 일을 처음부터 끝까지 머릿속에서 쉴 없이 재생했다. 총성, 바다, 어둠 속으로 쏜살같이 사라진 요트.

엄마의 코앞에서 감쪽같이 사라질 생각을 하면서 나는 내가 영리하고 교활하다며 우쭐했었다.

혼자. 엄마가 죽으면, 엄마가 돌아오지 못하면…… 나는 정말 혼자가 될 것이다. 이모는 결국 나소에 있는 다른 가족에게 돌아갈 테니까. 나는 엄마의 부모님은 물론이고 소원한 사이인 이모할머니에 대해서도 잘 모른다. 엄마는 가족 모임에 한 번도 초대받지 못했다. 그러니 나도 마찬가지일 것이다. 이제 내게 남은 건 뭘까?

아니야. 내가 이 상황을 바로잡을 수 있어. 바로잡아야 해.

이모는 부엌에서 정신없이 일단 연락해 볼 목록을 만드는 중이었다. 이모는 나를 안아 주거나 달래 주지 않았다. 그럴 시간이 없었다. 명단을 띄운 태블릿을 내게 내밀어 보여 주며 동정의 눈빛으로 나를 힐끗 쳐다본 것이 이모로서는 최선을 다한 위로였다. 징징거리는 건 퀘스트의 방식이 아니다. 현실적인 태도로 할 수 있는 일을 하는 것이 우선이다. 그리고 우리는 늘 그래 왔다. 지금 당장 우리가 할 가장 현실적인 조치는 납치당한 엄마를 구하는 방법이나 10억을 구할 방법을 알 만한 지인에게 연락해 보는 것이었다.

우리를 도와줄 수 있는 사람은 아무도 없었다.

우리는 그날 내내 할 수 있는 일은 다 했다. 모두에게 전화를 했다. 할머니와 할아버지. 사라 이모할머니. 구출을 전문으로 하는 동업자들. 합법과는 거리가 있는 대부업자들. 우리 가족에게 신세를 졌던 모두에게. 그렇지만 아무도 우리를 도우려 하지 않았다.

어느 순간부터 이모는 통화를 하며 방안을 서성거렸다. 이모가 내게 만들어 준 명단에 다 전화를 거느라 몇 시간을 보낸 뒤에야 정신을 차려 보니 어느새 이모는 방으로 들어가 모습도 보이지 않았다.

나는 외할머니에게서도 절망적인 답변을 듣고 전화를 막 끊고는 이모가 있는 방 앞으로 갔다가 그대로 얼어붙었다.

이모의 목소리에서 절망적인 떨림을 듣는 순간, 차마 발을 뗄 수 없었다. 이모의 목소리가 저런 식이라면 내가 저 문을 밀고 들어갔을 때 보이는 광경은 대체 어떨까?

"지금 드린 설명이 많이 부족하다는 건 나도 알아요. 그게 당신들이 하는 일 아닌가요? 아무도 구하지 못하는 사람들을 구해 오는 것 말이에요!"

"진정하세요, 퀘스트 씨."

이모가 누구와 통화를 하는지 모르지만 스피커폰으로 들리는 심드렁한 목소리에 마음이 찢어졌다. 어쩌나 무신경한지, 업무가 끝나 막 퇴근하려다가 전화를 받은 고객 센터 상담원인가 싶을 정도였다. 엄마의 목숨이 아니라 다른 이야기를 하는 것처럼 말이다.

"우리는 구출 전문가지 마법사가 아닙니다. 육지에서 누군가를 찾아내는 임무와 해상에서 어디로 향하는지조차 모르는 요트를 찾아내는 건 천지 차이라고요. 게다가 갖고 계신 정보도 부족해서 우리 작업 방식과 맞지 않아요. 그나마 말씀하신 내용으로 추측해 보건대, 납치범들이 매우 노련해서 우리가 구출하기도 전에 목표물이 사살될 가능성이 현저히 높아 보이고요."

번개가 나를 쾅 치고 지나가는 것 같았다. '사살'이라고?

그 여자가 말을 계속했다.

"그리고 말씀드릴 게 있는데, 최근에 퀘스트가에서 오는 요청에는 응하지 않는 게 좋을 거라는 말을 들었어요. 그래서 이번 한 번만 기꺼이 사정을 들어 드린 겁니다. 인적 손실을 선선히 받아들이시기를 제안합니다. 그럼 이만."

전화가 끊어졌다.

뭔가 벽에 세게 부딪치는 소리가 들렸다. 이모의 전화기인가? 소리를 죽여 흐느끼는 소리가 복도로 새어 나왔다.

나는 내 방으로 후다닥 뛰어 들어갔다. 그대로 무릎으로 주저앉아 손가락으로 머리를 감쌌다. 숨 막힐 듯한 공포가 나를 휘감았다. 가슴이 들썩거렸다. 아주 순간일 뿐이지만 모든 것을 내던지고 싶었다. 엄마가 없는 현실이라니. 내가 돈을 구하지 못하면 그자들은 엄마를 죽이고 시체는 바다에 던져 버릴 것이다. 그렇게되면 나는 절대 엄마의 시신을 찾지 못하리라.

내 탓이다. 남은 평생 이 일은 나를 따라다닐 것이다.

엄마는 결국 나 때문이라는 사실을 알게 될까? 하나밖에 없는 자식이 무슨 짓을 했는지…… 엄마를 떠날 계획이었다는 걸? 내 소원은 어쨌든 이루어진 건가. '소원을 빌 때는 신중해야 한다'라는 사실을 깨우쳐 주는 방식으로 말이다.

그래, 소원.

초대장은 삭제했지만, 메일 주소는 기억하고 있었다.

가방은 이미 싸 두었다. 완전히 다른 삶을 살기 위해 싼 가방. 운석 팔찌는 여전히 내 팔목에 채워져 있었다. 나는 옷장에서 재킷을 꺼내고 발소리가 가장 조용한 스니커즈로 재빨리 갈아 신었다. 은색 별이 수놓아져 있고 고흐의 〈별이 빛나는 밤〉이 밑창에 그려진 군청색 스니커즈였다.

이모는 내가 떠나는 소리를 듣지 못했다. 이모가 전혀 눈치채지 못하게 조심했다. 내가 떠난 걸 알면 어떻게 생각할까? 다른 사람은 몰라도 이모라면 내가 소풍을 다녀오듯 대학을 맛보고 와도 화내지 않고 즐겁게 기다려 줄 것이라고 생각했다. 그런데 오늘 내가 만나리라 기대했던 세상과 완전히 다른 세상을 마주하게 되었다. 이모를 다시는 못 보면 어쩌지?

나는 잠시 부엌에 들러 냉장고에 쪽지를 붙여 두었다.

소원 빌기. 약속할게요. 꼭 돌아올 거예요.

그리고 그림자처럼 엄마의 지프차로 갔다. 나는 기억하는 메일 주소로 내 전화번호를 보냈다.

10초 후 휴대폰이 울렸다.

"안녕하세요, 로절린 퀘스트."

여자 목소리였다. 단 세 마디에 그 여자의 영어 억양은 영국과 미국과 호주를 오갔다. 연습을 많이 했을 것이다.

"참가 등록하려고 연락하셨죠?"

나는 침을 꿀꺽 삼켰다.

"이기면 소원을 들어주나요?"

"맞아요. 그게 상이니까요."

"그러면 '뭐든' 들어주실 수 있나요?"

그 여자가 선뜻 답을 하지 않는데 왠지 미소를 짓고 있다는 느낌이 들었다.

"망자를 되살리거나 물리학 법칙을 바꾸는 것만 아니라면, 맞습니다. 뭐든 다 됩니다."

"그럼 참가할게요."

"훌륭해요, 퀘스트 씨."

휴대폰 진동음이 울렸다.

"이메일을 확인해 보세요. 개인 계정으로요."

새로 받은 내용을 보자 얼굴이 찌푸려졌다. 내 이름으로 예약한 비행기의 E-티켓이 준비되어 있지 뭔가. 이 사람들은 이 상황을 미리 준비해 뒀나?

"비행기는 한 시간 후 안드로스 타운 국제공항에서 이륙합니다. 그 정도면 공항까지 갈 시간은 넉넉하겠죠?"

이 사람들은 내가 어디에 사는지 아나? 아니면 지금 내가 어디에 있는지 정확히 아는 건가?

"네."

나는 목소리를 쥐어짜 냈다.

"도착하면 뵙기로 하죠."

그 여자가 말했다.

"오, 그리고 대회 참가를 환영합니다. 퀘스트 씨."

배 속에 무거운 돌이 풍덩 빠진 것 같았다. 이 사람들이 누구인지 몰라도 대단한 사람들 같았다. 그들은 이것이 그들의 게임이라는 사실을 내가 명심하기를 바랐다. 그들의 장단에 맞춰 게임에 참가하는 수밖에 없었다. 하지만 어떤 상황이 도전해 온다고 해도 나는 꼭 우승할 것이다.

나는 자동차에 열쇠를 꽂고 시동을 걸었다. 백미러 속의 나와 눈을 맞추었다.

거울 속에서 나를 바라보는 소녀는 결코 놀러 가는 길이 아니었다.

안드로스 타운 국제공항의 크기는 우리 집 정도이고 어두워지면 비행기가 뜨지 않는다. 그런데 오늘 밤은 자갈 깔린 주차장이 텅 비어 있는데도 사방에 불이 환하게 켜져 있었다. 마치 유일한 승객이 도착하기를 기다리는 것 같았다. 나를 말이다.

공항으로 들어가자 천장에 달린 팬이 딸깍하며 돌아가기 시작했다. 형광등에서 윙윙 소리가 났다. 여기저기 부서진 플라스틱 의자들의 맞은편에 있는 탑승 수속 카운터로 시선을 돌렸다. 그곳에는 처음 보는 금발 남자가 평소 공항 직원들이 입는 황갈색 계열이 아닌 연푸른색 조끼 차림으로 뒷짐을 지고 있었다. 그는 마치 보초병처럼 카운터 뒤를 왔다 갔다 하고 있었다.

"엘리제는 어디에 있어요?"

내가 물었다. 안드로스 국제공항에는 탑승구를 지키는 직원이 겨우 두 명뿐이다. 엘리제는 금요일마다 근무한다.

"엘리제는 비번입니다."

세관 신고소를 보니 텅 비었다. 다음은 전광판. 출발과 도착 안 내가 없다.

직원에게 표를 보여 주자 그가 고개를 끄덕였다. 작성할 서류도 없다. 여권도 보여 줬지만 치우라는 듯 손을 내젓더니 활주로로 나가는 유리문을 밀어서 열었다.

"편안한 비행 되십시오, 퀘스트 씨."

여권 확인도 보안 검색도 없다. 꼭 윌리 웡카의 공장에 초대받은 것 같다. 내게 필요한 건 황금 티켓 한 장뿐이니 말이다. 짐 검사는 생략한다는 사실을 미리 알았다면 운석 팔찌 말고도 무기를 더 챙겨 왔을 것이다. 나는 팔찌가 장신구로만 보이게 하려고 손을 꽤 보기까지 했다. 내 경쟁자들은 어떤 도구를 게임에 가져올까?

활주로에는 제트기가 딱 한 대 있었다. 날렵한 생김새에 창마다 불이 켜져 있었다. 계단을 올라가자 공항 직원과 같은 연푸른색 유니폼을 입고 있는 백인 승무원이 나를 맞이했다.

"탑승을 환영합니다."

승무원의 치아가 체리레드 색 입술 뒤에서 빛났다. 이 승무원의 억양은 독특했다. 영국 상류층 억양 같기도 하고 동유럽 억양이 얼핏 들린 듯도 했다.

내 발밑에서 비행기의 엔진이 웅웅거렸다. 공기 중에 묘한 냄새가 떠돌았다. 진하면서 달짝지근한 냄새. 내 앞의 승무원이 숨을 참고 있다면 위험한 냄새라고 생각했을 것이다.

"짐을 들어 드릴까요?"

승문원이 손을 내밀자 나는 얼른 가방을 뒤로 숨겼다.

"아뇨, 괜찮습니다."

승무원은 내 거절이 아무렇지도 않은 듯했다.

"알겠습니다."

그녀는 손으로 쓸 듯이 통로를 가리켰다.

"원하는 좌석에 앉으시면 됩니다."

나는 게걸음으로 그녀를 지나쳐 통로로 가는 내내 그 승무원에게서 눈을 떼지 않았다. 이제부터 누굴 만나건 조금 더 조심한다고 해가 될 일은 없을 테니까.

비행기는 내가 생각한 것보다 더 컸지만, 상업용 여객기보다 전용기에 더 가까웠다. 나는 즉시 비상구를 확인했다. 앞쪽에 하나, 뒤쪽에 하나. 날개 위 비상 탈출구는 없다. 규정상 그것을 설치해야 할 정도로 큰 비행기가 아니기 때문이다.

크림색 가죽을 씌운 좌석은 일반적인 항공기 일등석보다 더 넓었다. 좌석 몇 개는 작은 테이블을 사이에 두고 마주 보게 배치되어 있었다.

그런데 내가 유일한 승객이 아니었다.

이미 내 또래 두 명이 타고 있었다. 테이블에 내려놓은 양팔에 얼굴을 파묻고 있는 소녀 한 명. 그녀의 길고 검은 머리카락이 커튼처럼 늘어져 있다. 아무리 봐도 기절한 것 같다. 편안하게 잠을 자는 자세로는 도저히 보이지 않기 때문이다. 다른 한 명은 제일 뒤쪽에 앉은 백인 소년이다. 머리의 반쪽은 완전히 밀었고 나머지 반쪽의 갈색 머리카락은 팔짱을 끼고 있는 팔을 간지럽힐 정도로 길게 길렀다. 입을 반쯤 벌린 채 창문에 구부정하게 기대 있었다.

왜 둘 다 잠이 들어 있을까? 목적지를 생각하면 어떻게 잠을 잘 수가 있지……. 말이 목적지지 어딘지도 모르는데.

나는 제일 앞 열에 설치된 역방향 좌석에 앉았다. 이 자리에서는 다른 승객들이 잘 보였다. 내 경쟁자들이.

이윽고 탑승구가 닫히는 소리가 들렸다. 나는 손톱을 물어뜯다가 얼른 입에서 뺐다. 오래전에 엄마에게 불안 증세를 없애는 훈련을 받은 기억이 났다. 침착하게 행동해야 한다.

승무원이 물잔과 포장된 쿠키가 담긴 쟁반을 가져왔다. 나는 필요 없다는 듯 손사래를 쳤지만, 그녀는 아랑곳하지 않고 식사용 테이블을 뺀 후 쟁반을 내려놓았다.

"무료입니다."

이 승무원은 유쾌한 기색을 뺀 채 무덤덤하게 말을 할 수 있기는 할까?

내 관심이 승무원의 옷깃으로 미끄러져 갔다. 작은 황금색 이름표에 새겨진 이름은 '수베틀라나(Suvetlana)'였다. 보통은 u가 없지 않나? 그녀의 영어에 러시아 억양이 없는 건 더 신기했다.

"어, 고맙습니다."

물과 쿠키를 보자 배 속이 요동쳤다. 마지막으로 뭘 먹은 게 언제였지? 엄마 일로 어찌나 스트레스를 받았는지 오늘 먹은 음식이 벌써 몽땅 소화된 것 같다. 혀가 바짝바짝 말랐다. 이렇게 목이 마른 적이 있었을까?

나는 내 손이 나도 모르게 물잔을 쥐자 그대로 얼어붙었다. 역시, 전에는 이렇게 갈증을 느낀 적이 없었다. 이건 어딘지 잘못되었다. 이 기묘한 냄새만큼이나.

승무원은 꼼짝도 하지 않았다. 나는 승무원 주위를 살짝 둘러보았다. 소녀 앞에도 물잔이 놓여 있다. 지금은 비어 있지만 내 것과 똑같은 잔이었다. 소년의 앞에는 뭐가 있는지 보이지 않지만, 좌석 테이블이 꺼내져 있다고 장담할 수 있다.

나는 잠시 입 안의 건조함을 느껴 보았다. 가만히 서 있는 승무원을 보니 내 감각이 더 예리해졌다.

나는 유리잔을 톡톡 쳤다.

"이거 마시면 잠이 드는 거죠?"

승무원의 눈이 가늘어졌다.

"정말 영특하시군요, 퀘스트 씨. 네, 그렇게 될 겁니다."

"그리고 이 묘한 냄새도 제가 저 물을 먹고 싶어지는 것과 관계가 있을 테고요."

"그럴지도요."

"다른 승객 두 명도 그 사실을 알아냈나요?"

"한 명만."

"어느 쪽인지 말해 줄 수 있어요?"

"아뇨."

비행기는 활주로 위를 달리지조차 않았다. 활주로에서 다른 비행기가 먼저 이륙하도록 순서를 기다리는 것도 아니었다.

"그러면 얼마나 잠들어 있나요?"

"꼭 필요한 만큼만요."

승무원이 장담했다.

"저희는 승객을 몇 명 더 태워야 합니다. 모두 익명성을 유지할 수 있도록 돕고 싶어요. 이 점 이해해 주시리라 믿습니다."

이 비행기에 모르는 사람들이 더 탑승할 텐데 내가 정신을 잃어도 될까?

"깨어날 때까지 아무 일도 일어나지 않을 거라고 약속합니다."

승무원은 움직이지 않고 단지 기다렸다. 이것은 요청이 아니었다. 아무래도 내가 규칙대로 경기를 할 참가자인지 알아보기 위한 첫 번째 테스트라는 생각이 들었다.

나에겐 선택의 여지가 없었다. 지금 엄마는 죽음이 유예된 형편이다. 그리고 나는 목이 말라 죽을 지경이다.

나는 잔에 든 물을 다 마셨다. 평생 이렇게 맛있는 물은 처음이었다. 시원하고, 상쾌하고 묘하게 달콤했다. 승무원은 쟁반과 빈 잔을 그대로 두었다. 다음에 탑승할 승객을 위해 남겨 두는 힌트일까.

나는 의자에 편히 기대 눈을 감았다. 엔진이 드디어 본격적으로 작동하기 시작했다. 내가 눈을 뜨면 어느 대륙에 도착해 있을지조차 알 수 없었다. '만약' 눈을 뜬다면.

나는 몸이 나른해지기 시작하자 침을 꿀꺽 삼켰다. 이 사람들은 나를 이곳으로 데려오기 위해 물밑에서 많은 일을 꾸몄다. 따라서 나는 반드시 깨어날 것이다. 깨어나서 반드시 우승할 것이다.

THIEVES' GAMBIT

제1단계

7

눈을 떠 보니 나는 창문도 없는 작은 방에 있었다.

벽과 천장은 검은색 벨벳—내가 누워 있는 긴 소파와 같은—이 벽지처럼 발라져 있었다. 바닥을 보니 안개 같은 것이 스멀스멀 기어다니다가 쇠창살 사이로 스르르 빠져나갔다. 나를 깨우려고 넣은 가스일까?

방을 둘러보고 소파 아래도 확인했다. 이곳에는 나밖에 없다. 내 가방은 어디에 있지? 지금껏 뭔가를 훔치는 사람은 바로 나라고 생각했는데. 구석에 달린 돔형 감시 카메라가 나를 보고 윙크했다.

지켜봐야 재미가 있겠지.

맞은편 벽에는 잠수함에서나 볼 법한 금속 문이 달려 있었다.

그런데 그 문에는 적어도 서른 개는 될 법한 자물쇠가 달려 있었다. 콤비네이션 자물쇠, 일반 자물쇠, 번호 자물쇠, 방향 자물쇠에 문 아래쪽 방바닥 가까이에는 알파벳 키패드까지 달려 있었다. 또 다른 시험. 지켜보는 사람들이 누군지는 몰라도 내가 이 문을 열고 나갈 수 있는지 궁금한 것이다.

식은 죽 먹기지.

나는 입고 있는 재킷 주머니에 꿰매 놓은 다용도 열쇠 따기 도구 하나를 꺼내 작업에 착수했다. 핀으로 자물쇠를 따는 일은 나에게 본능과도 같다. 콤비네이션 자물쇠와 번호 자물쇠의 경우, 자물쇠에 귀를 꼭 대고 기계가 탁 소리가 들릴 때까지 살살 돌려 열었다. 어느새 발치에는 자물쇠가 수북하게 쌓였다.

마지막 남은 자물쇠는 알파벳 키패드였다.

나는 손가락을 쫙 폈다. 손가락은 좀 쉬어야 했다. 또 심호흡도 했다. 이 마지막 자물쇠가 제일 까다로울 것이 틀림없었다. 이 문 뒤에서 무엇이 나를 기다리고 있는지 모르는 건 말할 것도 없고.

내게 세상에서 제일 좋아하는 것을 꼽아 보라면 절대 수수께끼의 문은 고르지 않을 것이다.

나는 문의 가장자리와 벽 사이를 어떻게든 들여다보려고 했다. 어떤 종류의 자물쇠가 이 키패드에 연결되어 있을까? 만약 마그네틱 자물쇠라면 키패드는 건드려 볼 필요도 없었다.

아니, 그런 생각은 하지 말자. 이 사람들이 내 배낭을 가져갔다. 배낭이 없으니, 신용카드도 없다.

나는 알파벳 단어들 위로 손가락을 이리저리 움직여 보았다. 어떤 단추가 가장 심하게 닳았을까? 아무리 봐도 이건 산수 문제가 될 것 같…….

키패드 위쪽에 달린 스크린에 불이 들어오더니, 질문이 떴다.

비행기 승무원의 이름이 뭐였나요?

내 입가에 미소가 번졌다.

S-U-V-E-T-L-A-N-A

문이 찰칵 열렸다. 무엇이 나타날지 몰라 나는 잔뜩 경계하며 밖으로 슬쩍 나갔다. 여기서 나가면 자물쇠가 백 개나 달린 문을 몇 개나 더 통과해야 하는 게 아닐까? 혹시 까마득한 옛날에 만든 지하 감옥이려나?

지하 감옥은 아니었다. 설령 지하 감옥이라도 아주 좋은 감옥이었다. 나는 눈이 빛에 적응할 때까지 눈을 가늘게 떴다. 창문이 없는 이 방에는 적어도 열두 개는 되는 문이 둥글게 늘어서 있었다. 모양이 제각각인 호화로운 골동품 안락의자와 벨벳 소파가 둥글게, 서로 마주 보게 배치되어 있었다. 그 가구들에서 흰곰팡이와 나뭇조각들 같은 퀴퀴한 냄새가 났다.

그리고…… 한 소녀.

그 소녀는 두 발목을 우아하게 꼰 채 소파 끄트머리에 앉아 있었다. 창백한 두 손은 치마 위에 잘 포갠 채 놓여 있었다. 치마는 블레이저와 부츠와 한 벌로 '나는 방금 기숙 학교에서 왔어.'라고 말하고 있었다. 마침 그녀가 고개를 살짝 갸웃했는데, 그 바람에 어깨까지 오는 금발 머리가 옆으로 툭 떨어졌다. 그리고 나를 향해 푸른 눈을 가늘게 떴다. 나는 내 영혼 가장 깊은 곳에서 솟아난 증오를 담아 그녀를 노려보았다.

노엘리아 보셰르. 이보다 더 운이 나쁠 수 있을까.

소녀의 입술 끄트머리가 살짝 올라가며, 입가에 난 똑같이 생긴

점 두 개도 같이 움직였다. 그러나 내 뒤의 문을 본 그녀는 찡그렸던 얼굴을 펴고 환하게 미소를 지었다.

"흠, 언제나 한발 늦구나, 퀘스트. 아니다, 다섯 발인가? 열 발?"

"열 발이라고? 작년 이맘때 내가 너를 몇 건이나 앞섰는지 벌써 잊었니?"

이 말에 그녀의 미소가 흐트러졌다.

노엘리아 보셰르는 돈을 줘서라도 다시는 안 볼 수 있다면 그렇게 하고 싶은 유일무이한 인간이다. 그리고 세상 사는 일이 다 그렇듯이, 내가 비교적 빈번하게 맞닥뜨리는 유일한 또래 인간이기도 하다. 보셰르가는 유럽에서 절도를 가업으로 하는 가장 큰 집안이다. 내가 아는 한 우리 집안은 북아메리카에서 가장 큰 명성을 얻고 있다. 그러니 우리가 둘도 없는 친구가 될 운명일 거라는 생각이 들겠지?

천만의 말씀이다.

시도는 해 봤다. 어느 겨울, 엄마는 나를 스키 캠프에 보내 주었는데 그곳에서 당시 아홉 살이던 노엘리아를 처음 만났다. 우리가 만난 건 순전히 우연이었다. 우리는 기숙사에서 방을 돌아다니며 여자아이들의 분홍색 우정 팔찌를 훔쳤다. 나는 그 애에게 다리를 180도로 찢는 법을 가르쳐 줬다. 노엘리아는 손목 비틀어 꺾기를 보여 주었다. 우리는 다른 애들한테서 스타버스트 사탕을 누가 더 많이 훔치는지 내기도 했다.

그러던 어느 날 노엘리아는 내게 덫을 놓았다. 그 애는 내게 캠프 마지막 날 네 명의 스키 강사가 가진 보석 장신구를 훔쳐 오게 하고는, 수갑이 채워진 채 사무실에 붙잡혀 있는 나를 두고 도망가 버렸다. 고작 아홉 살에 나는 스위스 소년원에 들어갈 뻔했다. 때맞춰 엄마가 와서 나를 구해 주었고, 나는 차를 타고 산을 내려가는 내내 펑펑 울었다. 그런 내게 엄마는 몇 번이고 이 사실을 상기시켰다. 이래서 우리가 사람을 믿지 않는 거야. 퀘스트는 오직 다른 퀘스트만 믿을 수 있어. 알겠니, 아가?

그 후로 노엘리아 보셰르는 내 인생의 구석에서 잊을 만하면 기어 나오는 바퀴벌레 같은 존재가 되었다. 이런저런 의뢰에서 마주치기도 하고, 공동 접선 장소로 가는 내게 경찰을 보내거나, 의뢰인들에게 나에 대한 헛소문을 퍼뜨려서 엄마에게 나를 작업에 끼우지 말라고 부탁하게 만든 적도 있었다. 그 사건 때 화가 머리끝까지 났던 나는 엄마를 어떻게든 설득해서 그로부터 석 달 동안 스위스 근방에서 맡을 수 있는 일은 모두 맡도록 했다. 지리적으로 보셰르가가 맡기 편리하고, 무엇보다 노엘리아와 보셰르 집안이 손쉽게 돈을 벌 수 있는 일거리 말이다. 이런 일이 쌓이고 쌓이자 결국 내게 물러나라는 내용의 메일이 블랙박스에 도착하기까지 했다. 나는 그 메일을 일주일 동안 컴퓨터 잠금 화면으로 걸어 두었다.

"그 일감들은 크게 돈벌이가 되지 못했나 봐."

노엘리아가 나의 마지막 말은 무시하려고 애쓰면서 말했다.

"네 형편에 살 수 있는 옷이 낡은 청바지에 너덜너덜한 티셔츠인 걸 보니까."

그녀는 형편없는 패션 목록에 내 신발까지 넣어 보려는 듯 시선을 내 발로 내렸다. 하지만 내 스니커즈를 보더니 입을 다물었다. 나는 스니커즈에 잔뜩 힘을 주었다. 이모가 내 운동화를 보면 하는 말을 빌리자면, '얼빠진' 혹은 '어리석은' 짓을 한다는 뜻이다. 그런데도 노엘리아는 아무 말도 하지 않았다. 그리고 앉은 자리에서 아주 살짝 몸을 뒤척였다.

나도 그녀처럼 몸을 꼼지락거리며 그녀의 승마용 부츠를 힐끗 보았다. 처음 봤을 때는 흔해 빠진 브랜드의 부츠 같았다. 그런데 발목을 꼬고 있어서 아주 살짝 보이는 밑창이 알록달록했다. 부츠의 디자인은 얌전했지만, 밑창은 내 눈에 인상파 그림처럼 보였다. 분명히 그곳에 그림이 있었다.

노엘리아는 얼른 발목을 다시 꼬며 밑창을 가렸다. 그렇게 해야만 우리가 신발에 똑같이 별난 취향을 갖고 있다는 사실을 알고 서로 민망해지는 상황을 막을 수 있다는 듯 말이다.

"고장 난 시계도 하루에 두 번은 맞는다더니."

노엘리아가 중얼거렸다.

나는 이 상황을 못 본 척하며 그녀에게서 제일 멀리 있는 소파의 등받이를 넘어가 그곳에 앉았다.

노엘리아 뒤편에 있는 문 위쪽에 달린 작은 화면이 주의를 딴 데로 돌리기 안성맞춤이었다. 문 하나만 제외하고 모든 문 위에 스크린이 달려 있었다. 열두 개의 스크린은 각각 10분의 1초 간격으로 시간을 재는 중이었다. 내 화면에는 11분 30.3초가 마지막으로 찍혔다. 노엘리아는 9분 44초였다.

나는 이를 갈았다. 노엘리아가 나를 이겼다. 이번에는.

또 다른 문이 딸각하고 열렸다. 비행기에서 본 백인 소년이 머리를 뒤로 넘기더니 뒤를 돌아보며 문 위의 화면을 확인했다. 미처 몰랐는데, 눈에는 아이라인이 진하게 그려져 있었다. 어깨에 걸지 않은 멜빵이 다리 위로 늘어져 있었다. 태평스러워 보였다. 그렇게 보이려고 의식적으로 신경을 쓰는지도 몰랐다. 사람들은 태평스러워 보이는 사람은 덜 경계하기 마련이니까.

그는 우리를 돌아보며 양손을 들었다. 그 모습이 마치 이렇게 묻는 듯했다. 이게 뭐야?

"다음 테스트는 어디에 있어?"

억양을 들어 보니 표준 미국 억양이었다. 노엘리아와 나는 그를 향해 눈썹을 올렸다.

"다음 것 말이야. 저런 자물쇠 같은 거. 나는 밖으로 나오면 점점 더 까다로운 과제가 연속으로 준비되어 있을 줄 알았거든."

관심을 기울일 만한 일이 하나도 없다는 사실을 확인하자 그는 김샌다는 듯한 소리를 내며 가장 가까운 안락의자에 앉았다. 그는 주머니에서 휴대폰을 꺼내더니 다리 위에 엎어 놓았다. 그러더니 다른 주머니에서 카드 한 벌을 꺼냈다. 그는 카드가 아치를 이루도록 능숙하게 섞었다. 그러면서도 나와 노엘리아를 빈틈없이 관찰 중이라는 사실을 나는 알아차렸다.

나는 자신을 덮쳐 올 위험이 없다는 사실에 그렇게 실망하는 사람을 처음 보았다. 그는 실망 정도가 아니라 짜증이 난 것처럼 보였다. 노엘리아는 무슨 말을 하려고 입을 열었다가 그를 위아래로 훑어보더니 그대로 입을 다물었다. 내가 아는 한 노엘리아는 유용하면서 일회용인 새 친구의 가능성을 찾아보았을 것이다. 아마도 그는 기준에 못 미쳤겠지.

1분 후, 인도인으로 보이는 호리호리한 소녀가 방에서 나왔다. 무심히 그 소녀를 보던 나는 뒤늦게 화들짝 놀랐다. 마치 패션쇼의 런웨이에서 걸어 나온 것 같았다. 큰 키에 날씬한 몸매, 하나로 모아 높이 묶은 검은 머리, 흠잡을 데 없는 화장, 위협적인 눈빛의 갈색 눈동자를 에워싼 놀랍도록 긴 속눈썹. 소녀는 가장자리가 황금색인 누비 재킷을 입었는데, 전통적인 인도 양식과 서구의 최신 패션이 조화를 이루고 있었다. 하의는 레깅스에 샌들을 맞춰 신었고 마지막으로 스카프를 목에 둘렀다. 노엘리아가 상류층 패션이라면 이 소녀는 세련된 모델 패션이었다. 손에는 반짝이는 반지를 터무니없을 정도로 잔뜩 끼고 있었다. 적어도 손가락 하나에 반지 하나였다. 아주 날카로워 보이는 반지들.

노엘리아는 턱 밑에 양손을 모으며 경탄을 아끼지 않았다. 그녀는 아마도 힌디어로 짐작되는 언어로 그 소녀에게 말을 걸었다. 나는 노엘리아가 어떤 언어를 말할 수 있는지도 잘 모른다. 인도 소녀는 우쭐하며 자신의 재킷과 노엘리아의 재킷을 차례로 가리키며 미소를 지었다.

그런 식으로 두 사람은 서로의 마음에 들었다. 음, 경쟁자와 같은 방에 2분가량 같이 있으면서 가까워질 수 있는 한 가까워졌다고 하는 게 맞을 것이다. 노엘리아에게 저렇게 금방 호감을 느끼다니 순진하다고 한다면 내가 너무 위선적이리라. 왜냐면 오래전 지금보다 한참 어린 노엘리아가 내 베레모에 대해 신나서 떠들어 댈 때만 해도 나 역시 노엘리아가 너무 좋았으니까.

적어도 이번에는 노엘리아의 수법을 안다. 다른 도둑의 헛소리에 절대 넘어가지 않을 것이다.

그런데도 노엘리아와 '반지 소녀'가 이야기를 나누며 깔깔 웃어 대자, 나는 베개를 주먹으로 마구 치고 싶은 충동과 싸워야 했다.

다시 문이 열리고 크림색 스웨터를 입은 소년이 나왔다. 그는 내가 본 중에 가장 완벽한 조각 같은 검은 머리를 하고 있었다. 옆으로 흘러내린 머리가 한 가닥도 없었다. 그는 동아시아인이었다. 세련된 안경 뒤로 예리한 눈빛이 보였다.

"안경 멋있다, 친구."

'카드 보이'가 마치 복도에서 만난 같은 반 친구라도 되는 듯 고개를 살짝 들어 인사를 건넸다.

'완벽한 머리'가 손가락으로 안경을 밀어 올렸다.

"나도 알아."

그는 곧장 앉지 않고 실내를 한 바퀴 돌면서 눈에 보이는 모든 것을 느리지만 꼼꼼하게 분석했다. 물론 모든 것에는 우리도 포함되었다. 카드 보이는 완벽한 머리가 요모조모 뜯어보는 눈빛으로 바라보자 여전히 카드로 이런저런 기술을 선보이며 히죽 웃었다.

"지난번에 나를 그렇게 뜯어보던 남자랑은 밤을 같이 보냈는데."

그는 짓궂게 웃으며 말했다.

완벽한 머리는 웃지도 당황하지도 않는 듯했다. 그는 휴대폰을 꺼내서 뭔가를 입력했다. 아마도 이런 내용이었을 것이다. 너무 기대하지 마.

다음으로 나온 사람은 여자애로 이번에도 동아시아인이었다. 그녀의 머리는 갈색으로 염색한 곱슬머리였다. 목에는 풍성한 머리카락과 함께 레트로풍의 커다란 황금색 헤드폰이 걸려 있었다. 방의 반대편에 있는데도 헤드폰에서 흘러나오는 음악 소리가 들렸다. 그 소녀는 카드 보이 옆에 앉더니 쿠션을 끌어안았다. 그녀의 시선은 카드 보이가 아치를 그리며 섞고 있는 카드로 향했다.

"나도 해 봐도 될까?"

소녀가 양손을 내밀었다. 카드 보이가 카드를 주더니 섞는 법에 대해 이야기를 시작했다.

두 명의 참가자가 거의 동시에 방에서 튀어나왔다. 한 명은 비행기에서 본 히스패닉 소녀였다. 이제 머리를 땋았는데—그 안에서 머리를 땋느라 시간을 낭비하다니 신기했다—머리채를 청재킷을 입은 어깨 뒤로 넘겼다. 소녀의 걸음걸이는 천사처럼 우아했다. 발걸음이 마치 공기처럼 가벼웠다. 댄서인가. 문득 떠올랐다. 아니면 곡예사일까? 그런데 이런 생각에 골몰한 틈이 없었다. 함께 나온 남자애가 우리의 관심을 모두 흡수해 버렸기 때문이다.

제일 먼저 내 귀에 그의 부츠 소리가 들어왔다. 카메라가 계산된 속도로 천천히 바닥을 때리는 바이커 부츠를 줌인하면 바에 있던 사람들이 동시에 입을 닫는 장면이 나오는 영화처럼. 실내가 일순 조용해졌다. 주인공은 키가 큰 백인 남자였다. 까까머리. 항공 재킷. 손가락 관절에서 우두둑 소리가 났다. 나는 몸서리가 쳐졌다. 이 남자애는 어딘지 이상했다. 손에서 우두둑 소리를 내는 모습이 너무 공격적으로 보였다. 그리고 너무 천천히 걸었다. 경계해야 하는 순간과 '정말' 경계해야 하는 순간을 판별해 내기 위해 오랜 세월 훈련을 받지 않았다고 해도 이 남자가 길에서 보이면 얼른 건너편으로 피해야 한다는 사실을 알 수 있을 것 같았다.

적어도 이 방에서 그는 나와 반대편으로 향했다. 그의 옆자리에는 절대 앉고 싶지 않았다. 모두 나와 같은 생각 같았다.

카드 보이를 제외하면. 이 응접실을 보고 고문실이 아니어서 실망했던 당사자 말이다.

새로운 얼굴이 앞을 지나가자 카드 보이가 발을 내밀었다. '오싹한 남자'는 그 발에 걸려서 비틀거리며 두 걸음을 걸었다.

노엘리아가 헉 숨을 들이쉬었다. 솔직히 나도 그랬다.

"어이쿠! 미안해, 친구. 앞을 잘 보고 다녀야지."

카드 보이가 혀를 끌끌 찼다.

오싹한 남자의 얼굴이 구겨졌다. 그의 눈에 핏발이 섰다. 그는 카드 보이의 목덜미를 향해 손을 확 뻗었다.

"어머나!"

'헤드폰 소녀'가 섞고 있던 카드가 빗방울처럼 튀어 나가 사방으로 떨어졌다. 카드 보이, 운도 좋네. 덕분에 그는 오싹한 남자가 뻗은 손을 피할 틈이 생겼다.

"이래서 엄지손가락을 구석에 두라고 한 거구나."

헤드폰 소녀가 실수였다는 듯 어깨를 으쓱했다. 카드 보이를 구해 주려고 일부러 그런 건가? 너무 무심한 태도라 뭐라 딱 꼬집어 말하기 어려웠다. 어쨌든 그렇게 보이려는 심산이었다면 그녀의 뜻대로 되었다. 사방으로 흩어진 카드는 싸움을 막아 주는 역할을 했다. 오싹한 남자는 주먹을 쥐고 안락의자에 앉았다. 의자의 팔걸이에 손을 내려놓고 손가락을 폈다 오므렸다 하는 게 영화 속 소시오패스가 지하실에 가둬 놓은 인질을 생각하는 모습 같았다. 흡사 연쇄 살인마 버팔로 빌과 같은 분위기가 풍겼다. 이런 생각을 한 사람이 절대 나 혼자일 리 없었다.

"로션을 바구니에 담아 ……"

노엘리아가 불어로 속삭였다. 나는 웃음을 참을 수 없었다. 노엘리아는 몸을 숨기는 척했다. 하지만 반지 소녀가 영화의 대사를 알아듣지 못하자 그 이야기는 그쯤에서 멈췄다. (노엘리아는 영화 〈양들의 침묵〉에 나오는 연쇄 살인마 버팔로 빌이 자신이 감금한 피해 여성에게 한 말을 따라 한 것이다―옮긴이)

헤드폰 소녀가 카드를 줍기 시작했다.

"도와줄 사람?"

그녀가 우리를 바라보며 물었다.

소시오패스는 확실히 도와줄 생각이 없었다. 완벽한 머리는 휴대폰에 뭔가를 입력하는 사이사이에 카드 몇 장을 되는 대로 헤드폰 소녀 쪽으로 찼다. 노엘리아와 그녀의 새 절친 반지 소녀는 그런 부탁이 세상 무엇보다 짜증스러운 듯했다. 땋은 머리의 '댄서 소녀'만이 진심으로 도와주었다. 그녀는 아직도 공중에서 팔랑팔랑 떨어지는 중인 카드 몇 장을 낚아챘다. 게다가 소파 아래로 들어간 카드 두 장을 꺼낼 때는 인간이라고는 믿어지지 않는 괴이한 각도로 팔을 꺾는 모습이 내 눈에 똑똑히 보였다.

나는 특별히 돕겠다는 생각 없이—헤드폰 소녀가 이런 연극으로 더 약한 참가자를 골라내려는 심산일 수도 있으니—내가 앉아 있는 편안한 소파를 눈으로 훑었다. 그때 뒤집혀 떨어져 있는 카드 한 장이 보였다. 카드 한 장을 건네준다고 큰일은 나지 않을 터였다. 게다가 실제로 내가 마음이 넓은 사람인지 아닌지 경쟁자들을 헷갈리게 할 수도 있다.

몸을 기울여 그 카드를 집는데 어디선가 불쑥 손 하나가 나오더니 따뜻한 손가락이 내 손을 스쳤다.

고개를 드는 순간 처음 보는 참가자와 얼굴을 바짝 마주 보는 상태가 되었다. 심장이 미친 듯이 뛰었다. 마침내 흑인 참가자가 나왔다. 문이 열리는 소리는 듣지 못했는데.

새 참가자는 뭔가를 안다는 듯한 미소를 지은 채 카드를 집어 들며 뒤집었다.

"하트 퀸."

그의 영국 억양에 살짝 놀랐다. 억양이 물 흐르듯 매끄러웠다. 그가 속삭이듯 말하자, 얼굴을 바짝 붙이고 있는 상태에서 내게만 살짝 말해 준 기분이 들었다.

"이건 징조일지도 몰라."

나는 배 속에서 나비가 펄럭거리는 기분이 들기 전에 몸을 뒤로 뗐다. 그러자 새 참가자가 그 카드를 헤드폰 소녀에게 돌려주었다.

그는 단추를 잠그는 조끼 안쪽에 넥타이까지 매고, 우리 중 가장 말쑥한 옷차림을 하고 있었다. 소매를 팔꿈치까지 접어 올려서 롤렉스 시계를 모두에게 뽐냈다. 머리가 완벽하게 정리되어 있었지만, 머릿결을 보니 어쩌면 순수한 흑인이 아닐지도 모르겠다는 생각이 들었다. 그리고 그의 눈동자도 석탄처럼 까만색이라고 하기에 약간 부족한 갈색이었다.

새로 등장한 참가자는 숨이 멎을 정도로 잘생긴 남자였다. 서 있는 자세와 내게 처음 던진 말을 생각해 보면 그도 그 사실을 잘 아는 듯했다. 그리고 기회가 날 때마다 그 사실을 자신에게 유리하게 써먹을 것이다.

나는 정신을 차리자며 마음을 다잡았다. 로스 퀘스트는 만난 지 5분밖에 되지 않은 잘생긴 남자에게 홀딱 반하는 여자가 될 생각이 없다. 내 인생의 목표에서 제일 꼭대기 자리는 갬빗에서 우승해 엄마를 되찾는 것이 차지하고 있다. 자신에게 유리하다면 비위를 맞춰 주는 남자의 추파에 넘어가다니 어림도 없다.

그렇다. 나는 전혀 관심이 없다.

"늦는 바람에 재미있는 장면을 놓쳤나 보네."

'잘생긴 영국인'이 말했다. 그는 이런 말조차 섹시하게 들리게 말했다. 그는 내가 앉은 소파로 오더니 물었다.

"앉아도 될까?"

나는 반대하지 않았다. 그는 토크쇼의 초대 손님처럼 한쪽 발목을 다른 쪽 무릎에 올려놓았다. 그러더니 손가락으로 황금 넥타이핀—자물쇠를 따기에 안성맞춤일—을 넥타이에 끼웠다.

"내가 자기소개 시간을 놓친 건 아니지?"

"누가 그런 걸 하고 싶어 하겠니?"

새로 사귄 절친인 슈퍼 모델이 들어온 후 처음으로 노엘리아가 다른 사람에게 말을 했다.

"나는 괜찮은 생각 같은데."

댄서 소녀가 내 옆에 앉더니 머리채 끄트머리를 만지작거리며 말했다.

"리얼리티 쇼처럼?"

헤드폰 소녀가 물었다. 완벽한 머리가 코웃음을 쳤다.

"이건 리얼리티 쇼가 아니야."

구석에 설치된 또 다른 돔형 감시 카메라가 눈에 들어왔다. 나는 의미심장한 표정으로 그 카메라를 보았다.

"정말 그렇게 생각해?"

"나는 좋아."

카드 보이가 다리를 통통 굴렀다. 그는 어느새 말없이 카드를 섞는 참가자로 돌아가 있었다.

잘생긴 영국인이 미소를 지었다.

"어차피 서로의 이름은 곧 알게 될 거잖아. 그리고 다들 원한다면 직접 알아낼 수 있는 사람들일 테고."

그가 일어서서 한 손을 가슴에 대고 말했다.

"데브로 켄지. 잉글랜드."

"국적도 말해?"

내가 한쪽 눈썹을 올렸다.

데브로가 다시 앉으며 되물었다.

"안 될 게 뭐야? 서로의 억양으로 추측해 대느라 고생할 필요도 없잖아."

"좋아."

헤드폰 소녀가 이어서 말했다. 흥겨운 음악이 여전히 헤드폰에서 새어 나왔다.

"나는 신경순이라고 해. 한국에서 왔어. 물론 남한 말이야."

경순이 입고 있는 헐렁한 티셔츠에는 내가 잘 모르는 케이팝 밴드와 함께 파스텔 핑크색으로 한국어가 찍혀 있었다. 더 빨리 눈치 챘어야 했는데.

경순은 상상의 마이크를 카드 보이에게 넘겼다. 그는 밀지 않은 쪽 머리를 손으로 쓸어 넘겼다.

"좋아. 이름은 마일로 미켈슨이야. 나를 'M제곱'이라고 부르는 사람들도 있어. 대부분은 그러지 않지. 너희가 아이라이너를 싫어한다면 나와는 친구가 될 수 없어. 오, 그리고 나는 라스베이거스에서 왔어. 미국 네바다주에 있는 곳이지."

"우리 다 알거든."

완벽한 머리가 대꾸했다. 경순이 키득거리며 웃었다.

"그러면 도박사야?"

데브로가 물었다.

마일로는 성이 난 표정을 지으며 자리에 앉았다.

"신사분, 저는 아직 도박을 해도 되는 나이가 아니랍니다."

나는 웃음이 나왔다. 마일로가 모범적인 청소년 흉내를 내고 싶었다면 연기 실력이 출중했다.

다음은 싸움꾼 친구였다. 그는 말을 할지 말지 속으로 고민하는 것처럼 보였지만 결국 대답했다.

"루커스 테일러, 호주. 다음."

마이크는 완벽한 머리에게로. 그는 팔꿈치를 무릎에 대고 턱 아래에서 손가락 끝을 뾰족하게 모았다.

"타이요라고 불러. 주최자들이 따로 요청하지 않는 한 내 성은 말하지 않을 거야. 나는 일본에서 왔어."

"성을 알려 주지 않겠다고?"

반지 소녀가 이렇게 말하며 머리를 뒤로 홱 넘기는데, 손가락의 반지들이 환상적으로 빛났다. 평생 이렇게 자연스럽게 화려함을 뽐내는 모습은 처음 보았다.

"말해 봐. 우리는 아무에게도 말 안 해. 아니면 겁먹은 거니?"

그녀가 사악한 미소를 지었다.

타이요는 꿈적도 하지 않았다. 그는 휴대폰에 다시 뭔가를 입력하기 시작했는데, 그런 반응에 반지 소녀는 짜증이 나는 듯했다.

"너 지금 뭐 쓰는 거야?"

그녀가 캐물었다. 타이요는 대꾸도 하지 않았다. 반지 소녀가 한 대 칠 기세였지만, 노엘리아가 섬세한 손으로 어깨를 살짝 누르며 만류했다. 노엘리아는 목청을 가다듬더니 일어섰다.

"나는 노엘리아 소피아 보세르라고 해. 스위스 취리히에 살아."

그러더니 치마의 주름을 펴고 말을 이었다.

"그리고 나는 에메랄드보다 루비를 좋아해. 밤 산책을 즐기지. 나나 아드라가 너희를 이기더라도 너무 속상해하지 않기를 바라."

노엘리아가 그 말을 끝으로 자리에 앉자 나머지 사람들이 전부 벙찐 표정이 되었다. 반지 소녀 아드라만 빼고. 그녀는 자신이 포함된 것에 반색하는 듯했다. 모든 것이 노엘리아의 매뉴얼대로다. 그매뉴얼에 따라 노엘리아와 자신에게 나머지 사람들은 모두 적이된 것처럼 느껴질 것이다.

"보세르는 이 분야에서 가장 역사가 오래된 가문 중 하나잖아, 그렇지?"

아드라가 이렇게 묻는데, 어쩐지 노엘리아가 그렇게 물어보라고 시켰을지 모른다는 생각이 들었다.

"그래, 맞아."

노엘리아가 얼굴을 붉히며 대답했다. 억, 토할 것 같아!

반지 소녀가 자신을 가리키며 말했다.

"노엘리아가 말한 대로 나는 아드라야. 인도."

경순의 입이 떡 벌어졌다.

"너 좀 전에 타이요가 성을 말하지 않는다고 소리 지르지 않았어? 네 성도 말해!"

아드라는 어깨를 으쓱했지만, 눈빛은 장난스럽게 반짝거렸다. 아드라는 도무지 사람들과 사이좋게 지내지 못하는 성격 같다.

"마음을 바꿨어."

그러더니 나와 한 비행기를 탔던 유연한 댄서 소녀를 지목했다.

"다음은 너."

댄서 소녀는 완벽한 자세를 유지하며 앉아 있었다. 그 모습을 보고 있으니 백조가 연상되었다.

"예리엘이라고 해."

그녀가 말했다. 예리엘의 억양은 강하고 감미로웠지만 정작 목소리는 떨렸다. 긴장해서 그런 걸까?

"예리엘 안투네스. 니카라과."

그녀는 다른 말을 덧붙이지 않았다.

이제 나만 남았다.

"자, 그럼 마지막으로……?"

데브로가 말했다.

나는 한숨을 쉬며 땋은 머리를 뒤로 넘겼다.

"로스 퀘스트. 바하마."

"퀘스트라고?"

마일로는 하마터면 의자에서 떨어질 뻔했다.

"너희 집안은 전설이잖아! 나는 퀘스트가가 진짜로 존재할 줄은 꿈에도 몰랐어! 너희 가족 중 누군가가 영국 왕실 보석을 슬쩍했고 왕실은 그 일이 새어 나가지 않도록 입막음을 하고 있다는 소문이 사실이야?"

모두의 눈이 나를 향했다. 하지만 그들 모두 열렬한 관심을 보이는 건 아니었다. 특히 노엘리아는 자신보다 내 성이 더 환호를 받는다는 사실에 격분한 것 같았다.

"할머니가 좀 과장을 하신 것 같아."

내가 말했다.

마일로가 고개를 끄덕이며 턱을 톡톡 쳤다.

"그렇다고 해도 잠자리 동화로는 딱 좋아."

그 점은 마일로의 말대로였다.

그때 열두 개의 알람이 일제히 울렸다. 남아 있던 타이머 세 개는 22분에서 얼어붙은 채 멈췄다. 제한 시간은 끝났고 그들의 문은 열리지 않았다. 대신 카운트다운 시계가 달려 있지 않은 문이 활짝 열렸다.

컴컴한 복도에서 백인 여성 한 명이 한쪽 팔에 태블릿 하나를 클립보드처럼 끼고 나타났다. 숏컷인 그녀의 머리는 입고 있는 바지 정장과 똑같이 진한 붉은색이었다. 지옥에 안내원이 있다면 이 여자가 안내 데스크에 앉아 있을 것이다.

"여러분이 이미 인사를 나눈 덕에 분위기가 화기애애한 걸 보니 기쁘네요."

여자 뒤로 문이 닫혔다. 경순과 루커스 사이에 빈 소파가 있었다. 나는 여자가 그 소파에 앉을 줄 알았는데 그냥 서 있었다. 그리고 우리 모두를 바라보았다.

"몰래 지켜보고 있었다는 이야기를 그런 식으로 하나요? 제일 앞줄에 앉아서 이 게임을 지켜보는 사람들은 몇 명이죠?"

루커스가 묻자, 여자가 미소를 지었다.

"우리가 늘 지켜보고 있다고 생각하도록 하세요. 저를 '카운트'라고 부르면 됩니다. 올해 대회에서 여러분의 연락책을 맡게 되었습니다. 여러분이 선택된 건 우리 조직의 관심을 끌었기 때문입니다."

"남은 세 방에 있는 사람들은 어떻게 되나요?"

타이요가 물었다.

"그건 예비 시험이었어요. 말하자면 역량 평가라고 할까요. 그 사람들은 탈락했어요."

카운트가 말했다.

"그 사람들은 신경 쓰지 않아도 됩니다. 더는 대회에 참가하지 않을 테니까요."

열두 명이 시작했는데 벌써 세 명이 떨어졌다. 확실히 장난이 아니다.

카운트가 말을 이었다.

"그럼 이제부터 규칙을 알려 드리겠습니다. 도둑들의 갬빗은 세 단계로 구성되어 있습니다. 각 단계마다 다양한 테스트를 통과해야 합니다. 여러분 중 누구라도 수행 과정이…… 인상적이지 않다는 판정을 받는다면, 곧장 실격 처리될 수 있습니다."

"그 말은 우리가 테스트를 통과해도 그 과정이 멋있지 않다면 탈락할 수 있다는 뜻이군요."

노엘리아의 어조는 질문이라기보다 아는 내용을 확인하는 것 같았다. 물론 걱정 따위를 하는 말투도 아니었다.

"맞습니다. 경기를 더 진행할 수 없을 정도로 부상을 입을 경우에도 실격 처리됩니다."

카운트가 말했다.

나는 앉은 자리에서 몸을 꼼지락거렸다. 이모가 이 대회는 유혈이 낭자할지도 모른다고 했다. 그런데 누가 해를 가하는 걸까?

"미리 말해 두어야 할 사항이 있습니다."

카운트의 표정이 좀 더 강인하고 진지하게 변했다.

"경쟁자를 제거한다고 갬빗을 우승할 수는 없습니다. 각 단계 이외의 상황에서는 절대 폭력을 행사할 수 없습니다."

"그러면 단계 수행 중에는요?"

루커스가 물었다.

"각 단계 실행 중에 여러분 서로 맞닥뜨려서 실력 행사를—목숨을 앗을 정도라 하더라도—해야 한다면, 그때는 용인됩니다. 하지만 아무 이유 없이 동료 경쟁자를 공격한다면 호감을 살 수 없습니다. 이 대회는 도둑들이 벌이는 경쟁입니다. 주먹부터 휘두르지 말고 머리와 기술로 상대 적수를 능가하세요. 우리와 계약을 맺을 승리자라면 머리는 영특하고…….”

“계약이라고요?”

내 입에서 저절로 말이 튀어나왔다.

카운트가 나를 보았다.

“질문을 받은 덕에 다음 이야기로 넘어가면 되겠군요. 우승자가 소원을 비는 것과 별개로, 누가 우승자가 되건 그해 우리 조직의 최고 도둑이 되는 영예를 얻게 됩니다. 우승자는 우리가 요청하는 일은 뭐든 받아들여야 합니다. 물론 그 일에 대해서는 두둑한 보수를 받게 되겠죠.”

그녀의 미소는 어딘지 꿍꿍이를 숨기고 있는 것 같았다.

“평소 수입보다 훨씬 나을 겁니다. 장담해요.”

계약 도둑으로 보내는 1년이라. 이런 것도 포함되어 있다는 건 꿈에도 몰랐다. 그런데 그렇게 나쁜 일은 아니잖아? 어차피…… 떠날 생각이었으니까. 그런데도 그 1년이 내가 상상했던 자유의 시간에 조금도 가깝지 않을 거라는 예감이 들었다.

“우리가 그 일을 맡고 싶을 때만 하는 거죠?”

“이 조항은 의무 조항입니다. 우승자가 되면 일을 해야 합니다. 그 조항을 받아들일 수 없다면, 지금 떠나셔도 좋습니다.”

카운트는 잠시 입을 다물고 할 말이 있으면 해 보라는 듯 바라보았다. 아무도 손가락 하나 까딱하지 않았다. 나조차도.

엄마가 없다면 미래가 없었다. 이 대회가 유일한 방법이었다.

마일로가 감정도 풍부하게 한숨을 쉬었다.

"그럼 하던 이야기로 얼른 돌아가죠. 아무도 기권하지 않을 거예요. 1단계는 언제 시작되나요?"

"이미 시작됐어요."

모두가 똑바로 앉았다. 내 옆의 데브로조차 초집중한 얼굴로 몸을 앞으로 쑥 내밀었다.

카운트가 태블릿 화면을 손으로 슥 밀었다. 우리 사이에 놓인 테이블로 이미지가 이동했다.

"와우……."

경순이 화면이 켜진 테이블을 유심히 바라보았다. 경순의 눈에 탐욕이 넘실대는 모습을 보니 이것도 훔쳐 갈 수 있는지 생각하는 것 같았다. 여러 방향에서 본 건물 도면이 화면을 빙빙 돌았다. 모두 합쳐 3층이고 창문은 얼마 되지 않았다. 첫눈에 비상구가 적어도 네 개는 보였다.

"우리는 지금 개인 소유의 의상 박물관 지하 창고에 있습니다. 이 박물관의 위치는……."

"프랑스 칸의 외곽이죠."

아드라가 말을 끝맺었다. 그리고 노엘리아를 향해 의기양양한 표정을 지었다. 이 박물관에 전에도 와 본 적이 있나 보다.

"맞습니다."

카운트가 말을 이었다.

"여러분은 총 열다섯 가지 품목을 기억해야 합니다."

화면에서 여러 물건이 빠른 속도로 나타났다 사라졌다. 잘생긴 프랑스 귀족의 미니 초상화, 금박 뮤직 박스, 훈장을 주렁주렁 달고 있는 로마 황제의 조각상. 목표물은 대부분 작아서 겨드랑이에 끼고 나올 수 있을 것 같았다. 나는 그 조각상을 후보로 점찍었다. 조각상을 유리문 장식장 안에 넣어 전시하는 경우는 잘 없으니까. 열다섯 가지 물건이 다 소개되자 이번에는 다섯 개씩 세 줄로 배치되어 화면에 떴다.

"여러분의 과제는 오늘 저녁 9시까지 마르세유에 있는 그래프 호텔에 이 물건 중 하나를 가져오는 것입니다. 프런트에는 스파기아리 일행이라고 하면 됩니다."

스파기아리라고? 그렇다면…….

"그 '앨버트' 스파기아리요?"

타이요가 한쪽 눈썹을 올리며 물었다. 타이요 외에는 알아들은 사람이 아무도 없는 듯했다. 적어도 앨버트 스파기아리가 그 유명한 니스 은행 강도 사건의 주모자라는 사실을 나만 아는 건 아닌가 보다. 스파기아리는 개인적으로 내 우상이었다. 몇 달 동안 하수관을 통해 은행 금고 아래까지 터널을 팔 정도로 의지가 강한 사람이기도 했지만, 그가 처음으로 도둑질을 한 계기가 여자 친구에게 다이아몬드를 사 주기 위해서였다는 사실이 낭만적이기 때문이기도 했다.

카운트는 말없이 고개만 끄덕였다.

"현재 시각은 오후 4시 2분입니다. 토요일은 박물관의 관람 시간이 7시까지고요. 제 왼쪽에 있는 문 뒤로 1층으로 가는 계단이 나올 겁니다."

그 말까지 한 후 카운트가 스크린에 목표물들을 여전히 띄워 놓은 채 일어섰다.

"여러분 중에 여덟 분만이 다음 단계로 갈 수 있습니다."

"저기……."

경순이 불쑥 끼어들었다.

"제 짐은 어떻게 되었나요? 가방 몇 개를 기내에 싣고 왔어요. 승무원이 그 짐을 따로 챙겨서 가져다주겠다고 했거든요."

적어도 나만 짐을 빼앗긴 건 아니었다.

"우리는 여러분이 어떤 도구를 잃었는지 잘 알고 있습니다. 그런 물건이 없는 상황에서의 독창성을 시험하는 무대로 생각해 주세요. 그 짐들은 후에 다 돌려드릴 겁니다. 또 다른 질문 있나요?"

카운트가 실내를 둘러보았다. 질문은 없다.

"좋습니다. 즐거운 사냥을 하기 바랍니다. 오, 한 가지 더 있군요."

그녀는 문을 나서기 직전에 우뚝 멈춰 섰다.

"이 박물관의 주인은 마피아 보스의 아내라는 말이 있어요. 그러니까 보안이…… 삼엄하겠죠? 행운을 빕니다."

손가락이 찌릿찌릿했다.

1단계가 시작되었다.

로절린 퀘스트가 17년을 살아오면서 털어 본 박물관 : 30곳

로절린 퀘스트가 다른 퀘스트 가족의 도움 없이 혼자 턴 박물관 : 0곳

그렇지만 모든 일에는 다 처음이 있잖아?

예리엘이 땋은 머리 끄트머리를 비틀어 댔다.

"보안 상황에 대해서 그냥 겁주려고 한 말이겠지?"

"아닐걸."

루커스가 손가락 관절을 우두둑 꺾으며 말했다. 첫 번째 과제 중에 불쌍한 경비원의 목이라도 부러뜨리고 싶은가 보다.

"우리를 겁주는 게 그 사람들에게 무슨 득이 되는지 모르겠는데."

타이요가 말했다. 그는 도면 사진을 찍었다. 아직도 다 외우지 못한 걸까?

"네가 가서 물어봐. 네가 이 박물관을 노리는 동안 경비 순서가 어떻게 되는지 근무 계획서를 복사해 달라고 해."

아드라가 소파 주위를 빙빙 돌며 말했다.

노엘리아가 웃음을 터트렸다. 그녀는 예리엘에게 윙크를 하고 아드라를 옆으로 끌고 왔다.

예리엘은 왜 아무도 걱정을 하지 않는지 진심으로 불안하다는 듯 입을 열었다가 그냥 한숨만 쉬었다.

나는 잠시 방을 서성거렸다. 카운트가 남기고 간 도면에 우리가 있는 지하층은 없었다. 우리끼리 남겨진 이곳은 지도에도 없는 미스터리였고 나는 내가 있는 곳에 대해 아무것도 모른다는 사실이 너무 싫었다.

이곳에는 우리가 나온 방의 문 아홉 개가 살짝 열려 있었고, 카운트가 들어왔다 나간 문을 포함해 네 개의 문이 더 있었다. 카운트의 문을 제외하면, 문에는 전부 화면이 달려 있었다. 나는 열린 방들을 슬쩍슬쩍 들여다보고 내가 깨어났던 방도 다시 둘러보았다. 모두 같았다. 벽은 검은색이고 가구가 거의 없어 휑했다. 바닥에는 자물쇠가 쌓여 있었다. 마일로와 아드라는 나처럼 자물쇠를 수북하게 쌓아 놓은 반면, 루커스는 전부 긴 소파 아래로 밀어 넣었고 노엘리아는 가지런히 한 줄로 늘어놓았으며 경순은 스마일리 얼굴을 만들어 놓았다.

문득 호기심에 다른 생각은 다 잊어버렸다. 데브로와 타이요의 자물쇠들은 어떨까? 예리엘은?

나는 슬그머니 타이요의 방을 들여다보려다가 아직도 닫혀 있는 방문 앞에서 그대로 얼어붙었다. 그 방의 문은 바닥에서 살짝 떨어진 높이에 달려 있었다. 다른 방문은 아랫부분이 양탄자에 파묻힐 정도로 바닥에 딱 닿았지만 이 문은 알아차릴 수 있을 정도로 바닥에서 아주 살짝 떠 있었다.

적어도 나는 알아차릴 수 있을 정도라고 해야 할까.

아주 잠깐 망설인 후 나는 그 방의 자물쇠로 손을 뻗었다. 이 문은 달랐다. 그 문 너머에는 누가 혹은 무엇이 있을까?

내 손가락이 손잡이에 닿기 일보 직전, 휴대폰의 진동음이 울렸다. 내 휴대폰만 아니라 모두의 휴대폰이 울렸다.

모르는 번호로부터의 메시지.

> 탈락한 경쟁자들이 있는 방은
> 접근 금지입니다.
> 어떤 문이건 열어 보려고 한다
> 면 즉시 실격입니다. 😊

"자기 거 건드리지 말라고 전하는 카운트만의 방식인가 봐."

마일로가 느긋하게 미소를 지으며 말했다.

"방어할 힘도 없는 사람의 물건을 슬쩍하려 하다니. 냉혹하네."

그의 말투에서 속마음은 정반대라는 걸 알 수 있었다.

"도둑의 물건을 훔치는 건 범죄가 아니야."

타이요가 카운트가 나간 문 쪽으로 발길을 옮기며 말했다.

"그 말은 영화 대사 같은 거니?"

아드라가 묻는 소리가 들렸다.

"속담이야."

왜 신경이 쓰이는지 모르겠지만 내가 대답했다.

빈둥거리는 동안에도 시간은 째깍째깍 자꾸만 흘러갔다. 이곳에서 나가는 다른 출구는 없었다.

나는 노엘리아와 아드라 옆을 아슬아슬하게 빠져나가며 타이요의 뒤를 따랐다. 내 마음속 한구석에는 아드라가 안됐다는 생각이 슬그머니 들었다. 몇 번째인지 모를, 쓰고 버리는 절친.

바로 내 앞에서 마일로가 복도로 들어섰다. 엘리베이터까지 일직선으로 곧장 이어진 통로였다. 그 엘리베이터는 문이 부채처럼 접히는 형태로 손으로 직접 여닫는 옛날 방식이었다.

근사했다. 그렇지만 엘리베이터 문에 감탄하고 있을 새가 없었다. 한정된 시간 안에 박물관을 돌아보고, 경비 상황을 분석하고, 최적의 목표물을 몇 개 추리고, 탈출 경로를 짜야 한다.

마일로가 어깨너머로 나를 돌아보았다.

"나를 따라오는 거야?"

나는 고갯짓으로 타이요를 가리켰다.

"네가 쟤를 따라가는 거라면."

마일로는 허리를 쭉 펴더니 턱을 문질렀다. 그 모습이 꼭 현자처럼 보이고 싶어 하는 것 같았다.

"다른 도둑을 따라가는 도둑이라……. 음…… 방향을 잃을 일은 없겠지?"

나는 터져 나오는 웃음을 참았다.

"그 말도 속담처럼 들리는데?"

"나는 너희와 달리 속담을 읊어 대는 일에는 조예가 없는 것 같아. 하지만 생각해 봐. 속담이 금고를 여는 데 도움된 적이 있니?"

마일로가 휴대폰을 힐끔 보았다. 화면은 텅 비어 있었다. 그는 손을 비틀어서 내키지 않는 듯 휴대폰을 주머니에 집어넣었다. 마일로를 처음 본 후로 그는 줄곧 휴대폰을 확인하거나 확인하지 않으려고 용을 쓰면서 이런 행동을 했다.

"기다리는 메시지라도 있어?"

내가 물었다. 마일로는 나를 보지도 않고 대답했다.

"그럴 리가."

타이요가 엘리베이터의 문을 힘껏 열었다. 그는 마일로가 속담으로 농지거리를 하는 말을 들었는지 못 들었는지 아무 대꾸도 하지 않았다. 물론 나는 들었을 거라 확신한다.

마일로가 타이요의 뒤를 따라 승강기로 들어갔다. 나는 문 앞에서 있었다. 엘리베이터 같은 자그마한 공간에 다른 사람들과 함께 들어가는 것은 소매치기를 부르는 지름길이다. 적어도 엘리베이터를 탈 때면 나는 항상 이런 생각을 했다.

타이요가 엘리베이터 안의 단추를 눌렀다. 그러자 경고음이 승강기를 뒤흔들었다. 타이요가 다시 눌렀다. 같은 결과.

카운트는 고장 난 엘리베이터와 함께 우리를 이곳에 가둬 버린 걸까? 이번에 치러야 할 미니 테스트는 몸을 이리저리 꼬면서 승강기 케이블을 타고 오르는 건가?

"허."

마일로가 승강기 안쪽에 달린 지시사항을 톡톡 쳤다.

"한 번에 한 명씩. 빈말이 아닌가 봐."

그러자 타이요가 문을 다시 닫으며 마일로를 밖으로 밀쳤다.

"이봐!"

마일로가 비틀거리며 빙그르르 다시 되돌았지만 타이요가 문을
다시 꼭 닫는 모습을 지켜볼 수밖에 없었다. 이번에는 엘리베이터
가 가뿐하게 올라갔다.

"가위바위보로 순서를 정할 수도 있잖아!"

"나는 가위야."

타이요가 손가락 두 개를 들더니 하나를 다시 접었다. 그러자 결
국 가운뎃손가락만 남았다.

"그러시든가."

타이요와 엘리베이터가 시야에서 사라지자 마일로가 말했다.

"어차피 나는 늘 보자기를 내니까."

마일로 다음으로 내가 엘리베이터를 타고 위로 올라갔다. 도착
한 곳은 창고였다. 엘리베이터 문은 가짜 책장 뒤에 숨겨져 있었다.
그곳에서 나는 넓은 복도로 슬그머니 들어섰다. 그러자마자 박물관
의 소음이 나를 집어삼켰다.

두 걸음을 걸어 나가다가 큼직한 무당벌레 모양의 흉측한 브로

치를 달고 있는 백인 여성과 충돌했다. 그 여자는 나와 부딪히자 눈이 튀어나올 것처럼 놀랐다.

손가락이 근질근질했다. 이 여자의 못생긴 브로치를 보면 이모가 깔깔 웃을 것이다. 엄마라면 지독한 물건이라며 바다로 던지겠지.

문득 엄마를 떠올리자 숨이 콱 막혔다. 지금 어디에 있건 내가 닿을 수 없는 엄마.

집중하자.

나는 박물관의 서쪽 동부터 살펴보기 시작했다. 그곳이 엘리베이터와 이어진 창고가 있는 위치이기 때문이었다. 나는 그곳에서부터 작업을 해 나가기로 결정했다. 비상구의 위치를 살피며 목표물들의 크기를 확인할 계획이다. 물건은 열다섯 개, 우리는 아홉 명이었다. 다른 경쟁자가 눈독을 들이지 않는 목표물을 고를 가능성이 100퍼센트는 아니지만, 경쟁이 치열하지도 않았다.

나는 먼저 조각상 전시 홀로 들어갔다. 하얀 햇빛을 받아 반짝거리는 곳이었다. 대성당처럼 천장이 아주 높은 그 방은 대리석과 도자기의 숲이었다. 적어도 백 개는 될 법한 조각상들은 제작 시기가 다 달랐으며 받침대에 올려져 있었다. 은색 안내판에는 전시품의 이름과 함께 전시된 패션에 대해 더 많은 정보를 알고 싶은 관람객들을 위한 QR 코드도 실려 있었다. 목표물을 찾아내는 데는 1분가량 걸렸다. 물건을 찾아내자마자 이번 단계를 쉽게 통과하겠다는 자신감은 흔적도 없이 사라졌다.

카운트가 제시한 목록의 첫 번째 물건은 하늘에서 비처럼 쏟아지는 햇빛을 한몸에 받으며 전시실 중앙 서 있었다. 대리석으로 만든 황제의 조각상. 스크린에서 봤을 때만 해도 내 팔뚝 정도일 것이라고 짐작했다. 기껏해야 무릎 높이겠거니.

실제로 보니 내 머리가 조각상의 허리께에도 닿지 않았다.

황제의 우윳빛 시선과 눈을 맞추려고 목을 한껏 뒤로 젖히면서 이를 갈지 않으려고 애를 썼다. 대리석은 무게가 1세제곱미터당 2.6톤이다. 게다가 이 조각상은 1세제곱미터를 훌쩍 넘는다. 이걸 옮기다니 말도 안 된다. 지금 우리랑 장난하자는 건가?

홀에서 서둘러 나오며 나는 재킷 주머니에 넣은 손을 비틀었다. 1번 목표물은 어림도 없었다. 그 목록 중에 우리를 골탕 먹일 목적으로 포함된 물건이 몇 개일까? 나는 그로부터 1시간 동안 갤러리와 전시관을 돌아다니면서 카운트의 목록에 올라 있는 물건을 하나씩 확인했다.

목표물 열다섯 개 가운데 훔칠 만한 건 고작 여덟 개뿐이었다.

한 달 전부터 계획을 세우지 않는 한, 폭이 15미터나 되는 유화나 로비 바닥에 드릴로 박혀 있는 기념 현판을 이곳에서 몰래 빼내기란 불가능하다. 우리 중 누구도 야외에 있는 분수를 지워 버리듯 가져갈 수는 없을 것이다.

상황을 판단하자 베개에 얼굴을 파묻고 소리라도 지르고 싶었다. 터무니없는 목표물을 확인한 우리를 보며 키득거리고 있을 주최자들이 상상되었다.

나는 박물관을 돌아다니며 경쟁자들을 유심히 지켜보았다. 조각상 전시실을 터덜터덜 걸어 나오는 경순이나 유화 갤러리에서 씩씩거리며 나오는 루커스를 보니 나만 머리를 쥐어뜯고 싶은 건 아닌 듯했다. 이런 목표물들을 살피면서 돌아다니느라 귀중한 시간만 날렸다.

그때 내 휴대폰이 진동했다. 막막한 심정으로 뒷주머니에서 휴대폰을 꺼내 확인하자마자 절로 움찔했다. 이모.

솔직히 지금까지 이모의 전화가 한 통도 걸려오지 않았다는 사실이 더 놀라웠다.

목표물 하나가 있는 아담한 전시실 하나로 들어가니 그곳은 은은한 조명이 켜진 아늑한 공간이었다. 나는 일단 심호흡을 하고 전화를 받았다.

목청을 가다듬고 말문을 열었다.

"네."

"네? 사탄의 최애 게임쇼에 나간다며 한밤에 집을 나가 놓고 간신히 전화가 연결되니 처음 한다는 소리가 '네?'"

나는 반사적으로 다시 '네'라고 대답할 뻔했지만, 용케 참았다.

"죄송하다는 말씀밖에 드릴 말이 없어요. 그렇지만 제가 떠난 걸 후회하지 않는다는 건 이모도 나도 알잖아요. 그러니까 제 대답은 '네'예요."

나는 한숨을 쉬며 유리 전시대에 몸을 기댔다. 그 안에는 카운트의 목록 중에 제일 쉬운 목표물이 있었다. 붉은 리본이 묶여 있는 달걀 모양 액자에 든 작은 초상화. 그 전시대에는 그런 초상화가 스무 개가량 더 있었다. 소개 글에 따르면 '초상화 상자'였다. 17세기 유럽에서 여자 친구의 셀카를 휴대하던 도구인 셈이다. 경쟁자가 적어도 한 명은 더 있을 것 같았다. 어쩌면 모두가 노릴지도 모른다. 혹시 이것이 이 단계의 진짜 목적 아닐까? 우리의 충돌은 예정된 결과일까?

이모가 뭔가 말을 꺼내려는 듯 숨을 들이쉬는 소리가 들렸다.

"돌아오라고 하지 마세요, 이모. 이건 하고 말고의 문제가 아니라는 걸 이모도 아시잖아요. 내가 떠난 후에 10억 달러가 해안에 밀려온 게 아니라면요."

"알아, 나도 안다고. 로스."

이모가 말했다.

"지금까지 뭘 하고 있었니? 지금 어디야?"

"프랑스예요. 우리는 박물관에 있어요."

"우리?"

"우리 아홉 명이요. 제가 아직은 아무도 팔찌로 목을 조르지 않았거든요. 약에 취했고 지하실에 갇혀 있었던 걸 빼면 아직 아무도 나를 해치려고 하지 않았어요. 거기까진 좋은데…… 여기 노엘리아 보셰르도 있어요."

"아이고, 맙소사."

이모가 눈을 크게 뜨는 모습이 눈에 선했다. 노엘리아와 내 사이의 앙금을 이모보다 더 잘 아는 사람도 없다.

112

"그 애 때문에 한눈팔지 마. 갬빗에서 이기려면 한눈팔 새가 없으니까."

"네, 알아요."

나는 이모의 말을 얼른 잘랐다. 그리고 미니 초상화들을 감상하려는 커플에게서 얼른 떨어졌다.

"지금 문제는 그 애가 아니에요. 이모, 참가자가 아홉 명이에요. 그런데 목표물은 여덟 개밖에 없어요. 제비뽑기를 하는 기분이에요."

"음, 혹시…… 다른 참가자와 편을 짜면 어떨까?"

내 휴대폰이 고장 났나?

"지금 그걸 농담이라고 하세요?"

"농담 아니거든?"

나는 소곤거리는 수준으로 목소리를 낮췄다.

"이모, 첫 번째 규칙. 저는 이 사람들 못 믿어요."

"당연하지. 믿으라는 게 아니야. 이용하라는 거지. 다른 사람과 편을 먹으면 네가 원하는 물건을 손에 넣을 가능성이 배가 돼. 혹시라도 둘이서 끝내 목표물을 하나밖에 손에 넣지 못하는 경우, 그 물건은 너 혼자 챙겨서 떠나야지."

배 속이 뒤틀렸다. 너무나 친숙한 전술이었다. 내가 당하는 입장이었지만.

나는 이 단계를 그런 식으로 통과하고 싶지 않았다.

"엄마라면 그런 식으로 하지 않았을 거예요. 분명히 혼자 해낼 방법을 찾으셨겠죠."

"그렇게 자신하지 마."

커플이 나란히 손을 잡고 아늑한 전시실을 빠져나갔다. 그런데 그 자리를 낯익은 말쑥한 인물이 차지했다. 데브로는 흠잡을 데 없이 사근사근한 미소를 지었다. 내 심장이 콩닥거리는 건 아마도 그가 욕실 거울을 보며 저 미소를 연습했기 때문일 거라고, 나는 마음속으로 말했다.

"이제 끊어야겠어요. 메시지 보낼게요."

나는 전화를 끊었다. 휴대폰을 주머니에 넣는데, 데브로가 슬쩍 훔쳐보았다.

"남자 친구야?"

그가 물었다.

"아니."

나는 왜 이렇게 얼른 대답했지?

"흠. '여자' 친구?"

"그걸 왜 묻는데?"

"그럼 그것도 아니라는 거구나. 알아서 다행이네."

정말 짜증 나는 인간이다. 나는 그를 밀치고 지나갔다. 그의 말에 다시 얼굴이 달아오르는 느낌이 들어서는 아니었다. 그러고는 카운트의 목표물이 있는 진열대 앞에 다시 섰다. 그러자 데브로가 나를 따라왔다.

"저 조그만 초상화? 이 박물관에서 가장 쉽지만 가장 까다로운 목표물일걸."

내가 코웃음을 쳤다.

"분수대가 조금 더 복잡하지 않을까."

"맞아. 그렇지만 경쟁자는 없겠지. 그런데 이건……."

그는 턱으로 유리 진열대를 가리켰다.

"아까 마일로와 루커스가 이 근처를 어슬렁거리는 모습을 적어도 두 번은 봤어. 그 예리엘인가 하는 여자애는 말할 것도 없고."

그는 유리를 뚫어지게 바라보며 옆으로 살짝 비켜섰다. 순간적이었지만 나는 우리 뒤에서 다른 전시물을 보고 있는 척하는 예리엘과 그녀의 길게 땋은 머리가 유리에 비친 모습을 분명히 보았다. 입고 있던 청재킷을 벗어 버리고 부드러운 재질의 블라우스만 입고 있으니 좀 더 상류층 출신으로 보였다. 노련한 수.

나는 데브로를 힐끗 보고는 다시 걷기 시작했다. 그는 얼른 나와 나란히 걷기 시작했다.

"너는 이런 거나 하고 있니? 다른 사람들이 뭘 노리는지 보러 다니기?"

내가 물었다. 나는 돌아다니면서 경쟁자들을 어디서 보았는지 잘 기억해 두었다. 그렇지만 제한 시간이 정해져 있으니 누가 뭘 노리는지 알아내는 데 너무 공을 들일 필요가 없다는 것쯤은 잘 알았다. 그 시간에 목표물을 정해 손에 넣을 계획을 세우는 게 먼저였다.

"그런 셈이지. 하지만 이건 염탐이라기보다 인터뷰 같은 거야."

데브로가 대답했다.

나는 전시실 사이사이에 긴 의자들이 놓여 있는 복도로 나갔다. 데브로도 나를 따라왔다. 애는 뭘 원하는 걸까? 데브로가 재미있고 잘생기기까지 했지만 우리는 잡담이나 나누고 있을 짬이 없었다.

"이제 가."

나는 우뚝 멈춰 서서 그에게 말했다. 마음 같아서는 쏘아붙이고 싶었지만, 짐짓 유쾌한 목소리를 유지했다. 잘못하면 말다툼을 하는 '커플'로 사람들의 기억에 남을 수도 있다. 목표물을 물색하러 돌아다니는데 누군가의 기억에 남고 싶은 사람은 없을 것이다.

"싫은데?"

능글거리면서 말하는 모습을 보니 한 대 때려 주고 싶었다. 그는 내 옆의 벽에 기대섰다. 거리가 너무 가까워졌다. 이제 정말 커플처럼 보일 지경이었다.

반짝반짝 빛나는 그의 갈색 눈이 나를 바라보았다. 나는 정신을 바짝 차리려고 했다. 데브로는 자신의 잘생긴 얼굴로 상대를 무장해제 시키는 일에 익숙했다.

"원하는 게 뭐야?"

내가 따졌다.

"나랑 손잡는 거 어때?"

데브로의 말에 나는 깜짝 놀랐다.

"목표물 중에는 더 쉬운 것들도 있어. 하지만 뭘 훔치건, 혼자보다 둘이 더 쉬울 거야. 소소한 협력을 해 보면 어떨까?"

이모의 말이 머릿속에서 울렸다. 데브로의 제안은 지금 상황에 딱 맞았다…….

"약속 장소에 각자 물건 하나씩 가져가야 하는 거 잊었어? 두 사람이 물건 하나를 가져가서는 통과 못 해."

"내 말은 그게 아니야. 너도 알잖아."

그가 말을 이었다.

"우리는 공동으로 두 개를 훔칠 거야. 각자 하나씩 챙기고."

"그럼 누구 물건을 먼저 훔치지? 네 것?"

"그건 나중에 생각해도 돼."

이 사람들을 믿지 마. 이용해. 이모는 내게 말했지만, 그렇다면 데브로 역시 이 상황을 똑같이 바라보고 있지 않을까?

내가 가장 만만해 보였나? 조종하기 제일 쉬워 보였을까?

나를 바라보는 그의 눈빛이 예리해졌다.

"어때?"

나는 입을 굳게 다물었다.

"왜 내게 이런 말을 하는 거야? 혹시 모두에게 거절을 당한 거니?"

"말도 안 돼. 너는 내가 처음으로 선택한 사람이야."

"그러니까 왜냐고."

그가 입이 귀에 걸릴 정도로 활짝 미소를 지었다.

"네가 예뻐서라고 하면 믿을 거야?"

"아니. 게다가 정말로 그런 이유라면 모욕당한 기분이 될 거야."

"알았어."

그는 좀 더 편하게 벽에 기댔다.

"네가 앉은 자리로 판단해 볼 때, 너는 문을 두 번째로 열고 나온 사람이었을 거야. 1등은 노엘리아였을 테고. 노엘리아에게 말해 보려고 했는데 걔는 벌써 파트너를 구했더라. 안 될 일에 내 시간을 낭비하고 싶지 않았어."

"그래서 내게 접근하면 결과가 더 좋을 것 같았니?"

"내가 사람들 마음을 잘 읽거든."

나는 데브로를 잠시 응시했다. 그의 말은 진심으로 들렸다. 그의 제안을 거의 수락할 뻔했다…….

느닷없이 한기가 내 목덜미를 훑고 지나갔다. 산속 스키 캠프에서 내 손목을 조여드는 싸늘한 금속 수갑에 대한 기억이 물밀듯이 밀려왔다. 내게 함정을 판 사람이 지금, 이 박물관에 있다. 그때 얼마나 내가 바보처럼 느껴졌던지. 되풀이할 순 없다. 소중한 것이 걸려 있는 지금은 더더욱 할 수 없었다.

첫 번째 규칙, 상대가 퀘스트가 아니라면 절대 믿어선 안 된다. 오늘은 내가 버틸 수 있는 한계를 시험하는 날이 아니다.

"안 되겠어."

내가 대답했다.

"네 도움은 필요 없어. 그리고 내 도움이 필요하다면 너는 여기 있을 사람이 아닌 거야."

그의 얼굴이 어두워졌다. 하지만 그 얼굴에서 읽어낸 감정은 분노가 아니었다. 실망이었다.

"정말 아쉽네."

그는 한숨을 쉬고는 벽에서 몸을 뗐다.

"나중에 후회하지나 마."

나도 그러길 바라. 데브로가 멀어져 가자 나는 이렇게 생각했다.

9

전시실로 이어지는 9미터 높이의 환풍구에서 때를 기다리는 동
안, 기대감으로 심장이 두근거리지 않았다고 하면 그건 거짓말이
다. 손끝이 뜨거운 물건을 막 만지려는 것처럼 따끔따끔했다.

나는 폐관 시간까지 그곳에 숨은 채 몇 번이고 박물관 지도를
머릿속으로 그리면서 모든 출구를 다 돌았다. 주출입구가 두 곳, 비
상구가 네 곳. 뒤쪽에는 직원용 출입구가 두 곳. 그리고 환기 시스
템이 있었다. 나는 환기 시스템의 지도를 손바닥으로 그려 보며 미
리 기억해 둔 열일곱 개의 입구와 출구를 다시 떠올렸다. 처음부터
폐관 시간까지 환기구에 숨어 있을 생각은 아니었다. 먼저 박물관
을 나갔다가 비상구로 잠입하는 편이 더 좋았을 것이다. 그렇지만
경비원들이 어떤 식으로 교대를 하는지 모르므로, 손전등을 든 경
비원에게 들킬 위험을 감수하는 건 영리하지 못했다.

나는 은신처에서 박물관을 내내 지켜보았다. 관람객들이 썰물처
럼 빠져나가고, 보안 요원이 첫 순찰을 돌았다. 그리고 저조도의 조
명만 남겨 놓고 모든 조명이 꺼졌다. 마침내 박물관이 폐관했다.

경비원은 20분 간격으로 순찰을 돌고 있다. 목표물을 빼내는 데 주어진 시간이 20분이라는 뜻이다. 15분 안에 끝내는 편이 안전하다. 언제나 예상보다 여유가 더 없다고 생각해야 하니까.

차 한 대를 훔쳐서 칸에서 마르세유까지 운전해 가는 데 두 시간이 걸린다. 그러므로 목표물을 챙겨서 이곳을 빠져나가는 데 주어진 시간은 60분.

저 아래, 내 허리 높이 되는 유리 진열대 뒤에 플랜 A가 있다. 19세기 파리 오페라에서 사용한 반쪽 가면으로, 눈 밑에 초승달이 새겨져 있다. 내가 아는 한 이 가면을 노리는 사람은 나뿐이다.

나는 환기구로 들어가기 전 마지막 한 시간 동안 데브로를 따라다니며 다른 경쟁자들의 동태를 살폈다. 마일로는 엘리자베스 1세가 착용했다고 전해지는 진주 박힌 주름 칼라를 노렸다. 재미있는 걸 봤는데, 마일로는 레이저 펜 같은 도구를 가지고 있었다. 그는 그것으로 유리 전시대 주위에 달린 금속 자물쇠마다 흠집을 냈다. 처음에는 박물관이 열려 있는 동안 그 진주 옷깃을 훔칠 정도로 배짱이 두둑하다고 생각했다. 하지만 마일로는 그 도구로 금속을 절단할 수 있다는 사실을 확실하게 확인하자 더는 사용하지 않고 잠시 넣어 두는 듯했다.

루커스는 용케도 경비원의 제복 한 벌을 손에 넣었다. 경비원으로 위장한 그를 처음 보자마자, 손발이 묶인 채 쓰레기 컨테이너 뒤에 버려진 속옷 차림의 남자가 머릿속에 그려졌다. 마지막으로 본 루커스는 비비안 리의 립스틱 세트가 전시된 갤러리를 순찰하는 시늉을 하고 있었다. 경비원들에 슬쩍 섞여들기는 가장 쉽게 물건을 손에 넣는 방법일 것이다. 내가 신장 180센티미터의 백인 남성이 아닌 한, 그런 계획은 소용이 없다.

경순은 다이아몬드로 뒤덮인 뮤직 박스를 배경으로 셀카를 과할 정도로 많이 찍었다. 노엘리아라면 마리 앙투아네트의 구두를 원할 것이 분명했다. 그 애가 여기 없다면 나도 그것을 노렸을지 모른다. 노엘리아는 베르사유의 보석 전시실에서 나를 지나치며 얼굴에 미소를 띠고 손까지 흔들었다. 아드라도 그 구역을 돌아다녔다. 아드라가 자신이 이용당하는 중이라는 사실을 어서 깨달으라고 손가락을 꼬며 빌었다. 덤으로 노엘리아를 먼저 배신해 나를 위해 그 애를 대회에서 제거해 달라는 소망도 담아서.

아쉽게도 나는 모든 참가자가 어떤 물건을 노리는지 확실하게 파악할 수 없었다. 데브로는 짧은 대화를 나눈 후 완전히 행방불명되었다. 그러면 타이요는? 몇 시간 째 그를 못 보았다. 그런 건 상관없다. 아무도 노리지 않는 물건이 뭔지 아는 한.

플랜 A—바로 아래에 있는 가면. 이 전시실은 키패드 자물쇠로 잠겨 있다. 그러므로 유일한 접근 방법은 이렇게 천장에서 내려가는 것뿐이다. 비밀번호를 몰래 알려 줄 승무원이 이 근처에 있을리 없으니, 내가 천장에서 내려가 가면을 움켜쥐고 복도 끝 비상구로 도망치는 것보다 더 빨리 키패드를 해제하고 들어올 만한 경쟁자는 없을 것이다.

플랜 B—황제의 반지. 전시실 두 개를 더 지나가면 걸려 있는 백만 달러짜리 반지로 황금에 루비가 잔뜩 박혀 있다. 환기 시스템으로 이동하면 전시대 바로 위까지 갈 수 있다. 그런데 그 전시대는 붉은 광선이 십자로 교차하도록 배치된 열감지 센서들 한가운데 놓여 있다. 격자 형태로 배치된 센서들 사이로 몸을 꼬거나 유연하게 움직이는 건 어렵지 않다. 그래도 센서 때문에 플랜 B가 플랜 A보다는 확실히 더 성가시기는 하다.

그리고 마지막으로 플랜 C—앞의 두 계획이 다 실패한다면, 나는 재빨리 환기구로 돌아가 로비로 내려간 후 조심스럽게 온 길을 되돌아서 박물관의 심장부로 갈 것이다. 그리고 그곳에서 훔쳐 낼 물건은 한 쌍의 상아 부채다. 걸어서 박물관 안으로 더 깊숙이 들어가야 하므로 분명 위험할 것이다. 부디 이 단계까지 오지 않기를.

관심을 온통 아래에 집중한 채, 움직임이 사라지고 완벽한 시간인 7시 20분이 오기를 기다리는 동안 심장 박동이 점점 빨라졌다. 경비원이 다시 순찰을 돌러 오려면 20분이 걸릴 것이다.

지금이다. 먼저 환기구 뚜껑을 옆으로 치우고 그 틈으로 다리를 내렸다. 물론 양팔로 환기구 내부를 꽉 잡고 몸을 지탱했다. 다음으로는 팔꿈치만으로, 마지막으로 양손으로 내 몸을 지탱할 때까지 다리를 그네처럼 흔든다.

높은 곳을 건널 때의 상식은 '아래를 보지 말라'다. 하지만 그건 떨어지지 않으려는 사람을 위한 조언이다. 두려워할 여유가 없다. 엄마는 망설이지 않을 것이다. 엄마라면 벌써 뛰어내렸을 거다.

그때 방 건너편에서 뭔가가 딸깍했다. 나는 떨어지기 직전에 다시 붙잡아 간신히 환기구에 매달릴 수 있었다. 경비원이 예정보다 일찍 돌아왔나? 경비원이 들어오기 전에 환기구로 다시 돌아가 숨을 수 있을 리 만무했다.

문의 자물쇠가 다시 딸깍했다. 삐 소리와 이어지는 긁는 소리. 그리고 다시 삐 소리.

나의 운석 팔찌가 내 손목을 묵직이 누르며 설상가상으로 싸워야 할 수도 있다고 상기시켜 주었다.

나는 숨을 몰아쉬며 손을 놓을 준비를 했다. 좋아, 해 보는 거야.

문이 스르르 열렸지만 경비원의 손전등 불빛은 들어오지 않았다. 대신 그림자 하나가 들어왔다.

그 형체는 자연스러우면서도 자신만만하게 벽에 딱 붙어서 전시실로 들어온 후 곧장 내 가면이 있는 진열대로 향했다. 걷는 모습을 본 순간 나는 누구인지 알아차렸다.

데브로.

게다가 안을 들여다보는 인물이 또 있었다. 경순이었다. 그녀는 푸르게 빛나는 작은 스크린이 달린 기계를 들고 있었는데, 그 기계의 전선이 문밖의 키패드에 연결되어 있었다. 경순도? 경순은 뮤직 박스에 눈독을 들이는 줄 알았는데.

피가 마구 뛰기 시작했다. 물론 내가 평소 도둑질을 할 때 느끼는 유쾌한 흥분이 아니였다. 나는 데브로가 내 분노를 느끼기를 바라며 이글거리는 눈빛으로 그를 쏘아보았다.

데브로는 가면이 든 진열대에 도착하자 위를 보았다.

우리의 눈이 마주쳤다. 그의 눈썹이 위로 올라갔다. 환기구를 잡은 손가락에 더 힘을 주었다. 나는 송전선에 걸린 마르디 그라(Mardi Gras. 프랑스어로 '기름진 화요일'이라는 뜻으로 기독교에서 금욕 기간을 앞두고 마음껏 먹고 즐기는 풍습에서 시작되었다. 축제 중에 색색의 구슬 목걸이를 주고받는 것으로 유명하다―옮긴이) 축제의 구슬 목걸이처럼 천장에서 대롱거리고 있었다. 그 모습이 세상에서 제일 재미있는 구경거리라도 된다는 듯 데브로가 내게 손을 흔들었다.

당장 죽고 싶었다. 얼굴이 화끈거렸다. 플랜 A는 이렇게 끝장이 났다. 데브로와 몸싸움을 벌이는 건 내 계획에 없다. 설령 있다고 해도 그의 새 파트너 경순이 가만히 지켜보기만 하겠는가?

데브로는 내 마음을 읽기라도 한 듯 여전히 희희낙락한 채 조끼 주머니에서 다용도 도구 같은 것을 꺼내 진열대 위에 올려두었다. 그리고 몇 걸음 더 걸어와 바로 내 아래에 섰다. 그는 내가 본 중에 가장 짜증스럽고, '내가 이렇게 신사적이라니까'라고 말하는 표정을 지으며 양팔을 벌려 나를 받으려 했다.

나는 정말 그 자식이 미웠다.

나는 몸을 위로 끌어올려 환기구로 돌아갔다. 그러는 내내 그의 눈에 내 모습이 어떻게 보였을지 신경이 쓰여 미칠 지경이었다.

비명을 지르고 싶었지만 나는 전문가답게 흥분을 가라앉혔다. 결국 가면은 데브로에게 넘어갔다. 그러라지. 이래서 내가 플랜 B를 생각해 둔 거니까.

이제 반지를 가지러 가자.

10

반지 전시실을 이리저리 가로지르는 붉은 광선들. 눈에 잘 보이는 광선이 없었다. 적외선 안경을 따로 챙기지 않았기에 천만다행이었다.

이곳은 천장에서 바닥까지 고작 3미터에 불과하다. 황제의 반지가 든 진열대 바로 앞으로 떨어진 후 진열대를 발판 삼아 다시 환기구로 돌아가면 되었다.

그렇지만 확실히 쉬운 일은 아무것도 없다.

그날 두 번째로 내가 점찍은 방의 가장자리로 어떤 형체가 움직였다. 나는 그대로 얼어붙었다. 신선한 공포가 내 가슴을 파고들었다. 이런 일이 또 일어나다니.

유연한 형체가 몸을 접고 구르면서 춤을 추듯 센서들 사이를 요리조리 빠져나갔다.

노엘리아.

나는 다른 참가자들이 무엇을 노리는지 살펴볼 만큼 살펴봤다. 노엘리아는 분명히 마리 앙투아네트의 구두를 노렸다. 그건 다 나를 노린 연극이었나?

30분 만에 다시 한번 분노로 얼어붙은 채 나는 노엘리아가 내 바로 아래에 있는 진열대로 올 때까지 조용히 기다렸다. 귀에 회색으로 보이는 뭔가가 꽂혀 있었다. 무선 이어폰인가? 옆쪽에 작은 푸른 불빛이 빛나고 있었다. 누군가 그녀에게 이야기를 하는 중이었다. 뭐라고 하는지는 들리지 않았다.

"아니, 나 지금 들어왔어."

노엘리아가 노련한 도둑만 들을 수 있는 작지만 완벽하게 깨끗한 목소리로 말했다.

노엘리아는 블레이저 주머니에서 얇은 은색 신용카드 같은 물건을 꺼냈다. 그런데 카드의 가장자리가 어찌나 날카로운지 보기만 해도 눈이 베일 것 같았다. 나는 눈을 가늘게 뜨고 노엘리아를 관찰했다. 유리를 절단하려는 걸까? 나는 유리를 깨트릴 계획이었는데 그것보다 더 안전한 방법이다. 진열대 윗면을 깔끔하게 절단하면 상자를 되돌려 놓을 수 있다. 아무도 알아차리지 못할 것이다. 다만 너무 오래 걸리는 방법이다.

그런데 왜 노엘리아는 이 작업을 금방 끝낼 것 같은 예감이 들지?

그녀는 달군 칼로 버터를 썰 듯 칼날로 유리를 잘랐다. 플랜 B도 끝장이다. 그렇다면 플랜 C로 가야 하나?

플랜 C조차 선수를 빼앗겼다면? 그때는 어떻게 해야 할까?

노엘리아가 구두를 훔치지 않았다면…….

나는 아래를 보았다. 노엘리아는 연한 갈색 메신저백을 메고 있었다. 앙증맞은 핑크색 물건이 가방 한구석에서 불쑥 삐져나와 있었다.

말도 안 돼. 저건 바로⋯⋯.

노엘리아는 유리 진열대의 반대편을 잘라내려고 몸을 움직여 앞으로 내밀었다. 가방 한구석에서 비쭉 튀어나온 구두 코 부분이 또렷하게 보였다.

마리 앙투아네트의 구두.

그녀를 지켜보는 동안 내 머리가 정신없이 돌아가기 시작했다. 이미 목표물을 손에 넣었는데 왜 여기에 왔을까? 아드라를 위해서? 목표물을 손에 넣었는데 왜 아드라를 버리지 않았지?

그녀의 무선 이어폰 안에서 또 작은 목소리가 웅얼거렸다. 노엘리아가 누구와 이야기 중인지 어렴풋이 짐작이 갔다. 그러자 아까보다 더 짜증이 났다.

노엘리아는 목표물에 시선을 집중한 채 대답했다.

"그럴 줄 알았어. 지금 그 구역에 있으면 뮤직 박스도 꼭 챙겨."

심장이 멎는 것 같았다. 그 뮤직 박스―카운트의 목록에 있던 또 다른 목표물? 지금까지 목표물을 몇 개나 손에 넣은 거지?

나는 머리를 감쌌다. 이건 재앙이었다.

왜 모두 이렇게 빨리 힘을 합치는 걸까?

데브로의 제안을 받아들일걸 그랬다.

복도에서 들어온 손전등 불빛이 휙 훑고 지나갔다. 노엘리아는 몸을 웅크리고 센서들 사이로 몸을 비틀어 이동해 벽에 딱 붙었다. 경비원이 갤러리 안을 손전등으로 한 번 비추면서 감시 센서들이 아무 문제 없는지 힐끔 보기만 했다.

그의 발소리가 멀어지자 노엘리아가 말했다.

"됐어. 그래, 퀘스트보다 차라리 그 애가 낫지."

그 순간 모든 것이 이해되었다. 노엘리아는 내가 이 단계에서 실격하기를 바라고 있다.

피가 끓기 시작했다. 내가 자기 일을 빼앗았기로서니 이렇게까지 화가 났다고? 애초에 노엘리아의 탓이었다. 지금까지 이어진 전쟁은 그 애가 먼저 시작했다. 지금 이 상황은 게임이 아니다. 내가 체포되고 말고의 문제가 아니다. 엄마의 목숨이 이 대회에 달려 있다.

노엘리아는 내게서 엄마를 빼앗을 수 없다.

엿이나 먹으라지.

나는 환기구에서 훌쩍 뛰어내렸다.

노엘리아가 화들짝 놀라며 본능적으로 거미줄 같은 레이저 사이를 빠져나가 뒤로 물러났다. 좋았어. 도둑질에 성공하려면 상대보다 단 몇 초만 앞서면 되니까.

나는 유리 진열대의 뚜껑을 밀치고 상자에서 반지를 낚아챘다. 노엘리아가 몸을 내게로 날렸다. 그렇지만 나는 레이저 광선 사이로 몸을 비틀어 빠져나가 반대편 벽으로 갔다. 노엘리아가 나를 쫓아왔다. 그런데 바로 그때 손전등 불빛이 복도 끄트머리로 되돌아왔다. 노엘리아는 소리를 죽여 헉헉거리면서 뒤로 물러나 벽에 몸을 꼭 붙였다. 나도 벽에 딱 붙었다. 우리는 불빛이 다가오자 숨을 죽인 채 서로를 노려보았다.

경비원이 다시 손전등으로 안을 비추었다. 심장이 터질 것 같았다. 경비원이 안으로 들어와 우리를 보면 어떻게 될지 나는 짐작도 되지 않았다.

오래전에 잊은 줄 알았던 기억이 수면 위로 떠올랐다. 지금 이 상황을 거울에 비춘 것 같은 상황이었다. 다만 나와 노엘리아는 지금보다 훨씬 더 어렸고 스키 캠프에서 잠자리에 있어야 할 시간에 잠옷을 입고 부엌에서 버터 쿠키를 찾는 중이었다. 그때 우리는 들키지 않았다.

나는 노엘리아를 바라보았다. 노엘리아도 지금 같은 기억을 떠올리고 있나? 분명 그랬다. 내 안의 뭔가가 그렇게 느꼈다.

그녀가 얼굴을 찌푸렸다. 행복한 기억이 아닌가 보다. 따지고 보면 행복하고 말고 할 것도 없을 것이다. 그녀에게는 다 연극이었을 테니까.

경비원은 만족스럽게 순찰을 계속했다. 나는 손가락 사이에 반지를 꼭 쥐었다. 노엘리아는 나와 함께한 추억을 모두 증오할까? 그녀가 분명히 싫어할 만한 기억 한 가지쯤 생각해 낼 수 있을 것 같다.

순간, 우리가 전에 했던 놀이가 떠올랐다. 테이블 위에 사탕을 놓고 먼저 잽싸게 낚아채는 사람이 이기는 놀이였다. 노엘리아는 늘 졌고 그때마다 분통을 터트렸다. 승자는 패자의 이마에 딱밤을 때렸다.

경비원이 떠나자 나는 노엘리아에게 반지를 자랑했다. 그러고는 노엘리아가 바로 앞에 있는 것처럼 손가락을 들고는 딱밤을 때리듯 허공에 탁 튕겼다.

바로 그 순간 노엘리아의 얼굴은 열 가지 색조의 붉은색으로 변했다. 나는 활짝 웃었다.

물론 노엘리아는 전혀 재미있어하지 않았다.

그녀는 블레이저의 주머니로 다시 손을 집어넣어 유리 진열대를 가를 때 썼던 칼날을 꺼냈다. 게임 시작.

11

노엘리아가 거미줄처럼 이어진 레이저 불빛 속으로 먼저 뛰어들었다. 나는 그녀를 따라 몸을 뒤집은 채 불빛 사이를 요리조리 빠져나갔다. 그것은 죽음의 춤 같았다. 내가 아주 조금 더 빨랐다.

나는 노엘리아를 향해 팔찌를 날렸다. 노엘리아는 몸을 피하며 동시에 반지를 든 손을 발로 찼다. 반지가 내 손에서 튀어 나갔다. 나는 몸을 숙여 반지를 다시 주우려고 했다. 그러자 노엘리아가 내 손을 걸어찼다.

나는 좌절감에 이를 갈았다.

노엘리아가 내게 그 칼날을 휘둘렀다. 나는 내 팔찌로 그녀의 약점을 가격하고 싶었다. 우리는 센서를 작동시키지 않으려고 지옥의 림보 게임을 하는 것처럼 레이저 불빛 사이로 몸을 낮추고 비비 꼬며 피했다.

노엘리아가 휘두른 날이 내 눈과 고작 몇 센티미터 떨어진 곳—너무 가까웠다—을 휙 지나갔다. 저 칼날을 못 쓰게 해야 한다. 다음 공격에서 나는 반지를 줍는 대신 팔찌를 노엘리아의 손목에 휘감아 두 광선 사이로 휙 잡아당겼다. 발로 노엘리아의 몸과 손을 차례로 걸어찼다. 마침내 칼날이 훌쩍 날아 저편에 떨어졌다. 더는 베고 찌를 수 없으리라.

찡그린 표정에 노엘리아의 얼굴이 뒤틀렸다. 아이구, 안타깝기도 하지. 내 무기는 그렇게 쉽게 날아가지 않는다. 게다가 난 반지도 다시 손에 넣었다.

운석 팔찌는 여전히 노엘리아의 손목에 감겨 있었다. 내가 팔찌를 풀어 주기도 전에 노엘리아가 먼저 팔찌를 움켜쥐고 나를 자신에게로 확 끌어당겼다. 그리고 반지를 향해 손을 뻗었지만 내가 얼른 팔을 뒤로 뺐다.

머리 한구석에서는 남은 시간을 계산하고 있었다. 경비원이 언제 다시 돌아올까? 이렇게 영원히 드잡이하고 있을 순 없었다. 잠시라도 노엘리아의 관심을 내게서 돌려야 했다.

바로 그때 노엘리아의 메신저백에서 불쑥 튀어나온 마리 앙투아네트 구두의 주름 장식이 눈에 들어왔다. 나는 한 짝을 잡아 빼서 양탄자 위를 가로질러 전시실 안쪽으로 걸어찼다. 내 팔찌를 쥔 노엘리아의 손아귀 힘이 순간적으로 약해졌다. 노엘리아의 다음 행동은 뭘까? 손에 못 넣을 수도 있는 반지를 위해 날 공격할까? 아니면 원래 목표물을 찾으러 갈까?

나는 무엇이 영리한 선택인지 알았고 그건 노엘리아도 마찬가지였다.

그녀는 나지막하게 으르렁거리더니 나를 놓아주고 구두를 가지러 얼른 뛰어갔다. 나는 거미줄처럼 쳐진 레이저 빔을 요리조리 빠져나가며 반대 방향으로 냅다 달리기 시작했다. 그리고 바로 그때 옆 복도의 모퉁이를 돌아 나오는 경비원의 손전등 불빛이 보였다. 노엘리아는 그곳에 한동안 갇혀 있어야 할 것 같았다.

경비원이 복도로 들어오기 직전에 나는 '보물이 된 패션' 전시실로 얼른 들어갔다. 수 세기 전의 코르셋과 새틴 드레스가 전시된 길목을 지나가면 로비로 이어지는 메인 홀이 나온다. 그곳에 도착하면 비상구로 빠져나갈 수 있다. 내가 경비원의 무거운 발소리와 손전등을 잘 피한다면, 마르세유까지 이동하여 2단계로 올라가는 건 식은 죽 먹기일 것이다.

모퉁이를 돌아 메인 홀로 들어서려는 찰나 누군가 내 팔을 홱 낚아챘다. 나는 내 목덜미를 짓누르는 뾰족한 물건을 느끼며 그대로 굳어 버렸다. 괴한이 그 물건에 힘을 주자 나는 숨을 헉 들이쉬었다. 심장이 미친 듯이 뛰었다. 내 뇌는 운석 팔찌를 쓰라고 소리를 질러 댔지만, 까딱 잘못 움직였다가 내 목이 잘리는 수가 있었다.

나는 천천히 양손을 들었다. 이 괴한은 경비원도 아니고 노엘리아도 아니다. 누구지?

한 손으로 내 팔을 잡고 다른 손으로 내 목덜미에 칼날을 꾹 누른 채 괴한이 그림자에서 모습을 드러냈다. 푸른색 불빛이 점멸하는 무선 이어폰이 내 시선을 사로잡았다.

아드라.

12

나는 뚝 소리가 날 정도로 턱에 힘을 꽉 주었다. 고통에 아드라
가 내 목에 무엇을 대고 있는지 잊을 뻔했다.

나는 위험을 무릅쓰고 아래를 보았다. 내 목을 공격한 무기는 그
녀의 반지였다. 장신구를 실용적인 용도로 사용하는 사람이 나만
은 아니었다. 그 반지들은 무시무시하게 날카로웠다. 그리고 그 무
기를 어떻게 사용할지 아드라는 잘 알았다.

나는 침을 꿀꺽 삼켰다.

"이번 단계에서 다른 사람과 손을 잡지 않은 참가자는 내가 유
일한가 봐?"

"그래서 네가 유일하게 떨어질 운명인 거야. 그 반지, 이리 내."

아드라의 짙은 갈색 눈동자가 기쁨으로 반짝거렸다.

"반지는 지금도 충분하잖아?"

아드라는 나를 벽으로 밀어붙였다. 나는 내 셔츠로 흘러내리는
뜨끈한 피를 느끼며 인상을 썼다.

"한 번 더 까불어 보시지."

아드라의 손을 쳐서 치워 버리라는 소리가 내 안을 가득 채웠다. 하지만 그녀는 호랑이처럼 한 치의 빈틈도 없이 나를 노려보고 있었다. 잘못 움직였다가는 그 반지가 내 경정맥을 파고들 것이다. 나는 카운트의 말을 떠올렸다. 각 단계 실행 중에 실력 행사를—목숨을 앗을 정도라 하더라도—해야 한다면, 그때는 용인됩니다.

좀처럼 틈이 보이지 않았다. 그렇다고 순순히 반지를 내줄 수는 없다. 어떻게 손에 넣은 반지인데.

내가 조심스럽게 말했다. 아주 조용하게.

"네 파트너가 한 수 빨랐어. 노엘리아가 가져갔어. 나는 그냥 도망치려던 중이야."

"맙소사. 너, 내 반지에 목을 따이고 싶은……."

그때 아드라 뒤에서 어떤 형체가 얼핏 보였다. 나는 곁눈질로 움직임을 포착했다.

또 다른 도둑이 복도를 돌아다니고 있었다. 그 도둑은 벗었던 청재킷을 다시 입고 있었다.

경비원보다는 예리엘이 낫다. 그렇다고 내게 도움이 되는 건 아니지만.

아드라가 반지를 더 깊이 박아 넣었다.

"마지막 기회야."

심장이 쿵쿵 뛰었다. 아드라의 관심을 뺏을 뭔가가 필요하다.

일단 반지를 주고 나서 손을 내리는 순간 아드라를 뛰어넘을까?

성공할 확률은 얼마나 될까?

"알았어. 알았다고."

내가 속삭였다. 아드라가 시선을 돌리는 순간 나는 그녀의 손목을 때려서 반지를 되찾고 도망칠 것이다. 뜻대로만 된다면.

"내 주머니."

나는 시선을 내 재킷 쪽으로 내리며 아드라가 시선을 떨어트리는 귀중한 순간만 기다렸다. 그렇게만 되면 내게 주어진 시간은 0.5초. 절대 허비하지 않으리라.

그런데 아드라가 움직일 틈도 없이, 노엘리아가 헝클어진 금발 머리에 얼굴이 뒤덮인 채 살짝 숨을 헉헉거리며 복도로 튀어나왔다. 탄력이 있는 머리띠를 새총처럼 잡아당기는 자세였다. 게다가 그 머리띠에 확실히는 모르겠지만 어떤 발사체가 달려 있다. 그 경비원은 어떻게 됐을까? 노엘리아는 저 머리띠로 그를 해치운 걸까?

아드라가 전시실로 들어오는 파트너를 향해 고개를 돌렸다. 그녀가 입을 떼기도 전에 나는 손바닥으로 아드라의 어깨를 밀친 후 다른 손으로 턱을 가격했다. 그 기세에 아드라가 뒤로 휙 넘어갔다. 아드라의 입에서 짧은 비명이 튀어나왔다. 놀라운 통제력이었지만 잘했다고 칭찬해 줄 여유는 없었다.

나는 큰 복도로 냅다 도망쳤다.

예리엘의 그림자가 긴장했다. 대체 무슨 상황인지 궁금하겠지. 하지만 그녀가 경비원이 아닌 한 그리 신경 쓰지 않아도 된다. 이제 모퉁이를 두 번만 더 돌면 비상구다.

그때 누군가가 내 재킷을 낚아채서 나를 바닥으로 확 잡아당겼다. 아드라가 내 다리를 잡고 당기기 시작했다. 짜증이 치솟았다. 나는 그녀에게 완전히 깔리기 전에 몸을 비틀고 엉덩이를 마구 흔들어서 아드라를 내게서 떼어내려고 했다. 아드라가 저항을 멈추자마자 나는 충동적으로 아드라의 몸에 올라탔다.

그리고 그녀의 손목을 움켜쥐었다. 내 얼굴에서 고작 5센티미터 떨어진 곳에서 붙잡은 덕분에 얼굴에 맞는 건 피했다. 반지의 날이 내 눈동자 바로 옆으로 지나갔다.

일단 반지부터 없애야 할 것 같았다. 그녀의 손목을 세게 움켜쥐고는 반지를 몽땅 빼 버렸다.

노엘리아의 발소리가 다가왔다. 휙 돌아보자 노엘리아는 발걸음을 늦추며 무기를 쳐들었다. 금속 재질의 검은 물체가 번쩍했다.

나는 몸을 숙였다. 발사된 물체가 내 머리 위 공기를 가르며 지나갔다.

정적이 깨졌다.

고작 몇 미터 앞에서 유리가 와장창 깨지는 요란한 소리가 났다. 유리 전시대 하나가 산산조각이 났다.

"이봐! 꼼짝 마!"

저 멀리서 경비원의 목소리가 울렸다. 예리엘이 깨진 전시대에 가장 가까이 있었다. 그러니까 복도의 입구에 홀로 서 있었다. 도망칠 새도 없었다.

총성이 울리고, 예리엘이 비명을 질렀다.

맙소사.

나는 그대로 얼어붙었고 시선은 예리엘과 붉게 물들어 가는 그
녀의 재킷에서 떨어질 줄 몰랐다.

아드라가 나를 밀쳐 냈다. 나는 옆으로 몸을 굴려 손바닥으로
잠시 바닥을 꽉 누르며 짚었다. 움직여. 움직여야 해.

그때 내 재킷을 슬쩍 당기는 느낌이 나더니, 아드라가 내 반지를
빼갔다.

정신이 번쩍 들었다.

"안돼……."

아드라의 손이 주먹을 꽉 쥐었다. 그녀는 어느새 일어서 있었다.

"새 반지 고마워."

아드라가 윙크를 했다.

그녀와 노엘리아는 원하는 것을 손에 넣었다. 그리고 다른 방향
으로 도망칠 태세였다. 노엘리아가 예리엘을 힐끔 보았다. 표정은
일그러지고 겁에 질려 있었다. 그 표정만 봐서는 금방이라도 예리엘
을 도와주러 갈 것 같았다. 하지만 그녀는 몸을 돌리고 도망치기
시작했다.

나는 벌떡 일어섰다. 불길처럼 아드레날린이 온몸으로 퍼져 나가
기 시작했다. 저 둘을 잡아야…….

그때 뒤에서 신음이 들렸다.

경비원이 가까워지는 소리가 들렸다. 아드라와 노엘리아는 어느
새 빠져나가고 없었다. 심장이 쿵쾅거렸다. 나는 아무것도 손에 넣
지 못했다.

나는 입술을 깨물며 예리엘 쪽으로 돌아섰다.

반지 아니면 예리엘? 엄마의 목숨 아니면 예리엘의 목숨?

엄마라면 당신을 선택하라고, 가족을 고르라고 말할 게 분명하다. 내가 총에 맞았다면, 어떤 멀쩡한 도둑이 나를 구해 주겠는가?

하지만 총에 맞은 사람은 내가 아니었다.

나도 이런 내가 싫지만, 나는 예리엘을 향해 달려갔다.

13

나는 모퉁이에 멈춰 서서 경비원의 발소리가 얼마나 가까워졌는지 귀를 기울였다. 예리엘의 숨소리는 어느새 듣기 괴로울 정도로 힘겨웠다. 예리엘이 나를 봤을까? 봤다면 제발 내 쪽으로 시선을 돌리지 말길.

경비원의 총열이 제일 먼저 눈에 들어왔다. 그는 살금살금 다가오면서 예리엘에게서 눈을 떼지 않았다. 마치 그녀가 언제라도 반격할 수 있다는 듯이. 언제라도 다시 총을 쏠 필요가 있다는 듯이.

그를 지원하기 위해 동료들이 달려오고 있으리라.

경비원이 내게 등을 돌리고 서 있었기 때문에 나는 그의 등으로 훌쩍 뛰어올랐다. 수백 번 연습한 대로 그의 목을 졸랐다. 한 팔로 그의 목을 조르고 다른 손으로 그의 입을 막았다. 그는 나를 떼어내기 위해 몸을 흔들었지만 나는 팔과 손에서 힘을 빼지 않았다. 나의 조르기를 풀 수 있는 사람은 엄마뿐이다. 기껏해야 30초지만 그는 정신을 잃었다.

"걸을 수 있겠어?"

나는 예리엘을 부축해 일으켜 세운 후 이렇게 물었다. 그녀의 옆구리 아래에 막 생긴 구멍에서 피가 쏟아졌다. 입에서는 신음만 새어 나왔다. 예리엘을 내 곁에 세우려는 건 집에서 훈련할 때 쓰는 빈백으로 만든 인체 모형을 똑바로 세우려는 것과 비슷했다.

즉 예리엘의 대답은 '못 걸어'였다.

그녀가 바닥에 쓰러져 있던 곳에 피가 웅덩이처럼 고여 있었다. 나는 팔을 예리엘의 어깨에 두른 후 총상을 입은 옆구리를 꽉 쥐며 계속 지혈을 했다. 내 손은 축축하고 끈적거리고 따뜻했다. 우리는 두 걸음을 걸었다. 우리 뒤로 예리엘의 피가 똑똑 떨어졌다. 심각한 상태가 틀림없다.

"힘내. 나랑 같이 어떻게든 걸어야 해."

나는 예리엘에게 스페인어로 말했다. 더 작은 전시실들의 양탄자는 주홍색이다. 피를 계속 흘리고 가야 한다면 그곳으로 가야 한다.

예리엘의 무게에 나는 주저앉을 것만 같았다. 거의 끌다시피 해서 '보물이 된 패션' 전시실로 들어갔다. 번쩍이는 불빛, 짤랑거리는 열쇠들, 흥분한 목소리들이 우리를 뒤따랐다. 나는 예리엘을 끌고 폭이 넉넉한 19세기 스타일 치마를 입은 마네킹들 뒤로 갔다. 간신히 치마 속으로 들어가자마자 경비원들이 요란하게 우리 옆을 지나갔다. 빛이 거의 없었지만, 숨소리를 크게 내지 않으려는 예리엘의 얼굴에 나타난 고통이 또렷하게 잘 보였다.

경비원들이 다 지나가자 우리는 잠시 새틴 페티코트 속에 말없이 앉아 있었다. 나는 우리가 얼마나 골치 아프게 되었는지 얼굴에

드러내지 않으려고 침을 꿀꺽 삼켰다. 핏자국, 기절한 경비원. 예리엘은 서 있지도 못하는 상태였다.

"경비원들이 우리를 찾아낼 거야."

그녀가 속삭였다. 총에 맞은 후 처음으로 한 말이었다. 그리고 그 말은 우리에게 아무 도움도 되지 않았다.

나도 같은 생각이지만, 고개를 가로저었다. 이런 상황에서 다 그러지 않는가?

"아니, 우리는 빠져나갈 거야."

예리엘이 훌쩍거렸다. 나도 총에 맞았다면 눈물이 나왔을 거다.

"지금쯤이면 출구는 다 봉쇄되었을 거야. 비상구도. 그런데 우리가 어떻게 빠져나가?"

예리엘의 말이 옳았다. 내가 머릿속에 집어넣어 놓은 출구들은 이제 아무 쓸모가 없어졌다. 머릿속에서 출구를 하나하나 떠올렸다. 그리고 그 이미지에는 문의 양쪽을 지키는 보초병들이 거리낌 없이 총을 쏘는 모습이 더해졌다.

하지만 우리가 들어온 문은 제외다. 우리가 타고 올라온 엘리베이터로 가는 문. 경비원이 그 수상쩍은 창고 문을 지키고 서 있는 모습은 상상되지 않았다.

"일어나."

나는 치마 아래로 밖을 얼른 살펴본 후에 예리엘을 부축해서 일으켜 세웠다. 고통으로 예리엘의 얼굴이 일그러졌다.

"어디로……."

예리엘이 말을 하다 말았다. 자신이 비명을 지르지 않고 갈 수 있을지 믿을 수 없다는 듯이.

내가 속삭였다.

"엘리베이터로. 우리가 타고 올라온 거. 이제 입 다물어."

그녀는 고개를 마구 흔들었다.

"안 돼…… 그 아래는…… 나가는 문이……."

설령 그곳에 출구가 없다고 해도 이곳에서 또 날아올 총알을 기다리는 것보다 그 아래에 있는 편이 나았다. 적어도 처음에는 그렇게 생각했다. 그러나 잘 생각해 보니 해결책이 떠올랐다. 100퍼센트 확신은 할 수 없지만.

그 엘리베이터는 한 번에 한 명만 탈 수 있다. 말 그대로 예리엘과 내가 같이 타면 작동을 하지 않는다.

그렇다면 애초에 우리는 그곳에 어떻게 들어갔을까?

여기 올 때 우리는 모두 의식이 없었다. 그러니 누군가가 우리를 옮겨야 했을 것이다. 엘리베이터가 안 된다면 어떻게 옮겼을까? 모두 의식을 잃은 채 박물관을 통과했을 텐데, 전혀 들키지 않았다면?

1인용 엘리베이터는 단지 불편을 주기 위한 요소가 아니었다. 그것은 실마리였다. 저 아래에 분명히 다른 출구가 있다. 나는 그 사실을 확신했다.

어느새 예리엘의 재킷은 검붉은 색으로 흠뻑 물들었다. 나는 예리엘을 꼭 끌어안고 그늘로만 이동했다. 고요한 박물관은 소리가 잘 울리는 동굴 같았다. 모퉁이마다 목소리가 메아리쳤다. 멀리 있는 전시실의 조명이 하나씩 켜지기 시작했다. 그들은 전시실을 하나씩 수색하는 중이었다. 들키는 건 시간문제였다.

나는 머릿속 지도를 따라 기둥 사이나 전시대 사이에 몸을 숨기며 이동해 마침내 창고에 다다랐다. 그곳은 자물쇠로 잠겨 있었다. 실핀으로 자물쇠를 재빨리 따서 문을 열자, 복도의 조명이 켜졌다.

나는 예리엘을 안으로 끌고 들어온 후 벽에 기대게 했다. 그리고 얼른 선반 위를 손가락으로 훑으며 숨겨진 엘리베이터 문을 열 스위치 같은 것을 찾았다. 페인트 통 사이에 작은 스위치가 있었다. 예리엘 옆으로 벽이 튀어나왔다. 그 뒤로 엘리베이터 문이 있었다.

나는 예리엘을 먼저 태우며, 어떻게든 엘리베이터에서 내려야만 내가 다시 엘리베이터를 올릴 수 있다는 말을 몇 번이나 반복했다. 그녀는 고개를 끄덕였지만 나는 그녀를 엘리베이터 안으로 부축하는 내내 망설였다. 나는 예리엘이 나를 위해 엘리베이터를 위로 보내 주리라는 믿음 하나만으로 그녀를 먼저 내려보냈다.

간이 철렁했다. 신뢰. 그녀를 두고 떠나지 않으려면 반대로 그녀를 믿어야 한다.

나는 엘리베이터의 문을 닫았다. 엘리베이터가 아래로 사라지면서부터 문 위에 달린 불을 지켜보며 제발 녹색으로 바뀌라고 간절히 빌었다.

기다렸다.

계속 기다렸다.

밖에서 들리는 목소리가 점점 커졌다. 피. 누군가가 피 이야기를 했다. 우리가 흘린 핏자국을 따라오는 걸까?

그들이 점점 더 가까워졌다.

예리엘부터 내려보내지 말걸 그랬다. 예리엘은 여기 나를 두고 그냥 가 버릴 것이다. 괜히 남을 도우려다 나만 망하게 생겼다.

불빛이 녹색으로 바뀌었다. 아드레날린이 날뛰지 않았다면 나는 안도감에 기절했을 것이다. 엘리베이터가 도착하자마자 나는 얼른 뛰어들어 아래로 내려가는 단추를 눌렀다.

엘리베이터의 바닥과 통로까지 피가 범벅이 된 것을 보니 예리엘은 기어서 그곳을 빠져나간 것 같았다. 내가 다시 일으켜 세우자 예리엘이 작게 신음했다. 우리는 처음 이 테스트를 시작했던 방으로 들어갔다. 퀴퀴한 냄새가 나는 소파, 최신 스크린이 있는 그곳으로. 마침내 우리는 아까 내가 열고 싶었던 그 문 앞으로 돌아왔다. 바닥에서 아주 조금 떠 있는 그 문. 실내를 완벽하게 밀폐할 수 없는 문. 그러므로 그 뒤에 예비 경쟁자를 머무르게 할 수 없었던 문.

그 문을 밀자 간단하게 문이 열렸다.

탈락한 경쟁자들이 있던 방은 접근 금지입니다.

카운트는 자신이 말장난에 소질이 있다고 생각할 것 같다.

안에는 어둠 속으로 이어진 계단이 있었다. 비밀 출구였다.

14

달빛에 비친 예리엘의 모습은 시체처럼 창백했다. 총상을 입은 몸으로 사력을 다해 그 계단을 다 올라온 후였다. 나는 할 수만 있다면 올림픽 메달이라도 주고 싶었다.

어느새 그녀 아래로 새로운 피 웅덩이가 생겼다. 상처에서 나오는 피를 틀어막는 그녀의 손에서도 슬슬 힘이 빠졌다.

우리 앞에는 우리와 큰길 사이를 가르는 기다란 앞마당이 있었다. 예리엘은 내가 그녀의 팔을 내 어깨에 걸치게 하고 걷기 시작하자 고통을 참지 못하고 신음했다. 큰길까지만 나가면 박물관의 경비원들이 우리에게 마구 총을 쏘아 대지 않을 것이다. 하지만 예리엘의 상태가 점점 악화되는 중이라 도저히 큰길까지 가지 못할 것 같았다.

머릿속에서 이기적인 목소리가 울렸다. 엄마를 꼭 닮은 목소리. 나는 도망칠 수 있을 거야. 예리엘만 버리면.

"고마……워……."

예리엘이 다 죽어 가는 목소리로 말했다. 목소리가 너무 약했다.

너무 절망적이었다. 그 순간에 예리엘이 내게 그런 말을 한 건 의도적이었을 것이다. 나는 무엇이든, 누구든 될 수 있다. 그렇지만 살인자만큼은 되고 싶지 않았다. 예리엘을 두고 간다면 결국 나도 살인자가 된다.

혹시 비상구의 문이 열리는 소리가 들릴까 나는 귀를 쫑긋 세웠다. 경비원들이 밖으로 나오면 우리는 어쩌지? 이 근처에 저들이 찾아내지 못할 곳이 있을까?

그때 자동차의 전조등이 우리 왼쪽을 비추었다.

"네가 부른 차야?"

예리엘에게 묻자, 그녀는 간신히 고개를 가로저었다.

자동차가 속도를 올리나 싶더니 우리가 있는 곳에서 몇 미터 앞에 멈췄다. 운전석 창문이 내려갔다.

데브로.

그의 도움을 더 일찍 받았어야 한다. 이제 같은 실수는 하지 않을 것이다.

"어서 가자."

내가 예리엘에게 말했다. 지금껏 내내 그녀를 끌고 왔지만 더는 할 수 없었다. 예리엘이 직접 걸어가야 했다.

우리는 서둘러 차로 다가갔다. 전조등이 둥그스름하고 문이 네모난 유럽 모델이었다.

내가 손잡이로 손을 뻗는 순간 자동차가 앞으로 들썩했다. 데브로가 지금 무슨 짓을 하는 거지?

데브로가 나와 눈을 맞췄다.

"이 차 타면, 나한테 빚지는 거다."

나는 잠시 망설였다. 언제나 골칫거리가 따르는 법이다.

"문 열어 줘."

그가 안에서 문을 열었다. 나는 예리엘을 던지다시피 차에 태웠다. 좌석에 앉으면서 그녀는 비명을 질렀다. 차에 타고 보니 데브로는 혼자가 아니었다. 경순이 조수석에서 공포에 찬 얼굴로 우리를 보고 있었다.

데브로는 내가 문을 닫기도 전에 가속 페달을 밟았다. 고개를 돌려 뒤쪽을 보니 박물관의 앞마당으로 경비원들이 막 모여든 참이었다. 하지만 너무 늦었다. 우리는 어느새 그곳을 빠져나와 니스로 향하는 도로로 접어들었으니까.

"예리엘은 어떻게 된 거야?"

경순이 우리 쪽을 돌아보며 조수석에 무릎을 꿇고 앉았다. 그녀와 데브로의 물건이 들어 있을 배낭이 바닥으로 미끄러졌다.

"무슨 일이 있었는지 딱 보면 알 것 같은데, 경순."

데브로는 그녀를 보며 혀를 끌끌 차면서 도로로 차를 돌려 다른 차들 사이로 끼어들었다. 그는 이렇게 운전하는 게 일상인 듯 행동했다.

"노엘리아 탓이야."

나는 재킷을 벗어서 예리엘의 상처에 대었다. 배와 가슴 사이에 구멍이 나 있었다. 예리엘이 비명을 질렀지만 어떻게든 지혈을 해야 했다.

"병원으로 데려가야 해."

경순이 컵 홀더에서 이리저리 미끄러지고 있는 휴대폰을 집었다.

"벌써 7시 50분이야. 마르세유까지 160킬로미터가 남았고. 구급차를 불러서 예리엘을 내려 두고 가면……."

예리엘이 고통을 이기지 못하고 비명을 지르는 바람에 경순은 말을 끝내지 못했다. 어느새 상처에서 새어 나온 피에 내 재킷까지 물들기 시작했다. 예리엘은 정말로 확실히 죽어 가고 있었다. 내 코앞에서 사람이 죽어 가다니.

"나는……."

경순이 마음을 정하지 못한 채 잇새로 바람을 빨아들였다.

"계획. 난 계획에서 벗어나기 싫어."

"일단 병원으로 데려다줘!"

내가 데브로를 노려보며 소리쳤다.

그는 룸미러로 나를 보며 인상을 썼다. 책 속의 페이지처럼 온갖 생각이 내 머릿속에 떠올랐다. 데브로는 왜 나를 도왔을까? 노엘리아와 아드라는 우리가 죽건 말건 버리고 가 버렸는데 왜 이 두 사람은 우리 일에 관여했을까? 왜 데브로는 지금 죽어 가는 소녀를 병원으로 데려가지 않으려는 걸까? 바로 그때 마음속 가장 안쪽에서, 이 모든 의문과 걱정들 뒤에서 한 가지 생각이 나를 갉아 대기 시작했다. 나는 그 박물관에서 아무것도 가져 나오지 못했다. 나는 실격이었다.

데브로는 여전히 망설였다. 그의 목을 졸라 버리고 싶었다.

데브로가 말했다.

"평범하게 예리엘을 병원에 데려갈 수는 없어. 우리가 대답하고 싶지 않은 질문들을 사람들이 해 댈 테니까."

"그러면 길가에 내려 주자. GPS로 제일 가까운 병원을 찾아봐. 그래 봤자 10분 정도 더 걸릴 거야."

내가 제안했다.

경순이 예리엘을 보며 침을 꿀꺽 삼켰다. 예리엘은 이제 숨을 쉬는 것조차 힘들어 보였다.

"그렇게 해, 데브로."

그는 다음 교차로에서 차를 돌렸다. 나는 운전석의 등받이로 몸이 확 쏠렸다.

"꼭 그래야겠다면."

데브로가 도로를 요리조리 빠져나가며 가장 가까운 병원으로 향했다. 나는 예리엘에게 곧 괜찮아질 것이라고 계속 속삭였다. 나는 화를 꾹 눌러야만 했다. 그녀가 총에 맞아 목숨이 위태롭기도 했지만 이 모든 상황을 피할 수도 있었다는 사실에 분통이 터졌다. 노엘리아가 새총을 내게 쏘지 않았다면 경비원이 우리 쪽으로 올 일도 없었다.

마침내 병원이 눈앞에 보였다. 커다란 건물이 작은 사유지에 자리 잡고 있었다. 데브로가 다른 차들 사이로 차를 몰며 경적을 울리고 비키라고 소리를 쳐 댔다. 그리고 마침내 병원 정문 앞에 미끄러지며 차를 세웠다. 차에서 예리엘을 끌어내는데 심장이 찢어질 것 같았다. 우리는 이제 막 예리엘을 여기 두고 떠나려는 참이었다.

"이게 무슨……."

정문 근처에서 담배를 피우던 간호사 두 명이 우리에게 달려왔다. 나는 조금도 망설이지 않고 예리엘을 간호사들에게 맡겼다.

"도움이 필요해요."

내가 프랑스어로 말했다.

엄마에게도 꼭 필요했던 도움. 이제는 엄마에게 줄 수 없는 도움. 1단계. 나는 이미 갬빗에서 탈락했다. 내 우승이 엄마의 확실한 희망이었는데, 나는 낯선 사람을 돕다가 실패하고 말았다. 이제 고아나 다름없는 신세가 되었다.

"잠깐만."

예리엘이 마지막 순간에 내 손을 잡았다. 그러고는 자기 뒷주머니를 뒤지기 시작했다. 나는 당장 이곳에서 도망치려고 몸을 틀었다. 그런데 그 순간 황금색으로 반짝 빛나는 물건이 나를 멈춰 세웠다.

미니 초상화.

예리엘이 그것을 내 손에 떨어트리며 고개를 살짝 끄덕였다. 나는 온기가 느껴지는 금속 초상화를 손에 쥔 채 차를 향해 뛰어갔다.

나는 아직 탈락하지 않았다.

15

"스파기아리 일행입니다."

데브로가 호텔 프런트에 가서 가장 매력적인 미소를 지으며 말했다. 프런트 직원은 두 뺨을 붉게 물들이며 종을 쳐서 벨보이에게 우리를 어디든 원하는 곳으로 데려다주라고 했다.

나는 두 손을 재킷 속에 감추고 있었다. 다행스럽게도 재킷은 어두운색이라 예리엘의 피를 감춰 주었지만, 차에는 손을 닦을 만한 것이 아무것도 없었다. 마르세유까지 오는 동안 현실을 되돌아볼 시간은 충분했다. 나는 하마터면 첫 번째 단계에서 탈락할 뻔했다. 지금도 데브로와 경순, 나는 고작 20분을 남겨 두고 이곳에 도착했다. 운이 따라 주지 않았다면 나는 분명 실패했을 것이다. 더는 참가할 수 없고. 소원도 없고. 몸값도 없고. 엄마를 구할 수도 없고.

테스트도 점점 더 어려워질 것이다.

나는 게임에 더 집중해야 한다.

다른 사람 걱정은 그만하고 내 문제에 집중하자. 엄마라면 이렇게 말했을 것이다.

벨보이는 테두리가 황금색인 문이 양쪽에 달린 곳으로 우리를 데려갔다. 그는 하얀 장갑을 낀 손으로 문을 밀어서 연 후 고개를 숙여 인사를 하고는 호텔 정문으로 총총걸음으로 되돌아갔다. 데브로가 경순에게 한 손을 내밀었다. 그녀는 매고 있던 배낭을 얼른 내려서 보석이 박힌 뮤직 박스를 꺼냈다. 그것을 받자마자 데브로가 나를 힐긋 보았다. 그의 눈빛은 마치 이렇게 말하는 것 같았다. 네가 내 제안을 받아들였다면 훨씬 더 쉬웠을 텐데. 어쩌라고. 지금 당장은 그나 경순에게 건방지게 굴 수는 없었다. 아니 그래서는 안 되었다. 당황스럽게도 그들은 정말로 나를 구해 주었기 때문이다.

우리가 들어간 곳은 응접실이었다. 달콤하고 향긋한 냄새가 내 주위를 감돌았다. 벽에는 음식 수레가 적어도 여섯 개 늘어서 있었는데, 은제 뚜껑이 덮인 접시들이며 찻잔 받침을 받친 도자기 잔들, (제발 약을 타지 않았길 바라는) 음료들이 담긴 은제 물병들이 놓여 있었다. 여전히 붉은색 정장 차림의 카운트는 태블릿을 들고, 모든 음식에 독을 타는 레스토랑의 지배인 같은 모습으로 테이블 뒤에 서 있었다. 루커스는 구석에서 혼자 종이 축구를 하고 있었다. 타이요는 안락의자에 앉아 짐짓 아드라를 무시하고 있었다. 한편 아드라는 온갖 질문을 그에게 퍼붓고 있었다. 유쾌한 표정을 짓고 있는 걸로 보아 일부러 저러는 거다.

노엘리아는 벽에 기대서 작은 숟가락으로 음료를 젓고 있었다. 그녀는 모든 문제의 해답을 품고 있는 잔이라도 되듯 그 잔을 뚫어져라 바라보았다.

"야!"

아드라가 타이요의 어깨를 툭 쳤다. 타이요는 아드라의 손이 닿은 부분을 당장이라도 소독하고 싶은 눈빛으로 바라보았다.

"너 나한테 100유로 줘야 돼."

아드라가 말했다.

"나는 쟤들이 마감 시간까지 돌아올 가능성이 낮다고 했지 불가능하다고 하진 않았어."

타이요가 스마트 워치를 확인했다.

"그리고 그런 내기를 하겠다고 한 적도 없고."

핑거 샌드위치를 산처럼 쌓은 접시를 들고 있던 마일로는 입 안에 음식을 가득 넣은 채 말했다.

"내기를 걸었어? 왜 나한테 아무도 말해 주지 않았어?"

노엘리아가 고개를 들었다. 아주 잠깐 그곳에는 우리 두 사람과 도자기 잔에 부딪치는 숟가락 소리밖에 없었다.

아무 감정도 들지 않나? 예리엘은 어떻게 되었는지 물어보기는 할까?

그녀는 아무렇지도 않은 척 음료를 한 모금 마시더니 시선을 돌려 버렸다.

내가 방을 가로질러 걸어갔다.

"숙녀분들⋯⋯."

카운트가 경고했다. 내가 무슨 생각을 하는지 얼굴에 다 나타난 모양이다.

노엘리아는 잔을 바닥에 내려놓고 싸움을 하려는 자세를 취했다. 그녀는 아까 보았을 때 하지 않았던 하얀 스카프를 목에 두르고 있었다. 아마 박물관에서 다툼을 벌이면서 생긴 상처를 감추기 위해서일 것이다. 스카프로 뭔가를 덮고 아무 일도 없었던 것처럼 하기란 얼마나 쉬운지.

"로스, 경솔한 짓 하지 마."

데브로가 뒤에서 말했다.

나는 운석 팔찌를 찬 손을 준비 운동 하듯 풀었다. 그리고 멈췄다가 단 한 번의 부드러운 손놀림으로 노엘리아의 목에서 스카프를 빼 들었다. 내가 그것으로 손에 묻은 예리엘의 피를 닦자 노엘리아의 눈이 쟁반처럼 커졌다. 눈처럼 새하얀 천에 번지는 붉은 얼룩이 보는 이를 깜짝 놀라게 할 정도였다.

나는 손을 다 닦은 후 스카프를 그녀의 가슴팍에 집어던졌다.

"그 애는 아직은 살아 있어."

나는 이렇게 말한 후 빙그르르 돌아서서 문가로 갔다.

노엘리아는 불이라도 붙은 것처럼 스카프를 떨어트렸다. 방 안에는 완벽한 침묵 속에서 고통스러울 정도로 길게 느껴지는 몇 초가 지나갔다.

마침내 마일로가 경순의 귀에 대고 속삭였다.

"아무래도 내가 놓친 부분이 있는 것 같은데……."

노엘리아가 잔을 집어 들더니 제자리로 돌아갔다.

"카운트, 왜 퀘스트가 아직도 여기 있죠? 쟤는 실격으로 처리하실 거죠?"

내가 코웃음을 쳤다.

"무슨 소리야?"

"카운트는 첫 번째 단계에서 무기는 안 된다고 했어. 이번 테스트의 핵심은 독창성이었어. 저 애는 대회가 시작된 후로 손목에 저 끈을 감고 있었어요."

"내 목을 뎅겅 자르려고 했던 인간이 잘도 그런 말을."

"그건 유리를 자르는 도구였……."

"그럼 이건 유리를 '깨는' 도구야."

"무기를 몸에 지녀서는 안 된다는 말을 카운트는 한 적이 없어."

데브로가 우리 대화에 끼어들었다.

"우리가 테스트를 시작할 때 마침 가지고 있던 도구를 활용해야 한다고 말했지. 처음부터 아드라가 반지를 끼고 있었고 타이요가 자물쇠 따기 안경을 쓰고 있었던 것처럼 로스도 팔찌를 팔에 두르고 있었을 뿐이야."

자신들의 이야기가 나오자 아드라는 손가락에 낀 반지를 비틀어 댔고, 타이요는 데브로를 노려보았다. 안경의 비밀을 폭로한 데브로의 행동을 개인적인 비난으로 받아들였음이 틀림없었다.

데브로는 손에 들고 있는 가면을 빙빙 돌리며 내 쪽으로 시선을 돌렸다. 그의 시선이 나를 지나 노엘리아에게 향했다.

"네가 준비를 안 했다고 옹졸하게 굴지 마."

노엘리아는 손의 관절이 하얗게 되도록 손에 힘을 주었다. 잔을 어찌나 세게 쥐었는지 잔이 깨질까 걱정되었다. 데브로가 나를 향해 고개를 살짝 끄덕였다. 그는 나를 변호해 준 걸까? 아니면 한 발 더 가서 나를 대신해 노엘리아에게 한 방 먹여 준 걸까? 데브로의 이런 행동에 대해 어떻게 생각하면 좋을지 몰라서 나는 그저 고개를 돌렸다.

카운트가 말했다.

"켄지 씨의 말이 옳습니다. 우리는 여러분 각자가 얼마나 준비되었는지를 확인하는 데도 흥미가 있었습니다."

나는 턱에 저절로 힘이 들어갔다.

카운트가 계속해서 말했다.

"방금 도착한 분들, 가져온 목표물을 테이블에 올려놓으세요."

그녀가 천을 걷었다. 그녀의 목록에 있던 물건들이 그 위에 올려져 있었다. 물론 마리 앙투아네트의 구두도 있었다.

경순이 얼른 탁자로 가 뮤직 박스를 올려놓았다. 데브로가 그녀의 뒤를 따랐다. 그는 경순의 목표물 옆에 오페라 가면을 살며시 내려놓았다. 나는 한숨을 쉬며 그곳으로 갔다. 주머니에서 미니 초상화—예리엘의 목표물—를 꺼내는데, 완전히 실패했다는 기분에 휩싸였다. 어쨌든 나도 그것을 테이블에 내려놓았다. 카운트가 태블릿의 화면을 톡톡 두드리며 뭔가를 입력했다. 문득 호기심이 일었다.

"우리가 대회 중에 훔친 물건들은 누구의 손으로 들어가나요? 주최자들?"

카운트는 대답하지 않았다.

"첫째 날 죽어라 일하고도 한 푼도 못 벌었네."

마일로가 안락의자에 깊숙이 앉더니 입으로 마카롱을 톡 던져 넣었다.

"적어도 재미있기는 했어."

마일로의 시선이 내게 향했다.

"그러니까 피가 낭자한 건 빼고 말이야."

"흠."

루커스가 방 안쪽에서 소리를 냈다. 그가 자신의 소매에 점점이 튄 핏방울을 바라보는 모습을 보니 피를 보는 일에 재미를 느끼는 부류라는 생각이 들었다.

이곳은 말 그대로 사이코패스가 득시글대는 방이었다.

나는 콧잔등을 문지르며 벽으로 돌아가 기대섰다. 카운트는 태블릿에 전달 사항 같은 것이 뜨기를 기다리는 듯했다. 마침내 메시지를 받자 그녀가 미소를 지었다.

"심판들은 여러분을 전원 통과시키는 데 동의했습니다. 축하합니다. 다음 단계 테스트에 대해서는 내일 오전에 이야기하도록 하겠습니다. 각자의 휴대폰을 확인해 보세요."

그 말이 떨어지자마자 휴대폰이 울렸다. 배터리 잔량이 있다니 기적이었다. 호텔이 보낸 공지가 가장 위에 떠 있었다.

"방 번호와 전자 키가 전달됐습니다. 여러분의 짐도 이미 방에 가져다 놓았습니다. 내일 아침 6시에 이 방으로 모이세요. 푹 쉬십시오. 안 쉬어도 상관없고요. 그런 건 우리에게 그리 중요하지 않죠."

카운트는 잘 자라는 인사도 건네지 않고 옆방으로 사라졌다.

엘리베이터로 걸어가는데 몸이 천근만근이었다. 디지털 키에 따르면 내 방은 10층이었다. 나는 10층을 누르고 이모에게 얼른 문자를 보냈다. **1단계 통과했어요. 온갖 일이…… 다 있었어요.** 2단계에서는 어떤 테스트가 기다리고 있을까? 이모의 조언대로 누군가와 짝을 이루어야 할까?

엄마라면 정말 그렇게 했을까? 맙소사, 내가 남을 돕다가 실격할 뻔했다는 사실을 알면 엄마는 어떻게 생각할까?

하지만…… 그 남이 나를 구해 줬다. 예리엘은 자신의 목숨을 내 손에 맡겼다. 물론 달리 다른 방법이 없는 상황이라는 점도 감안해야겠지만. 그래도 사실은 사실이다. 그녀는 나를 믿었고 믿음은 증명되었다. 이번 한 번뿐이지만.

바로 그때 닫히는 엘리베이터 문 사이로 손이 하나 불쑥 들어왔다. 문은 내키지 않는다는 듯이 다시 열렸다. 데브로가 들어왔다. 훌륭해.

"다행이네, 제때 엘리베이터를 잡았으니."

그가 매력적인 미소를 보여 주더니 닫힘 단추를 눌렀다. 나는 그의 매력에 빠질 기분이 아니었다. 마일로와 경순도 엘리베이터로 오는 중이었지만, 문이 닫히기 전에 도착할 수 있을 것 같지 않았다.

나는 한쪽 눈썹을 올렸다.

데브로가 말했다.

"나는 사람이 붐비는 엘리베이터가 싫어."

"그러면 더 기다렸다가 혼자 타지 그랬니."

그가 자신의 가슴에 한 손을 얹었다.

"너는 내가 옆에 있는 게 마음에 안 드는 것처럼 말하는구나. 네가 또 차를 얻어 탈 일이 생기면 잘 기억해 둘게."

이모의 답장이 도착했다. **짝을 정했구나? 지금쯤 그 사람은 실격이겠지?**

이모는 내가 누군가와 팀을 이뤘다면 내가 당연히 사기를 쳤으리라 생각했다. 우리 같은 사람들은 당연히 그렇게 하기 때문이다. 모두가 결국에는 그렇게 한다. 예리엘의 경우는 요행이었다.

나는 홱 돌아서서 데브로의 눈을 똑바로 보며 말했다.

"나는 네가 왜 그랬는지 이해할 수가 없어. 우리를 두고 그냥 갈 수도 있었는데, 왜 도와줬어?"

"공짜는 아니야. 내게 신세 한 번 진 거야. 기억해 둬."

내가 웃었다.

"그래. 그렇지만……."

현실적으로 생각해 보자. 그는 내게 아무 강요도 못 한다. 그 신세를 내가 갚을지 누가 알지?

"왜 너는 내가 신세를 갚을 거라 생각해? 뭣 땜에 내가 그러겠어?"

그가 잘 계산된 미소를 지었다. 아까 프런트 직원의 얼굴이 빨개지게 만든 그 미소.

"네가 그렇게 할 거라고 믿어."

믿는다고. 그냥…… 나를 신뢰하는 건가?

나는 웃음이 나왔다. 단순히 웃기기도 했지만, 우리 사이가 너무 가까운 것 같아서이기도 했다. 그가 목소리를 바꿔 가며 자신의 말이 상대에게만 살짝 들려주는 속삭임처럼 느껴지도록 만드는 기술이 재미있었다. 우리 둘만 아는 비밀이라도 간직한 기분이 들게 하는 목소리였다.

"너는 바보야."

내가 말했다.

"사랑에 빠진 바보?"

"헛소리 마."

이번에는 그의 입술에 웃음이 걸려 있었다. 그 웃음에 나도 웃음을 참기 힘들었다. 하지만 내가 결국 웃음을 터트린다면, 우리는 마주 보며 한바탕 웃겠지. 그러면 특별한 순간이 될 테고 서로에게 친밀감을 느끼게 될 것이다. 그리고 다음에 그를 보면 엘리베이터에서의 순간을 떠올리지 않으려고 나는 애를 쓰겠지.

"너는 나를 잘 알지도 못하잖아."

그의 얼굴에서 미소가 사라졌다.

"죽어 가는 사람을 두고 가고 싶지 않았나 보지."

정적이 내려앉았다. 뭔가가 내 안에서 금이 갔다. 아주 살짝. 아마 예리엘을 두고 혼자만 박물관을 빠져나가는 대신 그녀를 도왔을 때 깨진 그 부분 같았다.

"그 신세는 꼭 갚을 거야."

내가 말했다. 그의 눈빛이 반짝했다.

"그렇지만 내가 무슨…… 대단한 신세를 졌다고 생각한다면 그건 네 착각이야."

"걱정 마. 대단한 걸 원하는 게 아니니까."

그가 자신의 가슴에 손을 올렸다.

"맹세해."

나는 어이없다는 표정을 지었다

엘리베이터의 벨이 울리며 문이 열리자 나는 10층 복도로 나왔다. 데브로도 내렸다.

"나 피곤해. 그만 따라와."

"내 방도 10층이야."

그는 돌아서서 나를 바라보며 뒤로 걸어갔다.

"네 방은 내 옆방인지도 몰라. 어쩌면 두 방을 잇는 문이 있을지도 모르지. 데이트하기에 완벽한 설정 아냐? 네 방이나 내 방에서 같이 저녁을 먹어도 아무도 모를 거야. 경쟁자들이 질투하게 만들고 싶지 않아?"

데이트라고? 내가 흐름을 못 따라잡았나? 아니면 그가 이 대화의 단계를 열 개도 넘게 훌쩍 건너뛰었나? 솔직히 그의 입에서 '데이트'라는 말이 나왔을 때 가슴이 조금 콩닥거린 건 인정한다.

"뭐라고?"

"방금 신세를 갚겠다고 했잖아. 너는 내게 신세를 졌어. 그러니 나와 데이트를 해 주면 좋겠어."

"'직업적인' 부분에서의 신세였어."

내가 딱 잘라 말했다.

"재미없는 대답이네."

"데브로."

나는 씩씩거리며 말문을 열었다. 나는 생각을 똑바로 하기 위해 고개를 좌우로 흔들어야 했다.

"이건 확실히 하고 넘어가자. 로스 퀘스트가 너와 데이트를 하거나 무슨 일이든…… 함께 즐기는 세상은 존재하지 않아. 그러니까 피차 쓸데없는 일에 시간 낭비하지 말자."

다른 사람이라면 누구라도 내 말을 이해했을 것이다. 하지만 데브로는 내가 굳이 말하지 않은 부분까지 알아서 들었다. 그가 눈을 가늘게 뜨는 순간 나는 아차 싶었다.

"이거 재미있네. 너도 원한다는 건 부정하지 않는구나."

그가 고개를 살짝 기울였다. 그렇게 눈을 들여다보고 있으니 가슴 떨리게 만드는 유명 인사와 함께 있기라도 한 기분이었다.

하지만 이것도 그가 골백번은 더 연습한 소소한 기술의 하나이리라. 아마 혼자만 보는 매뉴얼에 그런 기술이 잔뜩 적혀 있겠지.

어쩌면, 어쩌면 나도 아주 조금은 데이트를 하고 싶은지도 모른다. 어쩌면 내 마음을 알아낼 만큼 데브로가 영악할지 모른다. 그때 이성의 한 조각이 이런 생각은 싹이 트자마자 싹둑 잘라 버리라고 말했다. 데브로는 신세를 한번 베풀 만큼 나를 믿을 수는 있지만, 나는 그로 인한 어떤 위험도 더 감수하고 싶지 않았다. 솔직히 그건 누구와도 마찬가지였다.

나는 손을 그의 가슴에 올리고 벽으로 밀었다. 허를 찔렸으면서도 그는 내 손이 닿았다는 사실에 싱글벙글하는 표정을 지으며 그대로 벽으로 밀려났다.

"데브로……."

내가 천천히 유혹하듯 말했다.

내 손바닥 아래에서 그의 가슴이 살짝 올라왔다. 그가 입은 조끼의 감촉은 빳빳하면서도 부드러웠다. 나는 우리 사이가 고작 몇 센티미터가 될 때까지 몸을 숙였다.

"나를. 좀. 내버려. 둬."

나는 그에게서 몸을 홱 떼고는 내 방으로 향했다. 그가 더는 따라오지 않자 괜히 실망스러운 기분이 살짝 들었다. 나는 휴대폰을 문의 키패드에 댔다. 작은 불이 붉은색에서 녹색으로 바뀌며 반짝였다.

"네 방으로 들어가려면 이게 필요할 거야."

나는 그의 휴대폰을 훌쩍 던지고는, 그가 가슴팍 근처에서 그걸 받을 때까지 계속 지켜보았다.

짜증을 내야 할지 감탄을 해야 할지 마음을 정하지 못한 것처럼 그의 입꼬리가 살짝 뒤틀렸다. 결국 그는 두 가지를 동시에 하며 마치 모자를 살짝 들어 올리는 듯한 몸짓으로 인사했다.

나는 방으로 들어와 침대에 털썩 드러누우며 한참이나 숨을 골라야 했다. 그때 휴대폰이 진동했다. 아 참, 이모. 아까 받은 답문자.

??

나는 일어나서 답장을 썼다.

……이라고 쓰다가 보내기 전에 이 부분은 지웠다.

이모는 다시 답장을 보내는 대신 내게 얼른 영상 통화를 걸어왔다.

"너 괜찮아? 세상에, 이걸 어쩌면 좋아. 너 피 흘리는 거야?"

내가 집을 나설 때와 마찬가지로 여전히 엉망진창인 이모의 모습이 화면 안에서 마구 흔들렸다.

"이모, 총에 맞은 사람은 내가 아니라니까요. 제대로 설명을 드렸어야 했는데."

"그 이야기를 하는 게 아니야. 그 못된 년하고 싸웠다면서. 네가 이겼니?"

"이모!"

나는 진심에서 우러나는 미소를 지었다. 이모는 늘 나를 순수하게 웃게 만든다.

"그런 셈일지도요?"

나는 잔뜩 긴장한 어깨에서 힘이 빠지는 기분을 느끼며 입술을 둥글게 모았다. 집인 것처럼 이야기를 나누니 좋았다. 엄마와 이야기를 하는 기분이랄까…….

나는 숨을 헉 들이쉬었다.

"거기는 좀 어때요?"

이모의 몸이 굳었다.

"어제와 크게 다르지 않아. 매달려 볼 만한 끈은 다 끊어졌고 블랙박스에 들어온 메일 중에 대단한 건 없어. 네가 유일한……."

이모는 차마 말을 끝내지 못했다. 그럴 필요가 없었기 때문이다. 나는 여전히 유일한 희망이었다. 그리고 나는 첫 시도에서 그 희망을 놓칠 뻔했다.

"엄마에게 전화할 거예요."

정작 말한 나도 이 생각이 놀라웠다.

이모가 코웃음을 쳤다.

"납치범들에게? 그놈들에게 내 안부도 전해 줘. 어찌 되었건…… 눈 좀 붙여. 무슨 일이 닥칠지 모르니 컨디션 유지 잘해야 해."

이모는 내게 힘내라는 듯 미소를 지은 후 통화를 끝냈다.

나는 곧장 엄마의 휴대폰으로 전화를 걸었다.

전화는 계속 울렸다. 음성 사서함으로 넘어가겠다고 생각한 순간 나의 새로운 넘버 원 숙적이 전화를 받았다.

"아하, 퀘스트 아가씨. 은행 식별 기호를 물어보려고 전화했어?"

분노로 손이 벌벌 떨렸다.

"지금 열심히 노력하는 중이야."

"에? 어떻게 되고 있어? 내일 아침 뉴스에서 모나리자가 도둑맞았다는 소식을 듣게 되는 건가?"

그가 웃음을 터트렸다.

세상에서 가장 값어치가 비싸며 절대 훔칠 수 없는 모나리자는 가격이 고작 8억 7000만 달러밖에 되지 않는다. 이 멍청이가 그 사실을 알기나 하는지 궁금했다.

"지금 진행 중인 일이 있어."

내가 다시 말했다.

"엄마와 통화하고 싶어."

"나는 이렇게 이야기하는 게 즐거운데. 그러나 아무리 즐거운 시간도 언젠가는 끝나는 법이지."

이 말 후로 아무 소리도 들리지 않았다. 그렇지만 전화가 끊어진 것은 아니기에 나는 계속 기다렸다. 기다리면서 손톱이 손바닥을 파고들 정도로 주먹을 꽉 쥐었다.

"아가?"

그만 울음이 터지고 말았다.

"엄마."

맙소사, 나는 눈물이 터지기 직전인 줄도 몰랐다. 대체 이 눈물이 어디서 나왔는지 알 수가 없었다. 나는 침대 발치에 주저앉은 채 이불을 움켜쥐고 유일한 친구에게 배신을 당했던 아홉 살 이후 처음으로 펑펑 울었다.

"죄송⋯⋯해요⋯⋯."

전부 다. 요트가 엄마를 싣고 떠나가 버린 것도. 다른 출구가 없다고 거짓말한 것도. 애초에 도망치려고 했던 것도. 할 수만 있다면 시간을 되돌려 모든 것을 바로잡고 싶었다. 엄마와 이야기를 나누며 엄마 목소리를 듣는 동안 나는 다시는 이런 짓을 하지 않으리라 생각했다. 엄마를 되찾기 위해서라면 무슨 짓이라도 하겠다고 다짐했다.

"미안해하지 마. 우리는 다들 때로는 뜻하지 않은 일을 하기도 해. 괜찮아."

엄마는 마치 내가 억류당해 있고 위로가 필요한 사람인 것처럼 나를 달랬다. 마침내 흐느낌이 코를 훌쩍이는 정도로 잦아들자 나는 이불에 눈물을 닦았다.

"엄마 괜찮아요? 다친 데는 없어요?"

"나는 괜찮아. 아무 문제 없어. 내 걱정은 마."

나는 눈을 깜박거리며 마지막 눈물을 삼켰다.

"내가 엄마를 꼭 구해 줄게요. 저, 갬빗이라는 게 있는데요. 엄마에게 말씀드리지 않았지만, 이걸 잘하면 엄마를……."

"나도 갬빗이 뭔지 알아."

그랬다. 이모도 그 조직과 갬빗에 대해 알고 있었다. 그러니 엄마가 모를 리 없었다.

"너도 초대를 받은 줄은 몰랐구나."

엄마가 잠시 말을 멈췄다.

"게임을 한다면 반드시 이겨야 해. 무슨 게임이든. 알겠니?"

나는 엄마가 나를 볼 수 있는 듯 고개를 끄덕였다.

"알아요. 그러니까, 이제는 나도 알아요."

"이제는?"

목소리가 목에 탁 걸렸다. 엄마에게 자세한 이야기를 해야 할 이유는 없었다. 예리엘에 대해서. 내게 아무 의미도 없는 남자에게 빚을 갚겠다고 한 약속에 대해서.

"그 무엇도 나를 방해할 수 없어요."

마침내 목소리가 나오자 이렇게 대답했다.

엄마가 고개를 끄덕이는 모습이 그려졌다. 아니면 가끔 그러듯이 턱을 살짝 들고 나를 감싸면서도 도발하는 듯 내려다보는 모습도 떠올랐다.

"규칙 1 알지, 아가?"

나는 이미 그 규칙을 깨트렸다. 이젠 그러지 않을 것이다.

"아무도 믿지 마라."

16

이튿날 아침 누군가 내 방문을 두드렸을 때, 그게 누구건 타이요만은 아닐 거라고 생각했다. 글쎄 그 정도까지는 아닐지도 모르지만, 어쨌든 의아했다.

"음, 좋은 아침?"

나는 복도로 나오며 조심스럽게 인사를 건넸다. 그는 갓 다린 스웨터와 꼭 맞는 바지 차림이었고 머리는 여전히 완벽하게 정리되어 있었다. 솔직히, 타이요는 도둑으로 성공하지 못한다면 헤어 모델을 해도 엄청난 돈을 벌 것 같다. 그의 겉모습은 이런 고급 호텔에 잘 어울렸다. 그를 보니 검은색 티셔츠와 블랙진, 지난밤에 빨아 밤새 말린 재킷을 입은 내가 얼마나 후줄근한 모습일지 떠올랐다. 그렇지만 생각해 보라. 나는 여름 체조 캠프에 갈 요량으로 챙긴 짐을 그대로 가져왔기에 대단한 옷이 없었다. 어차피 운동복은 캠프에서 제공될 테고 내가 가져가고 싶었던 유일한 물건은 제일 좋아하는 신발뿐이었다. (편히 잠들어라. 어제의 별이 빛나는 밤 스니커즈여. 지금 밑창에 영구적으로 피 얼룩이 남았다.) 적어도 내 땋은 머리는 여전히 갓 많은 듯했고 편리한 반묶음 스타일도 내 눈에는 예뻐 보였다.

집합 시간 20분 전이어서 어쨌든 그곳으로 가는 길이었기에 엘리베이터로 발길을 옮겼다. 타이요가 얼른 나를 따라왔다.

"박물관은 어떻게 빠져나왔니?"

그가 날카로운 눈빛으로 나를 바라보았다. 이 문제를 밤새 고민한 것 같았다.

내가 어깨를 으쓱했다.

"무슨 상관이야? 1단계는 이제 끝났는데."

"왜 사람들이 유나이티드 캘리포니아 뱅크 강도 사건에 관심을 가지겠어? 아니면 드레스덴 그린 금고 강도 사건은? 내가 생각지도 못한 방법으로 누군가가 돌파구를 찾아내면, 좌절스러운 만큼 매혹적이기도 하잖아."

나는 그를 보며 인상을 썼다.

"다른 도둑들에게 매혹된다고? 거울에 비친 자기 모습에 반해 버리는, 뭐 그런 비슷한 거야?"

"얼마 주면 가르쳐 줄래?"

우리는 양쪽에 특색 없는 작은 테이블이 하나씩 놓여 있는 작은 벽감 앞에 멈춰 섰다. 나는 팔짱을 끼고 눈을 가늘게 떴다. 호기심이 동했지만, 누가 내게 묻는다면 경쟁자를 더 잘 이해하고 싶은 마음이라고 대답할 것이다.

"네 돈은 필요 없어."

그러니까 10억 달러를 가지고 있는 게 아니라면 말이다.

"그렇지만 네가 그걸 왜 신경 쓰는지 알려 주면 말해 줄게. 흥미로워서라는 말은 하지 말고."

내가 눈썹 하나를 들어 보였다. 그러자 타이요는 나를 쨰려보더니 안경을 밀어 올렸다. 나는 그 행동을 승낙으로 받아들였다.

"나는 진심으로 도둑질이 매혹적이라고 생각해. 하지만 너와 달리 나는 도둑 가문 출신이 아니야. 아무도 내게 길을 알려 주지 않았어. 그러니 다른 사람의 경우를 보면서 독학하는 수밖에 없었지. 내가 완벽한 도둑이 되려면 내가 뭘 놓쳤는지 이해해야 해."

"완벽은 너무 높은 목표야. 갬빗에 초대될 정도면 너도 꽤 하는 것 같은데."

"꽤 하는 걸로는 충분하지 않아."

그가 말을 쉬었다.

"보셰르가는 유럽 절도 시장을 지배해. 너희 집안은 북아메리카를 호령하지. 아시아 시장을 지배하는 가문은 아직 없어. 자잘한 조직과 가족 단위로 활동할 뿐이야."

"'아직' 없다고?"

꿈을 꾸듯 그의 눈이 반짝했다.

"나는 뛰어난 도둑들의 행동 양식을 알아내려고 해. 재능 있는 도둑들이 어떤 점에서 닮았는지. 어떤 점에서 다른지. 평범한 사람들을 뛰어난 도둑으로 만들기 위해 필요한 체크 리스트를 작성하려면 이 방법밖에 없어."

관심이 동하는 발상이었다. 그가 해낼 수만 있다면 천재적인 발상이었다. 타이요가 평범한 사람을 재능 있는 도둑으로 육성할 수 있는 효율적인 커리큘럼을 만들어 그렇게 육성한 도둑을 자신의 에이전시에 영입한다면, 대륙 시장 전체를 손에 넣을 수도 있을 것이다. 그가 재능 있는 도둑들을 확보한다면 몇 년밖에 걸리지 않을 것이다.

수많은 질문이 머릿속에 떠올랐다. 그런 훈련은 몇 살부터 시작해야 하며 도둑 후보는 정확히 어디에서 구할 수 있을까? 하지만 그 문제는 타이요에게 맡기기로 하고 나는 그의 의문을 풀어 주었다.

우리 대화가 끝나자 타이요는 적어 둘 것이 있다며 제 방으로 황급히 돌아갔다. 나는 혼자 모임 장소로 발길을 옮겼다.

데브로와 경순은 이미 와 있었다. 두 사람은 지난밤부터 있었던 두 개의 떡갈나무 테이블 중 하나에 같이 앉아 있었다. 내가 들어가자 데브로가 그의 매력적인 미소 중 하나를 지어 보였다. 나는 행간의 의미를 읽을 수 있었다. 그의 눈빛에 의아한 기색이 담겨 있었다. 사실 어젯밤 일을 생각하면 할수록 내가 애를 태우게 하는 것처럼 보였을 것만 같다. 어쩌면 그런 마음이 있었을지도 모른다. 그 당시에는. 그렇지만 엄마와 통화를 한 후 그와 밀고 당기는 게임을 할 마음은 완전히 사라졌다. 우리 사이든, 나와 다른 참가자들 사이든 어떤 일도 일어나지 않을 것이다.

그리고 나는 내 의사를 확실히 전하기 위해 차가운 눈빛으로 그를 바라보았다. 그의 얼굴에서 미소가 사라졌다. 그는 턱에 힘을 주고는 주머니에 넣은 손을 꼼지락대며 의자 등에 편히 기댔다. 내가 방금 거절에 익숙하지 않거나 적어도 거절을 싫어하는 누군가를 거절한 게 분명했다.

나는 그와 나 사이에 이어지는 말 없는 대화에 너무 열중한 나머지 마침 내 앞에 있는 아침 식사 카트로 금발의 소녀가 다가오는 모습을 미처 알아차리지 못했다.

순간 그냥 지나치려고 했다. 그러나 그랬다가는 내가 도망치는 것처럼 보일 것 같았다. 우리 사이에 그럴 수는 없었다.

나는 배가 그리 고프지 않았지만 접시를 집어 들었다. 노엘리아는 잔을 하나 들고 오렌지 주스를 따랐다. 그녀는 주스를 따르는 척하며 내 신발을 슬쩍 보았다. 전혀 티가 나지 않았지만 내 눈은 못 속인다. 그녀의 시선에 나도 모르게 발가락을 꼼지락거리며 당황하지 않으려고 정신을 바짝 차렸다. 나는 어제와 다른 신발을 신었다. 눈을 부릅뜨고 들여다보지 않는 한 잘 보이지 않는 검은 별을 수놓은 온통 새까만 스니커즈였다. 이 스니커즈의 진짜 볼거리는 밑창이었다. 여기에는 별자리 풍경이 정교하게 그려져 있었다. 다른 세상이었다면 발을 들어 밑창을 그녀에게 자랑했을 것이다. 지금과 완전히 다른 세상이라면 말이다. 하지만 그 세상은 내 세상에서 최소 200번을 점프하는 것만큼 떨어져 있었다. 오늘 노엘리아는 근사한 새 앵클부츠를 신고 있었다. 저 부츠의 밑창에도 멋진 그림이 그려져 있을까? 어떤 그림일까?

"나도 예전에 그런 신발이 한 켤레 있었어. 부츠 에디션이었지."

노엘리아는 오렌지 주스를 한 모금 마시며 말했다.

"아빠가 버리라고 하셨어. 이유는 기억나지 않지만. 정말 안타까웠지 뭐야."

나는 길면 길고 짧다면 짧은 시간 동안 그녀를 바라보았다. 지금 신발에 관한 이야기로 내게 말을 건 거야? 그런…… 우여곡절을 겪고?

"내가 예리엘 이야기를 꺼내지 못하게 하려고 그런 이야기를 하는 거니?"

내가 따지듯 묻자, 노엘리아가 인상을 썼다. 그녀는 손에 든 잔을 돌리며 목소리를 낮췄다.

"물어볼 작정이었는데, 네가 기회를 안 주는구나."

내가 코웃음을 쳤다.

"네가 다음에 또 살인을 시도하면 네 입으로 이 사건을 증언하도록 만들어 줄게."

노엘리아가 대꾸를 하려는데, 마침 아드라가 요란하게 "잘 잤니, 패배자들아."라고 외치며 들어왔다. 그녀는 들고 있던 작은 나무 상자를 아무도 앉지 않은 테이블에 놓고는 손가락 하나로 노엘리아에게 오라고 손짓했다. 노엘리아는 미소를 지으며 그녀에게로 향했다. 물론 가면서 내 어깨를 부딪치고 가는 것을 잊지 않았다. 한바탕 싸움을 벌이기에는 너무 이른 시간이라 나는 봐주기로 했다.

대신 그녀가 아드라에게 걸어갈 때 구두의 밑창을 얼른 보았다.

오늘 그녀의 구두 밑창에는 추상적인 소용돌이와 지그재그 무늬가 그려져 있었다.

노엘리아 보셰르는 대체 어떤 사람일까?

그때 내 앞을 지나가며 노엘리아와 아드라의 테이블을 가린 사람의 그림자가 카트 위로 지나갔다. 루커스. 그는 접시를 하나 집더니 우뚝 서서 나를 노려보았다. 마치 일방통행인 길에서 곧장 내게로 달려오는 트레일러 주택을 보는 것 같았다. 그러다 내가 길을 비키기를 원한다는 사실을 마침내 깨달았다. 나는 뭔지 몰라도 그가 원하는 것을 방해하고 있었다.

오늘은 다른 사람에게 위협을 받을 기분이 아니어서 참으로 유감이었다. 내가 비키기를 바란다면 그렇게 말하면 된다.

"나한테 부탁할 거 있어?"

나는 버티고 서서 심술을 부려 보았다.

그가 소매에서 새까만 접이식 칼을 꺼냈다. 그리고 칼날을 끄집어냈다. 나는 머릿속으로 칼을 방어하는 방법을 아는 대로 전부 떠올리며 일순 긴장했다.

젠장, 루커스는 전광석화 같았다. 그가 내 옆으로 손을 뻗더니 소세지 하나를 칼로 찍어 접시에 내려놓았다. 칼이 흐릿하게 보일 정도였다.

"나는 부탁하지 않아."

그가 칼을 치우는데 나도 모르게 짧게 숨을 내쉬었다.

사악한 미소가 그의 입술에 걸렸다.

"진정해, 퀘스트. 폭력은 금지잖아."

그는 물병을 하나 집었다. 나는 그의 재킷 안쪽에서 권총집과 둥근 총 손잡이를 알아보았다. 루커스가 내게 몸을 기울여 속삭였다.

"적어도 다음 단계가 시작하기 전까지는."

얼음이 내 등줄기를 타고 주르륵 내려가는 기분이었다. 일단 앉아야 했다. 그러려면 테이블을 골라야 했다. 테이블마다 의자는 네 개밖에 없었다. 신기하게도 어젯밤에 있던 의자들이 싹 다 사라지고 없었다.

루커스는 어젯밤처럼 벽에 기대서서 먹으려고 안쪽으로 향했다. 그러므로 데브로와 경순이 앉은 테이블과 노엘리아가 아드라가 앉은 테이블 밖에 없었다. 노엘리아는 아드라가 가져온 상자의 반지들을 비교하며 아드라가 오늘 입은 옷에 가장 어울리는 것을 골라 주는 중이었다. 오래전 사라진 줄 알았던 기억이 다시 떠올랐다. 노엘리아는 지금처럼 내게 베레모를 골라 주곤 했다.

데브로와 경순의 테이블.

머그잔 하나만 앞에 두고 앉아 있던 데브로는 내가 맞은편 자리에 앉자 성가시다는 표정을 지었다.

경순이 이어폰을 빼며 물었다.

"뭐라고?"

"나는 아무 말도……."

"그 음악이 마음에 든대."

데브로가 거짓말을 했다. 그의 표정은 무덤덤했다. 지금 무슨 짓을 하는 거야?

나는 경순에게 절대 그런 말 한 적이 없다고 말하려고 했지만, 내가 대꾸를 하기도 전에 경순이 말했다.

"정말? 이건 '레벨 11'이야. 케이팝 그룹. 너도 얘네 노래 들어?"

"음…… 아니. 어쨌든 노래가 좋네."

"나는 이 그룹을 한 번 만난 적이 있어. 서울에서 콘서트를 자주 하거든. 대체로 매진인데, 나는 가고 싶을 때마다 티켓을 손에 넣을 수 있어. 지난봄에 콘서트가 열렸을 때는 몰래 무대 뒤로 숨어 들어가서 출연진의 메이크업 아티스트인 척했다니까."

그녀가 그 기억을 떠올리며 한숨을 쉬었다.

"내 최애 수진은 실제로 보니 훨씬 더 멋있지 뭐야."

내가 미소를 지었다.

"수진만? 나머지는?"

"음."

경순이 어깨를 으쓱했다.

"나머지는 대체로 머저리들이더라. 그 애들 신발을 챙겨서 인터넷에서 팔아 버렸어."

"나로 말하자면 제이팝이 더 좋아."

마일로가 우리 테이블에 앉았다. 그가 가져온 접시에는 팬케이크와 토스트, 크레이프 같은 음식이 산처럼 쌓여 있었다. 시럽도 잔뜩 뿌려져 있었다.

"그렇지만 라스베이거스에서 제이팝은 그리 인기가 없어서 안타까워. 적어도 아직은 그래."

마일로가 의자의 다리를 툭 쳤다.

"여기 앉아도 되지? 저쪽 분위기는 영 마음에 안 들어서 말이야."

마일로는 어깨로 노엘리아와 아드라가 있는 쪽을 가리키더니 이번에는 몸서리를 치며 루커스를 힐끔 보았다.

"그거 너무 정중한 표현 아니니?"

내가 말했다.

마일로가 테이블을 슥 훑어보더니 하얀 테이블보를 두드렸다.

"은식기는 누가 훔쳤어?"

그때까지는 몰랐는데, 테이블에는 냅킨까지 잘 차려져 있었다. 그런데도 경순이 들고 있는 숟가락 외에 다른 숟가락이나 포크는 보이지 않았다.

"날 보지 마. 나도 지금 왔으니까."

마일로가 내 말을 믿을 것 같지 않지만 일단 항변은 해 보았다.

"이런 장난을 받아 주기에는 배가 너무 고파."

마일로는 지갑을 꺼내 20달러 지폐를 중앙에 놓았다. 경순이 순식간에 지폐를 낚아채더니 포크를 툭 떨어트렸다.

도둑질이라면 나도 좀 한다고 생각했는데.

"좋아."

마일로는 그런 게 아침 식사 때마다 흔히 일어나는 일인 양 대수롭지 않게 이야기를 계속 이어 나갔다.

"그런데 말이야, 지난밤부터 궁금증을 채우려고 알아봤는데."

마일로가 느닷없이 목소리를 뚝 낮췄다. 그 순간 나는 평생 처음으로 학교 인기인들에 대해 뒷말하는 전형적인 학교생활을 하는 듯한 기분에 휩싸였다.

"저 애가 정말 예리엘을 쐈어?"

경순이 숟가락을 툭툭 쳤다.

"그래. 나도 궁금해……. 있지, 어젯밤에 그 애를 병원에 데리고 가자는 말에 찬성하지 않아서 미안해. 그러니까 선뜻 찬성하지 못했잖아."

그녀가 숟가락으로 그릇 바닥을 긁자 금속 긁는 소리가 났다.

"가끔 우유부단하다는 지적을 받아. 고치려고 노력 중이지."

경순의 말은 내가 받아들이고 말고 할 사과처럼 들리지 않았다. 하지만 자신이 우유부단하다는 경순의 이야기에 맞장구를 치지 않으면 어떻게 받아들여야 할지 선뜻 떠오르지 않아 고개만 끄덕였다. 감사하게도 마일로가 우리 대화에 끼어들며, 몇 시간 전 자동차 뒷좌석에서 예리엘이 피를 철철 흘린 일이 어떻게 노엘리아의 탓인지 자초지종을 다 털어놓으라는 몸짓을 했다.

"엄밀히 말해 총을 쏜 사람은 노엘리아가 아니야."

내가 대답했다.

"하지만 저 애 탓이었어. 진열대를 산산조각 내자마자 경비원이 예리엘의 배에 총을 쐈으니까."

마일로가 고개를 흔들며 흘러내린 머리카락을 귀 뒤로 넘겼다.

"난리가 났었구나."

"경쟁이란 그런 거야."

데브로가 끼어들었다. 그는 말을 하며 나를 무섭게 노려보았다.

"친구를 만들지 않으면 적을 만들게 되지."

미묘한 순간.

마일로는 팬케이크와 패스트리를 열심히 먹었다. 지난밤 모두가 각자가 가져온 도구로 서로를 비난하는 동안, 딱 한 가지 언급되지 않은 도구가 있었다.

"네 펜은 뭐니?"

내가 물었다. 그가 어색하게 웃었다.

"어, 무슨 펜? 글 쓰는 펜?"

"어제 네가 펜으로 금속을 절단하는 걸 봤어. 거짓말로 넘기기엔 너무 늦었다고."

마일로가 한숨을 쉬었다.

"그래, 네 말이 맞아."

그가 소매를 걷어 올리자 가느다랗고 은은한 은색 펜이 그의 손바닥으로 슥 내려왔다.

경순도 그것을 얼빠진 듯한 표정으로 바라보았다.

"그걸로 금속을 자를 수 있어? 광선검처럼?"

그때 내가 음료수를 마시고 있었다면 분명히 사레가 들렸을 것이다. '광선검'이라는 단어를 그렇게 진지하게 말하는 모습을 난생처음 봤다.

"마일로는 제다이 도둑이네."

나도 모르게 툭 나왔다.

마일로가 내 말에서 스타워즈를 알아듣고 손가락을 꼼지락거렸다.

"이건 네가 생각하는 그런 게 아니야."

내내 꽁해 있던 데브로조차 미소를 참지 못하고 그 도구를 찬찬히 살펴보았다.

"이 도구로 거의 모든 금속을 자를 수 있어."

마일로가 펜을 뒤집어 다른 쪽 끄트머리를 우리 쪽으로 돌렸다.

"다른 면은 용접기. 사람들에게 쫓기는 동안 내가 문의 경첩을 몇 번이나 용접해 버렸는지 너희는 모를 거야. 덕분에 적어도 열 번은 목숨을 부지했지."

나는 몸을 앞으로 내밀고 그 마법의 펜을 새로운 각도로 보았다.

"어떤 원리로 작동하는 거야?"

그가 펜을 소매 안으로 집어넣었다.

"그걸 알면 좋게. 나는 과학자가 아니야. 언젠가 도구 마니아인 사람과 마주친 적이 있어. 그 사람이 가면서 내게 이걸 남겼고."

마일로가 잠시 입을 다물었다.

"음, 내게 1만 달러가 넘는 돈을 뜯어 가면서 위로금 조로 이걸 줬어. 그렇지만 상관없어."

타이요가 마침내 집합 시간에 딱 맞춰서 들어왔다. 그걸 보니 이런 습관도 그가 생각하는 완벽한 도둑의 자질이 아닐까 싶었다. 그는 손에 책 한 권을 펼쳐 들고 있었는데 포스트잇이 잔뜩 붙어 있고 여기저기 책갈피도 끼워져 있었다. 그는 책에서 거의 눈을 떼지 않은 채 말라붙은 토스트 두 장을 집어서 우리와 노엘리아의 테이블을 번갈아 보았다. 왠지 그에게 손짓을 해 부르고 싶었지만 우리 테이블에는 남은 자리가 없었다. 결국 그는 노엘리아의 테이블로 향했다.

타이요만큼 정확하게 카운트가 어제 나갔던 문으로 다시 들어왔다. 그녀는 어제의 붉은색 정장 대신 가장자리만 붉은색인 회색 정장 차림이었다.

"모두 시간에 맞춰 모인 걸 보니 기쁘네요. 푹 잤으리라 믿습니다."

"본론으로 들어가죠."

루커스가 뒤에서 말했다.

"2단계. 어제처럼 할 건가요? 설마 또 이미 시작됐다면서, 로비에서 가구 같은 걸 훔치라는 건 아니겠죠."

"물론이죠. 2단계는 오늘 시작될 예정입니다. 다만 지난번엔 테스트를 통과하려면 목표물 열다섯 개 중에서 선택해야 했죠. 이번에는 그보다는 조금 더 까다로울 거예요."

카운트가 뒤에 있는 TV를 켰다. 그리고 태블릿의 화면을 밀어 TV 화면에 이미지를 띄웠다.

영상을 보자마자 입이 떡 벌어졌다.

황금을 정교하게 조각한 옆모습. 세월이 흘러 정교한 부분이 무여지기는 했지만 높은 광대뼈와 생생한 청록색 아이라인, 살짝 돌출된 하얀 눈자위 등 섬세한 이목구비는 아주 멀고 먼 과거의 예술품이라기보다 진짜 살아 있는 사람이 황금이 뿜어내는 빛 속에서 우리를 바라보는 것처럼 보였다.

카운트가 말했다.

"신원이 밝혀지지 않은 이집트 파라오의 매장 석관입니다. 순금으로 만들어졌고 무게는 약 110킬로그램입니다. 추정 가격은 2000만 유로 이상입니다. 물론 경매에 나가면 가격이 고공 행진을 하겠죠."

그녀는 자신도 그 아찔한 보물에 마음을 빼앗겼다는 듯이 잠시 입을 다물었다.

"이것이 2단계에서 여러분이 노려야 할 목표물입니다."

나는 살짝 두려운 기분에 사로잡혔다. 이번 테스트에 비하면 박물관에서 경쟁하는 건—내가 이런 말을 할 줄은 몰랐지만—해볼 만했다고 해야 하리라.

나는 물건을 훔칠 줄 안다. 나는 물건을 잘 훔친다. 그렇지만 한 가지 목표물을 놓고 일곱 명을 물리치고 훔쳐야 한다면?

숨 쉬어, 로스.

내가 몸을 앞으로 쑥 내밀며 말했다.

"내가 정리해 볼게요. 그 말은 이번 단계는 딱 한 사람만 통과할 수 있다는 뜻인가요? 그렇게 되면 세 번째 단계는 그리 까다롭지 않겠네요."

카운트가 대답했다.

"그럴 리가요. 여러분 가운데 네 명이 이 단계를 통과할 겁니다."

마일로가 머리를 긁으며 의자에 기대 앉았다.

"음…… 그렇다면 석관이 네 개인가요?"

노엘리아가 팔짱을 꼈다.

"카운트 씨, 누가 또 말을 끊기 전에 얼른 설명해 주세요."

으이구.

카운트가 설명했다.

"다음 단계는 팀 과제입니다. 우리는 여러분을 네 명씩 두 팀으로 나눌 겁니다."

"맙소사……."

아드라가 머리를 뒤로 젖히며 앓는 소리를 냈다.

"그게 뭐예요, 여기가 유치원이에요? 적어도 팀은 직접 고르게 해 주세요."

나는 테이블에 같이 앉은 참가자들을 획 둘러보았다. 데브로는 커피를 홀짝거리며 스멀스멀 나오는 미소를 숨기려고 애쓰는 중이었다. 경순과 마일로는 눈을 부릅뜬 채 카운트를 바라보고 있었다. 두 사람은 아직 알아차리지 못한 모양이었다.

루커스가 노엘리아와 아드라, 타이요가 앉은 테이블의 남은 자리로 오자 그 세 명은 합판처럼 온몸이 뻣뻣해지는 듯 보였다. 그가 자리에 앉자 카운트가 다시 설명을 시작했다.

"같은 테이블에 앉은 사람들을 팀원으로 생각하세요."

우리 넷은 시선을 교환했다. 경순은 팀이 미덥지 않다고 느끼는 것 같았다. 마일로는 꽤 만족스러운 표정을 지었다. 그리고 데브로. 그는 의기양양해하는 미소를 숨기지 않았다. 그의 눈에는 어제 팀을 짜자는 제안에 퇴짜를 놓았던 내가 어지간히 얼간이처럼 보일 것이다. 그런데 이제 팀으로 힘을 합치는 것이 게임의 규칙이 되었다.

나는 입을 꾹 다문 채 팔짱을 꼈다.

"팀원의 도움으로 석관을 확보하기."

타이요는 천천히 고개를 끄덕였다. 머릿속으로 열 개도 넘는 방법을 따져 보고 있을 게 분명했다. 그는 책을 펼치더니 뭔가를 찾아 책장을 차르르 넘겼다.

"그게 다인가요?"

"아닙니다. 아마도…… 그 과제와 함께 보조 과제가 나갈 테지만, 지금은 공개하지 않겠습니다."

TV 화면이 탁 꺼졌다.

"프레젠테이션을 유심히 잘 들었기 바랍니다. 두 번 설명하지 않을 거니까요. 목표물 확보에 일주일을 주겠습니다. 목표물이 확보되면 집합 장소를 알려 드리죠."

휴대폰에 새 공지 사항이 도착했다는 신호가 울렸다. E-티켓이었다. 파리로 출발하는 기차를 탈 시간이다.

THIEVES'
GAMBIT

제2단계
D-1

17

"저 팀에 휴전을 제안해야 할 것 같아."

나는 배낭에 짐을 쑤셔 넣다가 그대로 움직임을 멈췄다. 다만 시선만 경순에게 향했다. 진심인가?

정확히 어쩌다 모두 내 방에 모이게 되었는지 나도 잘 모르겠다. 어쨌든 모두 모여서 계획을 짤 공간이 필요했다. 그리고 나는 일단 짐을 싸려고 내 방으로 갔는데, 나머지 팀원들이 나를 따라왔다.

마일로가 되물었다.

"휴전? 적군과? 이번 단계를 일부러 지자는 거야? 정말 그렇게 생각해?"

"영구적인 휴전이 아니라 공항으로 가는 기차를 타고 있는 동안에만 그러자는 거야."

경순은 내 침대의 발치로 머리만 대롱대롱 늘어뜨린 채 누워 있었다. 그녀는 바닥에서 물구나무를 1분 정도 서 있다가 그대로 침대로 털썩 누워 버린 참이었다. 헤드폰에서 새어 나오는 소리가 어찌나 요란한지 경순이 우리 이야기를 듣고 있는 줄도 몰랐다.

"우리가 단 몇 시간만이라도 서로 방해하지 않기로 하면 모두에게 좋지 않을까?"

내가 말했다.

"걔들은 절대 동의하지 않을 거야. 합의한다고 해도 거짓말일 테고. 카운트는 분명히 우리를 같은 기차에 배정할 거야. 그래야 서로를 방해할 수 있으니까. 나는 그러는 게 딱히 문제라고 생각하지 않아."

나는 침대 옆에 달린 플러그에서 휴대폰 충전기를 뽑았다. 물론 세 시간 걸리는 기차 여행 동안 노엘리아 팀을 경기에서 떨어트릴 구체적인 방법은 아직 없다. 그렇지만 타이요를 제외한 나머지 세 명과 정정당당한 경기를 치른다는 생각만으로도 피가 부글부글 끓었다.

데브로가 양손은 주머니에 넣은 채 창가에 서서 말했다.

"다들 진정해. 나도 그 녀석들을 못 믿겠다는 생각에 동의해. 그렇지만 휴전을 제안한다고 나쁠 건 없잖아. 그 애들이 내내 우리와 티격태격할 것도 아니고."

그가 의미심장한 눈빛으로 나를 바라보았다. 오늘 아침에 나눈 무언의 대화와 비슷한, 시험하는 듯한 눈빛이었다. 나는 그 눈빛을 무시했다.

마일로는 아직 마음을 정하지 못한 듯 서성거리기 시작했다.

"저기, 어쩌다 보니 내 방에 이렇게 다 모인 건 방법을 모색해 보자는 거 아니었니? 나는 모르겠어……. 정확히 어떻게 하면 우리가 그 애들보다 먼저 석관을 손에 넣을 수 있을지 말이야. 이번 단계에서 개들을 대회에서 실격시킬 방법 같은 거. 그런데 난데없이 '개들에게 기회를 주자' 회의를 하자는 거야?"

나는 배낭의 지퍼를 좀 거칠게 올리다가 하마터면 손이 끼일 뻔했다.

"너 노엘리아랑 무슨 문제 있어?"

경순이 헤드폰에서 나오는 음악에 맞춰 고개를 까닥거리고 머리카락을 손으로 쓸어내리며 물었다.

"나도 예리엘에게 일어난 일이 마음에 안 들어. 하지만 그 애는 그저 이기려고 경기를 하는 것뿐이잖아. 우리가 어떤 경기를 하는지 모르는 사람이 있니? 그 일을 너무 개인적으로 받아들이지 마."

개인적이라. 왜 사람들은 개인적으로 받아들이지 말라는 말로 변명을 할까? 너를 총으로 쏘아서 미안해. 그렇지만 개인적인 감정은 없어. 아홉 살인 너를 체포되게 내버려 둬서 미안해. 그렇지만 개인적으로 받아들이지 마. 배신해서 미안해. 그래도 개인적으로 받아들이지는 마.

어떤 일은 개인적일 수밖에 없다.

"나도 어떤 대회인지 잘 알아. 하지만 내가 훔쳐 낸 물건을 몽땅 차지하고 나를 죽이려고 했다면 약간은 개인적으로 받아들일 수밖에 없지 않을까?"

마일로가 애써 웃음을 참았다.

"잠깐, 그래서 너희가 한판 붙은 거야? 그거 웃기네."

나는 마일로를 죽일 듯 노려보았다. 마일로가 헛기침을 했다.

"그러니까 너무 잔인해서 웃음이 날 정도라고."

적어도 내 편을 들어 주는 사람이 한 명은 있네.

"우리가 아직 모르는 다른 요소가 이 단계에 있을 거라는 사실도 고려해야 해. 여기 마르세유에도 국제공항이 있어. 그런데 왜 굳이 기차로 파리에 가서 비행기를 타게 하는 걸까?"

데브로가 관자놀이를 문질렀다.

나는 노엘리아와의 불화에 너무 얽매인 나머지 그 점을 간과하고 있었다. 주최자들이 교통비를 아끼려고 그런 루트를 짜지는 않았을 것이다. 그렇다면 우리가 기차를 타고 가는 이유는 한 가지일 수밖에 없다.

"그 기차에서 무슨 일이 일어나겠구나."

"나도 같은 생각이야. 그 말은 우리가 치사한 경쟁자들에 대해 걱정을 줄이면 그 상황에 대처하기가 더 쉬울 거라는 뜻이야."

데브로가 말했다.

'악마와의 거래' 항목에 새 기록이 집계되겠군. 이런 시도의 결과는 절대 예상을 빗나가지 않으니까.

경순이 제안했다.

"그냥 물어보기라도 하자. 객관적으로 봤을 때, 모두 협조하면 모두에게 최선 아니야? 걔네가 우리에게 거짓말을 한다고 해도 물어보는 것 자체는 괜찮다고 생각해."

"분명히 거짓말을 할 거야."

마일로가 말했다.

데브로가 고개를 끄덕였다.

"그럼 정해졌다. 내가 제안해 볼게. 직접 만나서. 그 애들이 우리
와 협력할 수도 있고 아닐 수도 있어. 하지만 어느 쪽이건 내가 마
음을 읽어 볼게. 나랑 같이 가고 싶은 사람 있어?"

그는 이미 문으로 발걸음을 옮기고 있었다.

미친 거야? 우리가 무슨 결정이라도 내린 것처럼 저렇게 휙 가
버린다고?

"잠깐, 우리는 아직 합의하지 않았어!"

마일로가 그를 불렀다. 그러고는 중얼거렸다.

"저 녀석, 넥타이까지 매고, 완전히 한스 그루버잖아."

경순이 발딱 일어나 앉았다.

"누구?"

마일로가 그것도 모르냐는 듯한 표정으로 대답했다.

"다이 하드도 안 봤니?"

"내가 같이 갈게."

나는 우리가 다들 정신이 딴 데 가 있다는 생각을 하며 말했다.

"너희는 여기 있어."

나는 서둘러 데브로를 따라잡았다.

"대단한 팀워크네. 지난번에 내가 놓친 게 이런 거였구나."

엘리베이터로 향하면서 그는 손을 내저어 내 말을 막았다.

"그런 쓸데없는 말싸움에 허비할 시간이 없어."

"거절에 허비할 시간이 없는 건 아니고?"

나는 두 손을 모아 꼼지락거리다가 말을 이었다.

"나는 이 계획이 어딘지 불편해."

"그럼 불편한 상황에 익숙해져. 네게 걔들과 협력하라고 말할 마음은 나도 없어. 다만 적어도 걔들이 기차에서 뭔가를 저지를 작정이라면 알아챌 수 있을 거야."

"못 믿어."

그가 미소를 지었다.

"음, 넌 할 수 있어"

그가 능글맞은 미소를 지으며 한 걸음 더 다가왔다.

"그리고 믿는 척만 해도 나름 효과가 있어."

가을 향기가 가미된 그의 향수 냄새가 코를 간질이자 배 속이 요동치는 듯했다. 이런 효과를 노리고 한 발자국 다가왔겠지? 오, 데브로는 정말 실력이 좋았다. 덕분에 이 말싸움은 다 부질없는 것이 되어 버렸다. 다행히 엘리베이터가 도착해 나를 구해 주었다. 일단 들어갔지만 나는 몇 층을 눌러야 할지 몰라 우물쭈물했다.

데브로가 8층을 눌렀다. 나는 인상을 썼다.

"어디로 가야 하는지 어떻게 알아?"

"나는 모두의 방을 알아. 알아 두면 유용한 정보 같더라고."

그랬다. 그가 졸졸 따라다닌 사람은 나만이 아니었다. 왜인지 그걸 알고 나자 조금 실망스러웠다.

"애들이 있는 곳을 알아낼 때까지 방문을 다 두드려 볼 거야?"

"타이요의 방에 모여 있을 거야."

"타이요?"

나는 노엘리아의 방일 거라고 짐작했었다. 적어도 그 애가 그 팀의 실질적인 리더라고 여겼으니까.

"타이요가 넷 중에서 가장 지배적인 성격이야. 그러니까 걔 방에 모두 모였을 거야."

나는 어쩌다 우리가 내 방에 모이게 되었는지 다시 되짚어 보았다. 혹시 데브로는 내게도 같은 판단을 내렸을까?

그는 정말로 사람의 마음을 읽는 것 같았다. 그도 그럴 것이 곧장 대답을 해 주었기 때문이다.

"우리는 네가 묻지도 않고 네 방으로 가니까 모두 따라갔을 뿐이야. 네가 원하는 대로 생각해."

엘리베이터가 딩 하고 울렸다. 문이 열리자 정확히 우리가 찾고 있는 대상이 눈앞에 있었다. 둘뿐이었지만.

노엘리아는 세련된 가죽 더플백을 옆에 들고 있었고 타이요는 각진 배낭을 메고 있었다. 두 사람의 대화—안타깝게도 내가 모르는 일본어—가 우리를 보자마자 중간에 뚝 끊어졌다.

"완벽해. 마침 너희를 만나러 왔거든."

데브로가 다짜고짜 말을 시작했다. 그는 문을 막고 서서 한 손으로 문이 닫히지 않게 잡고 있었다.

노엘리아가 마음에 안 든다는 표정을 지었다.

"또 옛날 일로 나를 괴롭히려고 왔다는 소리는 하지 마."

내가 자길 괴롭혔다고?

"걱정 마."

데브로가 매력적으로 말했다.

"오늘만큼은 너와 싸우지 말라고 로스에게 당부해 뒀어. 몸싸움이든 말싸움이든. 우리는 물어볼 게 있어서 왔어."

"우리는 대답할 게 없어."

타이요가 내 눈을 피하며 쏘아붙였다. 이제 우리는 적이다. 그러므로 적을 우호적으로 대하는 건 제대로 된 도둑의 태도가 아니다.

"지나갈게."

그는 데브로의 몸을 피해 비집고 들어오려고 했다. 그러나 노엘리아가 그의 어깨를 잡았다.

"잠깐."

그녀가 데브로를 보았다.

"얘들이 뭐라고 하는지 들어 보고 싶어. 그렇지만 빨리 끝내. 우리는 일정을 다 정해 놓았으니까."

타이요는 일정에 늦는다는 생각만으로도 인상을 쓰고 싶은 것 같았다.

데브로가 한 손가락을 들었다.

"딱 하나야. 기차를 타고 가는 동안 우리에게 해코지할 계획이야?"

노엘리아의 입술에 얼핏 미소 같은 것이 스쳤다.

"대답하지 마."

타이요가 말했다.

"왜 어때서? 사실대로 말한다고 잃을 것도 없는데. 그런 계획은 없어, 데브로. 3시간 동안 너희를 괴롭히는 것보다 더 나은 일이 있어서."

데브로가 그녀를 유심히 바라보았다.

"그러면 일시적으로 휴전을 하는 데 이의가 없겠네?"

노엘리아가 턱을 들어 올렸다.

"물론이지. 퀘스트가 내게 부탁한다면."

노엘리아는 내가 길길이 날뛰는 모습을 보고 싶은 것 같았다. 그리고 어떻게 하면 나를 그렇게 만들 수 있는지 정확히 아는 듯했다.

"휴전을 받아들이든지 그냥 가든지. 솔직히 어느 쪽이건 조금도 관심 없으니까."

나는 노엘리아가 확실히 볼 수 있도록 언제나 내 손목에 있는 팔찌 매듭을 만졌다.

미소 비슷한 표정이 노엘리아의 얼굴에서 사라졌다.

"좋아. 너희가 그렇게 정중하게 부탁을 했으니 너희를 내버려 두도록 하지."

노엘리아는 데브로를 지나 엘리베이터로 들어갔다. 타이요가 그 뒤를 따랐다. 우리는 밖으로 나왔다.

"하지만 파리에 입성한 후에도 그런 대접을 기대하지는 마."

그녀는 엘리베이터 구석에 설치된 돔형 보안 카메라를 슬쩍 올려다봤다.

"지겨운 쇼를 너무 오래 할 생각은 없으니까."

문이 닫히고 그들은 사라졌다.

나는 팔짱을 꼈다.

"어때?"

"거짓말이 아니야."

"확실해?"

데브로가 위로 올라가는 엘리베이터 단추를 눌렀다.

"생각을 해 봐. 저 애들도 난리 법석을 치기 전에 잠시 마음을 가다듬고 싶을 거라고."

엄마의 심리 읽기 기술 수업을 좀 더 열심히 들었어야 했다.

"그리고 네가 틀렸다면, 쟤들이 우리를 달리는 기차에서 던져 버리려고 할 테고?"

내가 묻자, 데브로가 말했다.

"그때는 우리가 먼저 걔들을 던져 버려야지."

12

도둑들은 기차를 좋아한다. 공항보다 경비가 덜 삼엄하기 때문이다. 마지막으로 기차를 탔을 때 엄마와 나는 개인 객실을 예약했다. 엄마가 한 무더기 쌓아 놓은 다이아몬드 알들을 감정하느라 여념이 없는 동안 나는 우리 짐을 옮겨 준 귀여운 승무원을 찾으러 나가려면 무슨 핑계를 대야 할지 고민했다. 마침내 엄마가 내게 객실에서 나가도 좋다고 했을 즈음에는 벌써 두 번이나 정차를 했기 때문에 어디서도 그는 보이지 않았다.

지금 나는 기차 창문에 걸어 놓은 평화로운 분위기의 유화 같은 프랑스 시골 풍경이 휙휙 지나가는 모습을 지켜보고 있다. 나의 하루는 이렇게 평화로운데 엄마는 악몽에 갇혀 있다니 이렇게 불공평한 일이 또 있을까? 엄마는 목요일 밤에 납치되었고 지금은 일요일이다. 어쩌다 사흘이 평생처럼 느껴지게 되었을까?

나는 엄마가 무사한지 다시 전화를 하고 싶은 충동을 느꼈다. 그렇지만 24시간도 지나지 않아 한 번 더 납치범의 인내심을 시험하는 건 그리 좋은 생각 같지 않았다. 그래서 팀원들에게 관심을 돌렸다.

우리 팀은 객차 앞쪽에 있는 작은 테이블에 둘러앉았다.

노엘리아 팀은 몇 좌석 뒤로 가 우리보다는 더 띄엄띄엄 떨어져
앉았다. 처음 기차를 탔을 때만 해도, 그들은 기차가 덜컹거리는 소
리에 목소리가 거의 다 지워지는 중에도 소곤소곤 이야기를 하더
니 지금은 각자 자신만의 일에 열중이다.

우리 팀은 달랐다. 경순은 입을 비쭉 내민 채 테이블로 카드를
홀쩍 던지는 중이다. 이번이 우리가 벌인 세 번째 텍사스 홀덤 게임
이며 마일로가 3연승을 거둔 판이기도 했다. 데브로와 경순, 나는
각자 마일로에게 1000달러나 온라인 송금을 해야 했다. 마일로에
따르면 그 정도는 껌값이라나.

"얘가 속임수 쓰는 거야."

데브로가 마일로에게 카드를 휙 튀기며 말했다.

애초에 마일로에게 카드를 섞게 해서는 안 되었던 것 같다. 그렇
지만 그의 손안에서 카드가 폭포수 흐르듯 매끄럽게 흘러내리는
모습을 본 우리는 그 현란한 손놀림을 보기 위해서라면 조작된 카
드로라도 게임을 할 만한 가치가 있다는 생각을 해 버렸지 뭔가.

"당연한 거 아냐?"

마일로가 카드로 무지개 같은 아치를 만들며 패를 섞었다. 카드
가 다른 손으로 착착 떨어져 들어가는 모습은 기분 좋은 ASMR 영
상을 보는 것 같았다.

"잠깐, 그럼 너희는 속임수를 안 썼단 말이야? 어쩐지 식은 죽 먹

기더라."

경순이 맞은편에 앉은 데브로를 발로 찼다.

"아야!"

"알고 있었으면서 어떻게 말을 안 할 수가 있어?"

"쟤가 어떻게 속이는지 모르니까. 그걸 알아야 무슨 말이라도 하지."

"카드 내놔."

내가 손을 내밀었다.

마일로는 카드가 소중한 재산이라도 되는 것처럼 가슴팍으로 가져갔지만, 경순이 매섭게 노려보자 내게 카드를 내밀었다.

"우리 엄마는 게임을 할 때 늘 속임수를 쓰셔. 쏘리, 캔디랜드, 커넥트 포(같은 색깔의 칩 4개를 한 줄로 연결하면 이기는 보드게임―옮긴이)……."

마일로가 코웃음을 쳤다.

"커넥트 포라고? 커넥트 포에서 어떻게 속임수를 쓰냐?"

"그게 쓸 수 있다니까. 예전에 엄마가 일부러 외출해서는, 기기에 연결하면 색깔을 바꿀 수 있는 디지털 칩을 사 온 적이 있어. 엄마는 나를 뒤돌아보게 하고, 그 사이에 같은 색깔 칩 네 개를 한 줄로 만들었어. 고작 여덟 살짜리를 이겨 먹으려고 몇백 달러를 아무렇지도 않게 써 버린 거야."

나는 의도했던 것보다 좀 더 열심히 카드를 둥글게 펼쳤다.

"그 후로 엄마와는 게임을 일절 하지 않아. 불헛만 빼고."

"아하, 그 속여야 이기는 게임."

데브로가 미소를 지었다.

"두 배 아니면 제로. 마일로를 제외하고 우리 셋 중에 한 명이 이기면 마일로는 우리에게 딴 돈을 돌려줘야 해. 만약 마일로가 이기면 우리가 이미 잃은 돈의 두 배를 내는 거야. 어때, 괜찮지?"

데브로가 어깨를 으쓱했다. 경순은 고개를 끄덕였다. 마일로는 도전 의식을 느끼며 눈을 반짝였다.

나는 다들 규칙을 숙지했는지, 카드 쉰두 장이 모두 있는지 확인한 후 패를 돌렸다. 바로 그때 타이요가 우리 쪽을 힐끔 보더니 자리를 떴다.

"스페이드 에이스를 가진 사람부터 시작한다."

"저 녀석 무슨 꿍꿍이인지 궁금하네."

마일로가 인상을 쓰더니 우리 사이에 놓인 카드 위에 자신의 카드 한 장을 올렸다.

"에이스 하나."

데브로는 자신이 얼마나 마일로를 꼼꼼하게 뜯어보는지 숨기려고도 하지 않았다. 데브로는 마일로가 속임수로 우리를 이겼다는 사실에 경순과 나보다 더 신경이 쓰이는 것 같았다.

"타이요는 우리가 무슨 꿍꿍이인지 궁금했을 거야. 휴전에 동의했다고 해서 쟤들이 우리를 염탐하지 않는다는 뜻은 아니니까."

데브로가 말했다.

그들이 휴전을 지키고 있다는 사실에 기뻐해야만 할 것 같다. 한 시간이 지나도록 우리를 창문 밖으로 집어던지려는 시도는 한 번도 없었으니 말이다.

"2 하나."

경순이 자신의 카드를 쌓여 있는 카드 위에 올렸다. 불쉿의 규칙은 단순하다. 가지고 있는 카드를 다 없애는 것이 목표다. 차례가 되면 앞사람이 낸 카드의 다음 숫자를 내려놓으며 그게 몇 장인지 말해야 한다. 적어도 그런 척해야 한다. 카드는 보이지 않게 뒤집어서 놓기 때문에, 사실상 아무 카드나 낼 수 있다. 이때 누군가 나를 의심하며 '불쉿'이라고 외쳤다고 치자. 킹을 내놓아야 할 때 5를 냈거나, 세 장이라고 하면서 실제로는 네 장을 내려놓았다면, (상대의 의심이 옳았기에) 쌓아 놓은 카드는 모두 내가 가져가야 한다. 반대로 내가 말한 대로 카드를 내려놓았는데 상대가 의심했다면 쌓아 놓은 카드는 상대에게 간다. 제일 먼저 가진 카드를 다 버려야 이기는 게임이므로, 쌓아 놓은 카드를 가져온다면 불리해질 수밖에 없다.

"우리도 뭐든 해야 할 것 같아. 계획이라도 세울까?"

경순이 말했다.

데브로가 카드를 훑어봤다.

"저 애들과 아무리 멀리 떨어져 앉았다고 해도 같은 객차에서는 아무 말도 하면 안 돼."

데브로는 가장자리에 있는 카드를 아무렇게 툭 던졌다. 정말 아무렇게나 말이다.

"3 하나."

나는 눈을 가늘게 뜨고 그를 보았다.

"불렀."

그러자 데브로가 투덜거리더니 작게 쌓인 카드 더미를 자신 앞
으로 가져갔다.

"로스, 너 이 게임 상당히 잘하는구나."

마일로가 말했다.

"말했잖아. 내가 엄마와 하는 게임은 이제 이것밖에 없다고."

"그랬지. 그럼 친구들과도 해?"

친구들?

"아니."

나는 괜히 말을 더듬으면서 아무 생각 없이 카드를 내려놓았다.

"4."

마일로는 '불렀'도 외치지 않고 내가 내놓은 카드를 뒤집어 보았
다. 천만다행으로 내 카드는 다이아몬드 4였다. 마일로는 입술을 꾹
다문 채 그 카드를 가져간 후 카드 두 장을 냈다.

"5 둘."

그는 카드의 뒷면을 톡톡 치면서 우리 중 아무나 외치라고 미끼
를 던졌다. 그래서 우리는 아무 말도 하지 않았다.

"6 셋."

경순이 카드를 하나씩 내려놓았다. 나는 경순에게 아무 말을 할
생각도 없는데 데브로가 내가 말을 할지 유심히 살펴보는 것이 아
닌가. 그래서 테스트를 해 보기로 했다. 내가 '불렀'이라고 말할 것

처럼 입을 열자마자 데브로가 새치기를 했다.

"불웠."

경순이 희희낙락한 표정으로 카드를 뒤집었다. 6 세 장. 나는 비죽비죽 나오려는 웃음을 꾹 참았다.

"다시는 새치기 안 할게."

데브로가 약속했다.

마일로가 내게 몸을 기울이며 말했다.

"너 이 게임 잘하니까, 이번 대회 다 끝나면 언제 한번 라스베이거스에서 만나자. 카지노에서 날 도와줄 새 파트너가 필요하거든."

"원래 파트너는 어떻게 됐는데?"

경순이 물었다.

"내가 '헐, 우리 큰일 났어. 경찰이 왔어.'라고 말하면 그날이 만우절이라도 내 말은 농담이 아니야."

"네 파트너는 달아난 줄 알았는데?"

내가 물었다.

"그건 다른 친구고."

데브로가 카드를 내려놓으며 7을 외쳤고 나는 8이 없었기 때문에 잭 카드를 내려놓았다. 그리고 데브로에게 해볼 테면 해보라는 뜻으로 한쪽 눈썹을 올렸다.

마일로는 내가 무엇을 하는지 보더니 그 카드를 뒤집어 보지도 않고 슬그머니 내게 도로 밀었다.

나는 어깨를 으쓱하면서 쌓인 카드를 가져왔다.

"나를 너의 새 파트너로 삼고 싶다면, 우리 둘 다 이 대회에서 탈락해야 할 거야."

마일로가 카드를 내려놓았다. 9 두 장.

"우승했다고 제거될 일은 없을 거야. 그러길 바라."

경순이 그의 이마를 쿡 찔렀다.

"로스는 지금 1년 계약을 말하는 거야, 멍청하긴."

경순이 자신의 카드 두 장을 내려놓으며 말했다.

"10 셋."

데브로는 불헛을 외칠지 잠시 망설였지만 결국 입을 열지 않았다.

마일로는 내가 어처구니없다는 듯 말했다.

"이봐, 그렇다고 해서 우리가 1년 내내 주최자들을 위해서 일을 해야 한다는 뜻은 아닐 거야. 아무리 범죄자라도 휴가를 누릴 자격은 있다고."

데브로의 표정이 살짝 침울해졌다.

"너무 큰 기대는 하지 마."

그는 카드 세 장을 탁 내려놓았다.

"잭."

나는 그가 움찔하는 모습을 놓치지 않았다.

나는 이죽거리며 웃었다.

"자유 시간을 받는 거? 아니면 우승하는 거? 불헛."

"둘 다. 이런."

데브로가 쌓여 있는 카드를 가져갔다.

"카드 게임도 못 이기면서 갬빗은 어떻게 이길 거냐?"

마일로가 안 그래도 아픈 가슴에 조롱을 끼얹었다.

데브로는 쌓인 카드를 획획 넘기며 코웃음을 쳤다.

"경순, 너 지금까지 내야 하는 카드를 한 번이라도 내기는 했니?"

경순은 자신만의 세상에 빠져서—아니면 그런 시늉으로 대답을 회피하면서—머리카락을 배배 꼬며 멍하니 앞을 바라보았다.

"로스의 어머니가 커넥트 포를 하려고 사신 것처럼 디지털 방식으로 카드를 바꾸는 장치를 어디 가면 살 수 있을까?"

"어어어어쨌든."

마일로가 하던 얘기를 계속했다.

"내가 갬빗을 우승하면 주최자들을 위해 일해야 한다고 누가 그래?"

"퀸 하나. 음, 그 사람들이."

나는 정말로 퀸 카드를 뒤집어서 내려놓으며 말했다.

마일로는 숫자도 말하지 않고 카드를 던지듯 내려놓았다.

"정말?"

"철 좀 들어, 마일로. 주최자들은 우승자에게 일을 시키고 싶으면 시킬 거야."

데브로가 진지하게 말했다.

"그 사람들이 그렇게까지 깐깐하진 않을 거야. 누가 규칙을 깬대? 내가 우승하면 나는 상으로 1년 동안 계약을 하지 않게 해 달라고 소원을 빌 건데? 그러면 그 사람들은 뭐라고 할까?"

"아마 제정신이냐고 묻겠지."

내가 대답했다.

"원래 살던 대로 살겠다고 이 짓을 하다니 빙 둘러 가는 거 아니니?"

나는 혀로 이를 훑었다. 따지고 보면 내가 하려는 것도 그거 아닌가? 아니야, 나는 달라.

경순이 놀리듯 말했다.

"마일로는 사냥에만 관심 있나 보지. 나는 소원을 허비하지 않을 거야."

나는 이 대화가 어디로 흘러갈지 알 것 같았다.

"세 장."

나는 모두의 관심을 게임으로 되돌리려고 아무 카드 세 장을 내려놓았다. 하지만 데브로조차 아무 말도 하지 않았다.

마일로가 경순에게 손을 흔들었다.

"그럼 너는 뭘 원하는지 말해 봐. 네가 흘린 땀 한 방울까지 가치가 있는 위대한 소원이 뭐야?"

경순은 입을 꾹 다물었다.

"음, 그러니까……."

그녀는 어깨를 으쓱하며 카드를 만지작거렸다.

"내 생각에…… 내가 원하는 건…… 아니면…… 있잖아."

경순은 입을 다물었다가 열더니 다시 얼른 닫았다.

마일로와 나는 마주 보며 얼굴을 찡그렸다.

"다시 정리해서 말해 볼래?"

내가 되묻자, 마일로가 웃음을 터트렸다.

"쟤는 자신도 모르는 거야! 그러면서 내게는 재미로 게임을 한다고 얼마나 구박을……."

경순이 마일로를 향해 인상을 썼다.

"나는 재미로 참가한 게 아니야. 나는 소원이 있어. 다만 그런 결정을 하는 데 더 많은 시간이…… 필요할 뿐이야."

그녀는 카드의 가장자리를 손으로 훑더니 어깨를 으쓱했다.

"모르겠어. 소원을 말했는데 이틀 후에 좀 더 영리하거나 인상적인 소원이 떠오를 수도 있잖아. 더 현실적인 소원도 있을 테고. 그런 걸 알면서 소원을 빌 수는 없어. 지금이라면 이렇게 소원을 빌고 싶어……. 나중에 소원을 말하게 해 주세요."

"내 평생 이렇게 자기 파괴적일 정도로 생각이 많은 건 또 처음 봤네."

마일로가 혀를 끌끌 찼다. 그는 손가락 하나를 들어 경순의 얼굴을 향해 흔들었다.

"우유부단한 사람은 절대 뭔가를 끝까지 해내지 못해. 너는 절대 완벽한 소원을 떠올릴 수 없어. 몇 달 동안 그 소원이 뭔지 고민만 할 거니까."

경순의 얼굴이 살짝 울상이 되었다. 그러자 분위기도 덩달아 침울해졌다. 마일로가 얼굴을 찡그리는 것을 보니 방금 한 말을 경순이 그렇게 받아들일 줄 몰랐던 것 같았다.

내가 물었다.

"그걸 수락해 줄까? 소원을 나중으로 미루는 거."

"그럴 거야. 그 사람들이 뭐든 다 된다고 했잖아, 안 그래?"

경순이 대답했다.

데브로의 턱에 힘이 들어갔다.

"너희는 그런 걸 어떻게 알아? 나는 이 바닥에 대해서 모르는 게 없다고 생각했거든. 그런데 일주일 전만 해도 그 사람들이 나…… 갬빗에 대해서 아무것도 몰랐어."

내 말에 경순이 눈을 깜박거렸다.

"정말이야? 너희 집에서는 이런 이야기를 잠자리 동화로 들려주는 줄 알았어."

절대 아니란다.

나는 어깨를 으쓱하며 이 이야기를 나만 모르는 게 아닌 척했다.

데브로가 끼어들었다.

"차라리 모르는 게 나을 수도 있었어. 네 가족은 네가 모르길 바란 걸 보면."

그건 확실했다. 문제는 그 이유가 뭐냐는 거다.

"음, 나는 갬빗을 안 지 최소 3년은 되었어."

경순이 뽐내듯 말했다.

"내 멘토한테 들었지. 처음에는 거짓말하시는 줄 알았어. 늘 이런 식으로 말씀하셨거든. '그 사람들과 괜히 얽히지 마. 아무래도

갬빗과 연결된 사람들 같으니까.' 아니면, '이 일을 잘 해내면 갬빗
을 주최하는 사람들 귀에 네 이야기가 들어갈 수도 있어.'"

경순의 어깨가 축 처졌다.

"의뢰받은 일을 하다 보니 어느새 시간이 흘렀고 멘토를 떠난 후
로 갬빗은 잊고 살았어. 그런데 2주 전에 덜컥 초대장이 온 거야.
모르는 번호로 내 휴대폰에 전화를 걸 수 있는 사람은 아무도 없
어. 그래서 내가 그 사람들을 대단하다고 생각하는 거야. 그 사람
들은 무슨 소원이건 다 들어줄 수 있을 거야. 그러려면 주최자들
중에 거물들도 분명히 있겠지."

"너는 멘토의 말씀을 잘 믿는구나."

나는 경순과 멘토의 관계가 나와 이모의 관계와 흡사하다는 사
실을 떠올리며 움찔하지 않으려고 마음을 다잡았다. 하지만 이모
지 않는가. 이모가 내게 거짓말을 할 이유는 없었다. 우리는 모두
퀘스트니까.

이번에는 마일로가 말했다.

"나는 무슨 일에 대해서든 누구 말도 안 들어. 나는 주최자 한
명을 직접 만났어."

우리 모두 쥐고 있던 카드를 흘렸다.

"말도 안 되는 소리 하지 마, 마일로."

내가 경고했다.

"진짜라니까."

마일로가 주장했다. 그는 자신의 카드를 앞에 내려놓고는 몸을

앞으로 기울였다.

"11개월 전에 미국에서 이 거물에게 고용된 적이 있어. 쉬운 일이었지. 유명한 호텔들의 객실 몇 군데를 터는 일이었거든. 나를 고용한 사람이 누구인지는 전혀 몰랐어. 따로 만나 의뢰받은 일이 아니니까.

그래서 의뢰받은 대로 호텔 방에 들어가 금고를 따고 그 안에 든 건 몽땅 가지고 나왔어. 대단했지. 끝내주는 시계며 노트북이며. 금고에 든 물건은 다 훔치라고 하더라고. 그래서 다 가져갔지. 훔친 물건 중에는 서류 폴더 몇 개와 USB도 있었어."

"마일로."

경순이 끼어들었다.

"본론만 말해."

"알았어."

마일로는 흘러내린 머리 몇 가닥을 귀 뒤로 넘겼다.

"나는 작업을 완수했고 약속 장소에 나가서 물건을 넘겼어. 어떤 회사 건물 아래의 주차장이었어. 완전 제임스 본드였지. 주위에 다른 차는 한 대도 없더라고. 연락책과 만나 볼일을 다 보고 돌아서서 가려는데, 그 사람이 자기 차에 타라는 거야. 자기 보스가 나를 만나고 싶어 한다나. 호기심이 내 최대 약점이잖아. 결국, 호기심이 이겼어. 그 여자는 처음 보는 사람이었어. 항상 기사를 대동하고 다닐 타입이라는 건 알겠더라. 좀 앉아 보라더니 도둑들의 갬빗에 대해 들어 봤냐고 묻더라고."

"그 여자가 네게 직접 설명했어?"

경순이 얼른 물었다.

"그래서 너는 그 말을 믿었고?"

내가 뒤를 이었다.

마일로가 꼼지락거렸다.

"음, 그때는 반반이었어. 그 여자가 날 골탕 먹이는 걸 수도 있잖아, 안 그래? 내가 그대로 가려는데, 그 여자가 파일이랑 USB만 받고 나머지는 쓰레기 버리듯이 내게 주더라. 자기는 남이 쓰던 보석은 필요 없다나. 그리고 의뢰비로 약속한 금액의 세 배를 줬어."

마일로의 눈이 놀랄 정도로 커졌다.

"그 여자는 '그 사람들'이 연락할 거라는 말만 남기고 내가 뭐라고 할 새도 없이 가 버렸어. 내가 따라와서 돈을 돌려줄까 그런 건 아니었고."

세 배라고? 말도 안 돼. 의뢰인이 계약한 액수보다 더 많이 준다고 할 때는 절대로 받으면 안 된다. 덤에는 부록이 딸려 있기 마련이니까. 마일로의 경우 그 부록은 갬빗 참가였다.

"네 이야기는 말이 안 돼."

데브로가 말했다. 이제 아무도 게임에 신경 쓰는 사람도 없건만 여전히 카드를 꼭 쥐고 있었다.

"네가 한 이야기 중에 그 여자가 주최자의 한 명이라는 증거는 아무것도 없어."

경순이 마일로에게 손을 흔들었다.

"그 여자가 그 사람들이 연락할 거라고 했다며. 그리고 마일로가 여기 왔고. 나는 신빙성이 있다고 봐."

"이야기가 다 끝났다고 누가 그래?"

마일로가 대꾸했다.

"내 목표물이었던 사람들에 대해 아직 말하지 않았잖아."

데브로가 반박했다.

"아니, 했어. 네가 그 사람들에 대해 아무것도 모른다고 했잖아. 이제와서 말 바꾸기야?"

"내가 그 일을 하는 동안에는 몰랐다고 했지. 나중에 그 사람들이 누군지 알게 됐어. 호기심이 지나치다고 해도 할 말 없지만, 내가 좀 파 봤거든. 내가 슬쩍한 물건의 주인들은 중국 정부를 위해 일하는 비밀 루트였어."

"비밀 루트?"

경순이 의아하다는 표정을 지었다.

내가 설명했다.

"비밀 루트란 말하자면 정체를 숨긴 비밀 요원 같은 거야. 엄밀히 말해서 공무원은 아니지만, 정부를 위해서 협상을 하는 사람들. 하지만 기록에는 전혀 없고."

"아하……."

경순이 고개를 천천히 끄덕였다.

"하지만 핵심은 그 부분이 아니잖아, 그렇지?"

마일로가 말을 이었다.

"그 USB와 파일에는 무슨 내용이 있었을까? 그 사람들은 내게서 그걸 받아 무엇을 했을까?"

목이 콱 막혔다. 나는 음모론은 잘 모른다. 평생 내가 일루미나티나 막후에서 세상을 조종하는 어둠의 인물들로 조직된 지하 조직을 생각하느라 보낸 시간을 다 합쳐도 평생 한 시간도 되지 않을 것이다.

하지만 지금은 이런 생각이 핀볼처럼 내 머릿속을 휘젓고 다닌다는 걸 인정해야겠다.

그 주최자들은 누굴까? 나는 정말 1년 동안 그들의 꼭두각시가 되고 싶은 걸까?

"나는 지금 가족이 갬빗에 대해 말해 주지 않은 이유가 이해되는 것 같기도 하고 왜 말해 주지 않았는지 너무 궁금하기도 해."

나는 혼자만 몰랐다는 사실에 느낀 당혹감을 창문 앞에서 훌훌 벗어던지며 조용히 말했다.

내 옆자리의 데브로가 몸을 뒤척였다.

마일로가 한숨을 쉬었다.

"어느 가족이나 비밀이 있는 것 같아. 가족이 원래 그런 존재들이잖아."

그러면서 그는 휴대폰으로 손을 뻗었다. 물론 내가 전에 눈치챈 것처럼 전혀 의식적으로 한 행동이 아닌 척했다. 하지만 카드 게임을 하는 동안에는 휴대폰을 한 번도 보지 않았었다. 혹시……

아니면 '가족'이라는 이 말이 방아쇠가 되어 휴대폰에서 기다리는 것을 다시 떠올리게 되었을까?

문득 내 시선이 데브로에게 향했다. 우리는 주최측과 얽힌 개인적인 사연을 털어놓았다. 마치 지금이 서로의 경험담을 털어놓을 때라도 됐다는 것처럼. 그런데 데브로만 예외였다.

데브로가 마침내 자신의 카드를 툭 던졌다. 동작이 너무 빨라서 나는 깜짝 놀랐다.

"게임을 끝까지 할 것 같진 않으니, 나는 잠시 바람 좀 쐬고 올게."

그는 이 말만 남긴 채 내가 그를 본 중에 가장 뻣뻣한 걸음걸이로 옆칸으로 갔다.

나는 데브로의 뒷모습을 보며 인상을 찌푸렸다. 그는 내가 질문을 하리라 짐작했을 것이다. 자화자찬을 아끼지 않는 독심술 기술을 활용해서.

그는 왜 그 질문을 피하는 걸까?

왜 나는 그를 뒤쫓고 싶은 걸까?

경순이 말했다.

"내버려 둬. 잠시 생각을 해 보고 나서 돌아오겠지. 아마도."

그녀도 자신의 카드를 내려놓았다. 결국 게임은 이렇게 끝났다.

게임이 흐지부지 끝나자 마일로는 카드를 주섬주섬 모았다. 그는 데브로가 두고 간 카드 더미를 집어 들었다.

"이거 하나는 확실하네. 데브로가 자리를 뜬 건 질문에 대답하기 싫어서거나, 질문을 핑계 삼아 도망친 거야. 보아하니 자기가 질 것 같으니까."

19

안녕하세요, 로절린 학생.

루이지애나 주립 대학 엘리트 체조 캠프의 무터 코치입니다. 오늘 입소 등록을 하지 않았더군요. 여전히 캠프 참가 의사가 있는지요? 등록을 포기할 경우 참가비는 환불받을 수 없으며, 제2차 강좌 기간은 이제 빈 자리가 없다는 사실을 유념해 주기 바랍니다.

나는 한참이나 메일을 바라보다가 결국 삭제했다. 지독한 죄책감이 나를 옥죄었다. 체조 캠프라니 멍청한 생각이었다. 이기적이기도 했고. 엄마를 혼자 두고 떠나려 했다니⋯⋯ 대체 무엇을 위해서였을까? 다리찢기 할 수 있는 고등학생 무리와 친구가 되어 보기 위해?

나는 두 팔로 나를 꼭 안고 엄마의 피부에서 나는 코코아 버터 냄새를 떠올렸다. 기억 속에서조차 포근한 기분이 들었다. 엄마와 함께 지내면서 행복하지 않았나? 평생 엄마와 이모와 함께 살았지만 나는 괜찮았다. 엄마 말을 들었다면 아무 일 없었을 텐데. 친구가 뭐라고. 새로운 시도 따윈 엿이나 먹으라지. 엄마만 있으면 만사형통일 것이다.

나는 이겨야 한다. 그런 후에 집을 나가려다가 이런 사태를 불러일으킨 것을 보상할 것이다…… 어떻게든.

각오를 다진 나는 다시 테이블 위로 시선을 옮겨, 보이지 않는 기차의 윤곽을 따라가는 일로 되돌아갔다. 그리고 기차 내에서 가능한 탈출 경로도 함께 떠올렸다. 인터넷으로 찾아본 이 기차의 특징을 머리에 집어넣고 가능한 탈출 경로를 짜다 보면 마음이 고요해졌다. 아니 그래야 했다. 내 인생을 건 탈출 계획이 수포로 돌아간 걸 보면 나는 탈출 계획을 짜는 일에 생각만큼 재능이 없는지도 모른다.

객차 반대편에서는 타이요가 전과 다른 책에 메모를 하고 있었다. 휴대폰 카메라의 줌 기능으로 제목을 확인해 보니 빌 메이슨이 쓴 『보석 도둑 마스터의 고백』이었다. 나도 그 사람에 대한 다큐멘터리 영상을 유튜브에서 두 번 정도 본 적이 있지만, 책에 포스트잇을 덕지덕지 붙인 것을 보면 타이요는 이 보석 도둑에 대해 나보다 더 많이 알 것 같다.

잔뜩 집중한 채 책을 읽고 있는 타이요의 안경에 아드라가 땅콩을 튕기며 방해했다. 아드라는 내게 등을 돌리고 있었다. 그래서 그녀가 땅콩을 던질 때 그 잘난 재킷 아래로 들썩거리는 어깨밖에 보이지 않았다. 타이요는 한숨을 쉬더니 안경 닦이로 안경을 닦은 후다시 꼈다. 아드라가 다시 땅콩을 튕겼지만, 그는 땅콩을 낚아채서 옆의 컵에 던져 넣었다. 어쩐지 타이요는 아드라가 몇 번이나 귀찮게 했는지 잘 기억해 두었다가 나중에 두 배로 갚아 줄 것 같았다. 그리고 아드라는 오직 타이요의 반응이 궁금해서 자꾸 도발을 한다는 생각이 강하게 들었다. 타이요가 결국은 숙적 팀에 들어갔다니 안타까운 일이다.

데브로가 내 맞은편에 앉았다.

"이제 다 쉬었어?"

나는 이렇게 묻고는 이내 후회했다. 이렇게 말을 걸 게 아니라 곧장 쫓아 버렸어야 하는데. 이번에도 내게 추파를 던지러 왔을 것이다. 척하면 척이지.

"응, 다 쉬었어. 하지만 걱정 마. 너 주려고 뭘 가져왔으니까."

"오?"

"그 뭔가는 나야. 고맙다는 말은 됐어."

그는 끔찍한 유머도 날려 버리는 미소를 지어 보였다. 다 알면서도 나는 웃음이 터지고 말았다. 나는 고개를 돌리면 내 웃음소리가 그에게 들리지 않기라도 하듯 시선을 피했다. 다시 그에게로 눈을 돌리자, 그는 더 부드럽고 훨씬 만족스러운 표정을 짓고 있었다.

나는 팔짱을 끼고 우리 사이에 놓인 테이블 위에 기대며 그를 노려보았다.

"이 놀리고 미소 짓기 전술의 성공률은 어느 정도야? 20퍼센트? 30퍼센트?"

"잘만 하면 최소 60퍼센트는 돼."

그도 몸을 기울이고는 심장이 콩닥거릴 정도로 목소리를 낮췄다.

"사람들을 홀리는 무기는 미소가 아니야. 눈이지. 다 안다는 듯한 눈빛은 그 무엇보다도 섹시하거든. 그러면 목표물의 얼굴을 붉게 물들일 수 있어."

제 발로 걸어 덫으로 간 내 눈을 그는 잠시 응시하더니 다음 순간 내 얼굴을 재빨리 훑어보았다.

나는 데브로가 무엇을 하는지 알았다. 그가 방금 말했으니까. 그런데도 내 몸은 그가 말한 반응을 그대로 보여 주었다.

나는 얼굴이 너무 심하게 달아오르지 않았기를 바라며 고개를 돌렸다.

"왜 나를 가지고 노는 거야? 네 전술은 내가 다 꿰뚫고 있다는 걸 알 텐데."

"내가 널 좋아하니까."

내가 코웃음을 쳤다.

"왜? 내가 잘하는 기술을 정말 반한 사람에게 써먹으면 안 된다는 법이라도 있어? 그때야말로 내 기술을 써먹을 때지."

나는 테이블 아래에서 다리 하나를 떨며 말했다.

"너는 나를 좋아하지 않아. 네가 나를 언제 만났다고."

"첫눈에 반한 사랑이니까."

"그때는 그 미소를 깜박했나 보구나."

이번에는 미소를 깜박하지 않았다. 대신 좀 더 은근하고 진심이 담긴 듯한 미소였다.

"봐, 내 말이 그 말이라니까. 네가 이 게임을 즐기면 훨씬 재미있을 거야. 어쩌면 내가 이 기술을 얼마나 갈고 닦았는지 네가 인정해 주기 때문에 너를 좋아하는 걸지도 몰라."

작은 전율이 내 몸을 훑고 지나갔다. 게임이라. 사실 데브로가 나를 유혹하려고 할 때마다 핀잔을 주는 것도 은근히 재미있었다. 게다가 그도 그런 게 좋다고 했고. 내가 이 상황을 내버려 둔다면, 이런 게임을 얼마나 더 질리지 않고 할 수 있을까? 몇 주? 몇 달? 몇 년?

그러니까 가정을 해 본다면 말이다.

실수인지 아닌지 테이블 아래에서 그의 무릎이 내 무릎을 스쳤다. 순간 배 속이 살짝 요동쳤지만, 역설적이게도 그런 느낌이 정신을 번쩍 들게 했다. 내가 그를 꿰뚫어 보는 걸 그도 좋아한다고 치자. 그런 사실을 내가 안다고 해서 변하는 것은 없다. 그런 느낌에 혹해서, 우리가 서로 게임을 한다고 생각하며 그의 의도에 끌려다니는 건…… 위험했다. 내가 핀잔을 줘야 한다는 사실을 잊기까지 얼마나 걸릴까? 이런 느낌을 좋아하고, 그를 신뢰하기까지 얼마나 걸릴까?

로스 퀘스트가 여기 온 건 잘생긴 사기꾼과 게임을 하기 위해서가 아니다. 로스 퀘스트는 납치된 엄마를 구하기 위해 이곳에 왔다.

내 몸이 돌처럼 단단해지는 기분이 들었다. 내 어깨, 내 얼굴, 내 심장. 각 부품들이 원래 있어야 할 곳으로 자리를 잡아 갔다.

데브로의 표정이 어두워졌다. 그가 한숨을 쉬었다.

"고작 2초 동안 한눈을 팔았다는 생각만으로도 얼른 마음에 빗장을 거는 걸 보니, 이 갬빗에 아주 중요한 목적이 있겠구나."

내가 데브로에게 고개를 홱 돌렸다. 그는 양손을 자기 허벅지에 올린 채 나를 빤히 바라보았다. 장난기는 어느새 자취를 감추었다. 그는 진지했다.

"그건……."

나는 입을 다물었다. 그만 아니라 누구에게도 엄마에 대해서 말해서는 안 될 것 같았다. 무엇보다 지금은 그를 비롯해 그 누구도 믿을 수 없다고 마음에 깊이 새기지 않았는가.

"다들 여기 온 이유가 있겠지. 네게는 너만의 이유가 분명 중요할 거야. 그만큼 내게도 나만의 이유가 중요해."

데브로의 턱이 씰룩거렸다. 그는 넥타이핀을 매만졌다. 나를 위선자라 불러도 좋다. 그렇지만 이 순간 그가 갬빗에 참가한 이유가 궁금해서 죽을 지경이었다. 물론 나는 묻지도 않을 테고 물을 수도 없겠지만.

"내 아버지."

그가 창밖으로 지나가는 교외 풍경을 바라보며 말문을 열었다.

"아버지는 내 나이였을 때 이쪽…… 분야에서 일하셨어. 갬빗에도 초대를 받으셨지만 그 무렵에는 참가할 상태가 아니셨지. 그래서 참가한 거야. 이기고 싶어…… 아버지를 위해서."

우리 사이에 정적이 내려앉았다. 기차가 달리는 소리. 덜컹거림.

나는 알고 싶었다. 그가…… 그냥 내게 말해 준 걸까? 살짝 고인 눈물에 그의 눈이 빛났다. 그는 눈을 깜박여 눈물을 지운 후 넥타이에서 있지도 않은 먼지를 털었다. 그는 전에도 이런 행동을 했다. 어딘지 불편할 때면 말이다. 그럴 때마다 옷매무새를 매만지며 뭔가를 바로잡았다.

그는 내게 진실을 들려주었다.

"만나 본 적 있어? 네 아빠 말이야."

나도 모르게 질문이 튀어나왔다.

그가 씁쓸하게 웃었다.

"못 만났어. 내가 태어나기 한 달 전에 돌아가셨거든."

이제 그는 내 시선을 피하며 한쪽 소매를 매만졌다.

"내게 편지를 남기셨어. 그건…… 정말 특별해. 엄마는 편지 대신 비디오 같은 걸로 영상을 남기라고 하셨지만 그 무렵 아버지는 당신의 외모가 얼마나 수척하고 목소리가 힘이 없는지 잘 아셨어. 어쨌든 엄마의 말을 들어 보면 편지가 더 아버지다운 선택이었어. 아버지는 현대의 신사였으니 손으로 직접 쓴 편지보다 더 어울리는 방식이 어디에 있겠니."

"그런 태도는 아버지에게 물려받았겠구나."

내 말에 그가 살짝 미소를 지었다.

그 미소가 내 마음을 건드렸다. 어떤 사람들은 한 번도 만나지 못한 사람을 그리워하는 게 어떤 기분인지 절대 이해하지 못한다. 오히려 그리움만 더욱 사무친다.

"내 아빠는 내가 태어나기 열 달 전에 돌아가셨어."

내가 불쑥 말했다.

데브로가 의아한 표정을 지었다.

"진짜 아빠도 아니었어. 그러니까 아빠는 맞는데 아빠라고 할 수는 없어. 엄마는 정자 기증을 받는 루트를 알아보셨고, 그 결과 카탈로그에서 고른 어떤 남자가 내 아빠가 되었지. 적어도 엄마에게는 그래. 하지만 내게는……."

손을 오므렸다 폈다 하면서 관절과 뼈를 유심히 보았다. 나는 피부색과 입술 모양 같은 것은 엄마를 닮았다. 하지만 체격은 완전히 달랐다. 턱은 좀 더 갸름했고 머릿결은 좀 더 거칠었다. 무엇보다 내 피의 반은 엄마에게 아무 의미도 없고 엄마 생각에는 내게도 아무 의미 없을 남자에게서 물려받았다.

"가끔 거울 속의 내 모습을 보면서 아빠를 떠올려. 궁금해한다는 편이 더 맞는 말일 거야. 나는 아빠의 건강에 대한 정보와 성격 검사 결과서를 가지고 있지만, 그게 다야. 이상적인 세상이라면 열여덟 살이 되자마자 아빠를 찾아볼 수도 있겠지. 그런데 엄마는 하필 정자를 기증하고 일주일 후에 차를 가로등에 처박을 남자를 골랐지 뭐야. 다 내 운이지 뭐. 엄마는 그 사실을 몰랐지만."

나는 테이블로 고개를 떨구었다.

"젠장, 아빠의 편지를 갖고 있다니 너는 정말 좋겠다."

나는 손톱을 물어뜯고 싶은 마음을 간신히 참았다. 가슴이 답답해졌다. 아빠에 대한 이야기는 지금껏 아무에게도 하지 않았다. 어차피 들어 줄 사람이 이모 말고는 아무도 없었다. 말해도 이모는 이해하지 못했을 것이다. 아빠는 결코 내 인생의 일부가 될 수 없다. 우리 가족은 모두 다 그렇게 생각하는 것 같았다. 그렇다면 만날 일도 없는 사람을 그리워할 이유도 없지 않을까?

데브로도 그렇게 생각하고 있을지 모른다. 우리는 사정이 너무나 다르니까.

그가 내 손을 잡고 꼭 쥐었다.

"가족을 잃었다니 유감이야. 네 말이 맞아. 아버지가 내게 남긴 편지가 있다니 나는 행운아야. 네게는 그것마저 없다니 정말정말 유감이야."

숨이 콱 막혔다. 내 평생 이 말을 듣기만 오매불망 기다려 왔다는 기분이 드는 이유는 뭘까?

나는 그의 손을 꼭 쥐었다. 그렇게 우리는 서로를 이해하는 아름다운 침묵 속에서 가만히 앉아 있었다.

그러나 주머니 속에서 울리는 휴대폰 진동음이 그 순간을 깨트렸다. 우리는 각자의 휴대폰을 보기 전에 서로의 눈을 잠시 바라보았다. 동시에 도착한 문자 메시지. 예감이 불길했다.

이 기차에 특별한 승객이 타고 있습니다. 파리의 공무원 가브리엘 레인. 우리는 그의 휴대폰에 든 정보에 관심이 많습니다. 우리를 위해 그 휴대폰을 가져와 주시겠어요? 이 과제에 실패한 팀은 벌칙으로 하루를 빼앗겠습니다.

기차는 28분 후면 역에 도착합니다.

행운을 빌어요. 😊

    28분에서부터 시간이 줄어드는 시계가 화면 구석에 나타났고 이미 시간은 흐르기 시작했다.

20

마일로와 경순이 순식간에 테이블로 돌아왔다. 노엘리아 팀은 어느새 움직이고 있었다. 우리는 말을 할 필요도 없었다. 서로 얼굴만 봐도 알 수 있었다. 휴전은 끝났다.

문득 모두가 안전 규칙이 실린 소책자를 찾느라 난리였다. 개인 칸은 어디에 있지? 일등칸은 어디야? 설마 지금까지 아무도 그걸 파악해 두지 않은 건가?

"개인칸은 열차 앞쪽에 있어. 일등칸은 바로 그 다음."

내가 속삭였다.

"끝내준다."

마일로가 테이블을 찰싹 치더니 훌쩍 일어났고 경순도 그 뒤를 따랐다. 두 사람은 순식간에 객차를 빠져나갔다. 노엘리아 팀도 마찬가지였다.

데브로가 일어서려고 하자 나는 그를 끌어 앉혔다. 그는 망상에 빠진 사람을 보듯 나를 바라보았다.

"잠깐만."

내가 한 말은 이게 다였다. 마침 노엘리아와 아드라, 루커스가 지나갔고 노엘리아는 내 옆을 지나칠 때 '그렇게만 해'라고 조롱하는 눈빛으로 나를 보았다. 나는 그 아이들이 사라질 때까지 간신히 성질을 죽이고 자리를 지켰다.

"마일로와 경순 둘이서 해결할 거라고 생각하는 거야?"

데브로가 물었다.

나는 그를 일어나게 했다.

"그 애들은 엉뚱한 방향으로 갔어."

"네가 방금 말하기를 일등석과 개인칸은⋯⋯."

"나도 알아."

나는 그를 지나쳐서 앞으로 나서며 모든 참가자들이 빠져나간 문과 반대편에 있는 이웃 칸으로 향했다. 데브로가 따라오는 소리가 들렸다.

"1990년 이후에 제작된 이 기차의 모델은 전부 납치 사건에 대비해서 승무원실을 분리할 수 있어. 납치범들은 조종 장치를 탈취해야 하기 때문에 첫째 칸부터 시작하는 경향이 있지. 위기 상황에서 마지막 칸은 승무원 전원이 아는 비밀번호로 분리할 수 있어. 만약 내가 납치범에게 인질로 잡힐 걱정을 하는 아주 중요한 공무원이라면⋯⋯."

"뒤쪽 객차에서 일반 시민들 사이로 섞여들 만하겠구나."

데브로가 내 앞으로 손을 뻗어 다음 객차로 넘어가는 문을 열었다. 데브로는 신사적인 행동을 정말 좋아하는 것 같다.

"어떻게 알았어? 그런 내용은 그 소책자에 나오지 않을 텐데."

"이 기차의 특징을 미리 찾아봤어."

데브로가 나를 향해 고개를 끄덕였다. 아주 잠깐이었지만 그가 나를 자랑스러워하는 것 같다는 느낌이 들었다.

"너는 지도를 검토하고 탈출 계획에 짤 때 스릴을 느끼는구나, 그렇지?"

얼굴이 화끈 달아올랐지만, 어깨를 으쓱하며 아무렇지도 않은 척했다.

"내가 있는 곳에 대해 잘 알아 두고 싶은 것뿐이야."

나는 앞장서서 기차의 뒤쪽으로 발길을 옮겼다. 우리가 찾는 사람이 마지막 칸에 있다는 확신이 있었지만 가는 내내 정신을 바짝 차렸다. 승무원 칸으로 들어가는 문에 다가가면서 데브로가 정부 관리를 찾아내는 방법에 대한 속성 강의를 했다.

"어떤 사람을 찾아야 하냐면……."

"옷깃에 꽂힌 배지, 스트레스에 짓눌린 보좌관들, 일반 시민들 사이에 끼어 있어도 떡대 때문에 바로 티가 나는 경호원들. 그래, 알겠어. 마지막 칸인데도 출구 옆에 앉아 있을 거야."

끝에서 두 번째 칸은 승객이 별로 없었다. 부모부터 겨우 걸음마 하게 생긴 아기까지 온통 전자기기에 빠져 있는 한 가족, 졸고 있는 배낭족 몇 명이 다였다. 데브로와 나는 마지막 칸과 이어진 문 근처에서 멈춰 섰다. 창문으로 객차 안을 얼른 훔쳐봤지만, 우리가 있는 칸과 다음 칸 사이가 흔들리는 바람에 제대로 볼 수 없었다. 그래도 마지막 칸치고 유난히 승객이 많다는 사실은 알 수 있었다.

바로 그때 끔찍할 정도로 완벽하게 정돈된 머리가 보였다.

"타이요가 있어."

내가 소곤거렸다.

"순간 이동이라도 한 거야 뭐야?"

데브로가 인상을 찌푸렸다.

"우리가 나올 때 그 칸에 타이요는 없었어. 예방책 차원에서 미리 보내 둔 것 같아."

예방책이라. 나는 나머지 아이들에 비해 한 걸음 앞서 있지만, 예방책 때문에 여전히 뒤처진 셈이었다.

"너는 여기 있어. 타이요가 나보다 먼저 나오면 다리를 걸어서 넘어뜨리고 휴대폰을 슬쩍해."

데브로가 아주 잠시 망설였다. 이 계획이 마음에 들지 않나? 그는 내키지 않는 듯 고개를 끄덕였다.

"행운을 빌어."

그렇게 나는 연결 구간의 문을 열고 마지막 칸으로 들어갔다.

한 걸음을 내딛자마자 나는 내가 옳았다고 확신했다. 그곳의 승객은 최소 스무 명은 되어 보였다. 그중 일부는 평범한 승객 같았다. 청바지와 스웨터 차림이니 말이다. 하지만 대부분은 정부 요인 수행단의 일부가 확실했다. 빳빳한 정장을 입은 남녀가 노트북을 펼치고 일을 하거나 형광 포스트잇이 잔뜩 붙은 신문을 휙휙 넘기고 있었다. 객차의 제일 끄트머리에 그 관리가 있었다. 내가 기대했던 옷깃의 배지는 없어도, 줄무늬 새틴 넥타이와 금방이라도 인터뷰를 해도 될 듯한 머리와 면도한 얼굴을 보니 확실했다. 그는 졸고 있었다.

통로 맞은편에는 군인처럼 머리를 틀어 올리고 생각에 잠긴 눈빛을 한 여자가 앉아 있었다. 저 사람이 경호 담당이군…….

내가 객차로 들어가는 순간 그 여자가 나를 보았다. 나는 어색하게 미소를 지었다. 누군가의 시선을 느낄 때 보통 사람들은 그렇게 하니까. 그리고 타이요 맞은편 자리에 앉았다.

"저리 가."

"네 계획은 뭐야? 저기 앉은 여군을 거꾸러뜨리지 않는 한 너든 나든 휴대폰은 손에 넣기 힘들 것 같은데."

그가 잠시 망설였다.

"너랑 말하면 안 되는데."

"에이, 그러지 말고. 빈손으로 물러나는 건 존경받을 만한 위대한 도둑의 행동이 아니잖아?"

타이요는 순간 당혹스러워하며 손가락으로 테이블만 톡톡 두드렸다. 도둑으로서의 흠결 없는 야망을 내게 털어놓았던 일을 후회하는 것 같았다.

"이걸 현장 테스트라고 생각해."

이렇게 말하며 몸을 앞으로 내밀자 어딘지 타이요와 마음이 통하는 기분이 들었다.

"다른 애들은 기차 앞쪽에서 목표물을 찾는 중이야. 오로지 나와 너만 빼고. 네가 짜는 커리큘럼에 추가할 만한 강좌를 떠올려 봐. 목표물을 손에 넣기 위해서라면 적과 손을 잡을 때를 알아라. 아주 적절한 정보 아니니?"

그가 안경을 밀어 올렸다. 타이요는 어떨 때 이런 행동을 하는 걸까? 생각 중일 때? 아니면 짜증이 날 때?

내가 한숨을 쉬었다.

"휴대폰도 네가 가져가."

"네가 왜 휴대폰을 내게 양보하려는 거야?"

"우리에게 주어진 시간은……."

나는 타이머를 확인했다.

"16분이야. 이 숫자가 0이 되기 전에 나는 물건을 다시 빼앗을 방법을 생각해 낼 거야. 어때? 이 소녀를 도와줄 마음이 생겼어?"

그는 잠시 생각하려는 듯 등을 꼿꼿하게 펴더니 우쭐해하는 웃음을 지었다.

"네가 저 여자를 맡아. 나는 적어도 1분은 필요해."

"네 계획이 뭔데?"

나는 묻지 않을 수 없었다.

"네가 휴대폰을 슬쩍하자마자 저 사람은 알아차릴 거야."

"가져가지는 않을 거야."

타이요는 그 이상은 알려 주지 않았다. 그는 곧장 우리의 목표물에게 다가갔다.

"실례합니다, 레인 씨? 귀찮게 해서 죄송합니다."

타이요의 프랑스어는 외국인의 억양이 거의 느껴지지 않았다. 지금 생각해 보니 그의 영어도 마찬가지였다. 타이요가 외국어를 유창하게 구사하는 방법도 위대한 선배들에게 배웠을지 궁금해졌다.

가브리엘이 살짝 성가셔하는 표정을 지었다. 지나가는 청소년 때문에 낮잠을 방해받는다면, 이럴 바에야 납치 위험을 감수하더라도 개인칸에서 여행을 하는 게 낫겠다고 생각할지 모른다.

그러나 타이요는 이내 평정을 되찾았다.

"레인 씨의 지난번 연설을 봤어요. 정말 감명 깊었습니다. 괜찮으시다면 어떻게 하면 그렇게 재능 있는 연설가가 될 수 있는지 알려주시겠어요?"

그 말에 가브리엘은 잠이 확 달아났다. 그는 자신에 대해 떠벌이기 좋아하는 사람의 표정을 짓고 있었다. 역시 그 사람도 정치가는 정치가였다.

가브리엘은 타이요에게 앉으라고 손짓하더니 자신에 대해 주절주절 떠들기 시작했다. 한편 여군은 난데없이 등장한 위험요소를 주의 깊게 관찰했다. 그녀가 경호하는 사람의 코앞에 낯선 사람이 있다면 관심을 집중하는 게 당연했다. 그리고 나는 타이요를 위해 그녀의 관심을 60초 동안 다른 곳으로 돌려야 했다.

나는 짧게 숨을 들이쉰 후 여군이 앉아 있는 곳으로 느긋하게 걸어갔다. 내가 다가올수록 그녀의 턱에 힘이 들어갔다. 꼬박 1분 동안 그녀의 관심을 경호 대상에서 돌리려면 무슨 말을 해야 할까?

나라면 어떤 말을 들었을 때 조금이라도 당황할까?

나는 그녀의 맞은편에 앉는 대신 옆 통로에 무릎을 꿇고, 난처한 표정을 훌륭하게 지었다.

"무슨 일이죠?"

그녀가 물었다. 정말 퉁명스럽다. 할 수만 있다면 파리를 때려잡듯 내 뺨을 갈길 게 분명했다.

내가 속삭였다.

"아까 언니가 옆을 지나갈 때 봤는데 바지에 빨갛게 묻었더라고요. 그걸 알려 드리려고 왔어요……. 나라면 누가 그런 사실을 알려주면 좋을 것 같아서요. 그래서……."

그녀의 두 눈이 휘둥그레졌다. 방금까지만 해도 차갑기만 하던 표정에 당황스러운 기색이 나타났다.

"나는…… 음."

그녀는 가브리엘의 말에 꼭두각시처럼 연신 고개를 끄덕이는 타이요를 힐끔 보았다.

"실례해요."

그녀는 웅얼거리더니 나를 지나 급하게 문으로 나갔다.

내 자리로 돌아가는 길에, 가브리엘의 휴대폰이 충전 중이던 곳 부근에서 타이요의 손이 움직이는 게 힐끗 보였다. 그런데 타이요는 그 휴대폰을 빼는 게 아니라 끼우고 있었다. 가짜 휴대폰? 가짜라는 사실은 조만간 들통이 나겠지만 가브리엘이 지금 바로 알아차릴 일은 없을 것이다. 꽤 재치 있는데, 타이요.

타이요는 가브리엘과 대화를 시작했을 때처럼 순식간에 그 이야기를 얼른 끝내 버리고는, 가브리엘의 다음 선거 자금 모금 행사에 참석하겠다고 말했다. 나는 타이요에게서 몇 걸음 뒤떨어진 채 문으로 향했다.

"네가 정치에 관심이 있는 줄 몰랐어."

나는 타이요가 객차 연결 문을 여는 순간 속삭였다.

"사람들을 알아 두면 유용하거든."

그는 아무렇지 않게 대답했지만, '알아 두면'을 강조하는 모습이 뇌리에 박혔다. 어쩌면 내가 건물의 모든 모퉁이와 출구를 알아 두기를 좋아하듯 사람을 알아 두는 걸 즐길지 모른다는 생각이 들었다.

나는 타이요가 문을 열고 다음 칸으로 넘어가기 직전에 한숨을 쉬었다.

"네가 우리 테이블에 앉았다면 좋았을 텐데."

그러고는 이렇게 덧붙였다.

"개인적인 감정은 없어."

타이요는 어느새 녹색 코듀로이 재킷으로 갈아입은 데브로의 발걸기 공격에 대비할 시간이 없었다. 그와 동시에 나는 "아이고!"를 외치며 같이 넘어지는 척하면서, '균형'을 잡겠다고 핑계 좋게 타이요의 두 팔을 꽉 붙들었다.

데브로는 바닥에서 버둥거리는 우리를 둔 채 총알처럼 튀어 나갔다. 친절한 여자 승객이 우리를 도우려고 다가왔다. 그녀가 나를 일으켜 세우자 나는 타이요의 안경을 낚아채서 좌석들 사이로 던졌다. 그는 인상을 쓰면서 무슨 뜻인지 굳이 번역해 보고 싶지 않은 말을 일본어로 중얼거렸다.

그 무렵 가는 줄무늬 양복을 입은 다른 남자 승객이 별일 없는지 보려고 뛰어왔다.

나는 다급하게 그 남자와 여자 승객을 지나치며 말했다.

"죄송합니다. 저는 괜찮아요. 고맙습니다."

나는 두 사람 사이로 몸을 틀며 지나갔다.

나는 달리지 않으려 애쓰면서 최대한 빠르게 객차를 통과했다. 내가 지나갈 때 호기심 어린 시선을 던지는 승객들도 있었기 때문에 나는 좀 더 발걸음을 늦추어야 했다. 생각보다 내가 더 불안해하는 것처럼 보였을지 모른다.

마침내 우리 칸에 도착했다. 그곳은 다른 칸과 비교해 비정상적으로 고요했다. 다른 칸은 승객들의 대화며 코 고는 소리, 전자 기기를 톡톡 두드리는 소리 등으로 결코 조용하지 않았는데 말이다. 하지만 테이블과 자리가 거의 텅 비어 있는 모습을 보니 조용할 만도 하다는 생각이 들었다. 객차 중앙에 앞을 향한 좌석에 앉은 데브루와 아까는 못 본 새로운 승객 한 명뿐이었으니까. 그는 데브로와 통로를 사이에 둔 자리에 앉아 신문을 읽고 있었다.

딸깍 소리를 내며 문을 닫자 데브로가 어깨 너머로 나를 돌아보았다. 그는 새 승객을 향해 살짝 고갯짓을 하며 눈을 굴렸다. 저 사람이 타고 있는 동안에는 도둑의 ㄷ자도 꺼내면 안 되겠다. 그래도 걱정할 일은 없을 것이다. 휴대폰은 데브로가 챙겼으니까. 우리는 한 10분만 입을 꾹 다물고 각자의 일만 하면 된다.

나는 앞에서 벌어지는 상황을 한눈에 파악하기 위해 뒤쪽 좌석에 자리를 잡았다. 잠시 후 아드라와 루커스가 기차 앞쪽에서 시간을 잔뜩 허비하고 돌아왔다. 지금쯤 타이요가 동료들에게 문자를 보내 상황을 알렸을 것 같았다.

아드라도 나와 같은 속셈인지 객차 앞쪽 역방향 좌석에 자리를 잡고 앉았다. 한편 루커스는 신문을 든 낯선 승객의 맞은편에 앉아 데브로와 통로를 사이에 두고 마주 보았다.

"혹시 스포츠 면 있나요?"

그가 불어로 물었다. 그 남자는 기꺼이 스포츠 면을 넘겨주었다. 루커스는 한 발을 통로에 둔 채 신문을 읽는 척했다. 문득 새 승객의 등장이 고마워졌다. 그 사람이 없다면 우리는 휴대폰을 차지하기 위해 한바탕 소동을 벌이고 있을 것이다.

다음으로 타이요가 돌아왔다. 나와 통로를 사이에 두고 뒤쪽 좌석에 앉자 나는 살짝 죄책감이 들었다.

"너 때문에 안경이 긁혔잖아."

그가 안경테의 아래쪽 구석을 톡톡 치며 말했다.

"잊지 않을 거야."

"청구서 보내."

내가 말했다.

다시 앞쪽 문이 열렸다. 이번에는 마일로와 경순이 들어왔다. 마일로는 객차 안을 휙 둘러보더니 입구에 가깝고 아드라의 자리와 통로를 사이에 둔 좌석을 골랐다. 경순은 그 옆에 앉았다. 어쩐지 팀이 서로 짝을 이루듯 자리를 잡은 것 같았다. 경순과 마일로는 아드라의 건너편이고, 데브로는 루커스의 건너편이었다. 뒤쪽에 앉은 나는 타이요와 짝이 되었다. 유일하게 빠진 사람은……

앞문이 활짝 열렸다. 그런데 그곳에는 노엘리아만이 아니라 제복을 입은 남자도 있었다. 그는 백인이었고 벨트에 양손을 올린 모습에서 권위가 느껴졌다. 그의 뒤로 노엘리아가 그애 답지 않게 잔뜩 흥분한 표정으로 들어왔다. 불안해 보이기도 했다. 그녀는 제복 입은 남자에게 불어로 속삭이기 시작했는데 간간이 섬세하면서도 신경질적인 동작을 곁들였다. 그의 가슴팍에 달린 배지가 번쩍하며 내 시선을 빼앗았다. 철도 경비대 소속인가?

철도 경비대원이 고개를 끄덕이며 노엘리아 곁을 지나쳤다. 그의 시선은 객차를 훑더니 나의 눈을 잠시 바라본 후 다시 데브로를 뚫어져라 바라보았다.

망했다.

21

그럴 때 있지 않나? 무슨 일이 일어날 것 같지만 어떻게 막아야 할지 몰라서 손 놓고 앉아 앞으로 벌어질 일을 보고만 있어야 할 것 같은 때 말이다.

지금이 바로 그런 순간이었고 그런 예감이 내 목을 콱 조르는 것 같다.

경비대원은 노엘리아를 바로 뒤에 달고 데브로에게 다가갔다.

"실례합니다. 혹시 아까 이 숙녀분과 부딪치셨습니까?"

내 자리에서는 데브로의 표정이 보이지 않지만, 그의 목소리에서 짜증스러운 기색이 느껴졌다.

"아뇨, 아닌 것 같은데요."

"확실한가요?"

노엘리아의 목소리는 조그만 쥐새끼 같았다.

"부딪치기 전에는 확실히 휴대폰을 가지고 있었어요. 그런데 피부색이 검은 사람과 부딪친 후에 없어졌어요."

내 피는 너무 부글부글 끓어올라서 다 증발할 지경이었다. 이렇게까지 해서 휴대폰을 손에 넣으려고 하다니. 아드라조차 노엘리아를 노려보았다. 마치 자기는 이런 짓까지 벌이는 팀 소속이 아니기라도 한 것처럼 말이다.

경비대원이 한숨을 쉬었다.

"일단 역에 도착할 때까지 기다리는 방법도 있습니다. 우리가……."

노엘리아는 백인이 청소 노동자를 언제든지 바닥으로 찍어누를 수 있다고 생각될 때 짓는 '네 일자리 누가 주는지 알아?' 하는 표정으로 그 경비대원을 바라보았다.

바닥.

한 가지 수가 떠올랐다.

나는 최대한 빨리 그룹 채팅방에 메시지를 보냈다. **마일로 — 뒷줄. 바닥.**

나는 좌석 아래 부근을 슬쩍 보았다. 버스나 비행기 좌석처럼 좌석마다 아래에 공간이 있었다. 휴대폰 정도를 밀어 넣기 안성맞춤인 크기였다.

천만다행으로 데브로도 메시지를 확인했다.

데브로가 의자에서 꼼지락거리는 모습을 보고 나는 그가 휴대폰을 양탄자 깔린 바닥에 떨어트린 후 곧장 마일로의 군용 워커가 있는 곳으로 차 버리길 바랐다.

나는 숨을 죽이고 기다렸다.

마일로가 나를 보더니 윙크를 했다.

전혀 멋져 보이지도 않고 들통이 날지도 모른다는 이유만 아니었다면 나는 허공으로 주먹을 날렸을 것이다.

데브로가 말했다.

"좋아요. 마음껏 몸수색을 해 보시죠. 대신 아무것도 나오지 않으면 사과를 받아야겠습니다."

그 순간 노엘리아의 얼굴에 걱정스러운 기색이 스쳤지만, 순식간에 냉정을 되찾았다.

경비대원은 이 제안을 받아들일지 말지 결정해야 할 사람은 노엘리아라는 듯 그녀를 돌아보았다. 물론 노엘리아는 고개를 끄덕였다.

데브로가 몸수색을 받기 위해 자리에서 일어서는 순간 객차의 스피커를 통해 파리역까지 10분이 남았다는 안내 방송이 나왔다. 한편 경비대원은 고개를 갸웃하며 무선 수신기로 뭔가를 듣고 있는 것 같았다.

"알겠습니다. 네, 저는 17호 칸에 있습니다."

그는 몸을 똑바로 하더니 모두가 들을 수 있도록 큰 소리로 알렸다.

"매우 중요한 승객이 휴대폰을 잃어버린 것 같습니다. 방금 기차 승객 전원을 조사하라는 요청이 내려왔습니다. 그래서 이 칸부터 시작하도록 하겠습니다. 거절하셔도 좋습니다만, 대신 남아서 파리 경찰에게 심문을 받게 될 겁니다."

경찰이라고? 그것만큼은 사양이야. 젠장, 가브리엘은 휴대폰을 도난당했다는 이유로 기차를 모두 수색하고 경찰까지 불러들일 셈이야?

그 휴대폰에 정확히 뭐가 들어 있길래?

모르는 승객이 코웃음을 쳤다.

"어처구니가 없군요……."

루커스가 웅얼거리며 맞장구를 쳤다. 어느새 신문을 나눠 읽는 동지 사이가 된 모양이다.

데브로는 몸수색을 할 만큼 해 보라는 듯 양팔을 활짝 펼쳤다.

"나만 특별 대우를 받지 않아도 된다니 기쁘군요."

경비대원이 공항 검색 요원에 뒤지지 않을 정도로 철두철미하게 몸수색을 했다. 그의 소매에서 가슴, 바지까지. 노엘리아는 그 모습을 뚫어져라 지켜보았다. 물론 내 눈에는 그녀가 땀을 뻘뻘 흘리기 시작한 게 보였다. 잃어버린 휴대폰을 찾고 있다고 주장한 건 괜찮았다. 하지만 데브로의 몸에서 목표물의 휴대폰이 나온다면, 이제 노엘리아는 그 휴대폰을 자신의 것이라고 주장할 도리가 없다. 그리고 휴대폰은 가브리엘에게 되돌아갈 것이다.

경비대는 데브로의 몸수색을 했지만 찾아낸 것이라고는 데브로의 휴대폰과 조끼 주머니에 넣어 둔 세 개가 넘는 예비 넥타이핀뿐이었다. 그러자 경비대는 의자 사이며 의자 등받이 주머니, 심지어 바닥까지 샅샅이 훑었다. 마침내 마음껏 수색을 한 경비대는 손을 내밀며 데브로에게 앉으라고 했다.

"죄송합니다. 이상 없습니다."

"그러면 제게 할 말을 해야죠."

경비대원이 노엘리아를 돌아보았다. 데브로가 그룹 채팅방에 메시지를 보냈다. **내게 다시 줘.**

데브로는 이미 수색을 받았다. 마일로가 얼른 돌려주면 휴대폰은 안전할 것이다.

그런데 노엘리아도 같은 생각을 한 듯했다.

그녀는 데브로 바로 앞 좌석에 털썩 앉으며 그와 마일로 사이의 통로를 차단해 버렸다.

"손님."

경비대원이 그녀에게 다시 일어나라는 몸짓을 했다. 그러나 돌아온 것은 코웃음이었다.

"나를 수색하겠다고요? 농담하는 거죠? 나는 피해자예요. 내 휴대폰을 도난당했는데 지금 내 몸수색을 하겠다는 거예요? 이 정도면 소송을 걸 근거가 확실하네요!"

"그러면 다른 사람에게 받으셔야……."

"그러든가요."

노엘리아는 손짓으로 경비대원의 말을 딱 잘랐다.

"경찰을 기다리겠어요."

경비대원은 수첩에 노엘리아의 이름을 적었다. 물론 그녀는 라일라라는 가명을 댔다. 마침내 경비대원은 다음 몸수색 대상을 찾았다.

마일로가 손을 번쩍 들었다.

"다음은 제가 받을래요."

그리고 경순의 어깨를 슬쩍 밀자 경순은 자리에서 벌떡 일어나서 통로를 가로질러 루커스와 아드라 사이에 자리를 잡았다. 지금 휴대폰을 가지고 있는 사람이 경순이라는 사실은 메시지를 받지 않아도 알 수 있었다.

"한 번도 몸수색을 받아본 적이 없거든요."

마일로는 몸수색을 받으면서 경비대원에게 말을 걸었다. 미국 영어 억양이 강한 불어였다.

"내 버킷리스트에 올라 있어요. 대통령 만나기와 그랜드 캐니언에서 번지 점프하기 사이에 적었을 거예요."

경비대원이 바지를 뒤져 보는 동안 마일로는 눈도 깜짝하지 않은 채 경순을 지켜보았다. 자신의 몸수색이 끝나면 휴대폰을 돌려 달라는 생각을 전하고 싶었을 것이다.

물론 이런 상황을 방지하기 위해 아드라가 그들 사이의 통로에 섰다.

"이거 보세요. 이 원피스랑 스카프는 비싼 거예요. 여기에 얼룩이라도 묻으면 그쪽이 다 물어내야 해요."

그녀는 머리카락을 휙 젖히며 양팔을 뻗었다.

마일로가 그 너머로 경순을 향해 고개를 끄덕여 어떻게든 휴대폰을 보내라고 신호했다. 제정신인가? 경순이 아드라와 경비대원에게 들키지 않고 휴대폰을 돌려줄 확률은 1퍼센트 정도일 텐데.

그런데도 마일로는 흥분으로 온몸이 근질근질하기 시작한 사람처럼 보였다. 그는 위험을 감수하고 싶어 죽을 지경이었다. 그와 달리 경순은 도박에 목숨 걸지 않아 천만다행이었다.

경비대원이 아드라의 몸수색을 다 마치기 직전, 경순은 휴대폰을 떨어트린 후 내 쪽으로 찼다. 내가 휴대폰을 낚아채려는 순간 루커스가 손쉽게 가로챘다. 그는 러닝화로 휴대폰을 탁 밟더니 보지도 않고 양발 사이로 가져갔다. 평생 휴대폰 축구를 하고 놀았나?

엄마는 내가 더 뛰어난 도둑이 되는 데 운동이 도움이 되리라고 생각하지 않았다.

루커스가 신문 위로 눈을 빼꼼 내밀더니 나를 향해 윙크를 했다. 나는 이를 갈았다.

경비대원이 경순의 몸수색을 마치자 루커스는 자기 발 사이에 휴대폰을 두고 가볍게 드리블을 했다. 그는 페이크 동작으로 차 보내는 척하면서, 휴대폰을 누구에게 보낼지 내가 매번 속아넘어가게 만들었다.

그러더니 노련한 축구 선수나 가능할 정도로 정확하게 타이요의 자리 아래로 휴대폰을 곧장 차 넣었다. 타이요는 휴대폰을 줍자마자 내게 등을 홱 돌렸다. 글자를 입력하는 건가? 뭘 하는 거지?

루커스는 몸수색을 받으며 경비대원과 월드컵에 대해 잡담을 나눴다. 교묘하게 나를 조롱하는 게 분명했다. 하지만 내 신경은 온통 타이요에게 집중되어 있었다. 그는 어느 순간에 루커스에게 휴대폰을 돌려줄 게 틀림없었다.

마침내 타이요가 등을 곧게 펴는 순간, 그만 산통이 깨지고 말았다.

기차가 철로에서 덜컹하는 바람에 그는 휴대폰을 떨어트리고 말았다. 휴대폰은 그와 나 사이의 통로로 곧장 떨어졌다. 내가 몸을 날렸다. 그가 내 재킷을 잡아당기며 나를 밀어내려고 했지만 소용없었다. 그보다 내가 더 빠르게 휴대폰을 주웠다.

경비대원은 우리가 각자의 자리에 앉는 순간 우리를 보며 눈을 가늘게 떴다. 타이요는 경비대원이 다가오자 손을 들고 말했다.

"경찰을 기다리겠어요."

밖에서 급정거를 하는 소리가 끼익 하고 들렸다. 기차의 속도가 점점 줄어들었다.

경비대원은 잠시 타이요의 가명인 알렉스를 기록했다. 심장이 내 목구멍으로 튀어나올 것만 같았다. 데브로가 그의 좌석 뒤로 나를 쏘아보았다. 지금이야. 그는 이렇게 소리 없이 말하는 것 같았다.

내 자리에서 그에게까지는 방해물 없이 뻥 뚫린 통로였다. 휴대폰을 떨어트리지만 않았다면 타이요 역시 루커스에게 쉽게 보낼 수 있었을 것이다.

내가 휴대폰을 보낼 가장 좋은 순간에 타이요의 손가락이 미꾸라지처럼 미끄러워질 확률은 얼마나 될까?

어딘지 석연치 않다는 생각이 자꾸 들었지만 곰곰이 생각할 시간이 없었다.

나는 휴대폰을 떨어트리고 발로 차 데브로에게 보냈다. 그리고 운동화의 끈을 고쳐 묶는 척하면서 휴대폰이 그의 구두 아래로 쏙 들어가는 걸 지켜보았다. 아무도 방해하려 들지 않았다. 더욱 커지는 의심.

나는 몸수색을 받는 동안 뭔가가 일어나지 않을까 숨을 죽이고 기다렸다. 뭔가 극적인 사건. 하지만 아무 일도 일어나지 않았다.

기차가 역에서 멈춰 서고 동시에 타이머가 꺼졌다.

데브로는 내게, 오직 내게만 스마일리 이모지를 보냈다. 게임은 끝났고 우리가 이겼다.

그런데 왜 우리가 진 것 같은 기분일까?

22

파리의 기차역에 내려서부터 우리 비행기가 카이로에 착륙할 때까지 내가 뭔가를 놓쳤다는 생각이 머릿속에서 좀처럼 떠나지 않았다. 그들은 휴대폰에 분명히 무슨 짓을 했다. 카운트는 편리하게도 우리에게 가브리엘의 휴대폰을 가지고 있으라고 했다. 타이요처럼 철두철미한 사람이 실수를 했을 리 없다. 경순은 비행기에서 두 시간 동안 휴대폰을 살펴본 후 '아마도' 도청 장치는 없을 거라고 말했다. 마음이 푹 놓이는 대답은 아니었다.

착륙하자마자 나는 물을 한 아름 샀다. 일단 한 병을 1분 만에 다 마신 후 다음 병을 마시기 시작했다.

경순과 마일로가 공항 정차장 끝에서 우리가 타고 갈 차를 기다리는 동안 데브로는 나를 보며 웃음을 터트렸다.

"그럴 거면 승무원이 물 마시겠냐고 할 때 마시지 그랬어."

그가 말했다.

나는 우리의 목적지가 이집트이기 때문에 데브로가 그에 맞춰 옷을 고른 것인지 궁금했다. 그는 모래색 조끼에 몸에 딱 붙는 카키색 바지를 받쳐 입었는데, 도무지 어울리지 않을 것 같은데도 그럭저럭 괜찮았다. 나는 그 옷차림 덕분에 그의 눈동자가 훨씬 더 초콜릿처럼 보인다는 사실을 자꾸 떠올리지 않으려고 마음을 다잡았다.

"지난번 승무원이 준 물을 마신 후로 비행기에서 물은 무서워서 못 마시겠어."

"처음에 그녀는 사람을 믿지 않았다. 그러더니 이제 물도 믿지 않는다. 맙소사, 증세가 악화일로를 치닫고 있다."

"조용히 해."

나는 두 번째 물병을 반이나 마신 후 뚜껑을 닫고 배낭에 집어넣었다. 비행이 그리 불편하지는 않았지만 파올로가 조종하는 6인승 비행기로 여행하는 안락한 경험과는 비교가 되지 않았다. 사람들이 비행기 안을 돌아다니고 안전벨트를 맸다 풀었다 하는 통에 나는 추락 사고에서 구사일생으로 살아남아 외딴 섬으로 흘러드는 시나리오가 계속해서 떠올랐다.

"나는 상업용 항공기에 익숙하지 않아서……."

내가 웅얼거리듯 말했다.

"그럼 여행할 때는 어떻게 해? 섬에 산다고 하지 않았어?"

"우리는 개인 조종사가 있어."

자가용 비행기에 대해 남에게 한 번도 말한 적이 없었다. 막상 해 버리니 내가 부르주아 같았다.

데브로는 내 말을 못 들은 척했다.

"음, 다 같이 비행기를 타고 온 걸 감사히 여겨. 다른 팀처럼 파리에서 하루 벌칙을 받았을 수도 있었으니까."

나는 양발에 번갈아 체중을 실으며 배낭의 끈을 꼭 쥐었다.

"그 녀석들이 우리에게 넘겨준 게 뭔지도 모르고 넙죽 받는 것보다 하루 벌칙을 받는 편이 더 나을지도 몰라."

"긴장 좀 풀지 않을래? 호텔에 도착하자마자 휴대폰을 안전하게 보관할 거야. 아무 위험도 없다고, 알겠어?"

"내 생각에……."

노엘리아 팀이 무슨 꿍꿍이인지 정확하게 모른다는 사실이 영 찜찜했지만, 뭐든 다 내 뜻대로 할 수는 없는 법이다.

우리가 타고 갈 SUV가 도착했다. 우리 뒤에서 헤드폰을 쓴 채자기 가방 위에 앉아 있던 경순이 벌떡 일어나 분홍색 가방을 끌고 가기 시작했다. 우리 네 사람은 차에 타고 호텔로 향했다.

카이로는 너무나 근사한 도시였다. 황금색과 갈색의 바다라고 할까. 아치와 돔과 위로 솟은 작은 탑이 달린 건물들이 반짝거리는 유리 고층 건물들과 나란히 서 있었고 그 사이로 빛나는 나일강이 관통하듯 유유히 흘렀다. 마치 열 가지도 넘는 다른 시대가 한 가지 책에 합쳐져 있는 동화책 같았다. 카이로에 놀러 온 게 아니어서 너무 아쉬웠다.

"이집트가 너무 좋아."

경순이 창밖을 바라보며 한숨을 쉬었다.

"스핑크스와 피라미드를 보러 갈 시간이 있으면 얼마나 좋을까.

지난번에 멘토와 왔을 때도 제대로 못 봤단 말이야."

"이건 휴가가 아니라 출장이야."

나는 경순에게 다시 일깨워 주었다. 물론 나도 같은 생각이기는 했다. 하지만 우리 둘 다 방랑벽에 넋을 잃을 수는 없었다.

아랍인이면서도 영어를 유창하게 하는 우리 기사가 룸미러를 통해 나를 호기심 어린 눈빛으로 보았다. 10대 네 명이 출장이라니 무슨 말이지? 하지만 그는 우리의 대화에 끼어들지 않는 대신 팁을 넉넉하게 원할 것이다.

뒷좌석에서 나와 나란히 앉아 있는 데브로가 내 쪽으로 몸을 기울였다.

"그렇다고 우리가 잠시 놀 시간도 없다는 뜻은 아니야."

나는 미소를 감추기 위해 창밖으로 시선을 돌렸다. 젠장. 데브로 녀석, 원하는 반응을 이끌어 내는 데 도가 텄다니까.

차가 모퉁이를 돌자 우리의 목적지가 모습을 드러냈다. 나는 손가락으로 창문을 닦았다. 피라미드 호텔—이곳은 룩소르 신전을 닮지도 않았고 실제 피라미드와 같은 형태도 아니어서 마일로가 매우 실망했다—이 우리 앞에서 휘황찬란하게 빛났다. 호텔의 유리 벽면은 황금색으로 칠해져서 그곳으로 떨어지는 햇빛 한 방울까지 몽땅 반사했다. 나는 황금 불길 같은 건물이 하늘과 만나는 지점을 노려보았다. 엄청나게 높은 건물도 아니고 구름을 향해 치솟지도 않았지만 그래도 웅장했다. 나는 눈길이 가는 대로 아래층에서부터 크림색 계단을 따라가 화려하게 장식된 정문까지 훑었다.

"도착했습니다."

기사가 차를 천천히 세우며 말했다. 아마 우리가 이렇게 으리으리한 호텔에 묵을 정도로 부모님들이 부유하다고 생각할 것이다.

우리가 그리 높지 않은 계단을 올라가 정문으로 가는데—연핑크색의 밀짚모자를 쓴 여자가 지나가는데 너무 근사해서 두 번 놀랐다—누군가 움직이는 모습이 언뜻 보였다. 하얀 셔츠를 똑같이 맞춰 입은 시위자들 몇 명이 피켓을 흔들며 인도를 행진하는 중이었다. 그들은 고작 여섯 명 정도였지만 수적인 열세를 열정으로 채우고 있었다.

나는 피켓 하나에 적힌 글을 유심히 보았다. 피켓에는 선명한 붉은색 아랍어로 이렇게 적혀 있었다. **이집트의 보물은 이집트에!** 그들은 우리의 목표물인 황금 파라오 석관의 실물 크기 모형—아주 잘 만들었다—도 들고 행진하는 중이었다. 햇살에 반짝이는 석관 모형은 인형이 받치고 있는데, 인형의 입에 테이프로 붙인 말풍선에는 이렇게 적혀 있었다. **약탈을 중단하라!** 이번 경매를 모두가 반기는 건 아닌가 보다.

데브로와 경순이 프런트에서 체크인 수속을 하는 동안 나는 시위대와 그들의 석관 모형을 계속 지켜보았다. 갑자기 어떤 발상이 구체적인 형태를 갖춰 가기 시작했다.

계획이 하나 있다고 말하려고 마일로 쪽을 보았다. 그는 어느새 로비 건너편, 대리석 기둥 근처에서 어슬렁거리고 있었다. 딴청을 피우는 시늉을 했지만 그의 시선은 보라색 실크 사리를 입은 여성에 꽂혀 있었다. 그 여성은 내가 본 중에 가장 괴상하게 생긴 두 겹 팔찌를 끼고 있었다.

게다가 누가 봐도 경호원이 분명한 사람 두 명이 그녀를 1미터 뒤에서 따라가고 있었다.

전설의 괴도건 아니건, 논리적으로 사고하는 세포 두 개만 있어도 저 팔찌를 슬쩍하는 건 불가능하다고 판단할 것이다. 그 팔찌는 30초마다 손목을 확인하며 흐뭇한 표정을 지을 만한 장신구였다. 게다가 저 경호원들은 VIP의 반경 3미터 안에 누가 들어오는 것만으로도 집중 경계 태세가 될 것이 뻔했다.

저런 팔찌를 훔치는 건 가장 전율 넘치고, 가장 위험하고, 어떤 도둑이라도 실패가 예정된 일이었다.

그런데 마일로가 다리를 까닥거리는 모습을 보니, 기차에서 휴대폰을 자신에게 패스하라고 간절한 눈빛으로 경순을 바라보던 순간과 똑같은 분위기였다. 실패할 확률이 무려 99퍼센트인 건 아랑곳하지 않은 채…… . 그는 아무튼 실행할 참이었다.

나는 잰걸음으로 마일로에게 갔다. 남들 눈에 얼마나 의심스러워 보일지. 하지만 그런 건 중요하지 않았다. 마일로가 체포를 당하면 우리 모두 낭패를 본다. 마일로는 그걸 모르나?

나는 아예 달리기 시작했다. 마일로가 목표물에 두 걸음 앞까지 간 순간 내가 그의 팔을 낚아챘다.

"마일로!"

내가 그를 뒤로 홱 잡아당겼다. 부딪히기 일보 직전이었던 그 여자는 발걸음을 늦추고 우리를 보며 눈살을 찌푸렸다. 그녀의 경호원들이 바짝 다가왔다.

마일로가 그 여자를 향해 어색하게 웃었다.

"죄송합니다. 정신을 딴 데 팔았어요."

그는 이렇게 얼버무렸다. 그녀는 콧방귀를 뀌며 마일로의 사과를 받더니 경호원들을 데리고 가 버렸다. 나는 마일로를 건물 앞쪽 창문 근처로 끌고 와 혹시 발생할지 모르는 난리 법석을 피했다. 그러고는 그의 팔을 놓자마자 '이게 뭐 하는 짓이야'라는 표정을 진심을 담아 지었다.

"알아, 알아. 안다고."

그는 목덜미를 문지르며 말했다.

"할 수 있을지 확인해 보고 싶었을 뿐이야."

"확인해 보고 싶었을 뿐이라고? 이건 게임이 아니야, 마일로."

"엄밀히 말해 게임은 맞지."

"내가 무슨 말을 하는지 알잖아!"

나는 내 뺨을 찰싹찰싹 치며 으르렁거렸다. 두 팀의 경쟁에서 우리가 승리하며 잘 끝냈다고 자부했는데, 우리 중 도박에 미쳐 버린 인간이 있어서 경솔한 결정을 내리고 모든 걸 망친다면 그 작은 승리 따위에 무슨 의미가 있겠는가.

"그런 짓 두 번 다시 하지 마. 이번 단계가 진행되는 동안에는."

그가 양손을 들었다.

"알아, 미안해. 나는 그저…… 꼭 해야 할 일이 있었어."

그는 다시 뒷주머니로 손을 돌려 휴대폰을 꺼냈다. 그리고 그렇게 휴대폰을 볼 때마다 늘 그러듯이 화면을 보는 그의 표정이 일그러졌다.

"넌 왜 항상 그러는 거야?"

내가 물었다.

"항상 그러다니 뭘?"

"휴대폰에 집착하는 거."

마일로는 숨을 훅 내쉬고는 창문을 둘로 나누는 기둥에 몸을 기댔다. 그는 뭐라고 대답할지 한참을 고민했다. 슬슬 내 질문이 무시당했다는 생각이 들려던 참에 그가 입을 열었다.

"꼭 전화를 해 줬으면 하는 사람이 있는데 전화가 오지 않는 경험, 혹시 너는 없어? 그럴수록 전화를 해 줬으면 하는 마음이 점점 강해지는 것 말이야. 그래서 종일 휴대폰을 확인해 보고 급기야 매일 매분 매초 그 생각밖에 들지 않게 되는 거."

그는 턱에 힘을 주며 손바닥으로 자신의 머리를 쳤다.

"결국 그 생각이 머리에 완전히 들러붙어서, 잠시 숨을 돌리기 위해 다른 걸 생각하지 않으면 안 되는 상황으로 자신을 몰아넣어 본 적 없어? 정신을 딴 데 팔기 가장 좋은 상황들 말이야. 아드레날린이나 도박, 아니면 단순히……."

"위험한 일들 말이지."

마일로가 말한 상황은 내게도 너무 익숙한 것이었다. 하나에만 골몰하는 데서 비롯된 파국. 사람의 혼을 쏙 빼놓는 일종의 취한 상태. 머릿속은 온통 이 순간, 이 도둑질, 이 상황에서 어떻게 빠져 나갈까 하는 생각뿐이다.

그런 기분을 나도 알지만, 뭔가를 잊기 위해 마일로처럼 해야하 는 상황으로 내몰린 적은 없었다. 내가 그렇게 한다면, 그때는 스릴 을 느끼는 수준이 끝나고 중독의 단계로 넘어갈 때이리라.

나는 그토록 간절하게 머릿속에서 몰아내고 싶은 것이 뭐냐고 ―혹은 누구냐고―물어보려다가 마지막 순간에 단념했다. 이런 식으로 남의 사생활을 캐묻다니 평범한 일은 아니었다. 마일로는 내가 너무 다그친다고 느낄지도 모른다. 게다가 그는 이미 당혹해 하는 중이었다.

나는 호텔 앞에서 항의 중인 시위대로 시선을 돌렸다. 그들은 구 호까지 외쳐 대면서 앞에 있는 호텔 보안 요원들을 상당히 성가시 게 하는 중이었다. 나는 그들 쪽으로 고갯짓을 했다.

"저 모형, 실물이랑 크기까지 똑같은 것 같지 않아?"

마일로가 눈을 가늘게 뜨고 그쪽을 보더니 "그런 것 같아." 하고 는 빙긋 웃었다.

"어디서 계획이 모락모락 익어 가는 냄새가 나는데요, 퀘스트 씨?"

"아마도. 혹시 모르니까 만약을 대비해서."

"다른 팀원들을 기다렸다가 논의를 해 봐야 할까?"

그가 데브로와 경순을 가리켰다. 두 사람은 프런트 직원이 체크 인 정보를 컴퓨터에 입력하는 동안 한창 이야기꽃을 피우고 있었다. 경순이 깔깔 웃으며 데브로의 어깨를 쿡쿡 찔렀다.

어느새 하하호호 웃으며 농담하는 사이. 나 빼고 다른 사람들은 이런 기술을 다 가지고 있나?

"지금은 우리 둘만 알고 있자. 계획을 좀 더 정교하게 다듬고 싶어."

내가 말했다.

금세 데브로와 경순이 우리에게 다가왔다. 그들을 뒤따르는 벨보이는 한 손으로 경순의 분홍색 캐리어를 끌고 다른 손으로 손때묻은 데브로의 가죽 가방과 경순의 보라색 배낭을 들고 있었다.

경순이 아무것도 들지 않은 손으로 방의 카드키를 부채처럼 펼쳐 들고 흔들었다.

"15층이야. 펜트하우스는 아니고. 그리고 우리 한방을 쓰게 되었어……."

"보증 예치금만 보면 펜트하우스에 묵는 게 낫겠어."

데브로가 경순을 흘겨보며 보증 예치금에 한 푼도 보태지 않았다고 내게 고자질했다.

"객실을 예약한 우리 '친구들'이 보증금은 해결해 두지 않았다니 실망이야."

경순이 펼쳐 든 카드키 사이에 낀 뭔가가 보였다.

"그건 뭐야?"

나는 하나를 달라며 손을 내밀었다.

"아, 이거."

그녀는 내게 USB를 던지고 나머지 둘에게도 건넸다.

"프런트 데스크에 맡겨져 있었어."

마일로가 손가락으로 USB를 돌렸다.

"쪽지 같은 건 없었어?"

"그런 것 같아."

데브로는 조끼 주머니에 자신의 USB를 집어넣었다.

"나중에 이게 뭔지 알아보도록 하자."

벨보이는 데브로와 경순의 뒤에 서서 이리저리 몸을 움직이며 앞을 똑바로 보고 있었다.

"어서 가자."

나는 경순의 손에서 카드키 하나를 잡아뺐다.

"이 가엾은 분의 어깨가 부러지기 전에 얼른 가자고."

23

우리가 묵을 객실은 호사스러웠다. 고급스러운 가구가 놓여 있고 냉장고는 어지간한 밥보다 더 비싼 음료수들로 채워져 있었다. 하지만 솔직히 방은 작았다. 응접실 하나와 욕실이 딸린 침실 하나가 전부였다. 데브로와 마일로는 분명히 경순과 내게 침실을 내줄 터였다. 적어도 우리가 묻지도 않고 침실에 짐을 내려놓아도 반대하지 않을 것이다.

주최자들이 우리에게 이렇게 작은 방을 마련해 둔 건, 그편이 더 지켜보는 재미가 있다고 생각했기 때문일까?

금고의 금속 빗장이 딸깍하고 제자리로 들어갔다. 데브로가 약속한 대로 우리는 그 휴대폰의 전원을 끈 채 3인치 두께의 쇠로 된 금고에 보관했다. 여기 있는 동안 이 휴대폰으로 도청을 시도해봤자 어떤 소리도 포착할 수 없을 것이다.

오후의 빛이 유리를 통과해 쏟아졌다. 햇빛에 어깨가 따뜻하게 달궈지자 마치 집에 온 것 같았다. 나는 화창한 기후에서 일을 진행하는 걸 더 좋아한다. 경순이 친절하게도 인터넷의 어둠의 경로를 통해 디지털 호텔 도면을 구해 왔다. 나는 그걸 바탕으로 휴대폰에 탈출 경로를 그리기 시작했다.

마일로가 근처 소파를 독차지한 동안 경순은 미니 냉장고를 살펴보았다.

데브로는 바닥에서 천장까지 닿는 유리창 앞에 서서 무심한 표정으로 도시를 내려다보고 있었다. 그 모습은 꽤 귀여웠다.

경순이 냉장고에서 꺼낸 음료수병의 라벨을 살펴보더니 고개를 가로젓고는 다시 냉장고에 집어넣었다.

"어느 팀이 이기든 저 사람들이 자기네 유물인 석관을 잃을 운명이라는 사실에 입맛이 쓰네."

"물론 우리가 아니어도 석관이 저 사람들에게 돌아가는 일은 없겠지. 돈 많고 아마도 백인일 누군가가 차지할 테니까."

경순은 이렇게 말하고 마일로에게 손을 흔들었다.

"맘 상하지는 마."

"그런 거 없어."

마일로는 뉴스 기사를 읽고 있었다.

"너희들 그 석관을 완전히 해체했다가 다시 조립했다는 거 알았어? 심지어 세 번이나 그렇게 했대. 처음엔 석관을 발견한 고고학자들이 해체를 했는데, 무덤에서 터널을 통과할 수 없었기 때문이래. 지금도 잘 보면 이어붙인 선이 남아 있다나."

그는 휴대폰을 내려놓고 터무니없다는 듯 우리를 바라보았다.

"참 불경스러운 짓이야……."

자그마한 죄책감이 내 심장을 쿡 찔렀다. 우리는 이 경매 참가자들의 손아귀에서 이 석관을 지켜 낼 순 있겠지만 결국에는 주최자들에게 전달해야 한다. 그리고 그것이 경매보다 더 낫다고도 할 수 없을 것이다. 나는 인생의 태반을 의뢰한 물건을 가져서는 안 될 법한 의뢰인들에게 물건을 전달하며 보냈다. 하지만 내가 뭘 어쩌겠는가? 내가 안 하면 다른 사람이 할 것이다.

나는 머릿속을 정리하고 말했다.

"우리는 노엘리아 팀보다 하루를 더 앞서 있어. 시간 낭비하지 말자."

데브로가 말했다.

"경매의 사전 공개 행사가 8시에 시작돼. 그곳에서부터 시작하면 될 거야. 파라오의 석관은 경매장의 경비를 받고 있어. 지금은 석관을 우리가 차지할 기회가 없다고 보는 편이 안전할 거야. 그러니까 석관이 낙찰될 때까지 기다려야지."

경순이 냉장고 문 위로 눈을 빼꼼 내밀고 우리를 보며 농담을 던졌다.

"우리가 돈을 모아서 직접 사 버릴 수도 있잖아."

마일로가 말했다.

"오, 그래. 공개 입찰에서 살 수 있다면 우리 넷이서 각자 500만 씩만 내면 되겠다."

"주최자들은 우리가 그냥 석관을 구입하는 건 인정해 주지 않을 거야. 갬빗의 목적에 어긋나기도 하고."

내가 말했다.

데브로가 고개를 끄덕였지만 정작 마일로와 경순의 이야기는 대충 흘려들은 듯했다.

"석관이 새로운 주인의 집으로 전달될 때까지 기다리고만 있을 수 없어. 가장 좋은 선택은 운송 중일 때 훔치는 걸 테지. 내가 방금 경매 개최자와 아주 생산적인 전화 통화를 했는데 말이야."

"아마도 네가 수작을 걸었겠지."

내가 느릿느릿 말했다.

데브로는 하던 얘기를 계속했다.

"그 여자 말로는 출품된 물건은 경매가 끝나자마자 보안팀에서 구입자에게 곧장 전달한대."

"경매소에서 운반해 주는 게 아니고?"

내가 물었다.

"그래."

나는 턱 아래에서 손가락을 꼭 쥐었다.

"일이 더 쉬워지겠다……. 한편으로는 조금 더 복잡해질 테고."

데브로가 고개를 끄덕였다.

마일로는 우리 둘을 번갈아 바라보았다.

"너희가 무슨 말을 하는지 잘 모르겠어."

내가 대답했다.

"경매소에서 물건을 배달해 주지 않는다는 건 낙찰받은 사람이 직접 가져가야 한다는 뜻이야. 경매 참가자들은 운송과 보안을 담당하는 팀을 각자 갖추고 있어. 낙찰이 되기 전까지 우리가 누구의 보안팀을 상대로 물건을 훔쳐내야 하는지 알 수 없어서 일이 복잡해져."

"오, 젠장."

마일로가 씩씩거리며 소파에 털썩 앉았다.

"그러면 운송팀에 미리 잠입하는 것도 불가능하겠구나."

경순이 알코올이 섞인 게 틀림없는 작은 병을 들고 우리에게 돌아왔다. 그녀는 한 모금 맛을 보더니 오만상을 다 찌푸렸다.

"그러면 우린 어떻게 해야 하지?"

잠시 방 안이 조용했다. 들리는 소리라고는 마일로가 발로 바닥을 두드리고 경순이 손톱으로 병을 튕기는 소리뿐이었다. 엄마가 제일 좋아하는 옛날 영화 〈폭풍 속으로〉에서처럼 복면을 쓰고 덮쳐 물건을 빼앗는 식으로, 운송 중에 해결하지 않으면 이 물건을 확보할 방법이 없었다. 우리 네 사람과 경비팀 전원이 붙는다면 나는 절대 돈—목숨은 고사하고—을 걸지 않을 것이다.

나는 이마를 문지르며 휴대폰을 보았다. 아까 호텔의 1층을 확대한 청사진에 작은 선들을 잔뜩 그려 놓았다. 다양한 탈출 경로들. 쉬운 경로는 파란색, 더 어려우면 붉은색. 머리를 쓸 필요가 없는 일이지만, 최고의 탈출 경로를 알아 두면 정말 유용하다.

나는 화면을 보며 인상을 썼다. 파란 선과 붉은 선이 겹겹이 쌓여 복잡한 거미줄이 완성되었다. 모든 탈출 경로를 한꺼번에 보면 정신없어 보이지만 결국엔 단 하나의 탈출 경로를 선택하게 된다.

가장 쉬운 경로.

"아냐, 이건 우리에게 아주 좋은 조건이야. 경호팀이 여럿인 상황도 우리에게는 좋은 일이야! 복잡해 보이지만 절대 그렇지 않아."

심장이 점점 빨리 뛰었다.

마일로가 경순과 눈빛을 교환하면서 머리를 긁적거렸다.

"'복잡'이 무슨 뜻인지는 확실하게 아는 거지?"

나는 내 인생에 대해 테드 강연을 하는 사람이 된 기분으로 두 사람에게 내 휴대폰 화면을 보여 주며 벌떡 일어섰다.

"일을 의뢰받고 탈출 경로를 만들 때 그 경로를 한꺼번에 보면 복잡하게만 보이지. 그렇지만 실제로 택하는 경로는 하나뿐이야. 탈출하기 가장 간단한 경로. 경로의 난이도는 다 같지 않아. 지금 우리는 보안팀만 생각하면 머리에서 열이 날 지경이야. 머릿속으로 열 개가 넘은 경호팀을 떠올리니까. 그런데 그날 저녁이 끝나갈 무렵 석관은 그들 중 한 팀의 손에 맡겨질 거야. 수십 팀의 경호 실력이 모두 똑같이 뛰어날 리는 없어. 적어도 그들 중 몇몇은 나머지에 비해 다루기가 더 쉬울 게 분명해."

데브로가 미소를 지었다. 아직 마일로와 경순까지 이해하지는 못했지만, 적어도 데브로는 내 의도를 정확하게 파악했다.

나는 계속 설명했다.

"우리가 모든 경호팀을 미리 철저하게 정탐할 수는 없겠지. 하지만 전체적으로 빠르게 살펴볼 수는 있어. 적어도 어떤 팀의 경호는 뚫기 불가능하고 어떤 팀이 가장 최약체인지 정도는 감을 잡을 수 있어. 가장 약한 팀이 어딘지 알아내서 그들에게서 석관을 훔쳐낼 확실한 계획을 세운다면, 이제 남은 문제는……."

"경호팀이 가장 취약한 입찰자가 그 석관을 낙찰받게 만들면 된다는 거지."

경순이 내 말을 이어 끝냈다. 그녀는 이 계획을 잠시 생각해 보더니 신경질적인 웃음을 터트렸다.

"마지막 단계를 너무 간단한 일인 것처럼 설명하는 거 아냐?"

마일로가 말했다.

"경순의 말이 맞아. 석관은 이번 경매에서 가장 고가야. 참가자의 절반은 그 경매에 참가할 만큼 부유하지 않아. 최약체 경호팀을 보유한 참가자가 그 석관을 살 수 있을 만큼 부자일 확률이 얼마나 될 것 같아?"

데브로가 반박했다.

"참가자들은 대부분 돈이 있어. 이번 경매의 참가 티켓만 해도 2만 5000유로라고. 수백만 유로가 없는 사람은 이런 행사에 아예 오지 않아."

그는 아랫단에서부터 조끼의 매무새를 매만졌다. 나는 그가 뭔가를 생각할 때의 버릇이 뭔지 어렴풋이 알 것 같았다.

"하지만 네 말이 옳아. 그 석관을 원하는 참가자가 많지는 않을 거야. 그리고 경매가 과열 양상이 된다면 자금을 마련할 수 있는 사람도 얼마 없을 테고."

"게다가 가장 큰손급 참가자들이 형편없는 보안팀을 보유하고 있을 가능성도 없어."

마일로가 덧붙였다.

"우선 입찰자와 경호팀의 순위표를 작성하자."

나는 모스 부호에 맞춰 생각을 정리하는 것처럼 발로 양탄자를 탁탁 치며 말했다.

"경매가 열리기 전에 우선 참가자들과 보안팀 분석을 마쳐야 해. 그 결과를 바탕으로 누가 석관의 경매에 입찰할 만큼 재력이 있고 의향이 있는지 알아내는 거야. 그 정보를 확보하면 그 입찰자들 중에 경호팀이 가장 취약한 사람이 누군지 알아낼 수 있겠지. 그 사람들이 우리의 목표물이 될 테고."

데브로가 미소를 지었다. 그의 표정을 보니 나와 똑같은 계획을 그리고 있었음이 틀림없었다. 그렇게 생각하자 왠지 가슴이 두근거렸다. 따사로운 기운이 내 몸을 포근하게 감싸는 것 같기도 하고.

"형편없는 계획은 아니네."

경순이 다시 음료수를 마셨다.

"그런데 우리 목표물이 정말 석관을 살지 어떻게 확인하지?"

"그건 내게 맡겨 둬."

데브로가 말했다.

"내 수많은 재능 중에는 설득력이 있으니까."

"너는 그 정도로 설득력이 뛰어나지 않아."

마일로의 말에 데브로가 반박했다.

"첫째, 그렇게 섣불리 단정하지 말 것. 둘째, 걱정하지 마. 나한테 있는 특별한…… 도구를 동원하면 알아낼 수 있을 것 같으니까."

경순이 끼어들었다.

"좋아, 그렇다면 한 가지만 더. 우리는 지금 적들보다 유리한 위치에 있어. 하지만 실제 경매일 당일은 해당하지 않아. 그 애들도여기 올 거니까. 그 상황 때문에 모든 계획이 틀어질 수도 있어. 그럼 우리는…… 즉흥적으로 움직여야 하나?"

나는 한숨을 쉬며 창문에 몸을 기대 시위대 일부가 경찰에게 밀려 저지당하는 모습을 지켜보았다. 경찰이 아니라 호텔 보안팀인가? 호텔은 어떻게 시위대가 투숙객을 가장해 로비로 들어오는 사태를 방지했을까?

"잠깐."

생각이 머릿속에서 완전히 형태를 갖추기도 전에 말부터 불쑥튀어나왔다. 나는 마일로를 보았다.

"너와 경순은 경매에 참가하는 방문객 명단을 확보해 줘, 알았지?"

마일로가 고개를 끄덕였다.

"그리고…… 나는 경매에 출입 금지당한 사람들이 있는지 궁금해. 경매가 아니면 그냥 이 호텔만이라도. 그런 사람들이 당연히 있겠지?"

데브로가 웃었다.

"너는 정말 사악해, 로스."

나는 미소를 애써 참았다.

"우리가 할 수 있을까?"

마일로가 턱을 문질렀다.

"경순, 너는 우리의 컴퓨터 아가씨 아냐?"

"두 번 다시 컴퓨터 아가씨 운운하지 마."

경순이 쏘아붙였다.

"하지만 네 말은 맞아. 호텔 인트라넷에 침입해서 손을 써 둘 수 있겠지. 내가 이 일을 맡은 이상 우리의 숙적들은 호텔에 얼씬도 못 할 거야."

경순이 내게 건배하는 시늉을 했다. 못된 장난을 시작한다는 기대감에 그녀의 눈빛이 빛났다.

이런 식으로 우리의 계획은 얼추 틀이 잡혔다. 세부적인 것까지 다 짜지는 않았지만 훌륭한 계획이 될 뼈대는 갖춘 셈이었다. 물론 아무런 탈이 일어나지 않는다는 전제에서지만.

"어떻게든 경매의 데이터베이스에 접근할 수만 있다면 운송팀을 알아내는 건 그리 힘들지 않을 거야. 그런데 경매의 사전 공개 행사가…… 다섯 시간 후인가?"

마일로가 데브로를 보았다.

"행사장에 나가서 먹잇감부터 살펴보고 싶을 테지, 응?"

"그렇고말고."

데브로가 음흉한 미소를 지으며 말했다.

"그렇다면 일단 팀을 나누자."

경순이 다 마시지 않은 음료수를 테이블에 내려놓았다.

"두 사람은 운송팀을 살펴보고 데브로와 다른 한 사람은 사전 공개 행사장에 다녀와야 해. 누가 뭘 할래?"

몇 안 되는 운송 및 보안팀을 정찰할 것이냐? 아니면 데브로와 함께 화려한 파티에 갈 것이냐? 경순과 마일로가 나를 보는 표정을 보니 내가 어느 쪽으로 가야 할지 이미 결정 난 것 같았다.

"난 작업복으로 갈아입어야겠다."

경순이 말했다. 나는 진심이냐고 되묻는 표정을 지어 보였다. 그러자 경순은 미안하다는 듯 어깨를 으쓱했다.

"내가 파티를 좋아하지 않아서."

"이 몸도."

마일로가 문으로 가며 말했다.

"정장 입고 점잔 빼며 사교하는 자리는 영 나랑 맞지 않아서."

그는 경순을 힐끗 보았다. 한편 느릿느릿 침실로 들어가는 모습으로 보아 경순은 지금 당장 정찰 임무를 준비할 것 같지 않았다.

마일로는 홀로 나갔다. 그동안 너무 위험한 일을 벌이지 않아야 할 텐데. 나는 경순에게 마일로가 임무 중에 위험한 행동을 하지 않도록 잘 지켜보라고 미리 말해 두어야겠다고 생각했다.

"사전 공개 행사장은 그럼 너랑 내가 가는구나."

데브로가 양손을 주머니에 넣고 나를 보며 미소 지었다.

"드디어 우리가 데이트하게 될 건가 봐."

내가 우뚝 섰다.

"원하는 걸 항상 손에 넣으면 재밌니?"

"원하는 걸 좀처럼 손에 넣지 못하는 걸."

그의 눈동자가 조금 더 짙어진 것 같았다.

"그러니까 이 기회가 훨씬 더 특별한 거야. 그런데 생각해 보니 촛불을 밝히고 우아하게 식사나 하는 건 우리 같은 사람에게 너무 지루해. 약간의 못된 장난이 가미되지 않으면 제대로 된 데이트라고 할 수 없지."

나는 미소를 짓고 싶지 않았지만 참을 수 없었다. 아무래도 나는 생각보다 더 이 상황을 즐기게 될 것 같다.

24

나는 내가 이브닝드레스를 입게 될 줄은 꿈에도 몰랐다. 아니, 입을 일이 없을 줄 알았다.

욕실 문 뒤쪽에 걸려 있는 드레스는 눈부신 주홍색이었으며 옷감은 도톰하고 보드라웠다. 물론 아주 비싸 보였다. 디자인은 절제된 느낌인데, 위쪽은 몸에 꼭 맞고 아래로 갈수록 물결이 치듯 하늘거렸다. 이런 행사에 잘 어울리면서 너무 튀지도 않았다. 우리가 곧 입장할 보물과 부자들의 정글에 완벽하게 섞여들 수 있는 드레스.

나는 드레스를 옷걸이에서 내린 후 몸에 두르고 있던 수건을 벗어 던지고 드레스를 입었다. 보디스를 가슴에 딱 맞게 조이고, 위팔에 걸쳐져 달랑거리는 오프숄더 소매를 어떻게든 끌어 올려 어깨를 가려 보려고 했다. 하이힐이 없으니 치맛단이 바닥에 5센티미터가량 끌렸다. 나는 하이힐 따위는 신고 싶지 않았다. 그렇지만 쇼핑을 한 사람은 데브로와 경순이었고 두 사람이 고른 드레스를 입으려면 하이힐을 꼭 신어야 했다.

"운동화를 신고 싶으면 신든가. 그런다고 경보까지 울리겠냐."

데브로가 너스레를 떨었다.

드레스를 보니 내 몸에 꼭 맞았다. 치수를 짐작한 사람은 데브로였을까? 아니면 경순이었을까?

드레스의 뒷부분에는 엉덩이 바로 위에서부터 어깨의 날개뼈까지 작은 단추가 잔뜩 달려 있었다. 유연한 덕분에 등 뒤의 단추를 끼우는 데는 문제 없는데도, 단추를 끼우려고 할 때마다 손에서 미끄러지는 것 같았다. 혹시 오늘 밤 작업을 앞두고 생각보다 더 많이 긴장하고 있는 걸까?

여성복은 왜 이렇게 만드는 거지? 이 드레스는 다른 사람의 도움이 없으면 입고 벗을 수 없는 디자인 같았다. 단추에 허비할 시간은 없다. 마일로와 경순은 이미 정찰을 나가고 없었다. 그렇다면 남은 사람은 데브로뿐이다. 룸서비스를 받을 게 아니라면…….

내가 무슨 생각을 하는 거야? 고작 단추일 뿐인데.

나는 욕실 문을 열고 구두 상자에서 붉은색 하이힐 한 켤레를 꺼내 신었다. 키가 커지니 바닥에 끌리던 치맛단도 같이 올라갔다. 약간의 변화를 시도했을 뿐인데도 나는 구두를 신기 전과 완전히 다른 사람이 된 기분이었다. 드레스 갈아입기 놀이를 하는 여자아이에서 곧 밤 외출을 나가는 숙녀가 된 기분.

"데브로?"

나는 방문으로 그를 불렀다. 데브로는 옷을 갈아입을 방이 없어서 침실 문을 닫아 두었다.

"드레스 입는 것 좀 도와줄래?"

나는 욕실 거울 앞에 서서 기다렸다. 잠시 후 거울에 그의 모습이 나타났다. 나는 숨을 꾹 참으며 얼굴을 붉히지 않으려고 애썼다. 데브로는 이미 옷을 다 갈아입은 모습이었고…… 숨이 넘어가게 멋있었다.

그가 입은 턱시도는 티 한 점 없이 매끄러운 검은색 스웨이드였다. 재킷이 어찌나 매끄러운지 손으로 훑어 보고 싶어 몸이 근질거렸다. 나비넥타이는 단 1밀리미터도 비뚤어지지 않았다. 그의 아름다운 갈색 피부를 감싼 눈부시게 하얀 셔츠의 대비는 서로를 더욱 돋보이게 했다. 어딜 보나 그 어느 때보다 세련되고 멋있어 보였다. 그의 턱선. 살짝 말린 속눈썹의 라인. 구불거리는 머리카락. 그의 옷차림은 언제나 멋있지만, 오늘 밤은 특별했다. 꿈에서 본 사람이 현실에 나타난 듯했다.

그는 활활 불타오르는 중이었고 나는 사르르 녹아내릴 만큼 위험할 정도로 그의 가까이에 있었다.

잠시 후 간신히 넋이 나간 상태에서 돌아와 보니, 데브로도 나와 같았다. 그의 시선은 거울에 비친 내 모습에 못 박히듯 박혀 있었다. 그 눈빛을 본 나는 흠칫 놀랐다. 드레스와 아직 제대로 단추를 잠그지 않아 드러나지 않은 몸의 곡선에서부터 가슴을 가리듯 들고 있는 팔과 한 시간 동안 유튜브를 보며 황금색 구슬을 끼워 굵게 비틀어 올린 땋은 머리까지. 그는 무슨 생각을 하고 있을까? 아무 생각도 하지 않고 있을까? 아니면 생각에 잠긴 것처럼 보이려는 걸까?

"단추 좀 채워 줄래? 안 그러면 드레스가 그대로 벗겨질 거야."

데브로가 고개를 저으며 악마 같은 미소를 내게 지었다.

"지금은 그런 일이 일어나선 안 되겠지?"

나는 그를 흘겨보았다. 하지만 그의 손가락이 단추를 하나씩 잠그며 위로 올라올 때는 입술을 깨물었다. 그의 손길은 내 등뼈를 어루만지는 속삭임 같았다.

"전에도 이런 곳에 가 본 적 있어?"

그가 물었다.

"엄마는 대체로 신분을 숨겨야 하는 일을 의뢰받으셔. 그리고 우린 사람을 설득해 정보를 빼내는 것보다 훔쳐서 도주하는 일이 더 전문이야."

그는 마지막 단추를 끼웠지만, 손을 놓기 망설이는 듯했다.

"재미있는 일은 다 놓치며 사는구나."

그는 거울 속에 비친 나와 눈을 맞추며 말을 이었다.

"아무도 보지 않을 때 뭔가를 슬쩍하는 스릴은 중독적이야, 확실히. 하지만 자신도 모르게 은행 계좌의 비밀번호를 술술 불게 조종하는 일에는 비교도 되지 않아. 아니면 만난 지 몇 시간밖에 되지 않았다는 사실을 뻔히 알면서도 여름 별장 어디에 파베르제의 달걀 컬렉션을 보관해 두는지 다 말하게 만드는 것과도 비교할 수가 없지."

그 사냥을 금방이라도 떠나고 싶은 욕망에 데브로의 눈빛이 이글거렸다. 게임에 대한 욕망. 아까 우리의 생각이 일치했을 때도 저런 표정이었던가?

나도 저런 눈빛이었을까?

"너는 먹잇감을 가지고 노는 걸 즐기는구나. 위험해."

"도전할 만한 일은 다 위험해."

그가 나를 똑바로 바라보았다. 나는 이번에도 숨을 헉 들이마셨다.

이 이야기는 이쯤에서 그만해야겠다. 아무래도 그의 다음 먹잇감은 나다.

"그럼 이번 일에는 어떤 기술을 써야 해?"

나는 거울에서 돌아서서 그를 성큼성큼 지나쳐 침대 반대편에 올려둔 배낭으로 향했다.

데브로가 욕실에서 따라 나왔다.

"쉬워. 미리 계산된 대화 몇 마디로 시작해. 다음으로 사람들을 좀 더 자세히 알아 가면서 돈이 얼마나 있는지 가늠하면 돼. 간단하지."

나는 손에 익은 금속 사슬을 찾아 뒤적뒤적 가방 안을 뒤졌다.

"필기하게 펜이랑 종이를 가져올까?"

"실없는 소리 마. 긴장하지도 말고. 생각하는 것처럼 어려운 일이 결코 아니니까."

팔찌를 내 팔목에 채우려는데 데브로가 침대를 돌아 득달같이 달려왔다. 그러고는 내 손을 낚아채 나를 저지했다.

나는 그의 눈을 쏘아보았다.

그가 고약하게 잘난 척하는 태도로 고개를 가로저었다.

"안 돼. 오늘은 안 돼."

"왜, 데이트에 무기는 가져가면 안 되니까?"

"이 팔찌는 변색된 데다 지저분해 보이니까. 자전거 보관대에서 훔친 것 같아. 이번 일의 핵심은 섞여 드는 거야, 기억하지? 이건 사람들의 관심을 끌 거라고."

영 마음에 들지 않았지만 데브로의 말대로였다. 오늘 우리의 목적은 입찰자들을 정찰하는 것이다. 그러니 육탄전에 쓸 무기는 필요하지 않았다. 내가 무기였다. 게다가 구두를 벗기만 하면 뾰족한 힐이 쓸만한 무기가 되어 줄 것이다.

"좋아, 맘대로 해."

그 말을 한 후에야 그는 내가 손을 잡아빼도 막지 않았다. 나는 열려 있는 배낭으로 팔찌를 던져 넣었다.

"하지만 내일은 차고 갈 거야. 만화에나 나올 법한 모피 코트로 팔찌를 가리는 한이 있더라도."

"내일까지 팔찌를 황금색으로 바꿀 수도 있어. 그 색깔이…… 네게 잘 어울려."

그의 시선이 내 땋은 머리 사이사이에서 빛나는 황금 구슬로 향했다. 아까부터 이걸 눈여겨본 모양이다.

내가 말했다.

"달콤한 말은 이 정도면 충분해. 어서 내려가자. 사전 공개 행사가 곧 시작할 거야. 우리가 멋있게 지각하겠다는 계획을 세운 게 아니라면."

"네 손을 내 팔에 올린 채라면 언제라도 멋있는 등장이겠지."

"이런 대사를 밤새 견뎌야 하는 거니?"

나는 문으로 향하며 물었다. 경순과 마일로가 보안팀들을 찾아다니며 실력을 분석하느라 조용하고 즐거운 저녁을 보내는 동안, 나는 저녁 내내 데브로의 유혹을 막아내느라 고생을 하겠구나.

데브로가 상처받은 척 말했다.

"왜 별로였어? 좀 더 노력해야겠군. 너랑 또 데이트하려면 말이야."

나는 문을 열며 코웃음을 쳤다.

"아마도. 이번에도 네 도움으로 내가 다음 단계로 넘어가게 된다면."

25

터무니없이 부유한 사람들에게서 거의 예외 없이 관찰되는 보편적인 규칙이 있다면, 그런 사람들은 평범한 사람보다 훨씬 더 짜증을 유발한다는 것이다.

나는 5만 달러짜리 턱시도를 입고 내 앞에 서 있는 남자를 어퍼컷으로 날려 버리고 싶은 마음을 꾹 참았다. 그런 줄도 모르고 그 남자는 정원사를 세 명 연속 해고하면서 '일솜씨가 완벽하지 않다'는 이유로 임금도 한 푼 주지 않았다는 이야기를 늘어놓았다.

"보나마나 우리 변호사들이 훨씬 유능할 텐데, 지들이 뭘 어쩌겠어? 날 고소라도 할 건가?"

이 말에 주위에서는 모두 하하호호 웃음을 터트렸다.

어퍼컷을 날리는 대신, 나는 그 무리를 떠나면서 커다란 루비가 박힌 그의 커프스 하나를 슬쩍했다.

나는 한숨을 쉬며 연회장의 바 근처에서 잠시 쉬었다. 사전 공개 행사의 규모는 대단했다. 이곳 주행사장에는 벨벳 밧줄로 구획된 공간마다 출품된 보물이 받침대에 놓인 채 끝없이 줄지어 있었다.

우아하게 차려입은 저명한 손님들이 조금 전 그 사람들처럼 간간
이 이야기를 나누며 경매 물품 주위로 모여들었다. 우리가 이곳을
돌아다니며 사람들과 나눈 대화로 정보를 수집한 지 벌써 두 시간
이나 흘렀다. 나는 사람들을 어떻게 구슬려야 자신의 자산 규모를
술술 털어놓을지 걱정이 많았다. 그 자산 규모를 바탕으로 석관을
낙찰받을 경쟁력 있는 입찰자일지 판단하는 것도 쉽지 않을 것 같
았다. 그런데 놀랍게도 사람들은 대부분 자신이 얼마나 부유한지,
하다못해 힌트라도 주려고 안달이었다. 소유한 게 있다면 과시하
라. 특히 이런 곳에서는.

나는 그곳 한가운데 놓인 물건으로 시선을 돌렸다. 벨벳 밧줄로
표시해 둔 사각형의 공간 앞뒤로 정장 차림의 경비원 두 명이 지키
고 서 있는, 우리의 목표물이었다.

어디 하나 빠지는 데 없이 준수하고 젊음이 넘치도록 완벽하게
조각한 얼굴이 저 앞에서 나를 멍하니 바라보았다. 파라오는 아찔
할 정도로 아름다웠다. 까닭 모를 슬픔이 내 마음을 울렸다. 결국
내가 보고 있는 것은 관일 뿐이다. 저 관에서 안식을 취했던 사람
은 지금 어디에 있을까? 석관의 미라는 경매에 나오지 않았다. 그
사람 생각을 하는 사람이 또 있을까? 그가 자신의 안식처에서 다
시 영면에 들 가능성은 얼마나 될까?

나는 저 물건을 훔치는 일에 의문을 품게 만드는 감상적인 기분
을 밀어내며 심호흡을 하고 또 다른 사람들을 모색할 마음의 준비
를 했다.

새로운 목표물을 탐색하는 내 눈에 흥미로운 광경이 들어왔다. 어떤 남자가 석관으로 다가가고 있었다. 중년 백인. 다른 사람들 사이에서 눈에 띄지 않게 섞여 들어야 했을 텐데, 멀리서 봐도 그의 턱시도는 이 파티에 참석한 다른 손님들에 비해 수준이 훨씬 떨어졌다. 표정도 어딘지 무료해 보였다. 그는 이곳에 아무 흥미도 없다.

오늘 저녁 이런 분위기는 처음이었다. 싸구려 정장과 뚱한 태도. 그런 사람이 내 목표물 앞에서 뭘 하는 걸까?

나는 그쪽으로 발길을 옮겼다.

내가 손님들을 사이를 요리조리 빠져나가는 동안 그 남자는 경비원 한 명에게 말을 걸었다. 경비원들은 저녁 내내 사람들이 경매 물품을 만지고 찔러 대지 못하도록 막았다. 자신은 그 보물을 만지고 찔러 봐도 된다고 생각하는 사람들이 있다니 믿어지지 않았다.

두 사람이 대화를 하나 싶더니, 놀랍게도 그 남자가 지갑에서 어떤 카드를 슬쩍 보여 주자 경비원은 밧줄을 풀고 남자를 더 가까이 들여보내 주었다.

정말 이상했다.

목표물에 다가갈수록 나는 걸음을 늦췄다. 남자는 손에 손바닥만 한 크기의 검은 도구를 들고 있었다. 파라오의 턱에 끝부분을 향한 채였다.

"그거 가이거 계수기인가요?"

내가 물었다.

그 남자는 나를 쳐다보지도 않았다.

"아닙니다."

"그럼 뭐예요?"

좀 더 카리스마를 가미해 답을 듣는 방법이 많이 있겠지만, 여기서 이런 상황이 벌어질 줄 미처 예상하지 못했다.

"아닙니다."

그는 여전히 내쪽은 쳐다보지도 않은 채 같은 말을 되풀이했다. 그는 몸을 숙인 채 가지고 있는 도구로 천천히 검사했다. 내게는 아무 의미도 없는 숫자들이 디지털 스크린에서 깜박거렸다.

"그쪽과 이야기할 생각 없습니다. 저리 가세요."

얼굴이 화끈거렸다. 이 남자는 내게만 괴팍맞은 걸까, 아니면 원래 이런 사람일까?

"저기요, 어떻게 된 거죠?"

반짝이는 검은색 드레스를 입은 여자가 경비원들을 노려보았다.

"규정상 만지거나 사진을 찍어서는 안 되잖아요? 그런데 왜 여기는 예외죠?"

그녀는 그 남자의 어깨를 톡톡 쳤다.

"이보세요. 대체 얼마를 제안한 거예요?"

그의 손바닥에 있던 기기가 삐 소리를 냈다. 남자는 그 기기를 양복 안주머니에 집어넣었다. 그러더니 순식간에 몸을 비틀어 여자의 손아귀에서 빠져나온 후 사과다운 말도 변변히 하지 않고 잰걸음으로 연회장을 가로질러 갔다.

"뻔뻔하기는!"

여자가 코웃음을 쳤다. 경비원들이 벨벳 밧줄을 원래대로 걸자 그 여자는 더욱 짜증을 냈다. 나는 얼어붙은 듯 그 기묘한 남자를 눈으로 좇았다.

분명 이곳에서 이상한 일이 벌어졌다. 게다가 우리 석관과 관계된 일이라면 당연히 조사를 해 봐야 한다.

나는 들키지 않도록 조심하면서 그 남자를 뒤따랐다. 그렇게 잰걸음으로 그 자리를 벗어난 걸 보면 이 행사장에서 당장 빠져나가고 싶어 하는 것 같았다. 이곳에 있고 싶지 않은 게 분명하다. 그럼에도 그는 놀랍게도, 좀 더 작은 두 번째 연회장으로 들어갔다. 이곳은 천장이 더 낮고, 바의 크기는 두 배로 컸다. 분위기는 근사한 나이트클럽에 훨씬 더 가까웠다. 현악 사중주단 대신 밴드가 연주를 하고 있고 중앙에는 댄스 플로어가 마련되어 있었다. 하지만 라인 댄스처럼 재미있는 춤이 아니라 왈츠와 프롬나드 콘서트에 더 적당해 보였다.

데브로는 이곳에서 한창 작업 중이었다. 연상인 여성 두 명과 함께 웃는 모습을 보니 흡사 태어나면서부터 친근한 사이 같았다.

나는 그를 무시한 채 목표물에게 들키지 않으려고 조심하면서 눈을 떼지 않았다.

그 남자는 스마트워치를 확인하고 한숨을 쉬더니 바에서 제일 깊숙한 곳에 자리를 잡았다. 바텐더가 그에게 다가갔다. 그러나 바텐더가 입을 열기도 전에 남자는 제일 즐겨 쓰는 말로 그녀의 입을 막아 버렸다.

"아닙니다."

그녀는 얼굴을 찌푸리지 않으려고 애쓰며 제자리로 돌아갔다. 그는 주위를 두리번거렸다. 나는 얼른 돌아섰다. 다시 그를 보니 젊은 여자가 그의 옆자리에 앉는 것이 아닌가. 그녀는 오늘 행사의 드레스 코드를 아슬아슬하게 지키는 칵테일 드레스 차림이었다.

행색이 고급스럽지 않은 또 다른 손님. 이 사람들은 여기서 뭘 하는 거지?

그 여자가 남자를 보며 미소를 지었다. 심술궂은 삼촌을 웃게 하려고 짓는 듯한 미소였다.

그는 조금도 즐거워하지 않는 표정이었다.

왈츠곡이 끝나고 'As the world caves in'이라는 곡이 연주되자 더 많은 커플이 흥겹게 댄스 플로어로 나왔다.

나는 남자의 말을 더 잘 들으려고 왁자지껄해진 틈을 노려 사람들을 헤치며 연회장 안쪽으로 들어갔다.

이 남자는 지금껏 내가 미행한 목표물들 가운데 가장 용의주도한 사람이었다. 내가 반경 2미터 안으로 들어가는 순간 그가 입을 딱 다물더니 나를 노려보았다.

나는 눈을 돌리며 데브로에게 달려갔다.

"자기."

나는 팔을 덥석 잡아서 그를 살짝 놀래켰다.

"탈리아, 이분들은 새로 사귄 친구들이야."

그가 말했다.

"숙녀분들, 이쪽은 눈이 번쩍 뜨일 정도로 아름다운 제 약혼녀입니다."

두 여자는 억지 미소를 지었다.

"안녕하세요?"

왼쪽의 여자가 인사를 건넸다. 물론 1초 전 데브로를 대할 때와 비교도 안 될 정도로 쌀쌀맞았다.

"안녕하세요. 제가 이 남자를 납치해도 될까요? 고맙습니다."

데브로가 말을 할 새도 없이 나는 그를 댄스 플로어의 가장자리로 끌고 갔다.

그가 속삭였다.

"대체 무슨 일이야? 아직 저 여자들과 볼일이 남았다고."

"닥치고. 나랑 춤이나 춰."

그는 순순히 내 말을 따랐다. 내가 석관을 훔쳐 내는 큰일을 앞두고 있지 않았다면, 데브로가 내 엉덩이에 올려놓은 손의 온기에 스르르 녹아내렸을지 모른다.

"바 끄트머리에 앉은 저 남자 보이지?"

"민망할 정도로 소박하게 입은 여자 옆에 앉은 남자? 보여."

"두 사람이 무슨 이야기를 하고 있어?"

첫 번째 후렴 부분이 시작되자 바이올린과 피아노가 한꺼번에 연주되기 시작했다. 그 탓에 다른 소리들은 거의 들리지 않았다.

"되게 쉬운 일처럼 물어보네."

그가 말했다.

"너 독순술을 하잖아, 맞지?"

그가 눈을 가늘게 뜨고 나를 바라보았다. 나는 한 손은 그의 가슴에 대고 다른 손을 목을 감싸며 눈썹을 치켜 올렸다. 그가 내 허리를 더 끌어당겨 우리의 몸이 밀착하는 바람에, 나는 고개를 그의 어깨에 기댔다. 그는 내 머리 너머로 두 사람을 지켜보았다.

그에게서는 여전히 달콤한 냄새가 났다. 지금은 그게 중요한 건 아니지만.

"진품. 서…… 석관. 그 남자가 석관이 진품이래. 또 뭐라고 하냐면……."

데브로가 잠시 말문을 닫았다. 그의 손가락이 내 엉덩이 위에서 꼼지락거렸다. 나는 나도 모르게 꿈틀거릴 뻔했지만 꾹 참았다.

"연대에 관한 뭔가가 정확하대. 이제 저 여자가 말하고 있어."

그는 잠시 입을 다물고 두 사람의 대화를 지켜보았다. 나는 가만히 음악을 들으며 오르락내리락하는 그의 가슴을 느끼는 수밖에 없었다. 이렇게 가까이 있는데 그의 심장이 느껴지지 않는 게 신기했다.

데브로는 만족스럽게 쿵쿵 뛰는 내 심장을 느끼고 있을까?

"박물관, 여자가 박물관에서 승인을 받았대. 진품이라면 사고 싶어 한다고."

음악 소리가 점점 커지며 바이올린이 합주를 했다.

"뭐? 대영 박물관?"

그의 영국 억양이 도드라졌다.

"내 생각에······."

데브로가 집중을 하며 말꼬리를 흐렸다. 나는 머릿속이 복잡해졌다. 대영 박물관이라고? 그곳이라면 전시를 위해서 이런 종류의 유물을 사들인 역사가 있다. 그렇지만, 호텔 밖의 시위대를 보면 알 수 있듯이 사람들은 유럽인들이 그들의 보물을 쓸어 가는 상황을 더는 좌시하지 않는다. 이런 식으로 나타나서 경매에 참가할 리가 없었다.

첩보 영화에서 보던 일을 벌이지 않는다면 말이다. 제3자를 내세워 경매에 참여하게 하고, 후에 그 제3자가 익명으로 박물관에 유물을 기증하는 건 아닐까?

데브로가 일순 긴장했다. 나는 온몸으로 그것을 느낄 수 있었다. 나는 고개를 들었다.

"왜 그래?"

"2억. 박물관에서 낼 수 있는 금액이야."

그가 나를 보았다.

"그 말은······."

"저 사람들이 낙찰을 받겠지."

26

"이러면 아무 의미가 없잖아."

나는 객실로 들어가는 순간부터 서성거리기 시작했다.

"네가 2억이라고 읽었다며. 만약 경쟁이 치열해지면 그 사람들이 입찰금을 더 올리지 않는다는 보장도 없잖아. 2억 5000? 3억?"

나는 하이힐을 벗어 던졌다. 구두가 양탄자 위를 미끄러지며 날아갔다.

"다른 손님들은 명함도 못 내밀어 볼 액수. 아니면 적어도 명함을 내밀고 싶지 않아질 액수겠지. 대영 박물관에 고용된 보안팀이 절대 최약체일 리 없다는 사실까지 더해야 할 거고."

그가 턱을 문질렀다.

"맞아, 이건 골치 아픈 상황이야. 그렇다고 딱히 더 힘들어진 건 아니지만."

더 힘들어진 건 아니라고? 우리는 지정학적 문제에까지 발을 담그게 생겼다고. 그 상황이 위험하다고 경보를 빽빽 울리고 있는데?

내가 퉁명스럽게 말했다.

"어떻게 변할 게 아무것도 없다는 거야? 우리 계획은 보안팀이 가장 약한 입찰자를 찾아서 그 사람이 석관을 낙찰받을 수 있게 만들자는 거였잖아. 어느 누가 대영 박물관을 이길 정도로 자금을 충분히 갖고 있겠어? 게다가 보안팀 수준도 최상급일 거야!"

"알아, 네 말이 다 옳아."

데브로가 말했다. 그는 내가 아니라 내 뒤를 보고 있었다.

"다시 말해 우리가 점찍은 사람이 그 석관을 낙찰받게 만들려면, 박물관이 내세운 구매자가 어떻게든 경매에서 물러나게 해야 한다는 거야. 너무 높은 가격을 불러서 우리 쪽 사람이 포기하기 전에."

그때 우리 객실의 문을 두드리는 소리가 들렸다. 마일로와 경순이 벌써 돌아왔을 리 만무했다. 경순이 호텔 인트라넷에서 빼낸 명단에 올라 있는 보안팀을 샅샅이 정찰하려면 작업은 자정이 지나서나 끝날 것이다. 그리고 지금은 고작 10시 반이었다. 그런데 데브로는 전혀 놀란 것 같지 않았다. 그가 문을 열자 자주색 재킷을 입고 하얀 장갑을 낀 룸서비스 웨이터가 얼음 바구니에 든 샴페인 한 병과 샴페인 잔 두 개를 실은 카트를 밀고 들어왔다. 중앙에는 작은 화병에 장미 한 송이가 꽂혀 있었다. 나는 일순 긴장했다. 내가 꿈을 꾸나? 데브로가 벌인 짓이야?

데브로가 웨이터에게 카트를 방 한가운데 두고 가라고 했다. 그리고 웨이터의 눈이 튀어나올 정도로 팁을 넉넉하게 준 후 문을 직접 닫았다.

그가 얼음 바구니에서 샴페인 병을 꺼내는 모습을 보며 내가 말했다.

"우리 '데이트'는 끝났어, 데브로. 여기서 해야 할 일에 대해 하던 얘기 계속하면 안 될까? 게다가 나는 술도 안 마셔."

데브로는 내 말이 전혀 들리지 않는 듯 코르크 마개를 땄다.

"항상 성급하게 결론을 내리네. 나는 이 일 전체를 우리의 첫 번째 데이트라고 생각해. 그냥 알아 두라고. 그리고 지금 이걸 주문한 건 너를 취하게 만들기 위해서가 아니야."

그는 잔 하나에 샴페인을 반만 따랐다. 그래도 샴페인 거품이 보글보글 잔 꼭대기까지 차올랐다.

"이건 우리 일과 관련 있어."

그가 다른 잔에도 샴페인을 따랐다.

"어떻게 하면 대영 박물관이 석관에 너무 큰 액수를 부르지 못하게 막을 수 있느냐고 물었지? 간단해. 우리는 그 대리인들이 분별력을 잃어서 경매를 못 하게 만들면 돼."

데브로는 카트에 샴페인 잔을 놔두고 자신의 여행 가방을 둔 곳으로 갔다. 잠시 가방을 뒤지더니 마침내 스웨이드로 감싼 상자를 찾아 열었다. 안에는 금시계가 있었다. 그는 지금까지 차고 있던 시계—훨씬 더 좋은 오메가 시계—를 풀고 그 금시계를 차기 시작했다.

"나는 방금 차고 있던 시계가 더 좋은데."

"너만 그런 게 아니야. 그렇지만 그건 이것만큼 기능이 다양하지 않아."

새 시계를 찬 후 데브로는 잔 하나를 들더니 우리 사이에 들고 흔들었다.

"이거 들고 있어 봐."

나는 내키지 않았지만 잔을 받았다.

"안 마신다고 했잖아."

이렇게 쏘아붙이며 잔을 다시 내려놓으려고 발걸음을 뗐다. 그런데 잔에서 일어난 변화에 나는 그대로 멈췄다. 내 잔의 거품이 어느새 푸른색으로 바뀌어 있었다.

나는 잔을 들고 투명한 푸른색 액체를 뚫어져라 바라보았다.

"너 마술도 하니? 어떻게 한 거야?"

내 코앞에 있는 샴페인 잔 위로 데브로가 시계를 찬 손목을 들어 빠르게 움직였다. 어찌나 살짝 움직였던지 말 그대로 내 눈앞에서 일어나지 않았다면 알아차리지도 못했을 것이다. 시계 뒷면에 달린 작은 걸쇠가 열렸다. 먼지처럼 보이는 작은 알갱이들이 샴페인으로 떨어져 닿자마자 녹아 버렸다.

"멋있다. 그래도 이 푸른색은 마음에 안 드는데."

"그건 다른 일을 하고 남은 약이야. 어떤 사람한테 뭔가를 마시지 못하게 손을 써야 했거든. 사람들은 음료의 색이 저절로 변하면 마시지 않고 돌려보내곤 하니까."

"그런 건 어디서 손에 넣었어? 그 시계 말이야."

내가 물었다.

"그건 업무상 비밀이야. 공짜로 알려 주는 게 아니라고. 그렇지만 경우에 따라 기꺼이 공유하기도 하지."

그는 잔을 내려놓고 시계가 있던 상자로 가서는 다이아몬드를 엮은 은빛 테니스 팔찌를 꺼냈다. 그 시계와 완벽하게 짝을 이루는 느낌이었다. 단순하면서 우아했다. 경매와 같은 행사에도 무리 없이 착용할 수 있을 정도로 격식이 느껴지면서도 커피숍이나 서점에서 착용해도 과하게 시선을 끌지 않을 것 같았다. 다용도로 사용하기에 제격이다.

그는 살며시 내 손목을 들더니 그 팔찌를 채웠다.

"내일 밤이면 이건 그냥 설탕이 아닐 거야. 내가 쓰려는 이 약물은 정확한 양을 먹이면 목표물은 정신이 오락가락하게 돼. 뭔가를 낙찰받는 건 고사하고 눈을 깜박여야 한다는 것조차 잊을걸. 게다가 말도 잘 듣게 돼서 지나가는 낯선 사람이 아무 물건이나 사라고 설득해도 넘어갈 거야. 그거 한 가지만 성공시키면 되지만, 이런 공작이 필요한 사람이 둘이니까……."

"나도 손을 이렇게 흔들라는 거구나."

내가 손목을 비틀자 손목에 묶인 새 장신구가 조명을 받아 찬란하게 빛났다.

"이런 상황에 안성맞춤인 여성용 팔찌가 마침 네 짐에 있는 이유를 물어봐도 될까?"

그가 살짝 미소를 지었다.

"내가 함께 작업을 해야 했던 숙녀는 네가 처음이 아니니까."

"내가 질투하게 하려고 하는 말이니?"

"질투가 나?"

나는 입술을 깨물었다.

"그러면 이제부터 연습을 해야겠네?"

나는 잔 위로 손목을 들었다. 열 가지도 넘는 방법으로 손목을 이리저리 비틀어 보았지만 팔찌에서는 아무것도 나오지 않았다.

"아니, 아니, 아니야."

데브로가 내 뒤로 오더니 섬세하면서도 순식간에 내 손에 자신의 손을 얹었다.

"부드럽게."

그의 손가락이 내 손목을 살며시 쓸었다. 순간 내 팔이 저릿했다. 그의 손길은 깃털처럼 가벼웠다. 너무 따스했다.

"손목을 아주 미세하게 들어. 그리고 몇 도만 살짝 구부려. 한 듯 만 듯 슬며시 해야 해."

그의 목소리가 내 몸으로 퍼져 나갔다. 계속 얘기해 주면 좋겠다. 지금 그 자리에 가만히 서서 말이다. 이 밤이 다 지나갈 때까지 바로 이 몇 초 정도의 시간이 계속 이어지기를 바랐다. 그는 불길이 되어 사방으로 열기를 뿜어냈다.

안돼. 정신 차려, 로스. 이러면 화상만 입을 뿐이다. 그의 말을 듣는 일이 아무리 좋아도 그가 말하는 내용에 집중해야 했다.

그는 내 손목을 들더니 잔 위를 살며시 쓸 듯이 지나가게 했다. 섬세한 동작이었지만 나는 피부에 닿는 작은 알갱이가 느껴졌다.

데브로가 내 뒤에서 내 앞으로 팔을 쑥 내밀더니 잔을 들어 한 모금 마셨다.

"사탕보다 더 달아."

그가 말했다. 나는 숨을 들이쉬었다. 그리고 돌아섰다. 그는 물러나지 않았다. 마침내 들고 있던 잔을 내리자 우리 사이의 거리가 수천 킬로미터쯤 좁혀진 느낌이었다.

실내의 조명은 흐릿했지만, 그에게서 도저히 무시할 수 없는 은은한 빛이 뿜어져 나왔다. 심장이 부풀어 올랐다. 그의 두 눈은 내 눈을 내내 응시했다. 그러더니 서서히 내 입술까지 내려왔다.

"맛보고 싶니?"

그가 소곤거렸다.

맛을?

내가?

심장이 조여들며 내게 뭐든 하라고 요동을 쳤다.

그가 고개를 숙였다. 아니 내가 고개를 든 것일까. 그와 키스를 하고 싶으니까? 그래서 나는 그와 키스를 할 수 없었다. 내가 항복하면 그가 이기니까. 기차에서 데브로는 이렇게 말하지 않았던가. 게임으로 생각하면 좋겠다고. 이렇게 내 입술을 훔치면 자신의 승리가 더 달콤해지기 때문에 이러는 거 아닐까? 내게 마음이 있는 걸까? 아니면 그가 원하는 건…… 단지 이기는 걸까?

저 바다 건너 누군가가, 엄마가 나만 의지하고 있다. 나와 게임을 하고 있다는 남자에게 빠져서 엄마의 상황을, 엄마의 목숨을 놓고 도박을 할 것인가?

나는 고개를 뒤로 젖혔다. 둘을 감쌌던 긴장감이 일순 깨졌다.

"연습을 더 해야겠어."

나는 그를 한 걸음 물러나게 했다.

"두 시간만 줘. 그 정도면 내가 감 잡을 테니까."

데브로는 나를 잠시 바라보았다. 순식간에 굳어 버린 그의 얼굴을 보자 가슴이 아팠다.

"그래."

그는 넥타이를 휙 던지고 객실 문으로 향했다.

"어디 가?"

"아무 데도 안 가."

그가 소매의 매무새를 바로잡았다. 파리로 오는 기차에서 자리를 박차고 나갔던 때처럼 이번에도 자리를 뜨려 했다. 대화가 자신이 원하는 방향으로 흘러가지 않아서. 자신이 원하는 것을 손에 넣지 못해서.

"데브로는 참 어른스럽기도 하지."

그는 문을 반쯤 연 채 손잡이를 쥐고 있었다. 어찌나 세게 쥐고 있는지 손잡이가 부서질 것만 같았다. 나를 쏘아보는 그의 눈길이 이글이글 불타올랐다.

"너는 왜 싫은 척 내숭을 떠는 거야? 혹시 세상에는 네게 해코지를 하려는 사람밖에 없다고 세뇌라도 당했어? 솔직한 감정을 누르고 있잖아. 너는 이제 네 자신도 믿지 못하는 거야."

나는 얼굴에서 핏기가 가셨다. 그의 말 하나하나가 나를 강타하는 것 같았다. 하지만 내가 받은 충격을 그에게 보여 줄 수는 없었다.

"오, 그러셔? 어떤 여자한테 갖은 매력 다 쏟아부었는데도 너와 키스도 다른 뻔한 짓도 다 하지 않겠다고 해서 짜증 나 죽겠다고 가서 떠벌려 봐. 시간 줄 테니까 이 말이 무슨 뜻인지 잘 생각해 보라고."

그가 코웃음을 쳤다.

"나는 네게 이미 말했어. 원하는 걸 손에 넣지 못하는 건 익숙하다고. 그렇지만 스스로 자신을 망친 사람에 휘말려서 나까지 망친 적은 없어. 자신에게 더는 거짓말을 하지 말아야겠다는 마음이 들면 그때 연락해."

그 말을 끝으로 데브로는 문을 쾅 닫고 가 버렸다.

그가 간 후에도 내 시선은 족히 1분은 문에 고정되어 있었다. 나는 손톱을 깨물었다. 내가 지금 무슨 짓을 한 거지? 툰드라에서 얼어 죽는 마당에 내 발로 불을 밟아 꺼 버린 기분이 드는 건 왜일까?

왜냐면 그의 말이 옳으니까. 이게 멍청한 짓이건 아니건, 그가 믿을 만한 사람이건 아니건…… 나는 데브로가 좋았다.

아, 젠장.

27

안 돼! 안 돼! 안 돼! 안 돼! 안 돼!

나는 이모의 문자를 다시 읽고 베개에 얼굴을 파묻었다. 한 시간
이 넘도록 데브로가 미우면서도 좋은 혼란스러운 감정을 추스르지
도 못하고 그렇다고 팔찌 연습에 집중하지도 못한 채 나는 결국 이
모에게 문자를 보냈다. 이모라면 처음으로 남자에게 반한―맙소사,
내 입으로 인정하는 거야? 내가 반했다고?―조카의 마음을 달래
주거나, 위험하고 믿을 수 없는 남자에게 한눈을 팔 때가 아니라고
엄하게 설교를 늘어놓을 것 같았다. 물론 잔소리를 듣는 게 당연했
다. 나도 안다. 그러니까 더욱 복잡한 감정이 토네이도처럼 휘몰아
치는 것이다.

처음에 이렇게 문자를 보냈다. **여기 협력자가 생겼다고 하면 뭐라고**
하시겠어요?

이모 : **어떤 협력자?**

나는 열 번이나 글을 썼다가 지운 후에 **거의 키스할 뻔했어요**라고
썼다.

이모 : 안 돼! 안 돼! 안 돼! 안 돼! 안 돼!

나 : 걔는 아직 나를 속이지 않았어요…… 그전에도 얼마든지 그럴 수 있었는데.

이모가 전화를 했다. 그렇지만 나는 이모에게 실시간으로 이런 잔소리를 들으면 마음의 상처를 크게 입을 것 같은 꽁생원이라 수신을 거부했다.

이모 : 걔는 도둑이야. 너를 가지고 노는 거라고. 경쟁자와 절대 키스하지 마.

이모 : 조심해. 아무리 조심해도 부족하단다.

나는 끙 소리를 내며 침실 책상에 머리를 쿵 박았다. 이모 말이 옳았다. 문자를 보내기 전부터 알고 있었다. 하지만 내가 안다고 해도 다른 사람에게 지적을 당하면 순순히 받아들이기 힘든 법이다. 데브로를 포함해 그 누구도 믿어서는 안 된다는 것 말이다.

그렇지만…… 이모가 괜찮다고 말해 주길 바라는 마음이 조금도 없었다고 하면 그건 거짓말일 것이다. 아주 조금도 없었다고 하면.

이렇게 실의에 빠진 상태는 고작 몇 분 만에 객실 문이 열리는 소리가 들리면서 끝났다. 심장이 쿵쿵거렸다. 데브로가 왔나? 아니다. 두 사람이 한국어로 재잘거리는 소리였다. 그 소리 어디에도 데브로의 자신만만하고, 카리스마 넘치는 억양은 들리지 않았다.

긴장했던 어깨에서 힘이 빠져나갔다. 안심이 되어서인지 실망을 해서인지 나도 모르겠다.

"왜 그래?"

나는 한국어를 모른다고 말해 두었기에 마일로가 영어로 내게 말을 걸었다. 그는 해피밀 봉지를 가지고 오더니—자정 이후에 먹는 맥도널드 햄버거는 못 참지—침대에 아무렇게나 내려놓았다.

"아!"

프렌치프라이 봉지를 가지고 오던 경순이 냅다 소리를 지르며 기름진 해피밀 포장 상자를 가리켰다.

"내 침대에서 치워."

"뭐? 네 침대라고?"

마일로가 장난을 치듯 나를 바라보았다.

나는 어깨를 으쓱했다.

"나는 아무래도 상관없어."

경순이 감자 하나를 내게 던졌다. 감자가 내 볼에 부닥쳤다.

"아!"

"음식 부스러기가 떨어져 있고 기름 얼룩이 덕지덕지 묻은 시트에서 자 봐야 뭐가 문제인지 알겠지."

경순은 이렇게 말하며 침대에 엎드렸고 가져온 프렌치프라이 봉지는 가장자리에 내려놓았다.

마일로는 우아하게 자신의 패배를 인정하고 해피밀 상자를 가져갔다. 그는 문가에 기대 햄버거를 우물거리며 나를 훑어보았다. 나는 하이힐을 벗어 던진 걸 제외하면 여전히 드레스 차림이었다.

"예쁘네. 데브로는 어디 있어?"

"예쁘네? 애는 지금 〈보그〉에서 걸어 나온 것 같다고!"

경순이 이번에는 마일로의 얼굴에 감자튀김을 던졌다. 마일로는
그것을 용케 입으로 받아먹었다.

"실수."

그가 정정했다.

"'아주' 예쁘네."

나는 아까 그가 한 질문에 이제야 대답했다.

"데브로가 어디에 있는지 나도 몰라. 나갔어. 아까……."

아까 뭐? 아까 거의 키스를 할 뻔한 후에?

"아까 여기로 일단 돌아왔다가. 계획이 좀 더 복잡해졌어."

마일로의 눈썹이 위로 올라갔다.

"하지만 우리가 해결책을 찾았어. 너희가 처리해야 할 부분과는
상관없어. 정찰 결과는 어때?"

내가 물었다.

마일로가 팔을 긁었다.

"예상한 대로야. 놀랄 정도로 보안이 취약한 운송팀들이 있더라."

경순이 똑바로 앉았다.

"그건 그렇고 계획이 복잡해졌다니 그게 무슨 뜻이야?"

나는 그들에게 대영 박물관의 대리인들과 작업을 순조롭게 진행
시킬 수 있는 데브로의 계획에 대해 들려주었다. 이야기를 다 끝낼
즈음 마일로는 침대 발치의 바닥에 앉아 있었고 경순은 그의 옆으
로 다가와 침대 끄트머리에 앉아 있었다.

마일로가 물었다.

"그 사람들이 무슨 가명으로 경매에 참가하는지 알아냈어?"

"우리가 대화를 계속 들었어. 데브로가 입술을 읽었는데, 샌버리였던 것 같다. 샘……."

"샌버리?"

마일로가 앱으로 만든 스프레드시트 같은 것을 보며 스크롤을 내렸다.

경순이 그의 어깨너머로 화면을 보았다. 다음 순간 그가 웃음을 터트렸다. 어처구니없다고 말하는 듯한 웃음이었다.

"이럴 수가. 우리는 그 사람들의 보안을 뚫을 수 없어."

한편 경순은 그대로 얼어붙는 듯하더니 나를 바라보았다.

"우리가 돌아오면서 모든 보안팀의 순위를 정했거든. 순위가 높을수록 훔치기는 더 어려워지지."

"그래서 샌버리 팀은 몇 위야?"

"1등."

나는 심호흡을 했다.

"그렇다면 우리는 석관에 쏟아부을 돈을 헤아릴 수 없이 가지고 있는 이 사람들이 절대 이기지 못하도록 만반의 준비를 해야겠네. 그들이 이기면 우리는 아무 소득도 없는 추적에 사흘을 낭비한 셈이 되니까!"

나는 한 손으로 머리를 눌렀다. 스트레스로 머리 뒤쪽이 쿵쿵거리며 욱신대기 시작했다.

"헤이."

마일로의 목소리가 막 미끄러져 들어가던 불안과 좌절의 구덩이로부터 나를 끌어냈다. 마일로의 눈빛에 마음이 진정되었다.

"열 좀 식혀. 우리는 어떻게든 해낼 거야. 네가 말했잖아. 데브로에게 이미 계획이 있다며. 이번 단계는 누워서 케이크 먹기야. 무엇보다 우리 넷이 힘을 합치고 있잖아."

그가 상의를 벗었다.

"조만간 데브로 켄지 씨가 우리에게 자태를 드러내면, 다시 모여서 결과를 교차 분석하고 내일 밤 석관을 손에 넣을 행운의 입찰자를 고르도록 하자. 그럼 나는 일단 룸서비스로 밀크셰이크를 시키겠어."

그 말을 끝으로 그는 방을 나가 문을 닫았다. 마일로가 이 상황을 아무것도 아닌 것처럼 정리해 주자 어깨에서 힘이 스르르 빠지고 숨도 편안해졌다. 마일로의 말대로였다. 우리가 지금 할 수 있는 건 계획 짜기였다. 모든 것이 계획대로만 된다면 결국 잘될 것이다.

경순이 침대에서 구르듯 일어나서는 등으로 문을 꾹 눌렀다. 그러고는 마지막 감자튀김을 먹었다.

"그래서……. 너와 데브로는 어떻게 된 거야?"

나는 눈을 가늘게 떴다. 경순이 한쪽 눈썹을 올렸다.

"맡은 임무는 잘했어."

"잘했다고?"

경순이 하나로 묶은 머리채의 끄트머리를 손으로 빙빙 말았다.

"너는 오늘 저녁 눈부신 드레스를 입고 다이아몬드와 돈과 평범한 소녀들이 꿈꾸는 온갖 것들로 가득 찬 무도회장을 사뿐사뿐 돌아다녔잖아. 그런데 고작 '잘했다'가 끝이야?"

혹시 내가 표를 내지 않았다고 생각한 감정이 경순의 눈에는 보이는 걸까? 그렇게 티가 났나?

"그렇지만 우리는 평범한 소녀들이 아니잖아."

"그럴지도 모르지. 드레스 단추 풀어 줄까?"

경순이 장난스럽게 나를 잡으려고 했다. 나는 순순히 그녀에게 등을 돌렸다.

"드레스를 입혀 주고 벗겨 주는 하녀가 있으면 훨씬 편한데."

경순이 말했다.

"너는 집에 가면 옷을 벗겨 주는 하녀 한두 명은 거느리고 사는 거야?"

나는 흘러내리는 드레스를 냉큼 잡았다. 경순은 손이 야무졌다.

"아니, 내 멘토가 그래. 보통은 그렇지. 그분은 보너스를 짭짤하게 챙길 수 있는 장기간에 걸친 사기가 전문이거든."

그녀가 내 어깨 위로 얼굴을 내밀더니 킁킁 냄새를 맡았다.

"밖에 샴페인도 있던데."

"데브로와 내가 사용한 거야. 우리 일을 위해서."

다이아몬드 팔찌가 내 손목을 묵직하게 눌렀다. 아직도 그 팔찌를 차고 있는 내가 바보 같아서 얼른 팔에서 뺐다.

"걔랑 같이 술을 마시거나 하진 않았어."

"그랬구나."

나는 옷을 마저 갈아입으려고 가방을 들고 얼른 욕실로 들어갔다. 나는 우리가 고작 이틀 전에 만난 사이가 아니라 날 때부터 사귄 친구라도 되는 듯 얘기를 계속하려고 문을 살짝 열어 두었다.

내가 잠옷으로 갈아입는 동안 경순이 말했다.

"그러니까, 데브로가 샴페인을 주문했고 너희는 근사한 차림 그대로였고, 그 애는 어디론가 훌쩍 가 버렸는데 재미있는 일은 하나도 없었다는 거네."

나는 멈춰 서서 거울에 비친 내 모습을 바라보았다. 경순은 눈치가 참 빠르다니까.

"네가 무슨 말을 하는지 모르겠는데."

내가 말했다.

"오, 그만해. 데브로는 분명히 네게 관심이 있어."

"내가 신형 자물쇠를 따고 신모델 금고를 여는 법을 배우는 데 보일 만큼의 관심 정도일 거야."

나는 문가에 기대서 경순을 바라보며 머리에서 황금색 구슬을 빼 손에 모으기 시작했다.

"그 애가 내게 직접 말했어. 기차에서. 나랑 게임을 하고 싶대."

"처음부터 네게 그런 말을 했다면, 너를 정말 좋아한다는 뜻 아닐까? 네가 상대할 가치가 있는 적수라고 생각한 거야. 그 사실이 그 애의 가슴에 불을 붙인 거지."

경순이 팔짱을 끼더니 한숨을 쉬었다.

"너무 로맨틱해. 데브로는 너를 좋아하는 것 같아. 우리가 박물관을 떠날 즈음 그 애가 너와 예리엘이 나올 때까지 기다리게 했거든. 너희 둘은 확실히 실격이었잖아. 그런데 너랑 데브로가 박물관에서 이야기를 나누는 모습을 보니까…….”

“잠깐.”

내가 그녀의 말허리를 잘랐다.

“우리가 나올 때까지 기다렸다고? 너희가 박물관을 나서다가 우연히 우리와 마주친 게 아니었어?”

그녀의 얼굴에서 핏기가 사라졌다.

“데브로에게 못 들었어?”

내가 고개를 끄덕였다.

“허, 그렇군. 내가 말했잖아. 그 애는 너한테 푹 빠진 거라니까.”

나는 무슨 말이든 하려고 했지만, 머릿속에 온갖 의문이 휘몰아쳤다. 내가 박물관에서 나오기를 기다렸다면 그건 데브로가 멍청이라는 뜻이다. 일이 조금이라도 틀어졌다면, 그도 붙잡혔거나 병원에 실려 갈 수도 있었다. 그런데 데브로는 멍청이가 아니다. 합당한 이유가 없다면 기다려 줄 인간이 아니라는 말이다.

조심해.

아까 이모에게 들었던 말이 지금 훨씬 더 가슴에 와닿았다. 방법은 모르지만, 데브로는 나를 가지고 놀고 있는지도 모른다.

그때 밖에서 객실 문이 열리는 소리가 들리더니 밀크셰이크가 아니라고 마일로가 툴툴거리는 소리가 이어졌다.

데브로가 돌아왔다. 이제 새로운 계획을 짜야 할 시간이다.

22

두 시간 전만 해도 나는 팀 회의가 끝나면 사과를 하는 게 좋겠다고 생각했다. 그런데 박물관 밖에서 나를 기다리고 있었다니, 그 속셈이 뭔지 궁금해 견딜 수 없었다…….

데브로는 우리 사이에 아무 일도 없었던 것처럼 행동했다. 얄미울 정도로 그는 뛰어났다.

우리는 소파 주위로 모여서 그날 밤 각자가 모은 정보를 모두 꺼내 살펴보며 돈이 제일 많고 경비는 제일 허술한 입찰자를 결정하는 회의를 시작했다. 우리가 고를 승자는 내가 이야기를 나눈 사람들 가운데가 아니라 데브로가 상대한 여자들 가운데 한 명이었다. 그녀의 이름은 사디아 파주라였다.

"이 여자는 말레이시아에서 온 사교계 명사야."

데브로가 안락의자에 앉았다. 그는 재킷과 넥타이를 벗어 던지고 빳빳하고 눈부시게 하얀 턱시도 셔츠 차림이었다. 그러고 있으니 남성용 화장품 모델처럼 보였다. 눈빛만은 노여움으로 이글거렸지만, 온몸에서 피로가 배어 나왔다. 그는 뭔가로 엄청난 스트레스를 받은 사람처럼 보였다.

그가 말을 이었다.

"30대 후반이고, 남편은 잘나가는 재벌 2세. 짐작건대, 남편은 돈은 많지만, 아내에게 충실하지 않아. 사디아는 남편의 돈으로 자주 경매에 참여해 이런저런 걸 사 모으는 모양이야. 그런 식으로 끊임없는 남편의 바람기에 대한 보상을 받으려는 거지."

경순의 눈이 접시만 해졌다.

"대화 한 번으로 그 정보를 다 뽑아낸 거야?"

그는 너무 의기양양하게 굴지 않으려고 애를 썼다.

"사람의 마음을 편안하게 만들어 주면 안 털어놓는 이야기가 없단다."

"그러니까 그 여자는 돈은 있구나. 정확히 얼마나 있는데?"

내가 물었다.

"그 여자의 친구가 슬쩍 흘린 말에 따르면, 남편과 함께 쓰는 계좌에 대충 20억 정도 있대. 물론 전부가 아니라 일부만 쓸 생각으로 경매에 왔겠지만."

데브로가 대답했다.

"그래도 어떻게든 석관에 입찰하도록 만들 수 있지?"

마일로가 바닥에 앉은 채로 말했다.

"그건 내게 맡겨 뒤."

데브로의 시선이 내게로 향했다.

"대영 박물관의 대리인이 제대로 경매에 임할 수 없도록 로스가 손을 잘 써 두는 한 문제없어."

모두의 시선이 내게로 향했다. 내 가슴으로 아드레날린 한 줄기가 관통하는 것 같았다. 데브로는 이 사교계 명사와 안면을 터 놓았다. 그러므로 박물관이 내세운 대리인은 내가 맡아야 한다. 이번 작업에서 가장 섬세하게 진행해야 할 부분이었고 그 부분이 내 몫이었다.

"할 수 있어."

내가 말했다. 그렇게 되어야 했다. 내가 실수를 하면 이번 단계에서 탈락할 심각한 위험에 처하게 된다. 그렇게 만들 수는 없었다.

"마일로와 내가 내일 그 여자의 보안 상황에 대한 모든 대비책을 마련해 둘 거야."

데브로와 내가 실수할 가능성은 눈곱만큼도 없다는 듯이, 경순은 자신과 마일로가 진행할 세부 계획으로 훌쩍 넘어갔다.

마일로가 경순의 말을 이어받았다.

"우리는 강탈 단계를 맡을 거야. 약체인 보안팀에 대한 기본적인 계획을 세우기 시작했어. 파주라 부인의 운송팀을 공략하려면, 우리가 운송 트럭에 미리 잠입해야 해."

그가 휴대폰의 정보를 다시 확인했다.

"그 여자는 도시 반대편에 있는 사설 공항 근처의 창고에 낙찰받은 물품을 보관할 거야. 우리는 그곳에 도착하자마자 석관을 다른 창고로 옮겨 외부로 빼낼 방법을 찾아낼 거고."

마일로와 경순이 눈빛을 교환했다. 마치 트럭으로 잠입할 전체

시나리오를 아무 말 없이 예행연습 하는 것처럼 말이다.

다음으로 내가 바통을 이어받았다.

"호텔에 출입 금지가 된 노엘리아 팀은 여기서 작전을 수행하기가 힘들어. 그러니까 이동 중인 석관 운송팀을 공격하는 데 모든 역량을 집중할 거야."

데브로가 턱을 문질렀다.

"노엘리아 팀은 유능하니 누가 석관을 낙찰받고 석관이 반출되는 사이에 어떤 식으로 수송될지 알아낼 거야. 그 아이들이 움직이는 건 바로 그때겠지. 그러니까 우리는 가장 취약한 보안팀이 그 운송을 맡도록 조처를 해 둬야 해."

그가 한숨을 쉬었다.

"우리 계획의 후반부를 경순과 마일로에게만 온전히 맡겨 둘 수 없어."

그의 시선이 다시 내게로 돌아왔다.

"우리 네 사람이 그곳에 모여서 그 애들이 나타날 경우를 대비해야 해."

나는 고개를 끄덕였다.

"그렇다면…… 경매가 끝난 후 너랑 내가 빠져나와서 마일로와 경순과 합류해? 창고로 가는 트럭을 예약해 놓는 게 좋겠네. 마일로와 경순은 목표물의 보관소로 잠입할 테니 안에서 우리를 들여보내 주면 되잖아."

마일로가 손을 딱 튕기며 나를 가리켰다.

"빙고."

데브로가 말했다.

"그리고 곧장 작업에 들어가지는 않을 거야. 우선 옷을 갈아입어야 해. 내가 정장 차림을 너무나 사랑하기는 하지만, 그 상황에는 맞지 않지."

나도 모르게 웃음을 터트렸다. 한편으로 호기심도 생겼다. 조거 팬츠를 입고 스니커즈를 신은 데브로는 어떤 모습일까.

계획을 다 세우자 마일로는 데브로에게 샴페인 병을 달라고 손짓을 했다. 병은 어느새 얼음이 다 녹은 바구니에 여전히 있었다. 데브로는 재미있다는 듯 빈 잔과 함께 샴페인 병을 건넸다.

"내 잔에는 아무것도 타지 마."

마일로가 경고했다.

데브로가 후훗 웃었다.

"너한테서 훔칠 것도 없어."

"그 말은 못 들은 걸로 하지."

마일로가 샴페인을 따랐다.

"컵을 든 사람이 왜 나 하나뿐이지? 성공을 축하하며 한 잔씩 하자."

"너무 일러!"

경순이 말했다.

"아니야."

그는 경순에게 잔을 내밀었고 그녀는 잔을 받았다.

"일단 축배를 들면 일을 망칠 수가 없어. 이게 우주의 법칙이야."

"흠."

데브로가 샴페인 카트에서 빈 잔을 가져와 들었다.

"그렇다면 나의 장수와 잔고가 차고 넘치는 은행 계좌를 위해 건배하자."

"당연하지."

마일로가 잔을 채웠다.

"내가 최고의 소원을 생각해 낼 수 있도록 건배 추가해 줘."

경순이 잔을 들었다.

"그럼 로스 너는?"

마일로가 묻고는 주위를 돌아보았다.

"이런, 잔이 이것뿐이야?"

"난 됐어."

내가 가상의 컵을 들었다. 나는 무엇을 위해 건배를 하고 싶은 걸까? 내가 뭘 원하지?

2주 전, 나는 내 소원을 정확하게 알고 있었다. 자유. 새로운 것. 그 밖의 사소한 것들. 그러나 지금 내가 바라야만 하는 소원은 엄마의 귀환이다.

그런데 묘하게도 나는 이런 순간이 앞으로 더 많아지면 좋겠다는 마음이 들었다.

"나는 이렇게 건배할게……. 앞으로는 무엇에 건배할지 항상 떠오를 수 있기를."

데브로의 어깨가 살짝 처졌다. 실망했나? 내가 무슨 말을 하리라 기대했을까?

마일로가 히죽 웃었다.

"나쁘지 않네."

세 사람은 각자의 잔을 비웠고 나는 보이지 않는 내 잔의 음료를 마셨다. 그러더니 마일로는 흥이 났는지 아예 병을 들고 마시기 시작했다. 맙소사, 다들 술 마실 줄 아는 거야? 나는 한 모금 마시는 시늉을 하고는 얼굴에 올라온 홍조를 가렸다. 이 세상에 태어나 17년 동안 내가 해 온 일은 지붕에서 뛰어내리고 레슬링 기술을 연마하는 것뿐이었다. 이제야 내 사교 생활을 되돌아보니 다른 사람들이 성장하는 동안 나는 유아용 테이블에서 만화나 보고 있었던 것 같은 기분에 암담해졌다.

경순이 바닥으로 내려가 마일로 옆에 앉더니 잔을 채워 달라고 내밀었다. 그는 조금도 망설이지 않았다. 역시, 저 두 사람은 술자리가 익숙한 게 틀림없다.

"숙취가 올 정도로 마시지는 마."

데브로가 경고했다.

"진정하세요. 이건 약한 술이에요, '아빠.'"

마일로가 말했다. 데브로의 입술이 뒤틀렸다.

"날 그렇게 부르지 마."

"술도 많이 못 마시게 하더니 아빠라고도 못 부르게 해? 너는 내가 생각하는 것보다 훨씬 더 재수 없는 녀석이야."

마일로는 콧방귀를 뀌더니 술을 들이켰다. 술을 마시고 있지 않았다면, 마일로가 그 정도에서 입을 다물었을지 궁금했다.

"나는 숙취 같은 건 없어. 그런데 아빠라고 하지 말라는 건 뭐야? 너 혹시 아빠와 관계에 남모르는 문제라도 있어? 우리는 다 친구잖아. 그러니까 털어놔 봐."

"저기……."

내가 말문을 열었다. 마일로가 일부러 그러는 것은 아니겠지만 데브로의 민감한 영역을 건드리려고 했다.

데브로가 끼어들었다.

"너는 자제력이라는 걸 아예 모르는구나? 이 바닥에서 오래 일하고 싶으면 언제 닥쳐야 하는지 꼭 배워 둬."

그나마 남아 있던 미소가 마일로의 얼굴에서 사라졌다. 그는 자신이 무엇을 쿡쿡 찔러 대는지도 몰랐겠지만, 지금 데브로는 화가 머리끝까지 났고 마일로의 도발을 봐줄 생각이 없었다.

마일로가 자신을 가리키며 물었다.

"자제력이 없는 사람이 나야? 기차에서 발끈해서 나가 버린 사람이 아니라? 말해 봐. 그렇게 씩씩거릴 때마다 누구에게 가서 징징거린 거야? 보아하니 아빠는 아닐 테고."

데브로의 턱에 힘이 들어갔다. 분위기는 점점 악화일로를 치달았다. 위험천만한 기분까지 감돌았다.

내가 얼른 끼어들었다.

"다들 잠이나 자는 게 좋겠어."

나는 입술을 말고는 경순과 눈을 맞췄다. 맞장구를 쳐 달라고 말이다. 그녀의 표정을 보니 안 그래도 그럴 작정이었는지 막 무슨 말을 하려고 했다. 그런데 데브로가 선수를 치며 마일로에게 딱 한 마디를 전했다.

"적어도 내 부모님은 내가 없어지면 금방 알아차리실 거야."

바로 그 순간 긴장의 끈이 탁 끊어졌다. 마일로의 얼굴이 창백해졌다. 덩달아 기가 팍 꺾였다. 그를 보고 있으니 내 손바닥에서 꺼져 가는 불꽃을 보는 것만 같았다.

29

데브로는 자신의 발언이 몰고 온 파장을 지켜보지도 않았다. 그는 오늘 밤 두 번째로 방을 뛰쳐나갔다.

"데브로……"

나가려는 데브로를 향해 손을 뻗었지만, 그의 주머니에 손이 간신히 스치기만 했다. 경순이 얼른 그를 따라 나가는 바람에 방에는 나와 마일로만 남았다.

"마일로……"

나는 우물쭈물하며 그에게 한 발자국 다가갔다. 그는 양탄자만 바라보며 꿈쩍도 하지 않았다. 기분이 너무 이상했다. 몇 분 전만 해도 우리는 서로의 건승을 빌어 주었다. 그런데 지금은…… 이 모양이다.

지금까지 나는 짐작도 하지 못했다. 사실 생각해 내려면 할 수도 있었다. 마일로가 늘 연락을 기다리지만, 한 번도 연락해 주지 않는 누군가. 그에게 안부를 물어 줄 누군가.

"데브로 정말 대단하지 않아?"

마일로는 비꼬듯 웃거나 입술을 일그러뜨리며 조소하지 않았다. 내가 보게 될지 모른다고 생각한 행동은 아무것도 하지 않았다.

"잠시 걷고 올게."

마일로가 방을 나갔다. 나는 잠시 생각한 후 따라 나갔다. 같이 가자는 말도 없었지만 그는 오지 말라고도 하지 않았다. 그래서 나는 계속 걸었고 어느새 우리는 나란히 걷기 시작했다. 왜 그랬을까? 나도 모르겠다. 본능적으로 그를 혼자 두면 안 된다는 건 알 수 있었다. 마일로라면 언제든지 일을 저지를 수 있고 경솔하기 짝이 없는 짓을 할 수도 있는 데다, 지금 같은 경우는 더 말할 것도 없었다.

"나를 졸졸 따라다니지 않아도 돼."

셀 수도 없이 많은 계단을 내려가고, 엘리베이터를 타고 내려가고 어쩌다 보니 로비를 하염없이 서성거리고 나서야 마일로는 이렇게 말했다. 전에도 이런 일이 있었던 것 같은 기시감이 들었다. 이 시각에도 호텔 밖에는 시위대들이 텐트를 치고 야영 중이었다. 그들은 텐트 양쪽에 구호를 적은 피켓을 붙여 두었다.

"프런트 데스크 같은 건 안 훔쳐."

나는 어깨를 으쓱했다.

"네가 그럴 거라고 생각하지도 않아. 그래, 솔직히 그런 생각을 안 한 건 아니야. 하지만 나도 좀 걷고 싶었어. 네가 정말 혼자 있고 싶으면 바로 내게 가라고 했겠지."

마침내 그가 살짝 웃었다.

"사람의 마음을 읽을 줄 아는 사람은 데브로만이 아니었네."

우리는 비교적 조용한 곳에서 잠시 멈춰 섰다. 그리고 잠시 아무 말도 하지 않았다.

"그 이야기, 하고 싶니?"

나는 어색하게 질문을 했다. 이렇게 아는 사람을 걱정해 주는 행동 같은 건 난생처음이었다.

"지금은 말고."

"알았어."

나는 입을 다물고 타일 바닥에 대고 발가락을 꼼지락거렸다.

"그러면 나랑 같이 데브로 휴대폰이나 훔쳐보지 않을래?"

마일로가 고개를 휙 들었다. 나는 뒷주머니에서 데브로의 휴대폰을 꺼내 그의 얼굴 앞에서 흔들었다. 데브로가 씩씩거리며 방을 나갈 때 휴대폰을 슬쩍하는 건 식은 죽 먹기였다.

마일로가 웃었다.

"나를 위해서?"

"그리고 나도. 나도 좀 조사해 보고 싶은 게 있거든. 그 애 주소록에 있는 연락처에 전부 가운뎃손가락 이모지를 보내고 싶으면 보내든가."

"아, 그래. 완벽한 복수겠군."

우리는 창가에 놓인 가죽 소파에 앉았다. 나는 다른 주머니를 뒤졌다.

"경순의 물건 중에선 이걸 빌렸어."

경순이 프랑스 정치가의 휴대폰을 해킹하려고 자신의 휴대폰을 연결했을 때 쓴 케이블이었다. 데브로의 휴대폰에도 작동하면 좋겠다.

"데브로의 휴대폰. 경순의 장비. 혹시 내 것도 슬쩍했어?"

"솔직히 말하면 사전 공개 행사장에 가려고 네 아이라이너를 슬쩍했어."

"그럴 줄 알았어!"

나는 웃음을 애써 참으며 경순의 케이블로 데브로의 휴대폰과 내 휴대폰을 연결했다.

내 휴대폰 화면에 폴더 모양의 앱이 떴다. 그 아래는 iPhone(162)라고 적혀 있었다. 다운로드가 시작되었다.

"작동을 하네!"

"그래서 네가 찾는 게 뭔데?"

마일로가 물었다. 다운로드 현황을 보여 주는 원이 어느새 25퍼센트나 찼다.

"단순히 개한테 짜증이 나서 이런 짓을 하는 것 같진 않은데?"

"의심스러운 게 있는 거지."

내가 어깨를 으쓱했다.

75퍼센트. 마일로는 양팔을 활짝 벌려 소파 등받이에 올렸다.

"오, 알겠다. 데브로에게 반했구나."

내 두 볼이 붉게 상기되었다. 마일로가 한 손을 들었다.

"비난하는 게 아니야. 그 애는 섹시하니까. 그렇지만 네가 이렇게 수상한 짓을 하니 대체 무슨 상황인지 도저히 모르……."

"다 됐어."

나는 데브로의 휴대폰에 있던 파일을 열었다. 내 홈 화면이 그의 것으로 바뀌었다. 검은 화면에 흰 글씨로 이렇게 쓰여 있었다. '큰 도둑이 나라의 통치자가 된다.'

마일로가 활짝 웃었다.

"나 이거 알아! 이건 장자의 말이야. '좀도둑은 감옥에 간다. 큰 도둑은 나라의 통치자가 된다.'"

내가 마일로를 빤히 보았다.

"그 박물관 작업 후로 나도 이것저것 읽고 있어. 데브로도 글 좀 읽었나 보네. 그 녀석은 고상하니까."

그가 눈을 한번 굴리고는 말했다.

"계속해. 살펴보자."

"문자 메시지."

나는 말풍선 아이콘을 탭했다. 한 시간 전 데브로의 메시지들. 수십 개의 이름과 수십 명의 사람이 있었다. 고객과 의뢰에 관한 읽지 않은 메시지들과 윙크 이모지로 끝나는 여성의 이름 몇 개.

우리 그룹 채팅방이 제일 위에 있었다. 그 아래에는 개인적으로 주고받은 메시지가 따로 있었는데, 몇 개는 내가 모르는 문자로 작성되어 있었다.

"이 글자들 읽을 수 있어?"

내가 스크롤을 내리며 물었다. 중국어는 읽을 수 있지만 나머지는…….

"나는 할 줄 아는 외국어는 많지만, 영어 알파벳으로만 읽을 수 있어."

"젠장."

계속 데브로의 전화를 살펴보았다. 찾아내는 것이 적을수록 내가 더 무너지는 기분이었다.

내가 지금 뭐 하는 거지? 아무래도 반한 것 같은 남자의 휴대폰을 몰래 들여다보는 이유가…… 뭘까? 그 남자가 나를 도와주려고 박물관 앞에서 기다려서? 이모가 그를 믿어서는 안 된다고 해서?

"의미 없는 짓이었어."

그의 휴대폰을 내 손에서 얼른 치워 버리고 싶어서 마일로에게 휴대폰을 내밀었다.

"자, 하고 싶으면 손가락 이모지나 보내."

마일로가 인상을 썼다.

"엄마."

그는 휴대폰을 받지는 않고 화면을 탭하더니 내게 다시 밀어 주었다.

"남자가 엄마를 어떻게 대하는지 보면 그 남자의 됨됨이를 알 수 있어."

마일로가 열어 놓은 것은 어느 메시지 창이었다. 이미 부끄러울 정도로 갈 데까지 갔으니, 나는 피하지 않고 그 화면을 보았다. 채팅 내용을 본 순간 나는 할 말을 잃었다. 내 예상과 완전히 달랐다.

나와 엄마와 이모의 채팅방에는 실없는 소소한 메시지며 부탁 같은 것들로 가득하다. 가게에서 뭘 좀 사오라든지, 움직이기 귀찮으니 나더러 거실로 오라든지. 물론 사이사이 잘 자라는 인사나 사랑한다는 말도 들어가 있고. 그런데 데브로의 채팅방은…… 이상했다.

메시지는 대부분 데브로가 보냈다. 매일 밤 그는 딱 한 단어를 보냈다. **살아 있음.** 그의 어머니는 메시지를 다 읽었다. 그리고 가끔 답장도 했다. 그의 어머니는 며칠이나 일주일에 한 번 메시지를 보냈다. 말이 메시지지 심지어 단어도 아니었다. 그저 숫자뿐이었다. 짧은 숫자의 연속.

마일로가 말했다.

"수수께끼 같네. 우리 부모님만 나와 소원한 줄 알았더니."

'소원하다'라. 박물관 테스트 후에 정말 책을 읽기는 하나 보다.

나는 데브로의 메시지 창을 모두 닫으며 말했다.

"암호일 거야."

"엄마와 둘이서만 나누는 대화를 어째서 암호화하는 걸까?"

마일로가 생각에 잠겼다.

그러게, 흥미가 돋는다.

살짝 마음이 평온해지면서 묘하게 기분이 밝아진 나는 이번에는 포토 갤러리를 열었다. 이 휴대폰 어딘가에 분명히 열쇠가 숨겨져 있을 것이다. 그걸 알면 데브로와 엄마가 암호로 나누는 대화를 해독할 수 있다.

갤러리는 실망스러울 정도로 횅했다. 비정상적으로 횅했다. 그곳에 저장된 사진은 단 두 장뿐이었다. 사진을 열었다. 첫 번째 사진은 인화된 사진을 찍은 것이었다. 흑인치고 피부색이 밝은 소년이었다. 솜털 같은 머리가 풍성하고 귀여운 셔츠와 반바지를 입고 있었다. 소년은 환하게 웃고 있었다. 아홉 살이나 열 살 정도로 보였지만 실크처럼 부드러운 속눈썹과 미소로 보아 분명히 커서 미남이 될 것 같았다.

데브로. 어린 데브로였다.

그의 뒤에는 어떤 여자가 천사처럼 우아한 자태로 돌벤치에 앉아 있었다. 피부색은 데브로보다 더 어두웠는데, 검은색이 몇 겹 더 겹쳐진 듯했다. 그 여자의 미소는 어린 데브로에 비하면 그리…… 인상적이지 않았다. 그럼에도 모나리자의 미소보다 훨씬 아름다웠다. 상식적으로 보나, 실크처럼 부드러운 속눈썹이 꼭 닮은 걸 보나, 내가 보고 있는 사람은 그의 기묘한 엄마가 틀림없다.

"있잖아, 나만 그렇게 생각하는 건가? 두 사람이 묘지에 있는 것 같지 않아?"

마일로가 배경의 한구석을 두 번 탭했다. 구식 카메라로 찍은 사진이라 화면이 선명하지 않았다. 하지만 분명히 풀밭이고 커다란 돌들이 뒤로 보였다.

몸서리를 꾹 참았다. 묘지에서 찍은 가족사진. 이것이 진짜 수수께끼였다.

나는 이 사진에서 받은 충격을 잊기라고 하듯 사진을 옆으로 밀었다.

다음 사진도 도움이 되지 않았다.

두 번째 사진은 줄이 쳐진 종이를 찍은 사진이었다. 오래되었는지 누렇게 바랜 종이였다. 바스러질 것 같다. 시간이 흐르면서 종이에 녹아들기 시작한 잉크의 선들. 그럼에도 누군가가 굉장히 소중하게 보관하고 있었다는 걸 사진만 봐도 알 수 있었다.

그 종이의 정체가 뭔지 깨닫는 순간, 나는 가슴을 두근거리며 숨을 들이마셨다. 데브로가 기차에서 말했던 편지. 그의 아빠가 아들에게 남긴 편지였다.

나는 사진을 닫으라는 말을 해 주길 기대하며 마일로를 바라보았다. 그런데 그의 눈은 이미 편지를 읽고 있었다. 이제 나를 막을 수 있는 일은 아무것도 없었다.

나는 읽기 시작했다.

아들아.

이렇게 부르니 기분이 묘하구나. 아들. 내게 아들이 생길 줄은 꿈에도 몰랐단다. 그런데 곧 태어날 너를 생각하니, 아들이 없는 나는 상상이 되지 않아. 그런 점에서 인생은 참 재미있어. 너 때문에 내가 행복하지 않다고 생각하진 말거라. 내 인생에서 이렇게 행복한 적도 없었으니까. 그 밖의 다른 일들을 생각하면 참 아이러니한 일이야. 살다 보면 기대도 하지 않은 일이 인생 최고의 일이 되곤 한단다. 이걸 기억하렴. 너를 이름으로 불러야 할 텐데, 아직도 네 이름을 짓지 못했구나. 네 엄마 다이앤은 어서 이름을 지으라고 재촉해. 엄마에게 말하지 마. 사실 이름을 짓는 일이 너무 스트레스거든. 이름은 중요해. 아직 만나지도 않은 사람에게는 네 이름이 너의 첫인상이 되기도 하거든. 이 사실을 염두에 두고 멋진 이름을 지어 볼게.

이름만 아니라 옷차림도 중요하단다. 네 옷차림은 네가 자신을 어떻게 생각하는지 사람들에게 보여 줘. 그러니 좋은 인상을 줄 수 있는 옷을 입어라. 네가 귀한 사람이라는 걸 남들에게 알려 줘야 해. (클립온 타이[매듭이 묶여 있고 클립으로 고정하는 넥타이―옮긴이]를 맨 모습은 엄마에게 절대 들키지 마. 그랬다간 일주일 동안 너를 볼 때마다 인상을 쓸 거야. 거짓말이 아니라니까.)

또 뭐가 있을까? 중요한 일이 아니면 완고하게 굴지 마. 완고하게 굴지 말되 흔들림 없이 행동해. 항상 신사적으로 행동해라. 잔인함보다 매력이 네게 더 득이 될 거야. 언젠가 사랑에 빠진다면―사랑에 빠지지 않아도 괜찮아―그 사람이 누구건 온 마음을 다 주도록 해. 사람을 반만 좋아하는 건 위험한 일이란다. 네 엄마 같은 사람을 만나는 것도 좋을 거야. 자랑은 아니지만, 사랑 하나는 잘 만난 것 같아.

엄마 말이 나와서 말인데. 엄마는 네가 필요해. 항상 엄마의 말을 귀담아듣거라.

할 수 있으면 또 쓸게. 너를 꼭 만날 수 있기를 바란다. 이번 생에서 못 만나면 다음 생에서라도.

―아빠.

나는 침을 꿀꺽 삼키며 휴대폰을 뒤집었다. 눈이 따끔거렸다.

"너 괜찮아?"

마일로가 내 손을 건드려서 깜짝 놀랐다.

데브로에게 정말 화를 내고 싶었다. 그렇지만 이 편지를 읽고 나니 분노는 눈 녹듯이 사라졌다. 데브로도 그만의 슬픔을 안고 버티고 있는 아이였다.

꼭 나처럼.

THIEVES GAMBIT

제2단계
D-0

30

다음 날 경매를 몇 시간 앞두고 나는 운석 팔찌를 잃어버려서 안절부절못하고 있었다.

마일로는 나와 함께 시위자들 몇 명과 이런저런 이야기를 한참이나 나눈 후, 특별 프로젝트를 위해 외출했다. 시위 조직자는 기꺼이 자신의 혁신적인 이론을 들려주었다. 그녀는 박물관을 프랜차이즈화해서 모두 똑같은 전시물과 예술품을 보유하되 다른 나라의 보물을 전시할 때는 복제품을 쓰면 된다고 주장했다. 이를테면 자기네 시위대가 만든 복제품 석관 같은 것 말이다. 기금이 부족한 바람에 이 프로젝트는 여태껏 발도 떼지 못했다. 마일로와 나는 팸플릿을 받고 그 계획을 위해 넉넉히 기부했다.

그러고서 나는 호텔의 모든 출구를 암기하고 암기했다. 데브로의 편지와 그의 사생활을 훔쳐봤다는 양심의 가책을 지우기 위해 그저 방안을 계속 서성이는 수밖에 없었다. 휴대폰 생각을 하면 할수록, 내가 '용서받을 수 없는 방식으로 타인의 사생활을 침해하는 법' 매뉴얼을 따랐을 뿐 아니라 보너스 장을 추가해 새로운 내용을 쓰기까지 했다는 생각만 들었다.

지금은 내 무기를 찾느라 방을 쑥대밭으로 만들어 놓는 중이다. 나를 안심시켜 주는 애착 팔찌.

없다.

나는 콧김을 뿜어 대며 배낭의 주머니를 다 비운 후 뒤집어서 탈탈 털었다. 세 번씩이나. 내가 이런 말을 하다니 아이러니의 극치라는 걸 알지만, 꼭 필요한 물건을 도둑맞는 것만큼 좌절감을 주는 일도 없다. 누가 훔쳐 갔는지 뻔히 알면서도 할 수 있는 일이 없다면 그 좌절감은 두 배가 된다.

나는 데브로에게 메시지를 보냈다. 지난밤 마일로는 심한 말을 했다며 진심이 약간 가미된 사과를 하면서 그의 휴대폰을 주머니에 슬쩍 되돌려 놓았다. 우리가 잠시 빌린 줄은 눈치채지 못한 것 같았다.

어디야? 내 팔찌 어딨어?

무응답. 물론 읽씹이다.

베개에 얼굴을 파묻고 소리를 지르고 싶었다. 어차피 방에 나 혼자라 그렇게 했다.

내가 팔짱을 낀 채 거실에서 씩씩거리고 있는데 데브로가 마침내 돌아왔다. 그는 한쪽 어깨에 양복 커버를 매고 다른 쪽 어깨에는 각각 다른 색의 포장지를 쓴 선물 가방을 적어도 세 개는 매고 있었다. 그가 나를 보는 순간 어린 데브로를 떠올리지 않으려고 노력해야 했다.

그가 문을 닫았다.

"나 기다렸어? 왔으니까 이제 괜찮아."

"너 말고."

내가 손목을 흔들었다.

"네가 가져간 거 알아. 오늘 밤에 돌려달라고 했잖아."

"그리고 그 드레스에는 어울리지 않는다고 내가 말했지."

그는 나를 지나 욕실로 향했다.

나는 그를 따라 침실로 들어간 후 욕실 문가에 기대섰다. 그는 가져온 양복 커버를 아무것도 걸리지 않은 고리에 걸었다. 나는 심호흡을 했다.

"내게 이러는 건 혹시……."

데브로는 내가 한 짓을 알까? 다 털어놓아야 해, 솔직해져.

그가 거울로 나를 보며 조끼의 단추를 풀기 시작했다.

"혹시 뭐?"

나는 내 약한 마음에 굴복했다. 아주 사소한 거짓말일 뿐 아닌가. 중요한 일도 아니다.

"아무것도 아니야."

나는 문을 닫았다.

오늘 드레스는 데브로가 골라 준 두 벌 중에서 내가 더 좋아하는 스타일이었다. 지난밤은 유혹적인 붉은색이었다면 오늘은 눈이 번쩍 뜨일 만한 로즈골드였다. 딱 붙는 드레스이기는 했지만, 옷감이 내 몸 위에서 부드럽게 움직였다. 그 드레스를 입으니 발이 부러질 것 같은 하이힐을 신었어도 옷감이 밤하늘을 너울너울 춤추는 황금 불꽃이 되어 내 몸을 핥아 대는 기분이었다. 지퍼가 옆구리에 있는 덕에 데브로의 손을 다시 빌릴 일도 없었다. 그럴 필요는 없었는지 몰라도—사실 전혀 없었다—이모에게 드레스를 입은 사진을 보냈다. 이모는 하트 눈 이모지를 잔뜩 보내더니 곧바로 내게 한눈팔지 말고 정신 바짝 차려서 조심하라는 당부를 잔뜩 보냈다. 이모의 반응에 절로 미소가 나왔다. 이모조차 이 드레스의 화려함에 잠시 현혹된 것이다.

데브로가 턱시도를 입고 나오자 나는 우리 사이에 튀는 전기를 애써 무시했다. 눈이 마주쳤을 때 나는 그의 눈빛에서 어떤 갈망을 읽었고 나도 같은 감정을 느꼈다. 이런 감정은 사냥을 앞두고 찾아오는 흥분에 불과하다고 마음을 다잡았다.

나는 목표물에 집중해야 하기에 침을 꿀꺽 삼켰다.

"좋아. 시간 됐어. 내 팔찌 어딨어?"

데브로는 내가 다른 말을 할 줄 알았는지 살짝 김이 샌 듯했다. 그는 턱시도 상의에서 빛나는 황금색 리본으로 포장한 가느다란 은색 상자를 꺼냈다. 직접 포장을 했나? 너무 감상적인 거 아니야?

"돌려줄 거라고 했지."

그가 말했다.

나는 그 상자를 홱 낚아채서 리본을 잡아 뜯듯이 벗겼다.

"이건 원래 내 거였으니까 선물이라고 하지 마."

나는 얼른 뚜껑을 열었다. 상자 안의 내용물을 보자마자 나는 그대로 굳어 버렸다. 더없이 친숙하면서도 완전히 달랐다. 너무 아름다웠다.

낡고 지저분했던 은빛 사슬은 로즈골드로 바뀌어 있었다. 세련된 티파니 컬렉션에서 금방 꺼내 온 것 같았다. 너무 고가임에도 진열된 순간 다 팔려 버릴 것만 같은 물건.

나는 상자에서 팔찌를 아주 조금씩 꺼내면서, 조명을 받아 반짝이는 모습을 감탄하며 지켜보았다. 데브로가 내 손목을 잡고 팔찌를 차도록 도와주었다.

"오늘 밤 그걸 꼭 차야겠다면 위장을 해야 할 필요가 있다고 했잖아."

그가 팔찌를 손목에 끼우고 금속 공을 제자리에 끼우는 내내 그의 손끝에서 전해지는 온기에 나는 푹 빠져들었다.

"이제 어디든 차고 갈 수 있어. 방금 바이커 클럽에서 나온 사람처럼 보일 일은 없을 거야."

심장이 아주 살짝 두근거렸다. 이건 그저 무기일 뿐이다. 하지만 그 이상의 물건이었다. 그는 오직 실용적인 목적으로만 평생 몸에 지녔던 물건을 눈이 번쩍 뜨일 만큼 아름답게 변모시켜 주었다.

나는 말이 금방 떠오르지 않았다. 내가 로즈골드를 좋아한다는 사실을 어떻게 알았지? 이 새로워진 팔찌는 지금까지 받은 선물 중에서 단연코 최고였다.

설령 충동적이고 오글거리는 행동일지라도 나는 마음을 억누를 수 없었다. 나는 그의 품에 와락 안겨서 두 팔로 그를 꼭 안았다. 그가 일순 긴장하자 나는 얼른 몸을 떼려고 했다. 그러나 뒷걸음질할 틈도 주지 않고 그가 웃음을 터트리며 나를 안아 주었다. 벨벳 재킷 아래로 느껴지는 그의 두 팔이 단단하고 따뜻하면서 부드러웠다. 그에게서 시나몬 향이 났다. 나는 굳이 숨기지 않고 그의 향을 마음껏 들이마셨다. 우리가 이전에도 백만 번은 안아 본 듯 이 순간만큼은 친밀했다.

"이건 네가 빚진 게 아니야."

그가 말했다.

나는 눈을 동그랗게 뜨며 뒤로 물러났다. 셔츠의 옷깃을 바로잡는 그의 얼굴에서 일그러진 미소가 슬쩍 보였다.

"지난밤, 그렇게 화를 내지 말아야 했어. 예전에 친구에게 최고의 사과는 선물이라고 들었거든. 그러니 이 팔찌를 내 사과로 받아 줘."

그는 숨을 참고 있는 것처럼 보였다. 나 때문에?

"너는 내게 사과할 만한 일을 하지 않았어."

혹시 했다고 해도 사과를 받아야 할 사람은 마일로였다. 물론 그의 휴대폰을 들여다본 지금은 아버지 이야기에 그렇게 감정적으로 나온 그를 무턱대고 비난할 수는 없었다.

"그 일이 아니라. 우리가 경매 행사에서 돌아왔을 때 말이야. 네게 그렇게 쏘아붙이지 말아야 했어. 신뢰는 노력해서 얻어야 해. 나도 알아. 네 말이 맞아. 나는 뭔가를 진심으로 노력해서 얻는 일은 익숙하지 않아. 그러니 네가 진심으로 그만하라고 하지 않는 한, 계속 노력해 볼 거야."

나는 팔찌의 사슬을 손끝으로 훑었다. 이런 순간은 아무런 흠결 없이 완벽해야 했다. 그의 눈빛에서 그의 진심이 엿보였다. 내가 그만하라고 하면 그는 이제 내게 추파를 던지지도 않을 테고, 나와 게임을 계속하지도 않을 것이다. 항복의 표시. 더 영리한 나라면 이 기회를 얼른 받아들일 것이다.

그런데 나는 이렇게 불쑥 말해 버렸다.

"어젯밤에 네 휴대폰을 훔쳤어. 그리고 경순의 장비로 해킹해서 다 들여다봤어. 왜냐면 네가 의심스럽다고 생각했기 때문이야…….
그러니까 미안해."

나는 숨을 쉴 수가 없었다.

데브로는 눈만 깜박거렸다.

"내 휴대폰을 해킹했다고…… 그리고 다 봤어?"

나는 초조하게 내 팔을 문지르며 눈을 피했다.

"솔직히 모르는 외국어가 많아서 뭐가 뭔지 모르겠더라. 하지만 중요한 건 그게 아니야. 중요한 건 내가 미안하다는 거야. 나 혼자서 생각해 봐야 할 일이 많이 있다는 걸 나도 알아 가는 것 같아. 그리고 털어놓자면, 아직도 너를 전적으로 믿지 못하겠어. 물론 그러고 싶은 마음이 없지 않지만. 이 문제에 대해서 뭔가를 진지하게 계속 바랄지 결정하기 전에 이 사실을 잘 생각해 봐."

데브로는 턱을 문지르고 돌아섰다.

그렇게 서 있는 시간이 점점 길어졌다.

"이제 내가 싫어졌겠지."

지금은 입을 다물어야 할 때라는 건 나도 안다. 나 같은 사람은 절대 스탠드업 코미디언이 되지 못할 것이다.

"나는…… 지금보다 더 화가 나야 할 것 같아."

마침내 그가 말문을 열었다.

"그러니까…… 화가 났다는 거지?"

그가 살짝 웃더니 나를 향해 돌아섰다.

"너는 다른 사람을 보면 저절로 최악의 모습을 찾게 되지?"

"그러지 않으려고 노력하는 중이야."

데브로가 한숨을 쉬었다.

"음, 너와 게임을 하는 게 좋다고 했잖아. 너와 게임을 하면 어떤 일을 겪을지 전혀 몰랐다는 말은 차마 못 하겠어. 그리고 나도 네게서 뭔가를 훔쳤기도 하고."

나는 다시 태어난 운석 팔찌를 만지작거렸다. 데브로가 이렇게 말해 주니 내가 선을 넘은 게 아닌 것 같은 기분마저 들었다.

그가 내게 팔을 내밀었다.

"무승부로 할까?"

엄밀히 말해 그건 아니지만 어쨌든 데브로는 내 사과를 받아 주었다.

나는 그의 팔에 팔짱을 꼈다.

"무승부."

31

경매가 열리는 대연회장은 사람과 권력, 너무나 많은 돈으로 북적거리고 있었다.

두 걸음 들어선 순간 나는 피라미드 호텔 대연회장의 규모가 얼마나 대단한지 다시 실감했다. 오늘 밤 보니 무대와 넉넉하게 공간을 두고 의자와 테이블을 여러 개 배치했는데도 어제보다 두 배는 넓고 커 보였다. 하지만 그건 내가 누군가를 찾아내야 하기 때문일지도 몰랐다.

입구에 들어서자 나는 내키지 않았지만, 데브로의 팔에 낀 팔짱을 풀었다. 밤새도록 이 연회장에서 왈츠를 추면 재미있겠지만—내가 이런 생각을 할 줄 누가 알았으랴—데브로에게는 어울려야 할 상속녀가 있고 내게는 약을 먹여야 할 가짜 골동품 딜러가 있었다.

남들에게 보여 주기 위해서겠지만 그는 떠나기 전에 내 뺨에 가벼운 입맞춤을 했다.

"즐겨요, 여왕님."

여왕이라. 어째서 이런 말도 그의 입에서 나오면 이렇게 따스하고 상냥하게 들리는 걸까? 그 말에서 느껴진 온기가 나를 감쌌다.

나는 제발 두 뺨이 열기에 비해 붉게 달아오르지 않았기를 빌었다. 그리고 내가 임무를 수행하도록 남겨 두고 떠나는 그의 뒷모습을 보며 내 마음이 사르르 녹아내렸다는 사실을 드러내지 않으려고 애를 썼다.

연회장 입구에서 잠시 서성거리며 일단 우리 팀의 그룹 채팅방을 확인했다. 마일로와 경순은 파주라 부인이 석관을 낙찰받을 경우, 그녀의 취약한 보안팀을 가로막을 수 있는 지점에 이미 가 있었다.

나는 휴대폰을 내 클러치에 넣었다. 그리고 작은 화장품 거울을 보며 머리를 매만지는 척하면서 전날 밤 미리 봐 뒀던 사람을 찾아 안을 둘러보는 것으로 작전을 시작했다. 한편 내 귀는 꼭 듣고 싶은 말을 들을 때까지 사방을 향해 쫑긋 서 있었다.

"샌버리."

마침내 누군가가 입장 명단을 확인하는 입구 직원에게 말했다. 그들이 도착했다.

나는 거울로 목표물의 얼굴을 처음으로 확인했다. 확실히 눈에 띄는 여자였다. 머리부터 발끝까지 검은색인 옷차림이 시선을 끌었다. 경매장을 찾은 여자의 99퍼센트가 입은 이브닝드레스 차림이 아니었다. 대신 검은색 바지 정장에 그에 맞춰 실용적인 굽 낮은 구두를 신었다. 흰머리가 섞인 갈색 머리는 뒤로 넘겨 핀으로 고정했다. 격식을 갖춘 정장이라기보다 일상적인 직장인의 옷차림이었다. 그러나 다시 생각해 보면 이 경매는 그녀의 업무였다. 그렇게 따지면 나도 마찬가지였지만. 그리고 겨드랑이에는 서류 가방을 끼고 있었다. 그녀가 오찬 회의에 가기라도 하듯 아무렇지도 않게 경매장으로 들어가는 모습을 보니 마음에 거슬렸다. 불편한 마음이 들지 않나?

하기야 내가 누구라고 남에게 양심의 가책을 느끼라 말라 할 자격이 있을까? 아니야, 나는 다르다. 나는 울트라 부자인 박물관의 수익을 올려 주기 위해서가 아니라 엄마를 위해 이 일을 하는 거니까.

그녀는 곧장 내 근처로 발길을 옮겼다. 그리고 결연한 표정으로 경매장으로 들어갔다. 그녀는 어느 테이블을 선택할까? 일찌감치 도착했기 때문에 골라서 앉을 수 있을 정도로 빈 좌석이 많았다.

그녀는 누구에게도 말을 걸지 않고 테이블과 의자 사이를 빠져나가 중앙 무대의 제일 앞줄에 자리를 잡았다. 물론 바로 코앞에서 경매 과정을 지켜보고 싶을 것이다. 그녀는 우물쭈물하지 않고 얇은 서류 가방을 의자 옆에 내려놓고는 휴대폰을 꺼내 짧게 메시지를 보냈다. 고용인에게 도착을 알리는 걸까?

내가 다가가자 그녀는 경매 프로그램을 살펴보고 있었다.

"안녕하세요."

나는 미소를 지으며 인사를 건넸다. 그녀는 얼른 나를 올려보았다. 내가 물었다.

"이 자리에 주인이 있나요?"

그녀는 그렇다고 손짓을 하거나 그런 말을 하려는 듯하더니 내 뒤의 뭔가에 주의를 빼앗겼다.

"있어. 그렇지만 한 자리 옮겨 앉아도 나는 상관없어."

나는 그대로 얼어붙었다. 이 목소리. 당황하면 안 돼.

나는 잘못 들었을지 모른다고 생각하며 돌아보았다.

노엘리아가 이 테이블을 향해 걸어오고 있었다. 흰색과 은색이 섞여 은은하게 빛나며 날씬한 허리와 풍성한 치마를 강조한 이브닝드레스를 입은 자태는 내가 알던 악마가 아니라 천사 나라의 공주 같았다. 굵게 웨이브가 진 머리로 감싼 그녀의 얼굴에서는 아무것도 읽을 수 없었다. 그 얼음장 같은 두 눈은 제외하고. 그녀는 나를 동요시키고 뒤흔들어서 성공을 차지할 셈이었다.

"어떻게 온 거야?"

미처 입을 다물 새도 없이 그 말이 튀어나왔다.

노엘리아는 박물관 대리인의 맞은편에 앉았다. 나는 내키지 않았지만 내 자리에 앉았다. 심장이 미친 듯이 뛰었다. 데브로는 어디에 있지? 그도 노엘리아를 봤을까? 나머지 팀원들도 여기 있나? 주위를 재빨리 훑어봤지만 아무도 보이지 않았다.

"나야 경매하러 왔지."

그녀의 어조는…… 마치 우리가 친구인 것 같았다. 내 성질을 기가 막히게 긁어 대는 것.

"그냥 보기만 할 거야. 아무리 대단해도 아홉 자리 금액을 쓸 생각은 없어.”

그녀는 내 목표물을 향해 고갯짓을 살짝 했다.

왜 저렇게 행동하지? 설마 대영 박물관을 대리하는 입찰자에 대해 알고 있나? 어떻게 그걸 알아냈지? 노엘리아 팀도 분명히 계획이 있었겠지만 대체…… 어떻게?

당황해서는 안 돼, 로스. 생각해서 답을 구해.

도저히 이해가 되지 않았다. 일단 턱 아래로 손을 내리고 예의 바르게 고개를 끄덕였다.

“네 친구들은 어디에 있어? 걔들도 왔니?”

노엘리아가 인상을 썼다.

“누구를 말하는지 모르겠네.”

흠.

“보셰르가의 아가씨.”

큰 키에 프랑스어 억양이 두드러지는 남자가 함박웃음을 지으며 우리에게 다가왔다. 적어도 열다섯 살은 어려 보이는 여자가 그의 팔에 꼭 달라붙어 있었다.

노엘리아의 얼굴에 투덜대는 듯한 표정이 스쳤다. 그러나 1초도 되지 않아 얼른 만면에 웃음을 지었다.

“러스크 씨!”

노엘리아가 자리에서 발딱 일어서더니 그의 볼에 가볍게 입을 맞췄다.

그들은 내 존재는 신경도 쓰지 않았다. 그편이 좋았다.

"들어오는 거 못 봤는데."

여자가 말했다.

러스크는 호기심 어린 표정으로 노엘리아를 바라보았다.

"그런데 여기에 어떻게 왔나요? 이번 경매는 술을 마셔도 되는 나이대만 들어올 수 있을 텐데요."

노엘리아가 손가락을 들어 입에 댔다.

"일러바치시면 안 돼요, 아시죠?"

여자가 살짝 웃었다.

그렇지만 남자는 마치 딸을 대하는 아버지처럼 진지한 눈빛으로 노엘리아를 보았다. 그가 잔뜩 목소리를 낮춘 채 말을 했지만 내 귀에는 똑똑히 잘 들렸다.

"이런 행동 때문에 출입 금지 명단에 오른 건가요? 몰래 들어오면 안 되잖아요, 노엘리아."

그 말에 동행이 그의 팔을 찰싹 때렸다.

"그만해요, 자기. 우리가 보셰르 아가씨의 나이 때는 더한 짓도 했잖아요."

"명단 문제 해결해 주서서 감사해요. 장담하는데 다 오해였어요."

노엘리아가 부드럽게 말했다.

그녀는 다른 발로 체중을 옮겼다. 이 사람들과 이야기를 나누는 게 불편한가? 아니면 나와 박물관 대리인 앞이라 불편한 걸까? 내가 모든 말을 머릿속에 차곡차곡 집어넣고 있다는 사실을 알 것이다. 노엘리아는 분명히 온갖 연줄을 동원해서 이 게임에 되돌아오려고 필사적으로 아쉬운 소리를 했을 것이다.

그 남자는 어쩔 수 없이 고개를 끄덕였다.

"우리와 함께 앉지 않겠어요? 우리는 뒤쪽에 전용 테이블이 있어요."

"아뇨, 저는 앞에서 보고 싶어요. 권해 주셔서 감사해요. 마음 써 주셔서 정말 감사해요."

"다음 달에 아이들을 보러 올 건가요? 하우저에서 오픈 하우스 행사를 하거든요. 아이들 말로는 니콜리가 당신을 많이 보고 싶어 한다고……."

"갈 수 있을 거예요."

노엘리아가 말을 끊었다.

"보러 가야죠."

노엘리아는 어떻게든 이 대화를 끝내려고 활짝 웃으며 말했다. 효과가 있었다. 그들은 다시 입맞춤을 주고받았고 그 커플은 사람들이 점점 늘어나는 경매장을 가로질러 자신들의 전용 테이블로 갔다.

노엘리아도 한숨을 짧게 쉬더니 찡그린 표정을 참으며 자리에 앉았다.

"아는 사람들이 사방에 있구나?"

나는 멀어져 가는 커플에게서 시선을 거두었다. 저 커플을 이용해 볼 수도 있을 것이다.

"그냥 저 사람들과 앉지 그랬어. 너희 가업과 관련해서 아는 사람이야?"

노엘리아는 내 말에 숨겨진 의미를 읽었다. 네가 손 떼지 않으면 그 사람들이 네 가족에게 어떻게 당했는지 다 불어 버릴 거야. 공허한 협박일까? 어느 정도는 그럴 것이다. 어쩌면 저 사람들은 언젠가 보셰르가에 일을 의뢰한 고객일 수도 있다. 하지만 노엘리아를 평범한 10대 소녀로 대하는 모습으로 볼 때 무조건 의뢰인이라고 단정할 수 없었다.

노엘리아의 입술 끄트머리가 보일락말락 뒤틀리는 모습을 못 봤다면 내 협박을 귓등으로 넘겨 버렸다고 생각했을 것이다. 그녀는 본심을 숨기는 데 귀신이니까.

"너는 누구랑 왔어?"

그녀는 머리를 뒤로 넘기며 뒤를 돌아보았다.

나는 테이블에 놓아둔 내 클러치를 휙 잡아채고는 일어서며 목표물에게 말했다.

"제 자리 좀 맡아 주시겠어요?"

그 여자는 선뜻 대답하지 않고 망설이는 듯했다. 이곳에 일하러 온 거지 옆자리에서 왔다 갔다 하는 사람들에게 정신을 빼앗기려고 온 것은 아닐 테니까. 하지만 결국 내 부탁을 받아 줬다.

"그러죠."

노엘리아는 내가 사람이 없는 구석으로 발길을 옮기자 손을 흔들었다. 노엘리아가 내 휴대폰의 화면을 훔쳐볼 순 없지만, 그녀를 시야에서 놓치지 않을 정도로 가까운 위치였다. 나는 그룹 채팅방으로 메시지를 보냈다.

!!노엘리아가 여기 와 있어!!

데브로는 어디에 있을까?

저 멀리서 자기 목표물과 이야기를 나누고 있다가 휴대폰을 확인하는 그의 모습이 들어왔다.

경순 : **뭐라고? 전부 다? 개만?**

마일로 : **우리가 출입 금지 명단에 올렸는데…… 가명으로 들어왔나?**

내가 재빨리 입력했다. **내가 본 건 노엘리아뿐이야. 아마 여기 더 있을 거야.**

나는 참지 못하고 연회장을 둘러보면서 타이요나 아드라, 루커스와 미미하게나마 닮은 사람이 없는지 훑었다. 확실히 루커스가 여기 있다면 등줄기를 따라 한기가 훑고 지나갈 것 같았지만, 그런 반응은 전혀 느껴지지 않았다.

데브로 : **어디야?**

제일 앞 테이블, 동쪽 벽에서 세 번째. 나는 답장을 보낸 후 미친 듯이 다시 질문을 입력했다. **너는 어디야?**

점들이 떠서 데브로가 입력 중이라고 알려 주었다. 마침내 답장이 도착했다. **내 자리도 그 근처야. 가까이 붙어 있자.**

데브로와 그의 동행이 앞줄에 있는 내 테이블 쪽으로 걸어왔다. 노엘리아는 다른 손님과 이야기 중이었다.

그녀의 다른 팀원들은 어디에 있을까? 연회장은 순식간에 부드러운 웃음소리와 잔이 쨍그랑 부딪치는 소리, 새틴과 턱시도로 가득 채워져서 누군가를 찾기 너무 힘들었다. 심지어 눈에 띄지 않는 훈련까지 받은 그 애들은 말할 것도 없었다.

이런 상황이 너무 싫다. 알고 있어야 할 변수를 모두 다 알지 못하는 상황. 반면 누군가 나를 방해하기 위해 적극적으로 움직인다는 사실은 알고 있는 상황. 이런 것을 주최자들은 원했을 것이다. 흥분, 예측 불가능성. 무엇보다 우리가 압박을 받는 상황을 어떻게 헤쳐 나가는지 보고 싶었을 것이다.

그렇다면 당연하게도 그들은 불에 기름을 더 부을 것이다.

휴대폰이 다시 울렸다.

데브로가 아니었다. 우리 그룹 채팅방 메시지도 아니었다. 이제는 너무나 친숙하게 느끼게 된 번호로부터 도착한 메시지였다.

> 벌칙 게임 시간이 또 찾아왔습니다! 기차에서 한 게임, 기억하시죠? 이번에는 벌칙이 뭔지 미리 알려 주지 않겠습니다. 2410호실과 2310호실—그곳에 우리가 접근하고자 하는 디지털 폴더가 있습니다. 여러분에게 30분을 주겠습니다.
>
> 잡히지 않도록 조심해요. ☺

지금 내가 해결해야 할 골치 아픈 상황만으로는 부족하다는 걸까. 보상은 없고 오직 벌칙을 피하기 위해 해결해야 하는 보조 퀘스트 시간 30분이 주어졌다.

내 시선은 데브로에게 향했다. 그는 목표물과 대화에 푹 빠져 있어서 별 도움이 될 것 같지 않았다.

그는 파주라 부인에게 찰싹 붙어 있었다. 벌칙을 받건 안 받건 부인이 석관을 낙찰받는 상황이 우리 계획에서 제일 중요했다. 그리고 노엘리아 팀이 여기 와 있으니, 우리 중 누구는 여기 남아서 경매 상황을 지켜보아야 했다. 그의 눈빛을 보자마자 그가 가지 않으리라는 사실을 직감했다.

그렇다면 내가 가야 한다.

노엘리아도 누군가에게 메시지를 보내며 이미 움직이고 있었다. 박물관에서 그녀는 나보다 한 발자국 앞섰다. 기차에서는 반대로 내가 앞섰다. 우리는 이제 1대1이다. 그리고 나는 최종적으로 선두를 이끌 준비를 마쳤다.

경매가 시작될 때까지 30분. 내가 이기면 이번 벌칙이 뭐건 우리는 3단계에서 유리한 고지를 차지할 것이다.

나는 최대한 자연스러우면서도 빠르게 경매장을 빠져나갔다. 이번 벌칙 게임은 이길 수 있다. 설령 내가 혼자 해결해야 하더라도.

32

너희 뭐 하고 있어?

우리 돌아가야 해?

마일로와 경순이 대화를 보내왔다. 내가 답장을 했다. **아니야. 너희는 계획대로 해. 내가 해결할게.**

나는 엘리베이터에 타자마자 클러치로 23층 단추를 누른 후 닫힘 버튼을 곧장 눌렀다. 급한 마음에 최소 여섯 번은 눌렀다. 노엘리아가 나를 따라오고 있을 게 분명했지만 보이지 않았다.

젠장. 이제 나는 노엘리아건 그녀의 나머지 팀원이건 어디에 있는지 짐작도 할 수 없었다. 그것이 가장 큰 걱정거리였다.

엘리베이터가 12층에 멈췄다. 나이가 든 이집트 여성이 점잖은 드레스에 모피 숄을 걸친 채 엘리베이터를 타는데, 전혀 서두르는 기색이 없었다. 그녀는 금도금이 된 콤팩트를 꺼내 자신의 아이라이너를 잠시 만족스럽게 살펴보더니 핸드백에 넣었다. 분명히 모르는 여자지만, 어딘지 낯이 익었다. 전에 어디서 본 적이 있나? 그 여자가 15층에 내릴 때 나는 그녀와 부딪혔다. 그녀가 내게 너무 상낭했기에 그 콤팩트를 슬쩍한 일에 양심의 가책이 살짝 들 수도 있었다—달리 걱정거리가 없었다면 분명 그랬으리라.

승강기가 22층에서 한 번 더 멈췄다. 이번에는 갈색 피부에 진한 갈색 곱슬머리를 한 여자아이가 들어오더니 하품을 하며 옥상층을 눌렀다. 아이의 귀 뒤에는 스펀지로 만든 장난감 총알이 얽혀 있었다.

나는 아이를 못 본 척하고, 콤팩트를 열어 둔 채 승강기의 옆면에 기댔다. 23층에서 문이 열리는 순간 심장이 미친 듯이 뛰었다. 내게 남은 시간은 고작 몇 초뿐이었다.

나는 거울을 비스듬히 틀어서 복도가 한눈에 보이게 했다. 방 번호를 보지 않아도 어느 방이 2310호인지 알 수 있었다. 그 문 양쪽에는 보안 요원이 한 명씩 서 있었다. 표정은 지루해 보였지만, 그렇다고 딴짓을 하는 것도 아니었다. 우리는 최근에 보안 요원과는 좋은 기억이 없는 것 같다.

"여기서 내리는 거 아니에요?"

여자아이가 문이 닫히려고 하자 물었다.

"내가 실수했어. 24층을 누르려고 했는데. 나 대신 좀 눌러 줄래?"

여자아이는 미심쩍은 표정으로 나를 보더니 24층 단추를 눌렀다. 그래서 나는 총알에 대해 알려 주었고 아이는 머리카락에 뒤엉킨 총알을 뽑아내는 데 집중했다.

나는 다시 콤팩트로 다음 층 복도를 확인했다. 아래층처럼 24층의 방도 보안 요원이 지키고 있었다. 나는 콧김을 뿜어내고는 콤팩트를 탁 닫았다. 돌아오겠다는 마일로와 경순의 제안을 받아들여야 했나 보다. 그렇지만 설령 온다고 해도 현실적으로 봤을 때 그리 좋은 생각은 아니었다. 와 봤자 무슨 상황이 벌어질까? 마일로가 카드 마술로 그들의 관심을 빼앗은 틈을 타 나와 경순이 몰래 방으로 들어가나? 핑크팬더 스타일로?

2410호와 2310호에 들어갈 수 있는 더 영리한 방법이 있을 것이다. 애초에 아무런 방법이 없다면 과제로 나올 리가 없을 테니까.

숫자가 핀볼의 공처럼 내 머릿속을 마구 돌아다녔다. 2410과 2310. 나는 이미 호텔의 도면을 검토했기 때문에 2410호실이 2310호실 바로 위에 있다는 사실을 알았다.

바로 그거였다. 우리는 문으로 들어가서는 안 되었다.

엘리베이터의 문이 막 닫히려는 순간 옆 엘리베이터에서 벨소리가 울렸다. 노엘리아가 카드키를 손에 든 채 마치 방으로 가는 것처럼 내렸다. 앞으로 가던 그녀는 우뚝 멈춰 서더니 고개를 돌려 나를 보았다. 내가 얼른 닫힘 단추를 눌렀지만 그녀가 손을 집어넣어 문이 닫히지 않게 잡았다.

"어디 가?"

그녀는 우리가 우연히 마주친 평범한 친구들인 것처럼 말했다.

"너도 여기서 내려야 하지 않아?"

나를 가지고 장난을 하려는 걸까? 나는 그녀의 어깨 너머로 2410호실의 보안 요원을 보았다. 어쩌면 그녀는 보안 요원이 내 얼굴을 보게 하려는 속셈일지도 몰랐다.

"아니, 아닌데."

나는 이를 바드득 갈며 대답했다.

그녀가 고개를 갸웃했다.

"어머, 미안."

노엘리아는 그제야 승강기에 같이 탄 여자아이를 보았다. 아이는 여전히 머리에서 장난감 총알을 뜯어내는 데 정신이 팔려 있었다.

"이번 게임에 행운이 있기를 바라."

그녀는 이렇게 소곤거리더니 손으로 잡고 있던 문을 놓았다.

내가 코웃음을 쳤다.

"그러니까 '이번에도'라는 거지?"

"그럼."

우리 사이에 문이 닫히자 나는 숨을 길게 토해 내며 클러치로 25층을 눌렀다. 여자아이는 내가 또 내리지 않아도 이번엔 아무 말도 하지 않았다.

문이 열렸다. 이번에는 복도가 텅 비어 있었고 2510호실은 다행히 아무도 지키는 사람이 없었다. 복도를 재빠르게 살펴본 후 노크를 해 사람이 없는 것을 확인한 후, 신용카드로 잠금장치를 따기 시작했다. 마그네틱 잠금장치는 내가 절대 좋아하지 않는 종류이다. 그래도 영원처럼 느껴졌던 30초 동안 옆으로, 앞으로 밀고 끼우고 고군분투하다 보니 마침내 딸깍 소리가 들렸다. 나는 문을 밀어서 연 후 문을 꼭 닫고 수동 잠금장치까지 채웠다.

들어가자 쾌적한 응접실이 나왔다. 그리고 양쪽으로 깔끔한 침실이 최소 두 개 있고 내 앞에는 바가 있었다. 침실이 두 개라고? 우리도 침실이 두 개면 좋았을 텐데. 소원은 비로소 손에 넣어야만 이루어지는 거겠지.

나는 발코니로 나갔다. 아래를 내려다본 순간 바짝 긴장하면서 동시에 아드레날린이 치솟아 숨이 막혔다. 불어오는 바람이 나를 빨아들여 땅바닥으로 곧장 충돌하게 만들고 싶어 하는 것 같았다.

내가 서 있는 곳 바로 아래, 고작 3미터 가량을 내려가면 2410호실이었고 그 아래는 분명히 2310호실일 것이다.

불은 꺼져 있었다. 다행스럽게 지금은 비어 있다는 뜻이리라.

나는 구두를 벗고 클러치를 내려놓으며 마음속으로 용기를 내도록 격려했다. 그래 봐야 고작 3미터만 뛰면 돼. 잠을 자면서도 훌쩍 뛰어내릴 수 있어. 저 아래 150미터 이상은 아예 존재하지도 않는 척해야지.

나는 다시 안으로 돌아갔다. 작은 테이블에는 꽃 장식이 있었고 투명한 구슬 여러 개가 줄기를 고정하고 있었다. 나는 구슬 두 개를 가져와 2410호실 발코니로 던졌다. 그 방에 누가 있다면 딱딱거리는 구슬 소리를 들었을 것이다. 누가 발코니로 나오면 그곳으로 뛰어내렸다가는 큰일이다.

불이 켜지지 않는다.

꼭 뛰어내려야 한다. 엄마를 위해서.

구두를 아래층 발코니로 던지는데 나답지 않게 손바닥이 땀으로 흥건했다. 클러치는 입으로 꽉 물었다. 나는 드레스의 치마를 허벅지 위로 걷어 올린 후 난간을 넘어갔다. 적어도 호텔의 이쪽 면이 사막을 향하고 있어서 다행이었다. 추락을 하더라도 구경꾼 없이 사생활을 지키며 추락할 수 있었다. 그런데 이거 좋은 일인가?

내 머릿속 한참 안쪽 어딘가에서 엄마가 뛰어내리는 모습을 그릴 수 있었다. 엄마는 전혀 우물쭈물하지 않겠지.

엄마의 리드를 따라 나도 뛰어내렸다.

나는 찰싹 따귀를 맞으며 발코니에 착지했다. 올린 머리가 살짝 풀려 땋은 머리 몇 갈래가 흘러내린 탓이었다. 나는 입에 물고 있던 클러치를 간신히 떨어트리지 않았다. 자부심이 나의 온몸을 휘감았다. 해낼 줄 알았어.

2410호는 2510호와 똑같았다. 똑같은 침실, 똑같이 사치스러운 가구, 똑같은 미니바. 하지만 이곳은 도저히 '깔끔하다'라는 말을 쓸 수 없었다. 의자 등받이며 테이블 위에는 옷이 몇 겹이나 걸쳐져 있었다. 구석구석 지저분한 접시가 쌓여 있고 침실 하나를 들여다보니 사용한 수건이 욕실 벽을 타고 산을 이루고 있었다. 객실 관리 직원이 며칠째 이 방을 찾아오지 않은 게 분명했다.

이곳에 체류하고 있는 손님은 타인의 방문을 원하지 않는다.

문으로 달려가 외시경으로 밖을 보았다. 문을 지키고 선 보안 요원은 꿈쩍도 하지 않았다.

남은 시간은 21분.

컴퓨터. 컴퓨터를 찾아내야 한다. 카운트는 디지털 폴더라는 말로 충분히 힌트를 주었다.

응접실을 휙 둘러보았지만, 어디에도 노트북이나 태블릿은 보이지 않았다. 하지만 문밖에 보안 요원을 세워 두고 객실 관리 직원을 안으로 들이지 않는 사람이라면 자신의 귀중품을 아무렇게나 던져 두지 않을 것이다. 사람들은 유난히 호텔에 오면 도둑맞을 걱정을 한다. 그래서 금고가 있는 것이다.

우리 객실에는 금고가 욕실 근처에 있는 거울 달린 작은 캐비닛 뒤에 있었다는 사실을 떠올리며 둘 중 더 큰 침실로 들어갔다.

역시.

나는 무릎을 꿇고 몸을 낮추어 검은색과 은색이 섞인 금고와 눈높이를 맞췄다. 금고의 높이는 내 키의 절반 정도였다. 번호를 입력하는 녹색 키패드가 금고 문 중앙에서 빛을 발했다.

갬빗 덕분에, 키패드 해킹이 나의 새로운 전문 분야가 된 것 같다.

일단 숫자판을 확인했다. 역시 다른 숫자보다 더 희미해진 숫자가 몇 개 있었다. 특히 0과 1이 제일 심했다. 하지만 이것은 가정집이 아니라 호텔의 금고다. 오랜 시간 같은 번호를 계속 입력한 게 아니라, 단지 사람들이 많이 쓰기 때문에 닳았을 것이다.

나는 양손으로 바닥을 짚으며 그냥 주저앉았다. 손가락이 지저분한 접시의 가장자리를 툭 쳤다. 접시에서 튄 케첩이 손에 묻었다.

"아이참."

나는 벌떡 일어나 욕실로 가서 흐르는 물에 손을 씻었다.

끈적이는 손가락이라. 흠······.

나는 욕실의 세면대를 살펴보았다. 이런 호텔은 항상 서비스로 제공하는 용품이 지나치게 많다. 그러므로 확률상 여기에는······.

나는 바구니 안쪽에서 베이비 파우더가 든 작은 병을 꺼내 금고로 돌아왔다.

이 지저분한 투숙객이 지저분한 손으로 금고를 만졌기를.

나는 파우더를 부은 손바닥을 키패드 앞에 놓고 후 불었다. 하얀 구름이 휙 날아올라 키패드로 가더니 녹색 불빛이 흐릿해졌다. 나는 손바닥에 남은 파우더를 툭 털어 내고는 키패드에 얼굴을 가까이 대고 살짝 후 불었다. 파우더가 일부 날아갔고 네 개의 숫자에 남은 작은 지문들이 드러났다.

기쁨이 내 안에서 휘몰아쳤다.

0, 1, 2, 4. 이 네 숫자를 조합하는 방법은 24가지가 있다. 그 숫자들을 다 눌러 볼 수도 있고 아니면······.

2410.

녹색 불빛이 반짝하더니 자물쇠가 탁 풀리며 문이 딸깍하고 열렸다.

픽이나 주도면밀한 비번이군요.

금고 내부는 두 칸으로 나뉘어 있었다. 이집트 화폐가 최소 열 다발은 있었고 바닥에 노트북이 있었다.

노트북의 몸체는 검은색 무광이지만, 가장자리는 얼어붙은 수은처럼 은빛으로 반짝거렸다. 최고 사양. 손가락이 근질근질했다. 이 노트북을 보니 나도 새 노트북을 갖고 싶어졌다. 아니면 그냥 이 노트북을 가질까.

스크린에는 검은색 바탕에 녹색 글씨로 비밀번호를 입력하라는 화면이 떴다. 다시 찾아온 비번 해독의 과정은 전보다 더 길고 더 어려울 것이다. 나는 손톱을 깨물기 시작했다. 지금이 경순과 페이스타임을 해야 할 적시인 것 같았다. 그런데 클러치를 열어 보니 우리가 호텔에 체크인을 할 때 받았던 USB가 들어 있었다. 심장이 쿵쿵거렸다. 우리에게 USB를 준 건 바로 이 순간을 위해서가 아니었을까?

나는 USB를 노트북에 끼웠다. 그 순간 비번 칸에 점이 열두 개 뜨더니 마침내 바탕화면이 활성화되었다. 화면 구석에 창이 떴다.

하드 드라이브를 삭제합니까?

예	아니요

삭제하라고? 당연히 '예'겠지. 그게 아니라면 왜 이런 창이 떴겠어?

그런데 내게 삭제하라고 시킨 파일에는 뭐가 들어 있을까?

나는 삭제 팝업창을 옆으로 치우고 파일 아이콘을 클릭했다. 화면이 깜박거리더니 마우스가 X로 변했다. 시작 버튼을 클릭했다. 결과는 같았다. 이 삭제용 USB로는 내가 컴퓨터의 다른 내용에 접근할 수 없도록 설정된 것이 분명했다. 김새네.

결국 삭제 팝업창에서 '예'를 누르려던 순간, 나는 손을 멈췄다.

그러고는 클러치를 가져와 경순에게서 훔친 케이블을 찾아 꺼냈다. 그녀가 혹시라도 그 선을 다시 가져갈지 모른다는 생각에 들키기 전에 내 클러치에 넣어 뒀던 것이다.

운이 좋다면 이 노트북도…….

사용하지 않아 먼지가 내려앉은 C-포트가 뒷면에 있었다. 나는 얼른 휴대폰과 노트북을 연결했다.

휴대폰에 파일이 업로드되는 데 걸리는 시간은 1분 이내였다. 타이머를 확인했다. 남은 시간은 **17분**. 경매가 곧 시작될 것이다. 나는 휴대폰을 뽑은 후 팝업창의 '예'를 클릭했다. 로딩바가 나타났다.

삭제 15%

데이터가 삭제되는 동안 나는 휴대폰에 새로 뜬 폴더를 탭했다. 적어도 스무 개는 될 법한 폴더들이 알파벳 순으로 정렬되어 있었다. 파일 몇 개의 제목은 평범했지만—회계, 제휴사, 예약—전혀 평범하지 않은 것들도 있었다. 안전 가옥, 블랙박스. 나는 제일 마지막 폴더를 열었다. 이메일 주소가 연이어 나왔는데, 대부분 숫자와 글자가 뒤죽박죽된 주소였다.

우리 가족의 블랙박스 주소도 여기 있을까?

나는 우리 주소를 찾을 때까지 스크롤을 내렸다. 다른 사람에게는 숫자와 문자가 뒤죽박죽이 된 나열에 불과하지만 나는 그것을 외워 두었다.

이 노트북의 주인은 누굴까?

조직이 삭제하려는 파일은 또 뭐가 있을까?

나는 이 폴더에서 저 폴더로 마구 건너뛰었다. 이윽고 다른 것과 전혀 비슷하지 않은 뭔가가 시선을 끌었다.

빅 탬.

갬빗.

나는 빛의 속도로 그 폴더를 열었다. 열한 개의 이름이 떴다. 보셰르, 노엘리아. 켄지, 데브로. 퀘스트, 로절린. 신, 경순. 미켈슨, 마일로. 라가리, 아드라. 이토, 타이요. 테일러, 루커스. 앙투네즈, 예리엘. 모르는 이름이 두 개 더 있었는데 예리엘과 함께 빨간색으로 적혀 있었다.

이 방의 투숙객은 조직을 조사하는 중일까? 혹시 불순 세력인가?

나는 명단의 첫 번째 이름을 클릭했다. 노엘리아. 용량이 얼마 되지 않는 파일 하나만 떴다. 주소와 이름. 보셰르, 니콜리. 스위스 어딘가에 있는 주소. 나는 스크롤을 내렸다. 사진이 하나 있었다. 노엘리아 또래의 금발 머리 남자아이. 사진이 흐릿한 걸 보니 멀리서 찍은 것 같았다. 그는 카메라가 아닌 다른 곳을 보며 걷고 있었다. 자신이 사진을 찍히고 있다는 사실을 전혀 모르는 눈치였다.

한기가 등줄기를 타고 내려갔다. 니콜리. 노엘리아의 형제인가? 아까 경매장에서 마주친 커플도 같은 이름을 말했는데. 왜 주최자들이 이 사진을 가지고 있지? 그리고 주소는?

나는 내 파일로 넘어갔다. 퀘스트.

숨이 콱 막히는 것 같았다. 퀘스트 폴더에는 노엘리아보다 사진이 훨씬 더 많았다. 엄마, 할머니, 할아버지, 이모, 사라 이모할머니와 내 사진도 몇 장 있었다. 엄마의 머리 모양을 보니 지난달 사진이었다. 사진 속 엄마는 파올로의 비행기에서 내리는 중이었다. 심장이 두근거렸다.

엄마의 이름은 클릭할 수 있게 되어 있었다. 그 이름이 어디로 이어질지 나는 반드시 확인해야 했다.

링크된 새 폴더가 열렸다.

지난 갬빗(2002)

말도 안 돼.

나는 허겁지겁 파일의 내용을 확인했다. 이번에 열거된 이름은 고작 일곱 개였다. 아바라, 첸, 쇼퍼…… 그런데 목록 중앙에 이런 글귀가 있었다. **퀘스트, 리애넌: 우승자.**

뭐라고?

엄마는 갬빗에 대해 그저 아는 수준이 아니었다. 대회에 참가했다. 그리고 단순히 대회에 참가하기만 한 게 아니었다. 엄마는 우승했다. 왜 이 이야기를 한 번도 하지 않았을까? 엄마는 물론이고 가족 중 그 누구도 갬빗에 대해 이야기해 주지 않았다. 혹시 아무도 모르나? 왜 엄마는 말하지 않았을까?

엄마의 소원은 뭐였을까?

나는 다시 이름을 훑어 내렸다. 보세르도 그곳에 있었다. 보세르, 노아. 노엘리아의 아빠? 내가 아는 이름은 그게 다였다. 엄마는 늘 보세르가와 옥신각신했지만 나는 단순히 영역 싸움일 것이라고 생각했다. 어쩌면 그 불화의 뿌리는 과거를 훨씬 더 거슬러 올라가야 할지 모른다.

이 모든 역사. 엄마는 내게 일언반구도 없었다…….

이모에게 전화를 걸고 싶었다. 이모는 분명 뭔가를 알고 있을 것이다. 젠장, 나는 해명을 듣고 싶었다.

노트북 화면에 뜬 로딩바가 점점 늘어나더니 화면을 꽉 채웠다.

하드 드라이브가 삭제되었습니다

경고도 없이 화면이 새까맣게 변했다.

나는 혀를 쯧 차며 USB를 분리하고 노트북을 덮었다. 카운트의 타이머에 남은 시간은 15분이었다.

이제 다음으로 이동해야 한다.

33

2310호의 컴퓨터에 USB를 꽂자 흥미롭게도 이번에는 하드 드라이브를 복사하겠냐는 팝업창이 떴다. 나는 '예'를 클릭했다. 이 노트북에는 C-포트가 없어서 무엇을 복사하는지 훔쳐볼 방법이 없었다. 그래서 복사를 하는 동안, 2410호실의 노트북에서 내 휴대폰으로 복사한 파일을 좀 더 살펴보기로 했다.

나는 고객, 연락처, 숫자, 주요 목록 같은 파일을 링크를 타며 옮겨 다녔다. 무심코 전화번호 목록 폴더를 열어 보니 번호가 5000개나 입력된 스프레드시트가 열렸다. 100줄 정도 읽으며 내려가니 이름 옆에 (부사장)이나 (CEO) 같은 부연 설명이 붙어 있었다. 검색창에 퀘스트를 입력했다. 내 이름과 휴대폰 번호는 물론 엄마와 이모의 것도 다 있었다. 감사하게도 우리 이름 뒤에 (도둑) 같은 설명은 없었다. 대신 이름이 이탤릭체로 쓰여 있었는데, 이것이 우리 직업을 암시하는 것일지도 모르겠다.

나는 잠시 턱을 톡톡 두드리다가 다른 전화번호를 입력했다. 벌칙 게임에 대해 카운트가 보내 준 메시지를 전부 읽다 보니 저절로 그 번호가 외워졌다. 어랍쇼, 결과물이 있다. 오렐리 뒤부아.

역시 그녀에게도 진짜 이름이 있었다. 그것도 전형적인 프랑스 이름. 흥미로운데.

그 자료들을 가족의 블랙박스로 전송했다. 혹시 카운트가 퐁 하고 나타나 중단하라고 하지 않을까?

그런 일은 일어나지 않았다. 나는 들키지 않도록 원 파일을 휴대폰에서 삭제했다.

복사가 끝나자, 나는 노트북을 금고에 넣고 2210호로 뛰어내릴 준비를 시작했다. 구슬을 던져 시험해 보니 불이 켜지지 않았다. 그래서 나는 먼저 힐을 던지고 세 번째로 클러치를 입으로 문 채 마지막으로 발코니로 몸을 날렸다.

몸을 웅크린 채 착지한 후 머리채를 뒤로 넘겼다. 어느새 머리는 엉망이 되어 있었다. 남은 시간은 이제 10분. 이 정도면 빠듯했다.

구두를 챙겨서 얼른 신고 후다닥 빠져나가려는데 발코니 문에 쳐진 커튼이 때맞춰 미풍이 불기라도 한 듯 흔들렸다.

유리 뒤의 커튼만 움직였을 뿐 문은 닫혀 있었다. 누군가 안에서 불을 끈 채 기다리고 있었다. 그 사람이 누구인지 알 것 같았다.

얼른 다음 층으로 구두를 던지고 난간을 넘어가려는 찰나 문이 확 열렸다. 타이요의 몸놀림은 전광석화 같았다. 손목의 팔찌를 풀었지만 등 뒤에는 20층 높이의 허공뿐이었기에 몸을 움직일 공간이 없었다. 나는 타이요의 턱을 강타했지만 팔을 붙잡히고 말았다. 그는 내 팔을 등 뒤로 비틀며 나를 발코니 바닥으로 밀었다.

발길질을 해 봤지만, 그는 내 팔을 더 세게 비틀며 무릎으로 내 등을 찍어 눌렀다.

나는 얼굴을 시멘트 바닥에 짓이겨진 채로 최대한 고개를 돌려 타이요를 노려보았다.

"안경에 긁힌 자국을 낸 복수구나? 마음에 들지는 않겠지만 수리비는 송금해 줄 테니까 그동안의 일은 모두 잊지 않을래?"

그가 미소를 지었을 수도 있지만 내가 미처 보기도 전에 사라졌다.

"그건 걱정하지 마. 이걸로 갚아 준 걸로 칠 테니까."

"타이요는 정말 옹졸하다니까, 그럴 줄 누가 알았을까."

노엘리아의 은색 굽이 내 얼굴에서 몇 센티미터 떨어진 곳에 나타났다. 나는 고개를 조금 더 들어 그녀를 봤다. 그녀는 내 클러치에서 USB를 꺼냈다.

"내가 여기 있는 줄 어떻게 알았어? 줄곧 나를 미행한 거야?"

내가 물었다.

"그럴 필요도 없었어. 네가 뭘 할지 너무 뻔하니까. 8년이 지났지만, 너는 여전히 창문에 매달려서 흔들거리는구나."

나는 숨이 턱 막혔다. 그걸 아직도 기억하는 거야? 아홉 살이었던 나는 학교 건물의 어떤 방도 벽을 타고 넘나들 수 있다는 사실을 노엘리아에게 보여 주고 싶어 안달복달했다. 당시에 내가 벽을 타고 갈 수 있는 방은 2층까지가 한계였지만. 노엘리아는 내 벽 타기만큼 멋있는 건 본 적이 없다고 했다.

나에 대해서 또 뭘 기억하고 있을까?

알게 뭐람. 이제 그런 게 무슨 의미가 있다고.

노엘리아는 일본어로 뭐라고 하면서 자신의 백에서 수갑을 꺼내 타이요에게 던졌다.

나는 웃음을 터트렸다. 하지만 그 웃음은 내 속에서 커지는 좌절감이었을 것이다.

"내가 20초면 풀 수 있다는 거 알지?"

"그럴 수 있는지 두고 보자고."

타이요가 나를 끌어당겼다. 그 틈을 이용해 그의 발을 밟든 다리를 걸든 뭐라도 해 볼 작정이었다. 하지만 그는 대비가 되어 있어서 내가 일어서자마자 고통스럽게 내 팔을 비틀어 옴짝달싹도 못하게 했다.

나는 고통에 찬 신음을 목으로 삼켰다. 비명을 질러 대 그 애들에게 만족감을 줄 생각은 눈곱만큼도 없었다. 타이요는 침착하게 발코니 난간을 향해 나를 몇 걸음 걷게 했다.

심장이 미친 듯이 뛰기 시작했다.

"잠깐……."

나는 그 자리에 멈춰 서려고 애썼다. 손이 등 뒤로 비틀려 있는 상태로 나는 타이요의 셔츠 끝자락을 있는 힘껏 움켜쥐었다. 그가 내게 옷자락을 붙잡힌 채로 나를 난간으로 던져 버린다면 마지막 순간에 지옥의 놀라움을 맛보게 되리라.

그는 나를 난간으로 밀어붙였다. 한 번만 더 밀면 그대로 떨어질 터였다. 이번에는 나도 터져 나오는 비명을 억누를 수 없었다.

"잠깐, 잠깐, 잠깐!"

맙소사, 이 자식들은 실제로 저지를 작정이었다. 나를 죽이려고 작정한 것이다.

내 몸이 난간을 넘어갔다. 나는 난간의 금속 기둥 사이의 틈으로 발꿈치를 밀어 넣어 균형을 간신히 잡았다. 하지만 그것으로 충분하지 않았다. 잘못하면 그대로 추락할 판이었다.

"진정해."

마침내 몸이 앞으로 넘어가려는 순간 창백한 팔 두 개가 아래에서부터 내 몸을 감싸고 끌어당겼다. 내 심장은 목구멍까지 튀어 올라왔고 눈앞에 보이는 건.

바로 그때 손목에 수갑이 느껴졌다. 수갑이 찰칵 채워지는 순간 내 두 손목은 난간의 금속 기둥 하나와 함께 묶였다.

나는 난간에 묶인 채 곧 찾아올 자유낙하를 기다리는 신세가 되었다. 내가 아무리 곡예를 잘한다고 해도 머리채에 꽂아 놓은 핀을 뽑으려면 균형을 잃을 위험을 무릅써야 했다. 양손이 뒤에 묶인 채 미끄러진다면 양쪽 어깨가 탈골되고 양 손목도 뚝 부러질 것이다.

어쩌면 충격으로 내 손의 뼈란 뼈는 다 으스러질지도 모른다. 그러면 수갑에서 손이 쏙 빠지면서……

오, 맙소사.

부드러운 손길이 내 손목을 간질였다. 노엘리아가 내 무기를 가져간다고 생각했는데, 그녀가 챙긴 것은 데브로가 준 다이아몬드 팔찌였다.

나는 어떻게든 손목을 빼려고 했지만, 그것만으로도 균형을 잃을지 몰랐다. 나는 가만히 서서 어떻게든 수갑 찬 손으로 내 뒤의 난간을 놓지 않으려고 애썼다.

"뭐야, 내 보석도 챙겨 가게?"

나는 고개를 비틀어 뒤를 돌아보았다.

노엘리아는 자신의 팔목에 그 팔찌를 차더니 밤의 조명에 반짝거리는 모습을 감탄에 찬 눈으로 바라보았다.

"이 안에 들어 있는 것에 더 관심이 있지."

그녀가 내 어깨를 두드렸다.

"걱정하지 마. 경매 대리인은 우리가 대신 챙길게. 그러면 되지?"

그 이야기를 어떻게 알지? 어떻게 내 팔찌 속에 든 약물에 대해서 아는 거야?

노엘리아를 지나쳐 타이요를 본 순간 그가 드레스 코드를 지키지 않았다는 사실을 알아차렸다. 그는 대신 조끼를 입고 있었다. 웨이터로 위장한 걸까?

그 순간 사건의 전모가 번개처럼 나를 쳤다.

"우리 계획을…… 훔치려는 거야?"

노엘리아가 미소를 지었다.

맙소사, 그럴 작정이구나.

나는 분을 이기지 못하고 되물었다.

"어떻게? 우리는 그 휴대폰을 금고에 넣어 뒀어. 우리 이야기를 엿들을 방법이 없었을 텐데."

나는 수갑에서 손을 빼내 노엘리아의 목을 조르고 싶었다. 아니, 둘 다. 이들이 그 휴대폰을 이용해 염탐하리라는 걸 우리는 알고 있었고, 분명히 막아 냈는데.

노엘리아가 무슨 말인가를 하자 타이요가 웃었다. 그가 그렇게 웃는 모습을 처음 보았다.

"기차에서 날 방해한 일로 네게 원한은 없어. 덕분에 네 재킷에 진짜 도청기를 슬쩍 집어넣을 완벽한 기회를 잡았으니까."

호텔 방 의자 등받이에 내내 걸려 있었던 내 재킷.

그들을 접근 금지 명단에 포함시키는 것부터 사전 공개 행사, 약을 타는 것, 보안팀으로부터 물건을 가로채는 것까지 전부. 그들은 다 듣고 있었다.

데브로와 나 사이에 일어난 일 전부…….

타이요와 노엘리아가 경매에서 우리의 역할을 대신한다면 아드라와 루커스가 어디에 있는지도 알 것 같았다. 우리가 마일로와 경순을 만나기로 한 지점에서 숨죽여 기다리며 그들이 차를 세우는 순간 덮칠 준비를 하고 있겠지.

기차에서 타이요는 휴대폰에 아무 짓도 하지 않았다. 그것은 단순히…… 오해를 부르는 유인 작전이었다. 그리고 우리는 보기 좋게 속아 넘어갔다.

"데브로는 자기 목표물에 네가 접근하도록 내버려 두지 않을 거야. 내가 돌아가지 않으면 금방 알아차릴 테니까."

"그렇게 생각해?"

노엘리아가 차고 있던 테니스 팔찌를 움직였다. 설마 데브로에게 그 약물을 쓸 수도 있다고 생각하는 걸까?

정말 그럴 셈인가?

노엘리아의 클러치에서 진동음이 들리자 타이요가 말했다.

"게임 끝났어. 어서 내려가야 해."

노엘리아가 고개를 끄덕였다.

"이 방 손님들이 돌아왔을 때 네가 이 상황을 어떻게 설명할지 모르겠지만 그때까지 미끄러지지나 마."

나는 멀어지는 발소리를 무기력하게 듣고 있다가 마지막 순간 참지 못하고 소리쳤다.

"스키 캠프에서 왜 날 배신했어? 네 아빠가 우리 엄마에게 져서? 그래서 나를 미워하는 거야? 언제나 아빠에게 잘 보이고 싶었니? 아니면 친구인 척 다가왔다가 뒤통수 치는 게 본래 네 모습이라서?"

노엘리아의 발걸음이 느려졌다.

"너……."

그녀는 잠시 말을 멈췄다. 무슨 이유인지 박물관에서 아드라에게 끌려 나가기 전 예리엘을 바라보던 노엘리아의 얼굴이 떠올랐다.

"나는 지시받은 대로 행동해. 수많은 사람에게 가짜 얼굴을 보여 주지. 하지만 네게는 단 한 번도 그래야 했던 적 없어."

그 말을 끝으로 그녀는 나를 떠나 버렸다. 이번에도.

34

나는 손목을 비틀었다. 그럴 때마다 수갑이 내 피부를 파고들었다. 타이요는 내가 움직일 틈이 거의 없게 나를 결박해 두었다. 수갑이 혈액 순환을 방해하기 시작했다. 도둑에겐 최악의 상황.

이럴 줄 알았으면 기회가 있을 때 이모의 엄지손가락 빼기 기술을 배워 둘 걸 그랬다.

나는 수갑을 난간에 마구 비비면서 내가 손을 써 볼 수 있는 취약한 곳을 찾아낼 말도 안 되는 가능성을 시험해 봤다. 그러나 균형을 잃을 때마다 우뚝 멈춰야 했다. 노엘리아와 타이요가 이곳을 떠난 지 얼마나 되었을까? 몇 분밖에 되지 않았을 것이다. 하지만 지금은 그 몇 분에 모든 것이 끝장날 수 있었다.

나는 눈을 감았다. 로스, 잠금장치를 풀기만 하면 돼. 발아래 있는 60미터는 없다고 생각해. 내가 몸을 조금만 웅크릴 수 있다면 머리를 난간 사이로 기울여서 핀 하나를 뽑을 수 있을 것이다.

나는 20층 높이에서 최대한 마음을 차분히 가라앉힌 채 심호흡을 몇 번 반복한 후 몸을 숙이려고 해 보았다. 하지만 무릎을 구부리면 구부릴수록 체중이 앞으로 점점 쏠렸다. 잘못하면 내 발이 간신히 걸치고 있는 난간 턱에서 미끄러지기 십상이었다.

나는 얼른 몸을 바로 세웠다. 패배다.

이제 데브로는 약물을 마실 것이고 마일로와 경순은 덫으로 걸어 들어갈 테지.

이 객실의 투숙객이 곧 돌아올 확률은 얼마나 될까? 내가 데브로의 카리스마를 가졌다고 해도 이 상황에 대해 논리적인 설명을 지어낼 수는 없을 것이다.

다시 몇 분이 흘렀다. 영원히 이어질 것 같은, 쓰라리고 고통스러운 몇 분이었다. 바람이 점점 거세지면서 나를 놀리고 흔들어 대며 치맛단을 쥐고 휘둘렀다. 저 멀리까지 뻗은 사막은 볼수록 우리 집 근처 바닷가의 모래처럼 보였다. 밀려오는 파도에 삼켜지기 직전의 모습 말이다. 그러나 이곳의 모래는 물이 아니라 하늘과 만났다. 그 모습을 보고 있자니 내 가슴은 절망감으로 새까맣게 타들어 갔다. 다시는 집으로 돌아갈 수 없으리라. 이제 그곳은 진짜 집이 아니다. 엄마가 내 집이고, 이제 엄마는 없으니까.

흐느낌에 목이 메었다. 엄마의 납치범들은 얼마나 연락이 없어야 내가 몸값을 낼 수 없다는 사실을 슬슬 깨달을까? 얼마 후면 그들이 대답을 중단할까? 얼마 후면 엄마의 시신이 바다로 가라앉을까? 엄마는 내가 실패했다는 사실을 마지막으로 안 채 돌아가실 것이다. 내가 이 일에 엄마를 끌어들였다. 그런데 엄마를 그곳에서 구해 낼 마지막 기회마저도 이렇게 날려 버리기 직전이다. 이모도 알게 되겠지. 내가 그토록 벗어나고자 했던 가족. 내게 충분하지 않다고 생각했던 가족. 어쩌면 나는 집에 갈 필요가 없을지 모른다. 아무도 나를 보고 싶어 하지 않을 테니까. 나는 퀘스트를 죽음으로 몰고 간 퀘스트로 기록될 것이다.

최근 며칠간 나는 실수투성이였다. 노엘리아 팀이 내게 심어 놓은 도청기를 알아차릴 만큼 영리했다면 좋았을 텐데. 예리엘이 총에 맞지 않도록 재빠르게 판단하고 움직였다면 좋았을 텐데. 엄마에게서 도망치려고 하지 않았다면 좋았을 텐데.

그리고…… 데브로와 키스를 했다면 좋았을 텐데.

눈물이 차오르기 시작했다.

"거기서 뭐 해요?"

나는 화들짝 놀랐지만, 난간에서 발이 미끄러지지 않도록 조심했다.

엘리베이터에서 마주친 여자아이가 물방울무늬 잠옷을 입은 채 옆 객실의 발코니에서 나를 신기하게 바라보고 있었다. 똑같이 짙은 갈색 머리지만 더 어린 남자아이가 살짝 열린 발코니 문으로 밖을 내다보는 중이었다.

"그게……."

선뜻 대답을 하지 못하다가 나는 수갑을 흔들어 보였다.

"못된 친구들이 이렇게 했어."

남자아이가 여자아이에게 무슨 말을 속삭였다. 여자아이가 고개를 끄덕였다.

"우리는 그 사람들이 언니의 친구가 아니라고 생각해요."

이런 상황에서도 나는 웃음이 나왔다.

"그러게."

여자아이가 남동생에게 무슨 말을 했지만 바람에 말소리가 날아가 버렸다. 여자아이는 자신들의 객실을 가리켰다.

"우리가 사람을 불러와서 언니를 구해 주라고 할게요."

"안 돼!"

내가 소리쳤다. 아직 안으로 들어갈 틈이 없었던 두 아이가 내 말에 그대로 멈췄다. 내 방도 아닌 방의 발코니에 수갑이 채워져 있는 이유를 보안 요원에게 설명하는 상황은 내게는 재앙이 될 것이 분명했다.

나는 목청을 가다듬었다.

"그러면 시간이 너무 오래 걸릴 거야. 내게 머리핀을 던져 줄 수 있니?"

두 아이는 다시 소곤거렸다.

"그렇게 멀리는 못 던져요."

여자아이가 바람에 휘날리는 머리카락을 귀 뒤로 넘기며 말했다.

"하지만 장난감 총이 있잖아."

아이들은 표정이 밝아지며 다시 방으로 돌아갔다. 잠시 후 두 아이가 밖으로 나왔다. 사내아이는 양손에 밝은 오렌지색 총을 들고 있었고 여자아이는 셔츠에 스펀지 총알을 한가득 담아 나왔다. 여자아이는 핀을 총알 세 개에 쑤셔 넣었고 남자아이는 그 총알을 장난감 총에 장전했다. 두 아이는 어린 병사들 같았다.

남자아이가 조준했다. 나는 최대한 과녁을 크게 만들려고 아이를 향해 손바닥을 활짝 뻗었다. 총이 발사되었지만 총알은 바람에 날아가 버렸다. 다시 시도했지만, 이번에는 건물의 옆면에 튕겨 나갔다. 연거푸 세 번을 더 쏘았지만 모두 빗나갔다.

"내가 해 볼게!"

여자아이가 동생의 손에서 총을 빼앗았다. 남자아이는 징징거리며 팔짱을 끼었다.

저격수라도 되는 듯 여자아이는 한쪽 무릎을 꿇고 한쪽 눈을 감으며 조준을 했다. 천천히 바람에 맞추어 방향을 조정하면서 몇 초 기다린 후 발사했다.

총알이 내 손바닥 한가운데를 강타했다.

됐어.

"누나가 운이 좋았던 거야."

수갑을 푸는데 두 아이가 투닥거리는 소리가 작게 들려왔다. 수갑이 풀리는 순간 나는 몸을 굴려 발코니로 들어갔다. 안전하고 단단한 바닥이 내 발에 닿는 느낌이 이렇게 좋았던가.

나는 새 친구들에게 인사를 한 후 힐과 클러치를 낚아채고 방안으로 뛰어 들어갔다.

이미 메시지가 도착해 나를 기다리고 있었다. 카운트가 보낸 메시지가 도착한 시간은 25분 전이었다.

> 여러분은 이번 벌칙 게임을 졌습니다. 앞으로 60분 동안 팀원 사이의 디지털 통신은 모두 차단됩니다. ☺

휴대폰을 바닥에 패대기치고 발을 쾅쾅 구르지 않기 위해 나는 모든 의지력을 다 동원해야 했다. 상관없다. 팀원들에게 메시지로 알려 줄 수 없다면 직접 가서 전하면 된다.

엘리베이터로 들어가는 순간 그곳에서 나오는 푸른 정장의 호리호리한 남자와 마주쳤다.

"실례합니다."

나는 아랍어로 말하며 사과의 표시로 그 남자를 톡톡 쳤다. 그는 별일 아니라는 듯 손을 흔들었고 나는 닫힘 단추를 눌렀다. 문이 닫히자마자 나는 그에게서 슬쩍한 휴대폰을 꺼냈다. 내 폰으로 팀원들에게 연락을 할 수 없다면 다른 사람의 휴대폰은 어떨까…….

일단 데브로에게 전화를 걸었다.

신호음이 한 번 울리기도 전에 '이 번호는 연결이 되지 않습니다'라는 안내문이 흘러나왔다.

내 휴대폰이 진동했다. 카운트였다.

> 시도는 좋았어요. ☺

나는 엘리베이터 한구석에서 나를 내려다보는 작고 새까만 보안 카메라를 노려보았다. 얼마나 많은 사람이 보고 있을지.

나는 그들을 향해 손가락을 들어 보였다.

엘리베이터는 고통스러울 정도로 천천히 내려갔다. 내가 지금까지 까먹은 산처럼 많은 시간에 지금 엘리베이터가 내려가는 시간이 매초 쌓이는 기분이었다. 지금쯤 경매는 한창 진행 중일 것이다. 적어도 앞 순서에 경매가 진행될 예정이었던 석관은 지금쯤 누군가가 낙찰을 받았겠지. 내가 난간에서 균형을 잡느라 진땀을 빼는 동안 수많은 일이 결정되었을 터였다.

마일로와 경순은 자신들이 어떤 재난을 맞닥뜨리고 있는지 꿈에도 모를 거다.

옷매무새를 간신히 남들 눈에 이상하지 않을 정도로 가다듬었을 즈음 엘리베이터가 마침내 로비에 도착했다. 나는 문이 열리기 시작하자마자 틈을 비집고 밖으로 나가 날 듯이 행사장으로 갔다. 검색대를 다시 통과하는 데 또 몇 분이 소요되었다. 일단 안으로 들어가자 나는 구원으로 가는 길이라도 되듯 경매인의 목소리가 나는 곳으로 달려갔다.

77번 품목이 무대로 올라가는 중이었다.

77번……. 석관은 39번이었다. 늦어도 너무 늦어 버렸다.

내 시선은 나와 데브로가 앉았어야 했던 테이블로 향했다. 그 테이블에 빈자리는 하나뿐이었다. 그 자리 양옆에 앉은 사람들은 몸을 제대로 가누지 못했다. 아니, 한 명은 흔들거리고 다른 한 명은 낄낄거리며 웃음을 주체하지 못했다. 대영 박물관의 대리인과 데브로의 목표물. 두 사람은 완전히 맛이 간 상태였다. 노엘리아와 타이요가 우리 계획을 보기 좋게 훔쳐 갔다는 증거였다. 그들은 그 계획을 마지막 하나까지 성공적으로 완수했다……. 지금까지는.

심장이 떨렸다. 데브로는 어디에 있지?

그를 찾아 두리번거리는 동안 소중한 시간이 속절없이 흘러갔다. 마일로와 경순을 돕기 위해 어서 창고로 가야 했다. 노엘리아 팀 전원이 그곳에 있다면 그들은 싸움에서 무사하지 못할 것이 분명했다.

이러는 내가 너무 싫었지만, 그런 생각 그만하고 계속 찾아보자고 생각하는 순간 강박적으로 재킷의 소매를 만지작거리는 사람이 저 멀리서 보였다. 그는 소매가 끝나자 칼라를 만지작거렸다. 다음은 넥타이를 바로잡았다. 그는 자신의 옷매무새를 보더니 왜 모든 주름과 이음매가 자신이 원하는 대로 되지 않는지 모르겠다는 듯 인상을 썼다.

약에 당한 순간에도 데브로는 너무나 데브로다웠다.

나는 사람들을 헤치고 데브로에게 갔다. 얼른 가 보니 데브로는 바에 무너지듯 엎드리며 바텐더에게 자신이 로비에서 마주친 사람에게서 커프스를 슬쩍했다고 떠벌리는 중이었다. 천만다행으로 바텐더는 데브로를 거의 무시한 채 연신 컵 닦는 일에만 열중했다.

"어떡해!"

내가 소리쳤다.

그가 고개를 들고 나를 향해 미소를 지었다. 그러나 어느새 익숙해진, 차분하고 유혹적이고 짜증이 날 정도로 완벽한 미소가 아니었다. 지금은 그의 눈이 반짝거렸다. 그의 얼굴에 걸린 미소는 전쟁에서 돌아온 남자의 미소였다. 그리고 나는 그가 전장으로 떠난 순간부터 내내 그리던 소녀였다.

"로스! 어디 갔었어?"

내가 그의 팔을 잡고 최대한 빨리 그를 끌어내자 그의 표정이 어두워졌다.

"우리는 같이 할 일이 있었잖아. 네가 이렇게 농땡이를 치다니."

"네가 그렇게 말했다고 나중에 이야기해 줄게."

데브로를 끌다시피 로비로 나오자 그가 내게 기대며 머리카락의 냄새를 맡았다.

"네 머리카락에서 코코넛 향기가 나."

"여기요."

나는 막 승강기를 타려는 벨보이를 불렀다.

"제 약혼자를 1530호에 데려다주세요. 저희 방이에요. 술을 너무 많이 마셨거든요."

나는 대답을 기다리지도 않고 벨보이의 손에 데브로를 넘기고는 팁을 주려고 클러치를 열었다.

데브로가 저항했다.

"뭐라고…… 안 돼. 나랑 같이 안 갈 거야? 같이 있고 싶……."

"이따 올라갈게."

나는 장갑을 낀 벨보이의 손에 이집트 지폐 200파운드 뭉치를 쥐어 주었다. 벨보이는 얼굴을 환하게 빛내며 고개를 힘차게 끄덕였다.

"알겠습니다, 손님. 이리 오시죠, 손님."

벨보이가 데브로를 끌고 가려고 하자 데브로가 내게 손을 뻗으며 말했다.

"돌아온다고 약속해 줄 거지?"

그의 입술은 내가 돌아오지 못할까 진심으로 염려하는 것처럼 떨렸다.

나는 그 어느 때보다 진지한 표정으로 그를 보았다. 발코니에 매달려 일생일대의 실수를 꼽을 때 데브로의 키스를 거절한 것도 포함되어 있었다. 그때는 도저히 무시할 수 없는 실수 같았다. 하지만 지금이라면 잠시 잊고 일에 집중할 수 있을 것 같다.

"그래, 이따가 올게. 약속해."

그가 긴장을 풀고 내키지 않는 발걸음으로 벨보이를 따라갔다.

데브로가 가자마자 그의 손길에서 전해지던 온기가 그리웠다. 마음 한구석에서는 어서 그를 다시 불러서, 그가 방으로 잘 돌아가는지 확인하고 싶어 했다.

하지만 나에겐 해야 할 일이 있다는 사실을 아는 마음이 더 강했다.

나는 목을 이리저리 움직여 근육을 풀고, 양손을 탈탈 털었다. 그리고 잠시 빌려 탈 차를 찾아 밖으로 서둘러 나갔다.

35

나는 잠시 '빌린' 렉서스 자동차를 공항 창고에서 한 블록 떨어진 곳에 세웠다. 경매에서 낙찰받은 물건을 수송하는 무장 트럭 한 대가 바로 앞에서 달리고 있었다. 저 트럭은 경비를 뚫고 나를 창고로 들여보내 줄 티켓이었다.

나는 속도를 높여 트럭을 추월한 후 차를—하이힐도—버렸다. 그리고 창고로 가는 길에 있는 마지막 신호등 근처의 골목에서 기다렸다. 나는 트럭의 전조등이 눈에 들어오자 숨이 턱 막히는 것 같았다. 나는 이 트럭에 올라타야 했다. 만약 트럭이 빨간불에 걸리지 않으면 시속 50킬로미터로 달리는 트럭 밑에 무사히 숨어들 수 있는 확률은 그리 높지 않을 터였다.

그런데 오늘 밤 온갖 고초를 겪은 나에게 우주는 약간의 행운을 보내 주기로 한 것 같다. 트럭이 신호등을 지나치기 직전 빨간불로 바뀌었다. 나는 간신히 트럭의 차체 아래로 들어갔다. 드레스 때문에 쉽지 않았다. 내가 차체에 매달리자마자 트럭이 다시 출발했다.

자동차 밑면의 차체는 화상을 입을 정도로 뜨거웠다. 손목은 수갑을 차고 있었던 탓에 시큰거리고 쓰라렸다. 그래도 차가 덜컹거릴 때마다 사력을 다해 차에 매달렸다. 트럭은 시속 80킬로미터로 달렸지만 지면에서 45센티미터 위에 매달린 덕에 겨우 피부가 쓸려 나가지 않을 수 있었다.

창고로 가는 길을 기억해 두었기에 모퉁이를 돌 때마다 숫자를 헤아렸다. 그리고 창고에 곧 도착한다는 확신이 왔다.

트럭이 속도를 줄이더니 뭔가에 부딪혔다. 뾰족뾰족한 방지턱이었다.

나는 있는 줄도 몰랐던 아드레날린을 끌어내어 온몸을 들어 차에 바짝 붙였다. 내 팔이 비명을 질러냈다. 금속으로 만든 가시가 내 등을 스쳤다. 소름이 끼쳤다. 조금만 더 가까워지면 단번에 내 피부를 뚫고 들어올 것이다.

찢어진 드레스, 엉망으로 헝클어진 머리, 퍼렇게 멍든 손목 그리고 차체에 매달린 탓에 온몸에 묻은 기름과 오물, 땀. 오늘 밤 내가 고급스러운 경매 행사에 참가할 예정이었다니 웃음이 났다.

트럭이 후진해서 탁 트인 적재 구역으로 들어갔다. 나는 차가 멈추기 직전에 굴러 나와, 주위에 쌓인 나무 상자들 사이를 지나 안쪽에 있는 금속 문까지 살금살금 이동했다. 지금까지 트럭이 모퉁이를 돈 횟수로 판단해 볼 때 내가 있는 곳은 창고의 서쪽 어딘가였다. 파주라 부인의 보안팀이 석관을 운반해 놓을 개인 창고는 이 구역에 있다. 그리고 그곳에 노엘리아 팀도 있을 터였다.

나는 머릿속에 넣어 둔 도면을 참고해 상자들과 조립식 통로를 지났다. 잠금장치를 풀고 파주라 부인의 개인 창고로 잠입할 즈음에는 내 심장이 쿵쿵 뛰는 소리가 들릴 것만 같았다. 두런두런 말소리가 들렸다. 그런데 마일로나 경순의 목소리는 들리지 않았다. 다쳤을까? 우리가 실패한 걸까?

두 단으로 쌓아 둔 상자들 틈새로 나는 건너편을 몰래 살폈다. 타이요와 루커스가 트럭에 실린 커다란 상자에 마지막 끈을 묶는 중이었다. 모든 것이 계획대로 되었다면 경순과 마일로가 석관을 실었을 바로 그 트럭이었다.

"아야."

마일로의 목소리.

안도감이 몰려왔다. 마일로와 경순은 줄지어 놓여 있는 상자 옆에 양손을 한데 묶인 채 등을 대고 앉아 있었다. 아드라는 어디선가 조약돌을 찾아내 쌓아 두고 마일로과 경순의 얼굴로 장난스럽게 튕기고 있었다.

경순은 조약돌에 얼굴을 맞을 때마다 인상을 썼다. 분노에 휩싸인 그녀의 두 볼이 어찌나 벌겋고 눈은 어찌나 분노로 이글거리는지 당장이라도 손목을 묶은 끈을 끊고 아드라의 목을 졸라 버릴 것 같았다.

"아!" 하고 마일로가 다시 소리를 냈다. 아드라가 튕긴 돌이 그의 이마를 때렸다. 아드라가 깔깔거리고 웃었다.

"내버려 둬."

노엘리아는 트럭 옆에 기대 있었다. 어느새 그녀는 레깅스에 스웨터로 갈아입고 머리는 뒤로 넘겨 하나로 묶었다. 구두를 살짝 들자 밑창에 그려진 분홍색과 붉은색 그림이 보였다. 하지만 구체적으로 뭘 그렸는지 알 수 없었다.

"진정해, 다치게 할 생각은 없으니까."

아드라가 다시 마일로에게 돌을 던졌다.

"하지만 얘들은 패배자들이잖아. 패배자는 돌팔매질을 당하는 거야. 쟤들 걸치고 있는 옷 좀 봐. 레이븐 블랙에 차콜과 오닉스 색을 매치한다고? 나는 마르세이유에서부터 저 무례한 패션 감각에 따귀를 날리고 싶었다니까."

아드라가 토하는 시늉을 했다. 하긴 검은색 점프슈트에 무릎까지 올라오는 스웨이드 부츠를 신은 아드라는 한창 도둑질 중이라고 하기엔 너무 세련되어 보였다.

"적어도 나는 누구처럼 쏴 버릴 생각은 하지 않아."

그녀는 루커스에게 돌을 던지려다가 이건 아니다 싶었는지 그만두었다.

나는 숨을 삼켰다. 그들이 싣고 있는 상자―저건 석관일까? 정말 우리 계획을 전부 다 파악했을까?

나는 이제 어떻게 하지? 저 네 명과 맞서 싸워야 하나?

나는 마침내 팔찌를 풀기로 했다. 이번 시도가 마지막이자 아마도 실패에 그칠 것이다. 그러나 엄마를 되찾으려는 나를 방해하는 사람이라면 누구와도 나는 끝까지 싸울 것이다.

그런데 마지막 순간 마일로와 눈이 마주쳤다. 그가 윙크를 했다.

그 순간 안도감이 밀려왔다. 그 안도감에 잠시 정신이 팔린 나머지 팔찌를 깜박했다. 팔찌의 사슬이 금속 선반에 부딪혀 쨍그랑 소리가 났다.

노엘리아 팀이 일순 얼어붙었다. 루커스가 트럭에서 뛰어내리더니 총을 뽑았다. 그는 총을 양손으로 쥐고 있었다. 조심스럽게. 정확하게.

"좋아 퀘스트. 천천히 나와. 아니면 잽싸게 나오든지. 총을 쏠 이유가 생겨서 너무 좋으니까."

한기가 등을 타고 주르르 내려갔다. 그의 목소리에서 장난기는 조금도 느껴지지 않았다.

나는 두 팔을 들고 밝은 곳으로 나갔다.

"오늘 밤에 볼 최악의 패션은 다 본 줄 알았는데."

아드라가 타이요와 노엘리아를 보며 말했다.

"발코니에서 던져 버린 거 아니었어?"

"다른 사람이 한 말을 제대로 이해하려면 끝까지 다 들어야 한다는 사실을 명심하도록 해."

타이요는 그렇게 말한 후 다시 상자가 제대로 묶였는지 확인하기 시작했다.

"왔구나."

마일로가 등 뒤로 묶인 손을 최대한 움직여 내게 흔들었다.

경순은 흘러내린 머리카락을 훅 불어 치웠다.

"기갑부대는 안 왔니?"

"실망을 안겨서 미안해."

내가 대답했다. 경순이 한숨을 쉬었다.

노엘리아가 내 쪽으로 고개를 기울였다.

"어떻게 빠져나왔어?"

나는 한껏 밝은 미소를 지었다.

"업무상 비밀이야."

루커스는 총으로 나를 위협해 경순과 마일로 쪽으로 가게 했다. 평소 브래지어 속에 케이블 타이를 넣어 두고 다니는 듯한 아드라는 나를 두 사람 옆에 앉히고는 생포한 적들로 만든 꽃다발에 나를 함께 묶었다.

"힘든 밤이지?"

마일로가 내 어깨를 툭 치며 말했다.

"말도 마."

타이요가 팔짱을 끼며 말했다.

"어디다 가둬 놓아야 해. 카운트가 곧 연락할 거야. 우리가 출발하자마자 저 애들은 저기서 탈출할걸."

"아니면 영원히 열외 신세로 만들 수도 있어."

루커스는 아직도 총을 총집에 넣지 않았다.

일순 마일로와 경순의 몸이 뻣뻣해졌다. 루커스는 끔찍한 말을 아무렇지도 않게 했다.

"여전히 공격적이네……."

나는 묶인 손목을 계속 비틀어 댔다.

"그래서 공격이 잘 먹히든?"

"몰라. 넌 방어가 잘 되냐?"

그는 다시 총을 들기 시작했다.

"됐어. 그만해."

타이요가 매서운 눈빛으로 루커스를 보았다.

"절도가 살인으로 발전하면 사건 해결율이 200퍼센트나 증가해. 최대한 깔끔하게 일을 처리해야 한다고. 생각부터 하고 행동해, 루커스."

루커스의 눈 주위가 씰룩거렸다.

노엘리아가 말했다.

"그래, 열 좀 식혀, 루커스. 어쨌든 저 애들은 우리를 뒤따라올 수 없어. 그리고, 총에 맞는 사람은 더 이상 없어야 해."

더 이상. 그녀는 예리엘에 대해 말하고 있었다.

기세에 눌린 루커스가 총을 총집에 넣었다.

그들은 출발할 준비를 마쳤다. 아드라가 우리에게 손키스를 불어 날리자 루커스가 트럭의 뒷문을 쾅 하고 닫았다. 타이요는 우리를 안됐다는 눈빛으로 한번 보더니 운전석 쪽으로 갔다.

"카운트에게 우리 안부 전해 줘."

마일로가 소리쳤다.

"어디에 콱 처박히기를 바라."

경순이 말을 보탰다. 물론 마일로처럼 농담조가 절대 아니었다.

나는 떠나가는 트럭의 뒷모습을 노려보았다. 결국 우리는 정적

속에 남겨졌다.

시간이 똑딱똑딱 흘렀다. 5분, 10분, 15분. 우리 셋은 말없이 앉아 있었다. 그들이 다시 돌아오지 않는다는 확신이 설 때까지 기다리고 기다렸다.

경순의 어깨가 들썩였다. 마일로가 낄낄거리기 시작했다. 내 가슴속에서도 웃음이 부글거리며 올라왔다.

"너 무슨 일을 겪은 거야?"

마일로가 물었다.

"그 애들이 정말 옥상에 너를 대롱대롱 매달아 두고 온 거야?"

경순이 물었다.

나는 온몸을 비틀고 흔들어서 머리에 숨겨 둔 날카로운 핀 하나를 꺼내려고 발버둥을 쳤다. 발코니에 매달린 후로 나는 그 핀에 손이 닿는다는 사실에 더할 나위 없이 기뻤다.

"나중에 샅샅이 다 들려줄게. 지금은……."

나는 마침내 내 머리채에서 핀 하나를 낚아챌 만큼 몸을 뒤로 넘겼다.

"오늘 밤은 묶여 있을 만큼 묶여 있었어."

나는 케이블 타이를 집어넣은 구멍으로 핀의 머리를 쑤셔 넣었다. 그러고는 핀을 계속 비틀어 구멍을 넓혀서, 케이블 타이 끝부분을 다시 밀어 넣어 헐겁게 만들었다. 나는 핀을 떨어뜨리고 한 손을 빼냈다.

"너희 둘, 어째서 내가 이 계획을 여기 와서야 알게 된 건지 말

좀 해 줄래?"

경순이 물었다.

케이블 타이가 느슨해지자 마일로가 뒤로 돌려져 있던 양손을 앞으로 빼며 훌쩍 일어나 손목을 문질렀다. 그리고 경순을 돕기 시작했다.

"로스가 이 부분에 대해서는 아는 사람이 적은 편이 더 낫다고 생각했어. 로스 생각이 결국 옳았던 거지."

경순은 쓰고 있던 검은색 비니를 다시 고쳐 썼다. 아주 도둑스러운 모습이었다.

"그래, 이제 그게 다 무슨 상관이겠어."

나는 주위 상자들을 돌아보았다.

"어느 거야?"

"이거야!"

마일로가 문 근처의 상자를 발로 찼다. 파주라 부인의 수송팀이 그녀가 경매에서 낙찰받은 물건을 내려놓을 때 쌓아 둔 수많은 상자 중 하나였다.

경순은 뒷주머니에서 분홍색 다용도 잭나이프를 꺼냈다. 그녀는 매일 하는 일이라도 되듯 훌쩍 뛰어가 상자의 가장자리를 분리하는 작업을 시작했다. 네 귀퉁이를 차례로 작업해 마침내 뚜껑을 제거했다.

우리 세 명은 머리를 모으고 상자 안을 보았다. 그곳을 가득 채운 톱밥들 사이로 흠 하나 없는 황금 얼굴이 반짝거리고 있었다.

청록색이 감도는 루비 눈.

나도 모르게 숨을 들이쉬었다. 석관 전체가 아니라 머리뿐이었지만, 그것만으로도 석관 전체에서 뿜어져 나오던 마법 같은 분위기는 여전했다.

경순과 마일로는 다른 방향으로 흩어져 그곳에 놓인 상자들의 뚜껑을 여느라 여념이 없었다.

"마지막으로 분해했을 때 생긴 절단선을 찾는 건 어렵진 않았어?"

경순이 웃음을 터트렸다.

"하! 달리는 트럭에서 가짜를 조립하는 게 훨씬 더 힘들었어. 그건 어디서 구한 거야?"

"호텔 앞에서 시위하던 사람들. 그 시위대가 그럴듯한 석관 모형을 가지고 있었잖아. 기억 안 나?"

마일로가 말했다.

"로스가 그 사람들의 대의에 아주 너그러운 기부를 했지. 그들이 만든 모형 하나와 교환하는 대가로."

"머리 좋은데."

경순이 파라오의 얼굴을 상자에서 들어 올리며 말했다.

엄마가 여기 계신다면 얼마나 좋을까. 이 퍼즐 맞추기 작업에 비하면 얼마 전 케냐에서 진행했던 화병 절도 건은 갓난아기의 강도짓처럼 여겨질 정도였다. 엄마에게 이 작전을 들려주면 정신을 못 차릴 것이다. 물론 좋은 의미로 말이다.

내가 이 이야기를 들려줄 수만 있다면.

"걔들이 우리가 바꿔친 석관을 제출하면 카운트는 어떤 반응을 보일까?"

경순이 물었다.

"주최자들이 그 순간을 꼭 카메라에 담기 바라."

한 줄기 기쁨이 내 안에서 휘몰아쳤다.

경순이 다른 상자로 뛰어가며 물었다.

"아! 그나저나 데브로는 어디에 있니? 걔도 여기서 우리와 합류하기로 한 거 아니었어?"

아차, 데브로. 나는 히죽 웃음이 나왔다. 지금껏 내내 나를 무겁게 짓눌렀던 상황이 아니었다면 그 애를 두고 온 이유에 배꼽을 잡을 뻔했다.

"데브로는…… 좀 피곤해하더라. 그 애에게 가 봐야겠어. 나머진 너희가 알아서 할 수 있지?"

마일로가 금속을 자르기도 하고 용접하기도 하는 묘한 펜을 손에 쥐고 돌렸다.

"내가 분해했으니까 내가 다시 조립할 수 있어. 걱정 마. 물건은 트럭에 싣자마자 곧장 안전 가옥으로 가져갈 거니까."

경순도 고개를 끄덕였다.

이런 식으로 자리를 뜨다니 좀 미안했다. 하지만 용접에 대해 내가 뭘 알겠는가? 설령 내가 할 수 있는 일이 있다고 해도, 아직도 다 사라지지 않고 혈관에 남아 있는 아드레날린 때문에 손이 벌벌 떨려서 당장은 큰 도움도 되지 않을 것이다. 가장 스릴 넘치는 롤러코스터에서 막 내렸기 때문에 내 심장은 아직도 쿵쾅거리고 다리는 여전히 후들거렸다.

데브로도 여기 있어 봐야 도움이 안 될 것이다. 나는 당장 그에게 달려가 지금까지 있었던 일을 모두 들려주고 싶었다. 그에게 상황을 업데이트해 줘야 하니까. 당장 그를 보고 싶은 이유는 그거라고, 나는 스스로에게 장담했다. 데브로가 내게 보여 준 미소와는 아무 관계가 없다고.

그래서 나는 동료들에게 마무리 작업을 맡긴 채 다시 어둠 속으로 달려 나갔다.

36

"돌아왔구나!"

데브로는 내가 방으로 들어가자마자 나를 와락 끌어안았다. 그는 내 머리카락의 냄새를 맡았다. 목소리가 여전히 떨렸다. 내 거친 호흡만큼 불안정했다. 약효는 언제쯤 사라질까? 나는 내가 없는 동안 데브로가 비틀거리다 욕조에 머리를 박는 것 같은 사고를 당했을까 조마조마해하며 서둘러 호텔로 돌아왔다. 약에서 어느 정도 깨어났기도 바랐다.

그가 코를 훌쩍거렸다. 설마 울었나?

"네가 돌아오지 않는 줄 알았어. 네가……."

그가 말꼬리를 흐렸다. 나는 그가 무슨 말을 하려고 했는지 몹시 궁금했다.

"데브로……."

나는 그의 품에서 빠져나왔다. 그가 한숨을 쉬더니 나를 놓아주었다.

"네가 마시면 안 되는 음료를 마신 건 알지? 그래서 지금 네가 이렇게 행동하는 거야."

"정말이야?"

그는 내 시선을 비단결 같은 그의 속눈썹으로 끌어당기며 몇 번이나 눈을 깜박거렸다.

"나는 기분이…… 좋은데."

"알았어."

나는 그의 손을 잡고 소파로 데려갔다. 그렇지만 그가 스스로 나를 따라오는 느낌이었다.

나는 그의 양어깨를 눌러서 소파에 앉혔다. 그리고 나도 그의 옆에 앉았다.

"그럼 말해 봐. 오늘 네가 음료수에 탄 약 말이야. 약효가 얼마나 지속되니?"

그가 얼굴을 찌푸렸다.

"음……."

"말해야 해."

내가 그를 똑바로 바라보며 말했다.

그가 미소를 지었다.

"너는 정말 예뻐."

그가 손을 들더니 내 뺨을 만졌다. 나는 그 손에 얼굴을 갖다 대고 싶었지만, 정신을 차리고 손을 내려놓았다.

"데브로, 약효가 얼마나 지속되냐고."

"나도 몰라. 네…… 네 시간? 그런데 나…… 키스해도 돼?"

열기가 내 몸을 관통했다. 데브로가 내게 몸을 기울였다. 약효로 흐릿해진 그의 눈빛에서 갈망 같은 것이 점점 커졌다.

"갬빗 따위 알 게 뭐야. 이제 그런 건 하고 싶지도 않아. 그냥 네게 키스하고 싶어."

순간 심장이 콩닥거리기 시작했다. 설마 지금까지 나랑 장난한 게 아니라 진심이었나? 정말 내게 키스하고 싶나?

나도 그와 키스를 하고 싶었다.

하지만 이런 식은 아니다.

"안 돼."

사실 거절하고 싶지 않았지만 나는 양손으로 그의 어깨를 눌러서 다시 똑바로 앉혔다.

그가 아이처럼 얼굴을 찡그렸다. 정말 사랑스러웠다.

"이렇게 부탁하는데?"

"안 돼. 지금은 안 돼."

"왜 안 돼?"

"내일 다시 청해 줘. 알겠지?"

내일 기억을 한다면. 내일 또 이런 순간이 있을까?

데브로는 실망을 금치 못했지만, 툴툴거리면서도 고개를 끄덕였다. 나는 한숨을 쉬었다. 이제 숨 좀 돌리자.

"이제 가서 자."

나는 데브로를 소파에서 재우려다가, 이왕이면 제대로 자는 편이 더 좋을 것 같아 침대로 데려가 눕혔다.

"몇 시간 자고 나면 기분이 나아질 거야."

"나는…… 나는 지금 괜찮은데. 안 괜찮은 건가?"

"아니야, 그래도 여기 있어. 마일로와 경순이 돌아올 때까지."

그가 꿈을 꾸듯 미소를 지었다.

"나는 그 애들이 좋아."

그는 넥타이를 풀고 셔츠의 제일 위의 단추를 풀었다.

"걔들이 탈락할 걸 생각하면 마음이 안 좋아."

내 손이 이불 위에서 그대로 멈췄다. 좋든 나쁘든 데브로는 지금 솔직하게 속마음을 드러냈다. 지금이라면 그의 마음속으로 들어가 그토록 원했던 해답을 붙잡을 수 있지 않을까. 거부하기 힘든 유혹이었다.

나는 뭘 알고 싶은 걸까?

"데브로."

내가 말문을 열었다. 그가 나를 보았다. 어쩌면 줄곧 나를 보고 있었을지 모르겠다.

"너는 진심으로 나를 이길 거라고 생각해?"

멀쩡한 정신으로 돌아와 내게 버럭 화를 내며 방을 다시 박차고 나갈지 모른다는 생각에 나는 숨을 죽이고 기다렸다.

"그래야 해. 엄마를 위해."

나는 일순 긴장했지만 계속 밀어붙여 보았다.

"기차에서는 아버지를 위해서 참가한다고 했잖아?"

데브로가 머리를 문지르며 끙 소리를 냈다.

"나는 부모님 이야기는 하고 싶지 않아. 그분들 이야기에 지쳤어. 엄마는 아빠 이야기를 멈추는 법이 없어."

심장이 목구멍으로 튀어나오는 줄 알았다. 동시에 그의 휴대폰에 저장된 매우 사적인 편지를 읽으면서 느꼈던 것과 같은 종류의 죄책감이 거대한 파도처럼 나를 덮쳤다. 나라도…… 정상적인 대응을 하지 못하는 상황에서 이 주제에 관해 이야기하라는 압박을 받는다면 증오스러울 것 같았다. 사실 나도 이런 상황에서 시험을 당하는 게 너무 싫다. 하지만 나는 이미 돌아올 수 없는 강을 건넜다.

"자, 이제 괜찮아. 이런 이야기는 이제 안 해도 돼."

나는 그의 어깨를 쓰다듬으며 어떻게든 마음을 달래 주려고 했다. 내가 왜 그랬지? 그런 일은 애초에 들추지 말아야 했는데.

어쩌면 다른 방향으로 질문을 이끌어 갈 수도 있을 것이다.

하지만 데브로는 잠에 취한 것 같았다. 그의 눈꺼풀이 천근만근처럼 보였다. 이래서야 그에게서 많은 걸 알아낼 것 같지 않았다.

"데브로…… 너는 믿을 수 있는 사람이야?"

그가 눈물을 닦았다.

"몰라. 그건 네게 달렸지."

숨이 턱 막혔다. 방금 데브로의 말이 내 안에서 메아리쳤다. 내게 달렸다고, 허? 아무도 이런 식으로 말해 준 적이 없었다.

나는 눈을 내리깔고 손톱을 만지작거렸다.

"너 그런 말을 한 건, 모르겠다. 나를 가지고 놀 생각이라서야?"

"로스."

그가 덜컥 내 손을 잡았다. 약에 취한 상태라 굼뜰 거라고 생각한 것보다 훨씬 빨랐다. 그리고 계속 말을 해도 되는지 물어보듯 내 눈을 바라보았다.

"나는 네게 상처 주고 싶지 않아. 지금까지 진짜 여자 친구는 한 명도 없었어. 그들 중 누구도 진짜가 아니었어. 아무도 나를 제대로 알지 못했어. 너는 진짜로 느껴져."

정신이 오락가락하는 남자가 읊조리는 말을 진지하게 받아들이는 건 정말 멍청한 짓일 것이다. 하지만 그럼에도 안도감에 눈물이 나올 지경이었다. 나는 그의 말을 믿고 싶었다. 어쨌든 지금 그의 상황으로는 거짓말을 할 이유가 없으니까 말이다.

데브로가 망설였다.

"내 옆에 누워 줄래? 혼자 잠드는 건 너무 싫거든."

갑자기 목이 멨다.

나는 문을 봤다가 다시 그를 보았다. 그는 이미 내가 누울 자리까지 만들었다. 그리고 아주 간절한 표정까지 짓고 있었다.

"어, 그래……. 그런데 잠깐만 기다려. 너는 잘 모르겠지만, 내가 지금 대형 트럭에 치인 흑인 바비 인형 꼴이야."

내 말에 그가 웃음을 터트렸다. 솔직한 마음이 담긴 진짜 웃음. 남자아이다운 그 웃음을 듣는 순간 한시바삐 그에게 돌아오고 싶어졌다.

아무리 그래도 시간이 약간 걸리는 건 어쩔 수 없었다. 나는 샤워를 하고 반바지와 셔츠 잠옷으로 갈아입었다. 문득 기억이 떠올라 내 재킷을 더듬어 타이요가 넣어 둔 도청기를 찾아냈다—교활하게도 뒷덜미 쪽 옷깃 아래에 달려 있었다. 나는 손가락으로 도청기를 으스러뜨리고 만약을 위해 재킷을 통로로 훌쩍 던져 버렸다. 다시 침실로 들어가 보니 데브로는 얼굴을 베개에 파묻은 채 옆으로 누워 있었다.

나는 그의 옆으로 들어갔다. 그가 나를 자신의 품으로 꼭 안으려는 듯 한쪽 팔을 들었다가, 그대로 멈췄다.

"괜찮아. 그렇게 해."

나는 그의 손을 내 허리춤에 내려 나를 꼭 안게 했다. 그는 좋아서 콧소리를 냈다.

손바닥으로 그의 심장 박동이 전해졌다. 가벼운 숨결이 닿을락 말락 내 입술을 간질였다. 그는 이렇게 사랑스러웠다. 정말 잘생기기도 했다. 그리고 그의 손, 그 손으로 내 허리를 안은 느낌. 나는 이대로 잠에 곯아떨어질 수 있을 것 같았다. 오늘 밤이든 어느 밤이든.

"데브로."

내가 살며시 그를 불렀다.

"응?"

내가 그의 가슴을 어루만져 주자 그의 입에서 부드러운 콧소리가 새어 나왔다.

"내가 키스를 하지 않겠다고 했을 때 왜 그렇게 화가 난 거야? 지난밤에 말이야."

그는 여전히 눈을 감고 있었다.

"왜냐면…… 너는 내게 기회를 주지 않으려고 했으니까. 이건 공평하지 않아……. 나는 나쁜 남자가 되기 싫어."

나는 잠시 머물 작정이었다. 아주 잠시만. 그런데 뭔가가 계속 있으라고 했다. 기회를 주라고.

그러다 내가 알아차리기도 전에 내 눈도 스르르 감겼다.

눈을 뜨니 나는 따스한 햇살을 받으며 이불을 고치처럼 둘둘 말고 있었다. 모든 것이 포근하고 부드럽고 아름다울 정도로 밝았다.

그리고 널찍했다. 침대에는 나 혼자뿐이었다. 데브로는 어디에 있을까?

"로스 깼어!"

마일로가 열린 침실 문으로 빼꼼 들여다보고 있었다. 응접실을 내다보니 테이블에 하얀 테이블보가 깔려 있었다. 내가 잠든 사이에 차려 놓은 것이 분명했다. 나는 남은 잠을 떨쳐 내며 침실에서 비틀비틀 걸어 나왔다. 테이블 주위에 놓아둔 의자 넷 중에 하나에는 경순이 책상다리를 한 채 앉아 있었다. 데브로는 보이지 않았다. 내가 모르는 케이팝이 흘러나오는 중이었다. 경순은 박자에 맞춰 고개를 까닥까닥 흔들었다. 그녀는 등을 돌리고 앉아 있었기에, 룸서비스 테이블의 식기를 모두 거둬서 조용히 자기 스웨터 소매에 집어넣는 모습을 내가 다 보고 있다는 걸 모르는 게 틀림없었다.

내가 키득거리며 웃었다.

"어, 잘 잤어?"

경순이 손가락 하나를 입에 갖다 댔다. 나는 알겠다고 고개를 끄덕였고 마일로가 그녀의 옆에 앉았다.

"석관은 안전해? 카운트가 위치를 보내 줬어?"

내가 물었다.

"네가 가고 두어 시간 후에 조립이 끝난 석관을 공항에서 개인 비행기로 보냈어."

마일로가 뿌듯해하면서 만면에 미소를 지었다.

나는 긴장이 풀려서 빈 의자에 앉았다. 과일과 시럽, 빵의 달콤한 냄새가 테이블에서 둥둥 흘러왔다.

"이메일 확인해 봤어? 여기서 비행기로 돌아갈 건가 봐."

경순이 딸기를 입으로 넣으며 내게 자신의 휴대폰을 흔들었다. 화면에는 E-티켓이 떠 있었다.

"다섯 시간 후에 출발해."

마일로의 접시에는 팬케이크와 와플이 가득 쌓여 있었다. 과일을 가득 담은 경순의 접시와는 대조적이었다. 그러더니 그는 테이블을 살폈다.

"아, 또야!"

그는 테이블로 고개를 떨구었다.

"내 돈을 박박 긁어 가려고 작정을 했구나."

"네가 기차에서 카드 게임 할 때 우리 돈을 박박 긁어 갔던 것처럼?"

내가 마일로를 놀렸다.

그는 테이블을 향해 툴툴거리더니 지갑을 꺼내 경순의 손바닥에 20달러를 내려놓았다. 그녀는 경건한 표정으로 마일로에게 포크와 나이프를 하사했다.

이런 순간만으로도 어느새 훌륭한 아침이었다.

"그런데, 데브로는 어떻게 된 거야? 오늘 아침에 방을 나갈 때 보니 얼이 빠졌더라."

마일로가 얼른 주제를 바꿨다.

역시 그는 지금 방에 없다―숨을 곳이 별로 없는 방이니 말이다. 우리는 함께 잠이 들었고 지금 그는 자취를 감추었다. 마일로와 경순이 그 모습을 봤을까?

"자기 약에 취했던 거야."

마일로와 경순이 내 말의 의미를 깨닫기까지 잠시 시간이 걸렸다.

"잠깐……. 그러니까 네 말은?"

경순이 웃음을 터트렸다.

나는 아이스커피가 든 유리병으로 손을 뻗었다. 이런 음료를 이렇게 병으로 주문할 수 있는지 꿈에도 몰랐다. 그 이야기를 시작으로 우리는 지난밤에 있었던 일을 서로에게 들려주기 시작했다. 내가 20층 발코니에 수갑으로 묶인 사연부터 데브로를 경매장에서 끌고 나온 일이며 트럭의 차체에 매달려서 창고까지 숨어든 이야기까지 전부 다 들려주었다. 나는 데브로와 침대에서 함께 잠들게 된 이야기는 슬쩍 건너뛰었다.

"그래서 데브로가 모습을 감췄구나. 불쌍한 데브로. 정말 당황스
러울 거야."

경순이 말했다.

당황스럽다라……. 아마도. 어쩌면 단순히 나를 피하는 건 아닐
까? 그는 어디까지 기억할까? 그가 기억을 한다면 자신이 한 말을
후회할까?

그를 좋아하지 않는 척했을 때는 이렇게 복잡하지 않았는데.

경순이 말했다.

"음, 나는 그런 모습을 네가 조금이라도 봐서 다행이라고 생각해.
그래서 데브로가 자신의 입을 억제할 수 없는 동안 너를 향해 남
몰래 한 사랑을 고백했어? TV를 보면 다 그렇게 되던데."

마일로는 의자에 편안하게 기댔다.

"아, 맞아. 진부한 취중 고백 신. 내가 좋아하는 장면이지. 다음으
로 좋아하는 건 한쪽이 다른 쪽의 휴대폰을 훔치는 장면인데, 상대
가 다른 꿍꿍이가 있다고 의심하는 거지."

그가 눈썹을 찡긋찡긋했다.

"너는 팬케이크나 먹어, 마일로."

나는 손을 들어 그의 말을 막았다. 경순은 무슨 이야기인지 몰
라 인상을 썼다.

그녀는 손가락으로 주스 잔을 톡톡 치더니 과장되게 한숨을 쉬
었다.

"좋아, 나 고백할 거 있어……. 사실은, 1단계에서 데브로가 부업 하나 하라며 나를 고용했어."

마일로와 나는 호기심 어린 눈빛을 교환했다.

"무슨 부업?"

내가 물었다.

경순은 당혹감을 감추지 못했다.

"음, 자기에 대해서 좋게 말해 달라고 했어…… 로스 너에게."

그건…… 예상하지 못했다.

"어떻게 좋게 말하라고 했는데?"

"이상한 건 아니야! 이런 거야. 아이, 모르겠다. 만약 네가 누구에 게 반했다고 쳐. 그래서 너는 그 사람의 제일 친한 친구들에게 그 사람이 너를 좋게 생각하도록 도와 달라고 하는 거지."

경순의 뺨이 살짝 붉게 물들었다. 그러더니 말도 없이 경순은 테이블 아래로 사라졌다.

마일로가 똑바로 앉았다. 우리는 놀란 표정으로 서로를 바라보았다.

"어, 경순. 네가 무슨 짓을 하고 있는지는 몰라도 로스와 나는 동의하지 않았는데……."

"조용히 해 봐, 마일로."

경순이 다시 나타났다. 그녀는 가장자리가 은색인 크고 둥근 상자를 내 앞에 내려놓았다.

"너는 그걸 언제 거기에 넣어 뒀냐?"

마일로가 투덜거리듯 말했다. 내 정신은 온통 그 상자에 쏠려 있었다. 경순은 상자의 내용물이 뭔지 잘 모르겠다는 듯 내게 열어 보라는 몸짓을 했다.

나는 이 대화가 흘러가는 묘한 전개를 결국 받아들이며 상자를 열었다. 미소가 살짝 내 얼굴을 스쳤다. 모자 상자였다. 상자에는 주름이 진 선물 포장지들 위로 연분홍색의 화사한 밀짚모자가 있었다. 모자를 드는 순간 나도 모르게 눈이 휘둥그레졌다. 이 모자를 본 적이 있다. 우리가 호텔에 막 도착했을 때였다. 모자 안쪽에 작은 라벨이 붙어 있었다. 발렌티노 가라바니.

"우리가 여기 도착했을 때 네가 이 모자를 흘끔흘끔 보는 걸 봤어. 훔친 거 아니야!"

그녀는 상자에서 자필 서명을 한 영수증을 꺼내 보여 주었다. 영수증을 슬쩍 본 마일로는 휘파람을 불었다. 모자 하나에 2000이면 휘파람이 나올 만하다.

"데브로가 내게 의뢰한 일에 대한 의뢰비가 그 정도였어. 난 마음이 불편했어. 우리는 이제 친구니까. 내 멘토는 보상이 없는 사과는 그저 변명일 뿐이라고 늘 말씀하셨어. 그러니까 이건 진짜 내 마음이 담긴 사과야."

경순은 별로 신경 쓰지 않는다는 듯 어깨를 으쓱하며 시선을 피했다. 그렇지만 그런 행동 때문에 내 반응에 신경을 곤두세우고 있다는 사실이 더 드러나서 귀엽게 느껴졌다.

나는 아주 한참 그 모자를 음미했다. 머릿속에서 온갖 생각이 뒤엉켜 드잡이를 했다. 데브로는 자신의 서포터로 경순을 고용했다. 엄연한 사기지만, 매력적으로 느껴지는 구석도 있었다. 내가 휴대폰을 훔쳤다고 했을 때 데브로가 이런 느낌이었겠구나 싶었다. 짜증을 내야 하는 순간인 것 같은데, 짜증이 나지 않았다. 게다가 이 어처구니없고 아름다운 사과의 모자를 보라. 그리고 마지막으로 경순이 한 말. 그녀는 마음이 불편하다고 했고…… 이제 우리가 진짜 친구가 되었기 때문이라고 했다.

정말 우리가 친구일까?

내가 말했다.

"나는 이런 식으로 조종당하는 걸 좋아하지 않아. 그렇지만 이 모자는 정말 마음에 들어."

"그럼 이걸로 우리 사이는 아무 문제 없는 거다."

경순이 말했다.

"지금부터는 솔직하게, 항상, 알았지?"

그녀는 '솔직하게'라고 말했지만 그 말을 진심으로 믿을 수 있을까? 도둑을 믿을 수 있나?

어쩌면 지금은 괜찮을지도 모른다. 아주 잠깐 동안이라면 괜찮지 않을까.

나는 웃음을 참았다.

"좋아."

37

나 출국장 도착. 데브로는 아직이야?

나는 숨을 들이쉬며 경순에게 메시지를 보냈다. **안 보여.**

경순이 눈을 동그랗게 뜬 이모지를 보냈다.

나는 뭉친 목 근육을 문지르며 사람들로 붐비는 공항을 훑어보았다. 비행기 이륙 시간까지 앞으로 30분 남았지만 데브로는 여태껏 행방불명이다. 그가 우리가 보낸 메시지를 다 읽은 건 확실하다. 읽었다는 표시가 있으니까.

시끌벅적한 공항의 소음이 내 주위를 빙글빙글 도는 토네이도처럼 느껴졌다. 거대한 카이로 국제공항의 규모에 나는 필요 이상으로 자신이 작게 느껴졌다. 게다가 비행일로는 인기가 없는 목요일임에도 이곳은 탑승객들로 북적거렸다. 데브로가 나타나기는 할까? 설마하니 어젯밤 일로 당황스러워서 대회를 포기할 리는 없겠지.

나는 배낭 끈을 꽉 쥔 채 공항의 드넓은 복도를 서성거렸다. 그나저나 나는 왜 데브로에게 이렇게 신경을 많이 쓰는 걸까? 지금 나는 갬빗에, 엄마에 집중해야 한다.

길게 늘어선 가게 진열대 사이에 서서 주위를 살피는데 은색과 검은색의 세련된 표지판에 아랍어와 영어로 '스카이 글라이더스 클럽'이라고 적혀 있었다.

운 좋게도 마침 라운지에서 나오는 정장 차림의 키 큰 남자가 내 표적이 되었다. 우리는 지나가면서 살짝 스쳤고, 서로 사과를 했고, 각자 갈 길을 갔다.

그의 지갑에서 나는 금세 은색과 검은색의 스카이 글라이더스 회원 카드를 찾았다. 내가 회원 카드를 입구에서 긁자 출입문이 환영의 노래를 불렀다.

클럽 라운지의 조명은 어두운 편이었다. 시끌벅적한 공항의 소음이 희미해지고 대신 부드럽고 마음이 차분해지는 선율이 흘러나왔다.

내 앞으로 펼쳐진 응접실에는 고작 세 사람이 느긋하게 시간을 보내고 있었다. 벽에 붙은 지도를 보니 이런 응접실이 더 있었고 그 외에 바와 개인 수면실까지 있었다.

나는 프런트 데스크를 지나치며 직원에게 지갑을 밀어 주었다.

"문가에서 이걸 주웠어요."

나는 이렇게 말하고 그곳을 지나쳤다. 그 남자는 지갑을 찾으러 다시 오겠지. 안 올 수도 있지만.

내부는 이른 오후 햇살이 샴페인 색조의 창문으로 들어오며 실내에 황금빛을 뿌리고 있었다. 나는 푹신한 검은 가죽 의자 하나에 편하게 앉아 이모와의 채팅방을 열었다. 아침에 나는 페이스타임으로 이모에게 잘 있다는 이야기며 그동안 있었던 일을 전했다. 이모 얼굴을 본 지 2시간밖에 되지 않았지만 또 전화를 하고 싶었다.

아니면…… 엄마에게? 2단계는 거의 다 끝났다. 아직 결과는 나오지 않았지만 전화로 희소식을 전해도 되지 않을까? 장담하는데, 그 사악한 납치범들도 내가 다음 단계로 간다는 소식을 들으면 기뻐할 것이다.

막 전화를 하려는데, 누군가 방으로 들어왔다. 조끼와 청바지 차림의 남자.

"데브로."

나는 양손으로 소파를 짚으며 몸을 일으켜 세웠다.

"혹시 나를 미행이라도 한 거야?"

그는 무슨 말을 해야 할지 어쩔 줄 몰라 했다. 표정을 보니 도망치고 싶은 모양이었다.

"오래 한 건 아니야."

그는 맞은편에 있는 가죽 안락의자에 엉덩이를 걸치듯 앉았다.

"누구에게 전화하려던 거야? 방해할 생각은 없었는데……."

"어, 그냥 이모한테."

나는 휴대폰을 뒤집어서 내려놓았다. 우리는 어색한 침묵 속에서 한동안 앉아 있었다. 지난밤에 관해 이야기해야 하나? 경순이 한 말은? 혹시 데브로는…….

"미안해."

그의 얼굴에 수치스러운 기색이 스쳤다. 그는 몸을 꼼지락거렸다.

"어젯밤 일 말이야……."

나는 앞으로 몸을 내밀고 싶은 마음을 꾹 참았다. 뭐라고?

"경매장에서. 그 녀석들에게 당하다니 아마추어 같은 실수였어. 좀 더 조심해야 했는데. 하지만 나는 경솔했고 결국 아무 도움도 되지 못했어. 네가 애쓴 덕에 간신히 성공하기는 했지만."

그가 한 손으로 머리를 쓸어 넘겼다.

잔뜩 긴장했던 내 어깨에서 힘이 스르르 빠져나갔다.

"너는 사과를 하는 상황이 익숙하지 않구나, 그렇지?"

"음, 내가 잘못을 저지르는 경우가 흔치 않으니까."

이미 끔찍한 사과였다. 평소 그와 다르게 전혀 계산되지 않은 행동. 그래서 진실했다. 그는 잘못을 인정하고 계속 말을 이었다.

"하지만 실수를 하면 항상 사과해. 내가 이렇게 사과를 할 때는 진심으로 미안하게 생각한다는 점을 알아 줘."

그의 시선은 사방으로 향했다. 그러니까 내 눈을 제외한 모든 곳을 보더니 마침내 억지로 나와 눈을 맞추었다.

"그래서 내가 지금 사과를 하는 거야……. 혹시 내가 어젯밤에 말도 안 되는 소리를 했나 해서."

심장이 철렁했다.

"너 기억이 안 나?"

"아주 조금? 꿈을 꾼 것 같아. 잠을 자는 것도 아니고 완전히 깬 것도 아닌 그 중간 지대에 있었던 것 같기도 하고. 내 기억이 정확한지 아닌지 나도 모르겠어."

그는 다시 입을 다물었다.

"내가 혹시…… 신경 쓸 만한 말이나 행동을 했어?"

거기서부터 시작해야 하나.

"너는…… 내가 너를 믿어도 된다고 했어."

그의 얼굴에서 핏기가 사라졌다.

"내가?"

"진심이 아니었다는 것처럼 구는구나?"

그가 조끼의 매무새를 만졌다.

"아니야, 나는 그저…… 놀라서 그래. 내가 그런 말을 했나 싶어서."

평소에는 그렇게 눈을 잘 맞추더니 그는 잠시 내 눈을 피했다.

"그리고 엄마를 위해서 갬빗에서 우승하고 싶다고 했어. 엄마가 우승이나 그 비슷한 걸 하라고, 뭐랄까, 압박감을 주셔?"

"설마."

그가 소매를 잡아당겼다.

"엄마는 당신이 지금 어디에 있는지도 가르쳐 주지 않아. 사람들에게 미행을 당하는 것 같다는 이야기를 암호로만 보내실 뿐이야. 몇 달째 엄마를 못 봤어. 엄마의 정신 상태는 좋아졌다 나빠졌다 하니까. 지금 안 좋은 상태일까 걱정이야. 갬빗에서 우승하면 내 소원은 엄마를 찾아 달라는 거야."

그는 얼굴을 붉히며 소년처럼 방어적으로 어깨를 으쓱했다. 내게 다음으로 든 의문은 왜 처음부터 말하지 않았느냐는 것이었다. 하지만 나야말로 엄마의 목숨이 경각에 달려 있다는 사실을 숨기고 있었다. 상황이 완전히 다르지만, 그런 이야기를 가슴에 담아 두고 싶은 마음이 이해되었다.

나는 목청을 가다듬었다.

"또 너는 내가 '진짜로 느껴진다'고 했어. 그게 무슨 의미인지 모르겠지만."

우리가 만난 이후 처음으로 데브로가 안절부절못했다. 그런데 그는 감정을 다스리려고 옷을 매만지지 않았다. 다리를 떨었다. 무슨 생각을 하고 있을까? 이렇게 동요하는 데브로를 보자 좀 더 밀어붙이고 싶어졌다. 나 역시 그가 진짜로 느껴지길 원했다.

"게다가. 진짜 여자 친구는 한 명도 없었다고 했어."

내가 웃었다.

"나는 그 말이 진심일 리 없다고 99퍼센트 확신해."

그의 다리가 멈췄다. 속으로 무슨 갈등을 했는지 모르지만, 마음의 결정을 내린 모양이었다.

"나는 지금까지 누구도 좋아해 본 적이 없어."

"그래, 그렇겠지. 너는 누구도 좋아한 적이 없어. 다른 사람들은 전부 게임이었고 나는 특별한……."

"나 지금 진지해."

그가 내 말을 끊고 나를 뚫어져라 바라보았다.

"이건 진짜야. 내 말은, 잠깐 즐긴 적도 있고 친구들도 있었어. 그런데……."

410

그의 턱에 힘이 들어가나 싶더니 다시 힘이 빠졌다.

"그들 중 누구도 내 진짜 모습을 알지 못했어. 내가 어디 출신인지, 무슨 일로 돈을 버는지, 내가 정말로 무슨 생각을 하는지 아무것도 몰랐다고. 모든 게 보여 주기 위한 쇼였어. 또 다른 일이었지. 그들과 있을 때의 나는 진짜 내가 아니었고 그들도 내게 진짜로 느껴지지 않았어. 가짜 관계를 맺는 사람들을 어떻게 진심으로 아낄 수 있겠어?"

나를 바라보는 그의 눈빛이 부드러워졌다.

"하지만 너는…… 너는 진짜로 느껴져. 내가 알아 갈 수 있는 실제의 진짜 사람처럼 보인다고. 그래서 나는 네가 정말, 정말 좋아."

나는 점점 숨을 쉬기 힘들어졌지만 어떻게든 그에게 이 말을 해야만 했다.

"그게 유일한 이유야? 네가 내게 키스하고 싶다고 한 건 내가 네게…… 실체가 있는 존재처럼 느껴졌기 때문이었어?"

"아니야, 물론 그건 아니야. 내가 정말 간절하게, 거부할 수 없을 정도로 원하지 않았다면 네게 키스하게 해 달라고 청하지 않았을 거야."

그가 '간절하게'와 '거부할 수 없을 정도로'라는 말을 강조하며 발음하는 순간 전율이 내 몸을 관통했다.

"지금까지 이렇게 진심으로 누구에게 키스를 하고 싶었던 적은 없었어. 나도 네가 왜 첫 사람인지 이유를 알고 싶어. 아마 그건 네가 진짜이기 때문일 거야. 아니면 네가 진짜이고 유능하기 때문이

거나. 진짜이고 강인하지. 진짜이고 결단력이 있고."

그의 목소리가 벨벳처럼 부드러워졌다.

"진짜이고 아름답고."

그의 말 한 마디, 한 마디가 나를 안전하고, 포근하게 감쌌다. 하지만 내 몸을 꼭 조이고 속박하는 느낌이기도 했다. 마치 끈적거리는 거미줄처럼.

데브로는 목덜미가 잠시 빨개질 정도로 문질렀다.

"고백 하나 할까? 너와 잘되게 도와 달라고 경순을 고용했어. 이렇게 되고 보니 환불을 받고 싶어지네."

아니야, 이럴 리 없어. 부추긴 적도 없는데 데브로는 그 이야기를 아무 이유 없이 갑자기 왜 털어놓는 거지?

나는 벌떡 일어나 손톱을 깨물면서 서성거리기 시작했다.

맙소사, 혹시 …….

"로스?"

데브로도 살짝 당황한 표정으로 벌떡 일어섰다.

"너, 너 괜찮니? 무슨 일이야?"

눈물이 차오르기 시작했다. 나는 고개를 흔들었다. 데브로는 내 앞에 서서 양손을 내 어깨에 올려놓았다. 지금 나는 스스로도 완전히 이해하지 못하는 뭔가를 하려는 상태에서 금방이라도 울음이 터질 것 같았다. 데브로는 당황에서 어찌할 줄 몰라 했다. 가여워라.

나는 헉헉거리면서 금방이라도 흘러내릴 것만 같은 눈물을 닦았다. 그리고 그를 바라보았다.

"너…… 너 정말, 그러니까, 내게 다른 목적이 있는 게 아니었어?"

그가 살짝 웃었다.

"내가 아니라고 몇 번이나 말해야겠어?"

"매번. 우리가 이럴 때마다 내가 부탁하면 해 줘."

"좋아. 맞아, 로스. 나는 네게 다른 목적이 있어서 접근한 게 아니야. 믿거나 말거나 사람들은 대부분 꿍꿍이 같은 건 없어."

그가 내 머리를 귀 뒤로 넘겨 주었다. 나는 몸이 떨렸다.

나는 이마를 그의 어깨에 댔다.

"나…… 인생을 너무 많이 허비한 것 같아. 엄마는 내게 아무도 믿어선 안 된다고 했어. 그런 말을 들으면 나는……."

흐느끼느라 말이 뚝뚝 끊어졌다.

"너무나 외로웠어."

나는 양팔로 데브로를 안고 그의 체취를 들이마셨다. 그는 큰 바다에 뜬 부표 같았다. 나는 익사할 지경인데, 그는 그곳에 내내 떠 있었다.

데브로가 나를 안았다. 그가 내 정수리에 턱을 갖다 댔다. 그는 따스했다. 너무나 따스했다. 그를 놓아주고 싶지 않았다. 그가 속삭였다.

"너는 행운아야. 그 외로움을 보상받을 시간이 앞으로도 많이 있을 테니까."

나는 그에게서 몸을 뗐다. 그는 내 볼을 따라 막 흘러내린 눈물을 닦았다. 나는 눈을 흘겼지만, 가벼운 미소를 군이 참지 않았다. 눈물을 다 닦자 그는 손끝으로 턱 아래까지 내 얼굴을 훑어내렸다. 그리고 내 턱을 살짝 들었다.

"이제 키스해도 돼?"

나는 양손으로 그의 얼굴을 감싸고 내 얼굴로 끌어당겼다.

그의 입술은 처음에는 부드러웠지만 거부할 수 없는 욕망에 사로잡혀 내 입술을 덮었다. 내 손이 뱀처럼 그의 목을 감싸며 내 쪽으로 끌어당겼다. 오, 맙소사. 그의 입술에서 느껴지는 맛은 완벽했다. 마치 난생처음 제일 좋아하는 사탕을 맛보는 느낌이었다.

나는 이렇게 영원히 있을 수 있었다. 그러고 싶었다. 그의 키스가 점점 진해지자 내 입에서 나도 모르게 신음이 나왔고 배꼽에서 욕망이 몽글몽글 퍼져 나갔다.

그의 키스는 나를 더 큰 바다로 휩쓸고 가 버리겠다고 위협하는 격랑 같았다.

바로 그때 그의 조끼에서 휴대폰이 울려 우리는 서둘러 몸을 뗐다.

데브로가 끙 소리를 냈다.

뒷주머니에 넣어 둔 내 휴대폰도 진동했다.

"타이밍 한번 기가 막히네."

내가 투덜거렸다.

경순에게서 온 메시지였다. **탑승 시작했어.**

"그러게."

데브로가 휴대폰을 조끼 주머니에 집어넣고 몸을 곧게 폈다. 나는 양손을 내밀어 그에게 일으켜 세워 달라고 했다. 그는 나를 일으켜 세웠다. 그런데 힘껏 당기는 바람에 나는 그의 품으로 곧장 쓰러졌다. 그가 가슴으로 나를 받았다. 내가 웃음을 터트렸다.

"이제 일하러 가야지."

그가 말했다. 그런데 그 말과 동시에 그의 얼굴에서 미소가 사라졌다.

"왜 그래?"

내가 물었다.

데브로는 고개를 가로저었다. 그의 눈빛이 또렷해졌다.

"아무 일도 아니야."

그가 손가락으로 내 머리를 쓸어내렸다.

"아무것도 아니야."

32

지금껏 카운트와 만난 장소들 가운데 이곳이 가장 특이했다. 영국령 버진 아일랜드가 도착지인 비행기 표를 봤을 때, 내가 예상한 곳은 이번에도 밀실이거나 아무도 모르는 지하 와인 셀러였지, 방금 운전기사가 우리를 내려 준 고급 리조트의 정문 앞은 절대 아니었다. 눈에 보이는 모든 것이 햇빛에 흠뻑 젖어 있었다. 우리가 앉아 있는 파티오 앞으로 뻗은 모래사장과 그 너머의 바다도 마찬가지였다. 바다 냄새, 짭조름한 바닷물, 하얀 포말에 쉼 없이 철썩대는 파도 소리를 듣고 있으니 집이 생각났다. 하지만 집처럼 편안하지는 않았다. 집에 온 것처럼 느껴진다고 해서 집처럼 자유롭다는 뜻은 아니니까.

"그 애들이 나타날까?"

경순이 휴대폰으로 시간을 확인하며 물었다. 카운트는 정오에 이곳에 올 거라고 했다. 우리는 한 시간 동안 이곳에서 시간을 죽이고 있지만 노엘리아 팀은 코빼기도 비치지 않았다. 그들은 아직 탈락한 상태가 아니었다. 그러나 앞으로 5분 후면 그들은 마감 시한을 넘기게 된다.

"오지 않으면 실격되겠지."

마일로는 손깍지를 낀 손으로 머리 뒤를 받친 채 의자에 기대서 햇빛을 듬뿍 흡수하는 중이었다.

밝은 분홍색 셔츠를 입은 직원이 경순의 음료수를 가지고 왔다. 음료는 붉은색에 컵의 윗부분에 설탕이 뿌려져 있고 작은 우산으로 장식해 귀여웠다. 특히 그 우산은 우리 테이블에 비스듬히 꽂혀 있는 진짜 파라솔과 똑같아 보였다.

"나중에 버진 아일랜드에 다시 오자."

나는 새 모자의 둥근 부분을 살짝 잡고 저 멀리 수면을 두 명의 서퍼가 미끄러지듯 지나가는 모습을 지켜보았다. 사실 이 모자는 이곳과 어울리지 않았다. 내가 입고 있는 옷과도 전혀 어울리지 않았다. 그렇지만 나는 쓰고 싶었다.

"가을에. 장담하는데, 10월에 이 해변으로 휴가를 떠날 계획을 세우는 사람은 없을 테니까 이곳은 우리가 독차지할 수 있을 거야."

"음…… 아닐 수도 있고."

경순이 음료수에 꽂힌 우산을 만지작거렸다. 일순 긴장이 되었다. 내가 너무 밀어붙이듯 말했나?

"나는…… 물을 별로 좋아하지 않아."

경순이 말했다.

"설마 수영 못 하는 거야?"

마일로가 물었다.

그녀가 어깨를 으쓱했다.

"수영은 할 수 있어. 다만 바닷가보다 눈이 좋을 뿐이야. 휴가라
면 5성급 스키 리조트에 한 표."

내가 코웃음을 쳤다.

"눈이야말로 나는 별로인데……."

"데브로, 넌 어때? 눈 아니면 모래사장?"

마일로가 물었다.

데브로가 먼 곳으로 시선을 향한 채 엄지손가락으로 넥타이핀
을 훑었다.

"휴가 계획을 세우기 전에, 나는 아직도 너희의 비밀 직소퍼즐
계획에 나와 경순이 빠졌다는 사실에 화가 나 있다는 점을 짚고
넘어가고 싶은데."

"화 풀어, 데브로."

경순이 머리카락을 만지작거리며 말했다.

"이런 경우도 있다는 걸 알잖아. 그런 계획은 아는 사람이 적을
수록 더 좋아. 그리고 결과적으로 잘됐고, 안 그래? 음, 우리 입장에
서는."

그녀가 웃었다.

데브로가 관자놀이를 문질렀다.

"그렇다고 해도, 나는 배제되는 건 좋아하지 않아."

"다음에 내가 계획 안의 계획을 세울 때는 네게 제일 먼저 알려

줄게."

내가 약속했다.

"마지막 작업은 어떤 걸까?"

마일로가 테이블 위로 팔짱을 낀 두 팔을 내려놓았다.

"처음에는 박물관, 다음은 경매장. 마지막 단계에서 카이사르의
궁을 약탈할 가능성에 대해서 어떻게 생각해? 오션스 일레븐처럼
대규모로 진행할까?"

"너는 그런 게 마음에 들겠지."

경순이 음료수를 한 모금 마시며 서글픈 미소를 지었다.

모두 대놓고 말은 하지 않지만 어렴풋이 알고 있었다. 3단계에서
도 우리가 같은 팀일 리는 없다는 사실을 말이다.

발소리. 직원이 마지막으로 도착한 사람들을 안내해 왔다. 노엘
리아, 타이요, 루커스, 아드라. 그들은 우리가 마지막으로 만났을 때
입은 옷차림 그대로였다. 양쪽으로 완벽하게 가르마를 탔던 타이요
의 머리도 이번만은 헝클어져 있었다.

나는 비실비실 나오는 웃음을 애써 참았다. 딱히 말이 필요 없
었다.

그들은 파티오에서 우리와 반대편에 있는 테이블에 앉아 절대로
우리 쪽으로 눈을 돌리지 않으려고 애를 썼다.

마침내 카운트가 나타났다. 그녀를 마지막으로 본 후 며칠이 흘
렀지만 그녀의 태블릿은 변함없이 그녀의 팔에 고이 안겨 있었다.
오늘 그녀는 버건디 색의 바지 정장 차림이었다.

"2단계를 마치신 여러분, 축하합니다."

그녀의 눈이 노엘리아 팀으로 향했다.

"음, 몇 명. 지켜보는 시간이 아주 즐거웠습니다. 근래 들어 가장 많은 말들이 오고 간 대회의 하나였다고 말해도 될까요. 올해 우리가 고른 참가자들을 생각해 보면 역시 우리가 기대한 모습 그대로였습니다."

나는 의자의 등받이를 손으로 잡았다. 그랬다. 그들은 관람석에 앉아 우리 모습을 지켜보며 아주 즐거운 시간을 가졌을 것이다.

카운트가 말을 이었다.

"당연하게도. 여러분 중 절반은 이번 라운드를 통과하지 못했습니다."

"네, 네, 알겠으니까 빨리 말해 주세요!"

마일로가 자신감에 차서 손짓으로 그녀의 말을 재촉했다.

"어서 진행해 주세요. 패배자들을 밀어내고 다음 라운드로 넘어가자고요."

카운트가 미소를 지었지만 어딘지 억지 미소 같았다.

"어서 진행하라고 하시니 그렇게 하죠. 퀘스트 씨, 보셰르 씨. 두 분은 다음 라운드로 진출합니다."

우리 모두 정신이 바짝 들었다. 누가 내 심장을 꽉 쥐는 것 같았다. 나는 다음 단계로 넘어갈 것이다. 그건 좋다……. 그런데 노엘리아까지?

경순이 코웃음을 쳤다.

"하지만 저 애들이 졌잖아요!"

데브로가 의자에서 불편한 듯 자세를 바꿨다. 다른 테이블에서는 타이요가 투덜거렸다.

"이 대화를 시작할 때 합격-불합격이 중요한 테스트가 아니라고 분명히 밝혔습니다. 우리는 대회 참가자들의 수행 능력을 평가하고 원하면 누구든 탈락시킬 수 있습니다. 보셰르 씨의 경우, 우리는 당신이 경쟁자의 계획을 가로채고 호텔에 출입이 금지된 상황을 인맥으로 해결한 점을 높이 평가했습니다. 그러므로 다음 단계에 진출합니다."

카운트가 나를 바라보았다.

"퀘스트 씨, 석관을 바꿔치기해 보셰르 씨의 팀이 가짜를 가져가게 한 당신의 계획에 감탄했습니다. 그러므로 퀘스트 씨는 다음 단계에 진출합니다."

나는 차마 내 팀원들을 볼 수 없었다. 노엘리아와 내가 다음 단계로 간다면 적어도 이들 중 한 명은—어쩌면 더 많은 수가—실격될 것이다. 이제부터는 누구냐의 문제였다.

데브로는 테이블 위에 올려놓은 손에 주먹을 쥐었다. 마일로는 죽은 듯이 조용했다. 경순은 손톱을 뜯었다.

카운트가 말문을 열었다.

"우리 주최자분들이 관대한 결정을 내렸습니다."

그녀는 자신이 불어넣은 긴장을 음미하며 말했다.

"다음 단계에서 어떤 일이 벌어질지 몹시 기대하고 계십니다."

그 순간 공기가 너무 진해져서 숨을 들이마실 수도 없었다.

"퀘스트 씨, 보셰르 씨. 두 분은 다음 단계를 함께 진행할 사람을 한 명씩 고를 수 있습니다."

39

나는 그대로 얼어붙었다. 반면 노엘리아는 그 정도는 아니었다.

"다음 단계에 진출할 사람은 타이요입니다."

그녀는 다리를 꼬고 양손을 다리 위에 포갠 채 나머지 팀원은 쳐다보지도 않았다.

"뭐라고?"

아드라가 자리에서 벌떡 일어섰다. 루커스는 금방이라도 노엘리아를 한 대 칠 기세였다. 기사도는 엿이나 먹으라지.

노엘리아가 어깨를 으쓱했다.

"미안."

타이요는 살짝 긴장을 푼 채 의자에 기대앉았다.

"나는……."

아드라가 싸움도 한판 하지 않고 고분고분하게 물러날 수 없다는 듯 반지를 낀 손을 비틀어 댔다. 하지만 카운트가 재빨리 개입했다.

"라가리 씨, 테일러 씨. 이제 떠나실 시간입니다."

카운트의 말이 울리자마자 웨이터 두 명이 바 뒤에서 나와 두 사람을 에워쌌다. 이번에 그들의 손에 들려 있는 것은 쟁반이 아니었다. 그들은 하와이언 셔츠를 들어 올려 루커스만 무기를 소지한 게 아니라는 점을 보여 주었다.

루커스의 손가락이 움찔거리며 벨트로 향했다. 나는 미동도 하지 않았다. 지금부터 총격전이 벌어질까?

웨이터들은 루커스를 유심히 지켜보았다. 루커스가 코웃음을 쳤다.

"당신들 둘밖에 없잖아."

그 말이 신호라도 되듯, 여섯 명의 웨이터가 뒤에서 나타나더니 장군을 모시는 병사들처럼 카운트의 뒤에 섰다. 카운트는 한쪽 눈썹을 올렸다. 마치 이렇게 말하는 것 같았다. 이래도 까불래?

루커스가 물러났다. 아드라도 카운트 뒤에 선 덩치들로 시선을 던지며 선뜻 마음을 정하지 못했다. 루커스가 그의 총으로 해결할 수 없다면, 아드라에게는 더욱 가망이 없을 것이다.

"타이요가 우리보다 나은 이유가 뭐야?"

그녀가 으르렁거리듯 말했다.

노엘리아는 전혀 동요하지 않는 듯했다. 살아 있는 소녀가 아니라 프로그래밍된 로봇 같았다.

"없어. 다만 너희가 내 주위에 없다면 누군가 뾰족한 물건에 찔리거나 총에 맞을 확률이 현저하게 줄어든다는 점을 고려했을 뿐이야. 게다가 네가 내 구두를 두고 험담하는 게 마음에 들지 않았어. 너는 내가 못 들은 줄 알았겠지만."

"너……!"

카운트가 헛기침으로 아드라의 다음 말을 원천봉쇄했다.

금방이라도 혈관이 터질 것 같은 루커스가 카운트를 지나치며
말했다.

"앞으로 나와 마주치지 않는 편이 당신 신상에 이로울 거야."

아드라도 못내 아쉬운 마음을 떨치지 못한 채 출구로 발길을 옮
겼다.

노엘리아는 태연자약했다.

그들이 가자 카운트가 나를 향해 눈썹을 올렸다.

"퀘스트 씨?"

"나는 못 해요."

데브로, 마일로, 경순. 이 셋 중에 누구 한 사람을 뽑는다면 나머
지 두 사람은 어떻게 될까? 두 사람은 나를 미워할 것이다. 나도 나
를 미워할 것이다.

"안 돼요. 고를 수 없어요. 그러고 싶지 않아요."

"안 됩니다. 골라야 해요."

"아뇨, 안 할 거예요."

"누군가를 선택해야 해요. 안 그러면 다음 단계에 진출할 수 없
습니다."

이 빌어먹을 인간들. 타인의 고통을 즐기는 사디스트들.

나는 주먹을 꽉 쥐었다.

"그 사람들은 이 상황을 두고 한창 이야기꽃을 피우고 있겠죠? 내가 누구를 곁에 남길지 보고 싶어서."

카운트의 입술이 뒤틀렸다.

"그게 중요한가요?"

그녀의 태블릿에서 윙 소리가 나자 그녀는 얼른 확인한 후 다시 고개를 들었다.

"1분을 드리겠습니다. 아니면 당신도 실격 처리됩니다."

나는 의자에서 벌떡 일어섰다. 카운트가 눈을 크게 뜨며 한 걸음 물러났다. 내가 왜 이렇게 일어났을까? 나는 그녀를 공격할 생각이 없다. 그럴 수 없다. 나는 숨을 고르게 쉬지 못한 채 돌아서서 내 테이블을 향해 섰다. 그들은 모두 나를 보고 있었다. 그들 모두 나를 향해 소리 없는 비명을 지르고 있었다.

경순이 시선을 떨구고는 이렇게 말했다.

"해야 할 일을 해."

마일로는 발작적으로 웃음을 터트렸다.

"그래."

그는 목청을 가다듬더니 목덜미를 문질렀다.

"내가 아니라고 해도 나쁜 감정은 없어. 그렇지, 데브로?"

그는 신경질적으로 데브로의 등을 철썩 때렸지만, 데브로는 꿈쩍도 하지 않았다. 그들 셋 중에서 그의 시선만이 유일하게 불안해하지도 슬퍼하지도 않았다. 그는 눈으로 간청하고 있었다. 나를 긁고, 할퀴고, 읍소했다.

다음 단계는 뭘까? 지금 고르는 사람이 파트너가 되는 걸까? 그게 아니라면 왜 이런 일을 벌일까?

"30초."

카운트가 말했다.

숨이 턱 막혔다.

"20초."

내가 무슨 권리로 이런 선택을 하는 거지?

"10초."

"로스."

그가 간청했다.

"5초."

"데브로."

내가 속삭였다.

"다음 단계에 진출할 사람은 데브로예요."

내 말에 경순이 몸을 웅크렸다. 마일로는 서글픈 웃음소리를 딱 한 번 냈다.

"확률 한번 형편없네, 그렇지?"

"훌륭한 선택이었어요."

카운트가 말했다.

"신 씨, 미켈슨 씨. 참가해 주셔서 감사합니다. 이제 가셔도 좋습니다."

나는 꼼짝도 하지 못하고 힘겹게 침을 꿀꺽 삼켰다.

"얘들아……."

내가 무슨 말을 해야 할까? 입이 있되 할 말은 없었다.

마일로가 내 어깨를 툭 쳤다.

"미안해하지 마, 로스. 마음이 원하는 대로 한다고 그 사람을 미워하는 건 꼴사나워. 그렇지, 경순?"

경순은 이제 냉정을 되찾고 자리에서 일어섰다.

"그 말이 맞아."

나는 숨을 쉴 수 없었다. 두 사람은 화를 내지 않았다. 나는 이런 대접을 받을 자격이 없었다. 이런 사람들을 내 곁에 둘 자격도 없었다.

다음 단계에 진출할 자격도 없었다.

경순이 나를 안아 주었다. 어찌나 힘껏 안았는지 우리 둘 다 땅바닥으로 넘어질 뻔했다.

"네가 우승하길 바라."

그녀가 속삭였다.

"필요한 게 있으면 연락해."

그녀는 내게서 몸을 떼고 윙크를 한 후 데브로에게 시선을 돌렸다. 데브로는 우리 중 누구와도 눈을 맞추려 하지 않았다.

"잠깐만."

내 모자. 이런 순간에 그 모자를 쓰고 있다니 순진하고 바보처럼 느껴졌다. 나는 모자를 벗었다. 경순은 이걸 되돌려받을 자격이 있었다.

경순이 내 손에 손을 얹으며 나를 제지했다.

"됐어."

그녀는 지금껏 본 중에 가장 진지했다.

"이 모자는 여전히 네 거야."

카운트가 목청을 가다듬으며 두 사람은 이제 떠나야 한다는 사실을 상기시켜 주었다.

마일로가 재촉했다.

"가자, 경순. 우리 진탕 마셔 보자. 내가 마이애미에 죽이는 곳을 알아."

그렇게 두 사람은 떠났다. 갬빗에서 나갔다.

"최종 단계를 시작하겠습니다."

카운트가 말했다.

나는 무너지듯 의자에 앉았다. 슬픔과 안도감이 내 안에서 소용돌이쳤다. 너무나 당황스러운 감정의 조합. 나는 데브로를 보았다. 그는 지금 어떤 기분일까?

그는 나를 보려고 하지 않았다. 그저 턱에 힘을 잔뜩 준 채 한쪽 소매를 미친 듯이 매만질 뿐이었다.

"이제부터는 단독으로 활동합니다."

카운트가 말했다. 단독으로? 나는 피가 날 정도로 입술을 세게 깨물었다. 파트너를 고르는 게 아니었다. 미리 말해 줬다면 내 선택은 바뀌었을지도 모른다. 그래서 미리 말해 주지 않은 거겠지만.

휴대폰이 진동했다. 카운트가 말을 이었다.

"이번 과제는 전 단계들과 살짝 다르다는 점을 곧 알게 될 겁니다."

벌써 기진맥진 상태가 된 나는 뒷주머니에서 휴대폰을 꺼냈다.

화면을 본 순간 배 속이 뒤집어지는 것 같았다. 화면에 뜬 것은 사진이었다……. 사람이 찍힌 사진. 설명도, 다른 정보도 없었다. 카운트는 정적이 길어지도록 내버려 두었다. 그녀의 말보다 이 정적에 더 많은 말이 담겨 있었다.

사진 속 사람이 목표물이었다. 그보다 더 끔찍한 건, 내가 이 사람이 누군지 안다는 거였다. 카이로에서 훔친 파일에서 보았다.

니콜리 보셰르.

노엘리아를 힐끔 보고 싶은 마음을 꾹 참아 눌렀다.

"제발 농담이라고 해 주세요."

데브로가 불쑥 말했다. 대체 누구 사진을 보고 있을까?

"이 사람들은 농담을 하지 않아."

노엘리아가 말했다. 이번만큼은 그녀의 말에서 비꼬는 기색이 느껴지지 않았다. 노엘리아가 나를 힐끔 보았다. 왠지 그녀의 눈빛에서 걱정의 기색이 느껴졌지만 이내 강철 같은 눈빛으로 되돌아갔다. 그녀는 휴대폰을 테이블에 내려놓았다.

타이요는 화면을 캡처하고는 휴대폰을 집어넣었다.

타이요가 노엘리아의 휴대폰 화면에 시선을 고정한 채 차분하게 물었다.

"모두를 대신해서 묻고 싶은 게 있어요. 이 사람들을 목표물로 선정한 의도가 뭐죠? 목표물은 여러 명 같은데요."

노엘리아가 휴대폰을 뒤집어서 타이요가 본 것, 즉 본 사람을 숨겼다.

"무엇보다 우리는 여러분의 기술과 해결 능력을 시험해 보고 싶습니다. 다들 배짱이 두둑한가요?"

"그건 대답이 아닌데요."

나는 고함을 지르지 않으려고 꾹 참았다.

"당신들이 시켰다는 이유만으로 이 사람들을 납치할 수 있는지 지켜보고 싶다니 터무니없잖아요."

카운트의 태블릿에서 다시 알림음이 났다.

"지켜보는 어떤 분이 당신이 너무 냉소적이라고 하시는군요, 퀘스트 씨."

그녀가 말을 이었다.

"우리는 그 사람들을 죽일 의도가 없습니다. 혹시 그 점을 걱정한다면 미리 못 박아 두죠. 그 사람들을 반드시 살려서 데려와야 합니다. 이후에 우리가 그들을 어떻게 할지는 여러분이 신경 쓸 문제가 아니고요."

눈앞이 캄캄해졌다. 배 속이 울렁거렸다. 금방이라도 구토를 할 것 같았다.

노엘리아가 말했다.

"죽이지 않는다. 그렇다면 다른 형태의 완력은요?"

카운트가 대답했다.

"허용됩니다. 그렇지만 초주검이 된 목표물을 데려와서는 칭찬을 기대하지 마세요."

두 다리가 벌벌 떨렸다. 내가 서 있었다면 분명 지금쯤 그대로 주저앉아 버렸을 것이다. 한 사람을. 한 아이를.

이건 옳지 않다.

"저는……."

내 목소리는 너무 약해서 나조차도 잘 들리지 않았다.

"이 과제는 하고 싶지 않아요……."

"그게 무슨 말이죠, 퀘스트 씨?"

"퀘스트 씨는 괜찮습니다."

데브로가 대신 대답해 버렸다. 어느새 그는 자리를 바꿔서 내 어깨를 잡을 수 있을 정도로 가까워져 있었다. 괜찮다고? 이 일이 괜찮아? 다른 사람들도 다?

어디까지가 괜찮은 선이지?

엄마를 구하려면 이런 선마저 넘어야 하나?

"시간은 얼마나 주실 거죠?"

데브로가 물었다.

"사흘입니다. 작업이 완료되면, 우리가 여러분 각자에게 목적지를 알려 드리죠. 그럼 이제…… 시작하시죠."

노엘리아와 타이요는 단 1초도 허비하지 않았다. 그들은 훌쩍 일어나 각자의 방향으로 흩어졌다. 작별 인사도 나누지 않고서. 나는 의자에 못 박힌 듯 가만히 앉아 있었다. 내가 앉아 있는 의자나 나나 똑같은 무생물처럼 느껴졌다.

나는 카운트와 눈을 마주쳤다. 그녀의 무심한 표정에 나는 피가 끓어 올랐다.

"오렐리 뒤부아."

카운트의 얼굴에서 핏기가 사라졌다.

"그게 당신 이름이죠, 그렇죠? 프랑스 어디 출신인가요? 파리? 아니면 마르세유? 프랑스는 그리 큰 나라가 아니에요. 부모님은 아직도 프랑스에 사시나요?"

그녀가 침을 꿀꺽 삼켰다. 나는 일어나서 그녀에게 다가갔다.

"엄마를 되찾게 도와줘요."

내가 속삭였다.

"제발요. 평생 은혜를 잊지 않을게요, 뒤부아 씨."

나는 애원과 협박을 아슬아슬하게 넘나들었다. 그러나 카운트의 시선이 떨리는 것을 보니 효과가 있는 듯했다.

그 순간 그녀의 태블릿에서 알림음이 정신없이 울려 대는 바람에 그녀는 퍼뜩 정신을 차렸다.

"그분들이 당신을 마음에 들어 하는군요."

그녀는 화면을 보며 속삭였다.

"미안합니다만, 도와 드릴 수 없어요."

태블릿에서 요란한 알림음이 터졌다.

"행운을 빕니다, 로절린."

그녀는 내게 살짝 목례를 했고 데브로에게도 했다.

"켄지 씨도요."

그러더니 우리에게 임무를 남긴 채 가 버렸다.

THIEVES' GAMBIT

제3단계

40

이 집에는 출구가 네 개 있다. 나는 이곳에 처음 도착했을 때 화장실에 간다는 핑계를 대고 모든 출구를 확인했다. 출구를 모두 확인하고 최선의 경로를 고른다……. 그것이 나의 특기였다. 언제나 최적의 경로를 미리 알아 두는 것.

언제나 탈출 계획이 세워져 있었다. 항상 다른 출구를 찾아냈다. 그런데 오늘은 마침내 내가 막다른 골목에 맞닥뜨린 날인가 보다.

"우리 이제 어떻게 하지?"

나는 데브로를 향해서가 아니라 혼잣말을 하듯 불쑥 말했다.

"이 상황에서 빠져나갈 방법이 보이지 않아……. 언제나 찾아보면 다른 출구가 있기 마련이잖아."

나는 양 손바닥으로 이마를 누른 채 카운트가 한 말을 떠올리며, 그녀가 모르고 뱉은 허점을 필사적으로 찾아보았다. 이 단계를 이길 수 있는 다른 방법을 암시하는 말. 박물관에서 찾아낸 비밀 출구 같은 것. 내가 굳이 사람을 납치할 필요가 없다고 말해 주는 어떤 것.

하지만 그런 것은 없었다. 이번 단계를 완수하지 않으면 탈락해
야 한다.

나는 탈락할 수 없었다.

"아무래도…… 시키는 대로 해야 할 것 같아."

나는 데브로를 홱 돌아보았다.

"그냥 그렇게? 너는 이런 일을 해야 하는데 아무렇지도 않니?"

"아니. 아무렇지 않을 리 없잖아. 그렇지만 이런 상황에서 우리
가 달리 뭘 할 수 있겠어?"

그의 말은 내 생각과 일치했다. 그렇지만 말이 되어 나온 생각을,
그것도 데브로의 목소리로 들으니 생각보다 훨씬 더 구역질이 났
다.

"이 목표물은 '사람'이야, 데브로. 진짜 사람이라고. 살아 있
는……."

입술이 떨렸다. 그가 내 두 어깨를 잡아 나를 진정시키려 했다.

"그건 우리도 마찬가지야. 너는 중요한 목표를 가지고 게임을 계
속했어. 1단계가 시작된 후 네 눈빛에서 알 수 있었어. 그게 뭔지
내게 말해 주지 않았지만 괜찮아. 어쨌든 중요한 거잖아, 그렇지?"

나는 내 어깨에 올린 그의 손을 꼭 쥐었다. 큰맘을 먹고 그를 믿
기로 했지만 오래된 습관은 쉽게 사라지지 않았다.

"엄마. 엄마가 납치되셨어. 몸값은 10억 달러야. 그 정도의 돈을
단기간에 마련할 수는 없어. 세상 최고의 도둑이라도 그건 못 할
거야."

데브로의 턱이 씰룩거렸다.

"그래서 갬빗에 참가했구나. 그렇다면 내 생각이 옳았어. 너는 계속 게임을 해야 해."

"하지만…… 더는 게임이 아니야! 단계도 아니고 목표물도 아니야. 그냥 납치일 뿐이야, 데브로."

나도 모르게 그의 품에서 빠져나오는 바람에 자유로워진 두 손으로 그는 조끼의 매무새를 정리했다.

"나도 마음에 안 들기는 마찬가지야. 하지만 더 큰 것이 걸려 있어. 이모에게 전화를 해 봐. 이모도 걱정되지 않아?"

"우리 이모를 네가 왜 걱정하는데?"

나는 양손을 쫙 폈다.

"네 목표물은 누구야, 데브로?"

내 등줄기에 그것들이 되돌아왔다. 의심, 불신.

데브로의 표정이 어두워졌다.

"원래대로 돌아가고 있구나, 로스."

"네 휴대폰 줘."

내가 손을 내밀었다.

일순 그의 턱에 힘이 들어갔지만 그는 휴대폰을 훌쩍 던졌다. 나는 잠시 그의 눈을 바라보다가 휴대폰 화면을 보았다. 젊은 일본인 남자의 사진이었다. 우리보다 두 살가량 연상으로 보였다. 데브로가 설명했다.

"타이요의 형이야."

나는 방금 내가 한 짓이 후회되었다. 나는 콧잔등을 문지르고는 살짝 말했다.

"미안해."

"상관없어. 괜찮아. 지금 스트레스 받은 상태니까."

나는 전혀 괜찮지 않았지만, 지금은 그런 걸 따지고 있을 때가 아니었다. 후에 나의 신뢰 문제는 어떻게든 손을 봐야 할 것 같다.

나는 손을 떨기도 하고 손톱을 물어뜯기도 하면서 그에게서 돌아섰다.

데브로가 내 어깨를 문질렀다.

"괜찮아. 아닐 수도 있지만. 상황이 상황이잖아. 네 엄마가 여기 계신다면 뭐라고 하셨을까?"

엄마는 어떻게 했을까?

엄마에게 물어보면 되잖아.

나는 얼른 휴대폰을 꺼내 전화를 했다. 스피커폰으로 하지 않았지만 데브로가 워낙 가까이 있어서 통화 내용이 그에게까지 다 들렸다.

"꼬마 퀘스트, 늘 전화 받기 제일 힘들 때만 골라서 전화를 하는군. 우리가⋯⋯."

"엄마 빨리 바꿔. 당장."

내 어조는 시시한 농담이나 할 때가 아니라고 확실히 밝혔다. 납치범이 툴툴거렸다. 부스럭거리는 소리가 들리더니⋯⋯.

"아가?"

"엄마!"

엄마의 목소리를 듣자 안도감에 한숨이 나왔다.

"지금 어떻게 해야 할지 모르겠어요."

"마지막 단계까지 갔니?"

엄마가 볼 수도 없는데 나는 고개를 끄덕였다. 데브로는 시선을 전화에 고정한 채 아무 소리도 내지 않았다.

"네, 그런데…… 이제 뭘 해야 할지 모르겠어요."

"이겨."

나는 휴대폰 케이스에 자국을 남길 기세로 휴대폰을 쥔 손에 힘을 주었다.

"이번 건은 납치예요, 엄마. 납치할 대상은 어린아이예요. 열네 살이라고요. 나는 그런 짓은 할 수 없어요. 어떻게 해야 할지 모르겠어요. 죄송해요, 정말 죄송해요……."

엄마는 한동안 말이 없었다. 손톱으로 뭔가를 톡톡 두드리는 소리가 난 것 같았다. 엄마조차 이 상황이 얼마나 말이 안 되는지 이해한 걸까? 우리 상황이 얼마나 절망적인지?

내가 이 일을 해낼 수 없다면 이 통화가 우리의 마지막 대화가 될 수 있다는 사실을 엄마는 깨달았을까?

"사람을 훔치는 일은 그리 까다롭지 않아."

피가 차갑게 식었다. 내가 속삭였다.

"네?"

"너라면 할 수 있어. 꼭 필요한 일이라면 말이야. 나는 널 믿어."

방이 빙글빙글 돌기 시작했다. 절로 얼굴이 일그러졌다. 엄마가 이런 말을 할 리 없어. 엄마는 이런 말을 하지 않아. 엄마는 이렇게⋯⋯ 냉혹한 말을 할 리 없어.

떨리는 목소리로 물었다.

"엄마는 왜 아무렇지도 않아요? 엄마는 내게 이런 일을 시키면 안 되는 거잖아요. 엄마는⋯⋯."

20년 전 갬빗. 엄마가 참가했다. 그리고 우승했다.

당시 3단계도 지금과 같았나?

"맙소사. 엄마도 이걸 했군요. 엄마도 갬빗에서 누군가를 납치했어요."

엄마는 당신이 갬빗에 참가했다는 사실을 내가 똑똑히 알고 있다는 사실에 대해 가타부타 말이 없었다. 그렇지만 휘둥그레진 데브로의 눈에는 열 개도 넘는 질문이 담겨 있었다.

"그 사람들은 참가자들과 인척 관계⋯⋯."

"아니. 그 사람들은 모르는 사람들이었어. 아무 관계도 없는 사람들."

엄마가 말했다.

그렇다면 이번 단계는 새로운 것이었다. 이 조직은 새로운 시도를 좋아하나 보다.

"목표물이 누구인지 그게 중요해? 이게 유일한 방법인데."

그때 금속 문이 열리는 듯한 소리가 들렸다.

"그 사람들이 오나 봐. 올바른 선택을 해라, 로스. 사랑⋯⋯."

전화가 끊어졌다.

갑자기 목이 멨다. 엄마는 내게 게임을 계속하라고 했다. 내게 이기라고 했다. 엄마는 나도 엄마가 걸은 길을 걸으리라 믿고 있다.

나는 평생 엄마가 한 대로 살아왔다.

엄마가 어떻게 했을지 그만 고민하자. 엄마라면 절대 하지 않았을 행동은 뭐지?

내 마음속 막다른 골목에서 새로운 출구가 열렸다. 작고, 좁고, 위험천만한 문. 하지만 그곳에 분명히 있었고 그것은 내 문이었다.

나는 데브로에게서 몸을 뗐다. 그는 당황스러운 표정으로 나를 보았다.

"로스……."

나는 그곳을 박차고 나왔다. 노엘리아와 타이요가 자리를 뜬 지 고작 몇 분밖에 지나지 않았다. 노엘리아가 나간 곳으로 달려 나가자 그녀는 구부러진 진입로에서 타고 갈 SUV를 부르고 있었다. 타이요는 어디에도 보이지 않았다.

주차 요원이 노엘리아에게 문을 열어 주었다. 노엘리아는 미친 듯이 전화를 걸어 대느라 문을 열어야 한다는 사실도 잊고 있었다.

나는 그녀를 따라 뒷좌석으로 들어갔다. 노엘리아가 화들짝 놀랐다. 내가 어찌나 기세 좋게 뛰어들었던지 하마터면 그녀를 깔고 앉을 뻔했으니 당연한 일이었다.

"지금 뭐 하는 짓이야?"

노엘리아가 정말 허둥대고 있었다. 느닷없이 프랑스어로 소리친 것을 보면 말이다.

나는 기사에게 말했다.

"1분만 주세요."

"안 돼, 너 나가!"

노엘리아는 말 그대로 나를 발로 차려고 했지만 나는 꿈적도 하지 않았다.

"니콜리에 관한 일이야."

내 말에 그녀가 얼어붙었다.

"지금 전화가 안 되지, 그렇지?"

그녀는 계속 전화를 걸었다. 하지만 아무도 받지 않았다.

"우연의 일치가 아니라는 걸 너는 알 거야."

노엘리아가 침을 꿀꺽 삼켰다. 얼굴에 핏기라고는 없고 휴대폰을 쥔 손에서 힘이 빠졌다. 이번에는 그녀가 기사에게 말했다.

"우리를 잠시 기다려 주시면, 1분당 10유로씩 팁을 드릴게요."

그 말에 기사는 알아서 밖으로 나가 주었다. 노엘리아가 잠시 정신이 팔려 있는 동안 나는 그녀의 휴대폰을 낚아채서 살짝 내키지 않았지만 밖으로 던졌다. 물론 내 휴대폰도 같이 던져 버렸다.

"너는 니콜리에 대해서 말하고 싶다고 했지 내 휴대폰을 훔치겠다고 하진 않았잖아."

그녀는 말은 이렇게 했지만 정작 핸드폰을 어떻게든 뺏기지 않으려고 저항하지도 않았다.

"휴대폰은 안 돼. 그 사람들이 휴대폰으로 우리를 감시할 수도 있으니까."

그녀가 소리쳤다.

"무슨 상관이야! 이 바보 같은 게임은 이제 아무래도 상관없어. 지금 중요한 건……."

"니콜리."

그녀는 동생이 얼마나 귀찮은지 모르겠다고 떠들어 대곤 했다. 나는 그 말이 '나는 그 애를 사랑해'라고 말하는 남매간의 암호라고 생각한다.

"그 애가 내 목표물이야."

노엘리아가 일순 긴장했다. 그녀는 나를 한 대 치고 싶기라도 한 것처럼 손가락을 풀었다. 하지만 나를 친다고 달라지는 것은 없다.

그녀가 웅얼거렸다.

"그 애를 네게 배정했구나. 내게 애원이라도 하러 온 거라면…… 나라면 안 그러겠어."

"나는 도움을 청하려고 온 거야."

그녀가 나를 유심히 바라보았다.

"헛수작 하지 마."

"너는 지금 네게 헛수작을 부리는 게 내 최우선 과제일 것 같니?"

나는 관자놀이를 문질렀다. 이제부터 할 말은 쉽지 않을 것이다.

"나는 네 동생을 납치하지 않을 거야."

노엘리아는 이렇게 믿기지 않는 이야기는 처음이라는 듯 코웃음을 쳤다.

"갬빗에서 탈락하려고?"

"재설정하려는 거야. 나한테 계획이 있는데, 네 도움이 필요할 것 같아."

노엘리아는 불편한 듯 자리에서 꼼지락거렸다. 그녀는 팔짱을 끼고 고개를 살짝 쳐들었다. 이런 순간이 전에도 있었던 것 같은데. 순간 내 앞에 앉아서 똑같은 행동을 하는 아홉 살의 노엘리아가 보였다. 사람은 참 변하지 않는다.

"잘난 척 그만해, 리아."

나는 노엘리아가 나를 휙 돌아보기 전까지 내가 그녀를 리아라고 부른 줄도 몰랐다. 우리가 만난 지 두 주째였을 때 그녀는 내게 이런 특권을 하사했다. '내가 좋아하는 사람만 나를 리아라고 부를 수 있어. 그러니까 너도 나를 리아라고 불러도 돼.'

노엘리아가 팔짱을 풀었다. 다리를 떨기 시작했다.

"내가 너를 다시 믿어도 될지 어떻게 알아."

지금 그걸 나한테 묻는다고? 이런 상황에서도 노엘리아는 나를 조롱하지 않을 수 없나 보다.

나는 그녀가 속내를 드러내는 행동을 무심코 하지 않을까 가만히 지켜보았다. 농담하거나 고소해하는 얄미운 기색. 하지만 그런 건 없었다. 오히려 그녀의 입꼬리가 씰룩거렸다. 그녀는 긴장하고 있다……. 노엘리아의 말은 진심이었다. 그녀는 진심으로 우리 관계에서 믿을 수 없는 쪽은 나라고 믿고 있었다.

"왜냐면."

나는 말이 선뜻 나오지 않았다. 우리 사이에 있었던 일들을 다 제쳐 두고 나를 신뢰하게 만들려면 어떻게 해야 할까?

나부터 사람들을 믿어야 해.

"네 목표물은 누구야?"

내가 조용하게 물었다. 내 목표물이 노엘리아가 사랑하는 사람이 었고 데브로의 목표물이 타이요가 아끼는 사람이라면 내 짐작대로 일 것이다……

"성이 퀘스트인 사람이야. 여자고, 30대 초반으로 보여."

이모. 예상한 대로였지만 역시나 사실을 확인하니 숨이 콱 막혔다.

"네 사촌이거나 그 비슷한 관계의 사람일 거라고 짐작했어."

노엘리아가 말을 맺었다.

"그 비슷한 관계야."

나는 길게 숨을 들이쉬었다. 이제부터 내가 하려는 일은 같은 상황에서 엄마가 했을 법한 일과는 거리가 아주 멀 것이 분명하다.

"바하마, 안드로스, 러브 힐. 섬의 북쪽이야. 그곳에 이모가 있어."

노엘리아가 얼빠진 표정을 지었다.

"그걸 왜 내게 알려 주는 건데? 너 바보니?"

"네 동생이 지금 스위스의 하우저라는 기숙 학교에 있다는 거 알아. 네 동생이 어디에 있는지 아니까 우리 이모가 어디에 있는지 너도 알아야지. 아예 주소를 적어 줄게. 너를 믿을 거니까. 그러니까 노엘리아, 이번 한 번만이라도 나를 믿어."

나는 내 패를 모두 다 꺼내 보였다. 나는 이모와 어쩌면 엄마도 위험에 처하게 했다. 대체 무엇을 위해서? 이 문제를 다른 식으로 풀어 나갈 기회를 손에 넣기 위해서?

더 나은 식으로 해결할 기회를 위해서. 내 방식으로.

노엘리아가 한숨을 쉬었다.

"네 계획이 뭔데?"

41

이야기를 순조롭게 끝낸 후, 노엘리아를 SUV에서 밀쳐서 내동댕이치려니 좀 미안했다. 그녀는 땅바닥으로 떨어지자 비명을 질렀다. 머리는 엉망으로 흐트러져 있었고 미친 듯이 화가 난 듯했다.

"날 좀 내버려 둬."

나는 이렇게 소리친 후 영문을 몰라 어리둥절한 표정을 짓고 있는 기사에게 어서 타라고 손짓을 했다. 노엘리아는 아무 일도 아니라고 웅얼거리듯 말했다. 반대편 창문으로 데브로가 보였다. 아까나는 미친 사람처럼 뛰쳐나갔다. 내가 대체 무엇에 홀려서 그런다고 생각했을지 알 길이 없다.

"데브로!"

내가 그를 소리쳐 차로 불렀다. 문이 열렸을 때 나는 아까 던졌던 휴대폰을 얼른 주웠다. 노엘리아는 치마에 묻은 흙을 털며 그를 지나쳐 대기 중인 다른 차에 얼른 올라탔다. 데브로는 영문을 모르겠다는 표정으로 나와 노엘리아를 번갈아 보았다.

"헤어지는 기념으로 한바탕 붙으려고 그렇게 달려 나간 거야?"

데브로가 내 옆에 앉으며 물었다.

"그런 셈이지. 저 기사님. 혹시 펜과 종이 있으세요?"

기사가 앞좌석 사물함에서 가장자리가 또르르 말린 작은 수첩과 샤프펜슬을 건넸다. 나는 공항으로 가자고 말한 후 글을 쓰기 시작했다.

"우리 이모가 개의 목표물이야. 이모에게 손도 대지 말라고 말해 둬야 했어."

나는 데브로에게 수첩에 쓴 글을 보여 주었다.

괜찮아. 노엘리아는 우리 편이야. 주최자들이 듣고 있어.

데브로는 내 글을 읽으면서 눈도 하나 깜짝하지 않았다. 대신 내게서 샤프를 받아 내가 쓴 글 아래에 다시 글을 썼다. 그 수첩은 내 허벅지 위에 올려져 있었다.

"그러면 네게 주어진 과제를…… 수행할 거지?"

계획은??

"해야 하는 일이라면 해야지. 내 마음에 들지 않는 지시라고 해도 어쩔 수 없잖아."

우리는 우리만의 게임을 할 거야. 너도 낄래?

운전기사가 백미러로 우리를 살폈다. 정말 운전기사이기만 한 걸까?

데브로는 거의 알아차릴 수 없을 정도의 시간을 지체한 후 마침내 다시 글을 썼다.

언제나, 너와 함께야.

노엘리아가 우리를 미행한다는 사실을 모른 척하는 건 생각보다 힘들었다. 그렇지만 우리가 다른 꿍꿍이가 있다는 사실을 주최측에 들킬 수는 없었다. 미행이나 당할 정도로 경솔한 인간으로 보여야 한다면 그게 뭐 대수랴.

데브로와 나는 스위스로 가는 비행기를 아슬아슬하게 전세 내느라 8000달러가 넘는 돈을 써 버렸다. 나는 혹시 누가 우리 이야기를 엿들을지 모르는 데다 전세기가 일반 항공기보다 훨씬 빠르다는 점도 강조했다. 전세기는 사생활이 확실히 지켜졌다. 취리히로 가는 일반 항공기에는 사방에 도청기가 숨겨져 있을 것만 같았다.

이 대회로 인해 나는 점점 강박관념으로 똘똘 뭉쳐진 인간이 되어 갔다.

3단계가 시작된 지 두 시간도 흐르지 않았지만 나는 어느새 비행기가 구름으로 들어가는 모습을 지켜보고 있다. 8인승의 작은 항공기에 탑승한 사람은 고작 네 명이었다. 나와 데브로, 승무원 한 명, 조종사 한 명.

"눈 좀 붙여."

순항 고도에 다다르자 데브로가 말했다. 나는 데브로에게 휴대폰을 넘겨주었다. 승무원도 자신의 휴대폰을 그에게 건넸다.

"몇 시간 후에 깨워 줘."

내가 말했다.

그는 받은 휴대폰을 비행기의 가장 뒤쪽으로 가져갔다. 그곳은 엔진 근처라 기내에서 가장 시끄러웠다. 그러고는 휴대폰을 음료

카트에 넣고 혹시 몰라 내 재킷으로 덮어 놓았다.

데브로는 자리로 돌아오자 나와 승무원에게 고개를 끄덕였다.

"카이로에서 너는 휴대폰에 도청 장치가 있다고 했지만, 그건 네 착각이었지."

데브로는 내 맞은편에 놓인 널찍한 하얀 가죽 좌석에 앉으며 그때 일을 다시 상기시켰다.

"결과적으로 내 생각이 맞았잖아. 다만 도청하는 방식을 내가 잘못 예측했을 뿐이지."

나는 승무원을 보며 입을 꾹 다물었다. 그녀는 내 앞에 있는 의자에 털썩 앉더니 우리 쪽으로 몸을 돌렸다. 그녀는 짙은 갈색 가발을 벗고 안경도 벗어서 허벅지 위에 내려놓았다.

"날 그렇게 보지 마. 그건 타이요의 계획이었으니까. 기차에서 있었던 일 때문에 굉장히 화가 났더라. 너 때문에 상처받은 것 같았어."

"타이요는 어디에 있어?"

내가 물었다.

노엘리아가 나직한 목소리로 조목조목 짚었다.

"나와 너의 목표물은 서로의 가족이고 데브로의 목표물은 타이요의 형이야. 그렇다면……."

우리는 데브로를 동시에 바라보았다.

"네 어머니는 괜찮으실까?"

내가 물었다. 노엘리아를 코앞에 두고 그가 내게 털어놓은 유일한 혈육에 대한 이야기를 하자니 기분이 이상했다.

그는 내 질문에 살짝 짜증이 난 듯한 표정을 지으며 소매를 바로잡았다.

"잘 계실 거야."

그의 어머니에 대해 좀 더 캐묻고 싶어 입이 근질거렸지만, 지금은 그럴 때가 아니었다.

"너는 쟤도 계획에 낀다는 말 안 했잖아."

노엘리아는 데브로 쪽을 보지도 않고 몸짓으로 가리켰다.

데브로가 코웃음을 쳤다.

"그거 알아? 기차에서 벌어진 일에 여전히 화를 삭이지 못하는 사람이 타이요 한 사람이 아니라는 거."

그날 이후로 데브로가 무슨 불평을 한 적은 없었다. 그런데 속으로는 여전히 꽁하게 마음에 담아 두고 있었다고 해도 그를 탓하고 싶지 않았다.

노엘리아가 혀를 차거나 얄미운 짓을 할 줄 알았다. 그런데 놀랍게도 그녀는 잠시 입을 꾹 다물고 길다 싶을 정도로 자신의 허벅지를 뚫어지라 바라보았다.

"미안해. 좀 별로였지. 그건…… 미안. 아무튼 내 마음은 그래."

완벽한 사과는 아니었지만 사과는 사과였다. 천하의 노엘리아가 사과를 하다니.

나는 점점 무거워지는 어색한 침묵을 깨기 위해 목청을 가다듬고는 말문을 열었다.

"네 동생 말이야. 왜 주최자들이 그 애를 원할까?"

노엘리아가 어깨를 으쓱했다.

"음, 날 엿먹이려고? 내가 경쟁자와 한판 붙는 모습을 보려고? 눈물 젖은 장면들까지 곁들여서?"

"전부 다겠지."

데브로가 말했다.

"그건 말이 안 돼."

내가 단정적으로 말했다.

"지금까지 우리가 훔친 건 실제로 가치가 있는 것들이었어. 정치적으로나 금전적으로. 우리 이모가 이 일에서 손을 뗀 이유 중 하나는 나쁜 사람들 때문에 위장한 신분이 들통났기 때문이야. 알량한 복수심을 만족시키기 위해 기꺼이 돈을 낼 용의가 있는 사람들. 그러니까 이모는 금전적으로 가치가 있어."

노엘리아가 어이없는 표정으로 말했다.

"내 동생은 열네 살이야. 돈을 내면서까지 걔한테 복수하려는 악당 패거리가 있을 만큼 원한을 산 적도 없고."

그녀는 원한이라는 말에 몸서리를 쳤다.

"확실해?"

그녀는 자신의 이름이 노엘리아라고 확신하냐는 당연한 질문이라도 들은 듯한 눈빛으로 나를 바라보았다.

"그래, 확실해."

나는 손가락으로 좌석의 팔걸이를 톡톡 두드리며 의자 등받이에 기댔다.

"하우저는 어떤 곳이야?"

노엘리아가 다리를 다시 꼬더니 몹시 당황해했다. 그 모습을 보니 내가 정곡을 찌른 게 확실했다.

"남학생 전용 기숙 학교야. 나는 입학할 수가 없어."

"동생은 거기서 뭐 하는데?"

"공부하지."

데브로가 물었다.

"뭘 배우는데? 우리 같은 사람들이 대학 입시 준비하려고 학교에 다니진 않잖아."

노엘리아가 씩씩거렸다.

"그 학교가 동생의 임무야. 집안 사업에 관련된 거야. 이런 이야기는 하면 안 되는데……."

"아하."

나는 노엘리아가 이야기를 계속하기를 기다렸다. 어차피 우리는 우리에게 허락된 지점을 한참 지나 버렸으니까.

결국 노엘리아는 사실을 털어놓았다.

"어떤 총리의 아들이 그 학교에 다니고 있어. 누군가 그 총리인지 누군지를 파멸시키고 싶어 해. 니키는 우선 그 아들과 친해져서 그 총리를 파멸시킬 수 있는 정보를 찾아내야 해."

나는 잠시 노엘리아를 보며 눈을 깜박거렸다.

"일단 친해진 후에 배신을 하는 게 보셰르 가문의 관행인가?"

그녀는 그 말에 대꾸하지 않았다. 나도 굳이 대답을 듣고 싶지 않았다.

"너희 집안은 고작 열네 살짜리에게 그런 일을 맡겨?"

데브로가 물었다.

"이건 장기간에 걸쳐 진행하는 작업이야. 내 동생은 다음 선거까지만 약점을 찾아내면 돼. 이런 학교들을 둘러싸고 어떤 정보가 돌아다니는지 알면 깜짝 놀랄걸. 부유한 집안의 자제들이 다니는 기숙 학교에서 별별 일들이 다 일어나는 데는 다 이유가 있어. 그런 곳은 비밀과 억눌린 가족의 트라우마가 무럭무럭 자라나는 세균 배양 접시 같아."

세상에서 가장 엘리트 학교라 할 만한 곳이…… 비밀이 꿈틀대는 세균 배양 접시라니.

노엘리아의 동생의 가치가 정확히 어느 정도이며 조직이 이 아이를 원하는 이유에 대해 파악하는 것부터 시작해야 할 것 같았다.

그러면 거꾸로 우리가 휘두를 무기가 될 것이다.

나는 몸을 내밀었다.

"이 학교에 또 누가 다녀?"

믿거나 말거나, 거대 지하 조직을 협박하려는 계획을 아무리 세세하게 논의를 한다고 해도 세 시간 남짓이면 할 말이 다 떨어지기 마련이다. 열 시간 비행 중 네 시간이 흐르자 우리는 밤으로 비행해 들어갔다. 데브로는 좌석에 비스듬히 기댄 채 고개를 옆으로 돌리고 가볍게 코를 골았다. 나는 잠든 데브로를 물끄러미 보다가 10분 동안 구글 지도를 보다가 하면서 취리히로 들어가고 나오는 모든 경로를 샅샅이 살핀 후 휴대폰을 모아 둔 장소에 다시 가져다 놓았다.

노엘리아는 서비스로 놓아둔 잡지를 벌써 세 번째 읽는 중이었다.

"왜 잘생긴 남자들은 항상 코를 골까?"

적어도 30분 동안 침묵을 지키던 노엘리아가 불쑥 말했다. 그녀가 말한 사람이 데브로라는 사실을 깨닫는 데 잠깐 시간이 걸렸다. 데브로에게 잘생겼다고 했는데 내 가슴이 두근거리는 이유는 뭘까.

"몰라. 지난번에는 안 골았는데."

노엘리아는 읽고 있던 잡지를 내리면서 얼굴을 내게로 살짝 틀었다.

"지난번?"

내 얼굴이 갑자기 활활 타올랐다.

"아니, 내 말은 우리가 지난번에……."

노엘리아가 웃음을 참았다. 나도 싱긋 나오려는 웃음을 참았다.

"아이, 몰라."

그녀는 잡지를 덮더니 반짝거리는 좌석 테이블에 놓았다.

"우리 옆방 썼던 여자아이 기억나? 캐나다에서 온 아이. 옆옆 방에서도 개 목소리가 들릴 정도였잖아."

기억이 가물가물했지만 어쨌든 그런 여자아이가 있었다는 사실

은 기억났다. 풍성한 곱슬머리를 한 흑인 소녀. 아무래도 이름까지
는 기억나지 않았다. 또 뭐가 있더라?

"내가…… 헤어 로션을 다 써서 그 애 방에서 훔쳤잖아."

갑자기 밀려드는 기억을 주체하지 못하고 나는 그만 웃음을 터
트리고 말았다.

"맞아. 네가 그 로션으로 내 머리 완전히 떡지게 만들었지. 그걸
다 씻어내는 데 일주일이나 걸렸어."

나도 기억났다! 노엘리아의 머리를 땋아 줬던 일……. 아니 땋아
주려다가 완전히 엉망이 되었던 일.

내가 변명했다.

"그때까지 백인 친구가 한 명도 없었단 말이야! 백인 머리에는
기름기가 많은 헤어 로션을 바르면 안 된다는 사실을 내가 어떻게
알았겠어?"

그때는 너무 끔찍했지만, 이제 와서 돌아보니 정말 웃겼다. 우리
는 노엘리아의 엉겨 붙은 머리에서 끈적거리는 오일을 필사적으로
씻어내려고 했다. 그 일을 떠올리기만 해도 어찌나 웃음이 터지는
지 나중에는 배가 아플 정도였다. 노엘리아는 그 일로 여전히 짜증
이 나는 척하려고 했지만, 결국 참지 못하고 깔깔거리며 웃음을 터
트렸다.

"내가 그냥 잘라 버리려고 했을 때 말려 줘서 고마웠어."

마침내 웃음이 잦아들자 그녀가 말했다.

"내가 허락 없이 머리를 잘랐다면 아빠는 말 그대로 날 죽이려

고 하셨을 거야."

나는 잠시 입을 다물었다.

"네게 엄하시니, 네 아버지?"

노엘리아는 시선을 피하고 한쪽 어깨를 으쓱했다.

"내가 해결할 수 있는 문제가 아니야."

어쩐지 노엘리아가 할 수 있는 최악의 대답을 한 느낌이 드는 건 왜일까? 이런 이야기를 어떻게 이어 나가야 할지 몰라 당혹스러우면서도, 이야기를 변죽만 울리고 끝내고 싶지는 않았다.

"우리 엄마도 가끔은 나를 너무 심하게 밀어붙이는 경향이 있어. 물론 나 잘되라고 그러는 거 알아. 그렇지만 나를 때리거나 그런 행동은 절대 하지 않아. 혹시 네가 하고 싶은 말이……."

"맙소사, 절대 그런 게 아니야."

노엘리아가 관자놀이를 문질렀다.

"부탁인데 도둑 그만두고 심리 치료사로 전직할 생각은 하지 마."

역시 더 매끄럽게 이야기를 풀어 나갈 수도 있었는데.

노엘리아는 입술을 깨물며 앉은 자리에서 꼼지락거렸다.

"아빠는 좀……. 아빠는 우리에게 실망하시면 지체 없이 말씀하셔. 너무 대놓고 말씀하시지. 그래서 가끔은 단도직입적으로 시키는 게 아니라 해 보면 어떻겠냐고 하실 때도 그 말이 권유로 느껴지지 않아. 겉모습은 권유지만, 실제는 내가 그 일을 해내는지 시험을 해 보겠다는 뜻이지."

순간 그녀의 눈빛은 먼 곳을 보는 것 같았다. 마치 구체적인 기억을 떠올려 곱씹는 것처럼 말이다.

내 시선은 노엘리아를 따라 그녀의 구두로 향했다. 밑창에 섬세한 그림이 그려진 또 다른 부츠. 그녀가 호텔에서 했던 말이 떠올랐다. 예전에 나와 똑같은 신발이 있었는데, 아빠가 기어이 그 신발을 버리게 했다는 이야기.

혹시 그런 상황이 작은 테스트일까?

"그럼 그런 테스트를 통과하는 게 뭐가 그렇게 중요해? '몰라, 때려치워!' 해 버리면 안 돼?"

문득 나도 입맛이 썼다. 생각해 보면, 나도 똑같은 논리로 '때려치우자며' 내 멋대로 행동한 결과 엄마가 납치되고 말았다. 그렇지만 당시는 내가 옳게 느껴졌다. 그 결과 그 반대가 증명되었지만. 그래도 노엘리아에게는 이것이 노엘리아에게 올바른 대답일지 모른다. 설령 내게는 아니라고 해도.

노엘리아가 코웃음을 쳤다.

"몰라, 때려치워?"

그녀는 놀리듯 내 말을 따라 하더니 프랑스어로도 했다. 감정을 발산할 때는 모국어가 훨씬 편한 것 같았다.

"아빠에게 좋은 점수를 따지 못하면 우리 가족의 다음 수장이 될 수 없어."

"수장?"

"보셰르가는 나와 니키, 아빠 말고도 가족이 많아. 고모들, 삼촌들, 사촌들, 조부모님들도 있고. 누군가는 그 사람들을 이끌어야 해. 이건 지휘 계통 같은 거야. 현 수장은 아빠야. 그러니 다음 수장을 선택해야 해. 대체로 첫째 아이가 선택돼. 그래서 가족은 모두 내가 다음 수장이 될 거라고 생각하지. 내가 되어야 해······. 그렇지만······."

노엘리아는 자신의 손을 마구 비틀었다.

"얼마 전부터 신경이 자꾸 쓰이더라고. 내가 실수를 하거나 할 때마다 아빠는 사촌인 프레어가 특출나다거나, 사촌인 안나가 최근에 부쩍 컸다는 말씀을 하시는 거야."

노엘리아가 어쩌나 긴장을 했는지 살짝 건드리기만 해도 펑 터져 버릴 것 같았다. 정말 겁에 질린 것처럼 보였다. 그런 모습에 나는 화가 났다. 그녀의 아버지는 오랫동안 딸의 장래를 머리 위에 대롱대롱 매달아 놓고 달걀판 위를 걷게 했음이 틀림없다.

다른 우주에서 본다면 이 상황이 너무 아이러니해서 웃음이 났을 것이다. 세상 한편에서 나는 가족으로부터 필사적으로 도망치려고 했다. 다른 한편에서 노엘리아는 가족의 꼭대기에 오르지 못할까 봐 벌벌 떨고 있다.

나는 노엘리아에게 아빠 때문에 화가 난다거나, 가족이 무엇을 원하든 그건 중요하지 않다는 식의 하나마나 한 이야기를 하고 싶지 않았다. 비행기에서 나눈 대화 한 번으로 평생에 걸쳐 몸에 익은 습성이 변할 리 없다. 나는 이제 막 내 껍질을 깨고 나오려는 참이었다. 만약 노엘리아가 진심으로 가족의 수장이 되고 싶은 거라면, 규칙 따위는 개나 주라는 조언은 도움이 될 리 없었다.

노엘리아의 상황에 맞는 해답을 나는 모른다. 내 상황에 대한 해답도 잘 모르니까.

나는 발을 내밀어 노엘리아의 부츠를 슬쩍 찼다. 그녀가 화들짝 놀라자 내가 미소를 보냈다.

"네 가족을 위해 네가 완벽한 노엘리아가 되어야 한다니 유감이야. 네가 가진 것을 제대로 알아보지 못하는 건 그 사람들의 손해야. 하지만…… 세상은 네 가족보다 더 커. 내가 너에겐 적일 수도 있고, 그래서 이 말이 도움이 될지 모르겠지만, 나는 그 괴상한 스니커즈를 잔뜩 갖고 있는 노엘리아가 훨씬 더 좋아. 언젠가 괜찮은 가게의 링크라도 보내 주면, 나도 한번 살펴볼게."

나는 되도록 질척거리지 않고 무심한 듯 말하려고 노력했다.

노엘리아는 무표정한 얼굴로 나를 잠시 보았다. 잠시 후 그녀는 보일락말락 고개를 끄덕이더니 머리카락을 어깨 뒤로 넘겼다. 그런 태도에서 좀 전까지 친근했던 노엘리아는 사라져 버렸다는 생각이 들었다. 바로 그때 노엘리아가 나를 보고 히죽 웃었다. 문득 긴장이 스르르 풀렸다.

"로스 퀘스트가 내 신발 스타일을 훔쳐가지 않는다면, 나중에 사진 보내 줄게. 순전히 자랑용으로."

"그러다가 몇 켤레 없어져도 놀라지 마라."

"흠, 두고 보자고."

우리는 다시 히죽거리며 웃었고 어쩌다 보니 나는 그녀 옆에서 엣시의 장바구니에 담아 둔 신발을 자랑하고 있었다. 꽤 매혹적인 밤이었다. 그러다가 내가 핀터레스트 앱을 열기 위해 홈 화면으로 되돌아가기 전까지는.

노엘리아가 내 손목을 잡았다. 그녀의 얼굴에서 핏기가 사라졌고 두 눈은 내 휴대폰을 뚫어져라 바라보았다. 방금까지 재미있고 신기하게 내 휴대폰을 함께 보던 눈빛이 아니었다.

"이 여자."

그녀가 앱과 앱 사이의 화면을 톡톡 쳤다.

"앱스토어?"

"이 여자!"

나는 인상을 쓰며 휴대폰을 보았다. 내 얼굴에 얼굴을 비비는 엄마 사진이 홈 화면으로 설정되어 있었다.

"그래, 나도 알아. 홈 화면에 엄마 사진을 올리다니 민망하기는 해, 그렇지만……."

"그 사람이 네 엄마일리 없어."

노엘리아는 누구라도 그렇게 말할 것이라는 듯 장담했다.

"네 말에 전혀 동의할 수가 없는데……."

내가 천천히 말했다.

노엘리아가 고개를 들어 이맛살을 찌푸린 채 말했다.

"로스……. 이 여자야. 스키 캠프에서 본 사람이."

하필 지금 그 이야기를 끌고 오는 거야? 지금까지 좋은 시간을 보내고 있었는데.

"너는 우리 엄마를 만난 적이 없어. 엄마는 네가 나를 버린 후에 오셨거든."

"거기 있었다니까!"

노엘리아도 물러서지 않았다.

"직원 같은 사람이었어. 내게 네 쪽지를 전해 줬다고."

내 마음속 어딘가에서는 어떻게 된 일인지 슬슬 퍼즐이 맞춰지기 시작했다. 하지만 내 머리는 그러려고 하지 않았다. 아직은 아니었다.

"나는 네게 쪽지를 남긴 적이 없어. 쪽지는 네가 남겼잖아. 만나는 장소를 로비에 있는 계단 아래로 옮기자고 적혀 있었어. 거기 갔더니 강사 한 명이 나를 기다리고 있더라. 그것들을 전부 가지고 있는 나를 딱 잡았다고."

노엘리아가 말했다.

"나는 그런 걸 보낸 적 없어. 네 쪽지에는 게스트하우스에서 만나자고 적혀 있었어. 나는 너를 버리지 않았어. 몇 시간이나 기다렸어. 그런데 너는 나타나지 않았지."

그때 엄마가 정말 빨리 나를 데리러 왔었다. 고작 몇 시간 만에 내가 그곳을 떠날 정도로. 가장 친한 친구에게 배신을 당했다는 사실에 심장이 찢어지는 듯한 아픔을 느끼며 그곳에서 사라졌다.

엄마는 어떻게 그토록 빨리 왔을까? 이미 스키 캠프에 와 있었던 게 아니라면.

맙소사.

"로스?"

노엘리아의 목소리가 멀리서 들리는 듯했다. 도둑을 신뢰하는 행위와 우정에 대한 내 신념을 엄마는 처음부터 조작했다.

눈물이 차올랐다. 말없이 나는 노엘리아의 어깨에 머리를 기댔다. 그녀는 말없이 내 손을 꼭 잡아 주었다.

나는 엄마를 납치범의 손에서 구할 거다. 그러고서 이 일에 대한 해명을 들을 것이다.

42

"이게 잘될 거라고 확신해?"

나는 노엘리아가 내게 준 쪽지 한 귀퉁이를 손으로 튕겼다. 누가 봐도 이 쪽지를 니콜리의 방에 슬쩍 밀어 넣고 나오면 충분할 텐데, 노엘리아는 기어이 내가 직접 니콜리에게 전해 주게 만들었다. 과거에 위조된 필적으로 골탕을 먹은 어떤 애들에 관한 이야기를 하면서. 문자 메시지나 이메일처럼 요즘 사람들이 사용하는 의사교환 수단이 아니라, 자기 누나가 썼다는 손편지를 받는다면 몹시 의심스러울 것 같다. 만약 누군가 모종의 날짜와 시간이 적힌 쪽지를 내 방문 밑으로 집어넣고 간다면, 쪽지에 적힌 대로 나가 볼 수는 있지만 절대 호의적인 태도를 보이지 않을 것이다.

무전기를 통해 노엘리아의 씩씩대는 숨소리가 들려왔다. 아무도 우리의 대화를 엿듣지 못하게 하려고 우리는 옛날 사람들처럼 아날로그 무전기로 통신을 했다. 데브로가 마침 이 근처 아는 곳에서 그런 물건을 구할 수 있었다. 언젠가 데브로에게 전 세계에서 그의 연줄이 닿는 곳들을 모아 지도에 표시해 달라고 해 봐야겠다.

"미안한데, 우리가 지금 누구의 동생과 접촉한다고 생각하니? 내가 잘될 거라고 하면 잘되는 거야."

다시 무전기로 치직거리는 소리가 들려오자 나도 모르게 어떻게 이렇게 멍청한 질문을 할 수 있느냐며 투덜거리는 노엘리아가 눈앞에 그려졌다. 2단계에서 그녀의 팀을 골탕 먹인 계획을 꾸민 사람이 바로 나라고 쏘아붙이고 싶었다. 하지만 그건 너무 치사한 것 같아 입을 다물었다.

나는 한번 째려봐 주고 싶은 충동과 싸우면서 배낭을 쥐었다. 새로 산 체크무늬 가방으로 내용물은 거의 없었다. 그저 지금 입은 주름치마와 블레이저에 어울려서 산 것이다. 누가 보더라도 나는 그곳에서 도보로 20분 남짓 떨어진 자매 학교의 평범한 학생일 것이다. 그날 오후 여학생들은 남자 친구나 그냥 친구를 만나려고 재잘거리면서 하우저로 발길을 옮겼다. 학교 정문을 지키는 경비원들은 아무도 내게 관심을 주지 않았다.

학교는 터무니없을 정도로 넓었다. 마치 뉴욕 센트럴 파크의 일부를 뚝 떼어다가 군데군데 웅장한 건물을 세워놓고 안전을 위해 철문으로 주위를 에워싼 곳 같았다. 오면서 미리 머리에 넣어 둔 지도로는 이 정도 규모일 줄 상상도 못 했다. 내 귀에서 길 안내를 해 주는 목소리가 없었다면 분명 길을 잃었을 것이다.

"기숙사는 창문마다 아치가 달린 붉은 벽돌 건물이야."

재빨리 주위를 돌아보니 노엘리아가 가르쳐 준 건물이 보였다. 다른 건물에서 쏟아져 나온 학생들이 느릿느릿 흐르는 물줄기처럼 그 건물로 향하고 있었다. 학교를 방문한 여학생들도 대부분 그쪽으로 걸어가는 중이었다.

"네 동생은 수업을 마치면 대개 기숙사로 가?"

해가 질 때까지 니콜리가 기숙사로 돌아오지 않으면 나는 어떻게 해야 하지?

"쓸데없는 생각 하지 말고, 내 동생 올 때까지 분위기 보면서 기다려."

"그러게 내가 갔어야 한다고 했잖아."

데브로의 목소리가 처음으로 수신기에 들려왔다.

"로스, 부탁 하나만 하자. 주위를 둘러봐. 눈에 들어오는 흑인 남학생이 몇 명인지 세어 봐."

노엘리아의 말이 옳았다. 나는 기숙사 근처까지 왔는데 흑인 남학생은 한 명도 보이지 않았다.

"솔직히 여기에는 흑인 여학생도 별로 없어."

내 눈에 들어온 흑인 여학생은 두세 명 정도였다.

"네가 지금 있는 곳은 여학교가 아니라 남학교야. 장담하는데, 데브로가 갔다면 경비원 중 누군가는 데브로가 하우저의 네 명뿐인 흑인 학생에 속하지 않는다는 사실을 알아차렸을 거야."

"너는 주변의 인종 비율을 매우 주의 깊게 파악하나 보다, 노엘리아."

데브로의 말에는 가시가 박혀 있었다.

노엘리아가 잠시 입을 다물었다.

"이점을 누릴 자격이 없다고 해도 그걸 잘 이용해라. 아빠가 늘 하시는 말씀이야."

바로 그때 기숙사에 도착해서 다행이었다. 안 그랬으면 데브로든 나든 그 말이 무슨 뜻인지 작정하고 따졌을 테니까.

안으로 들어가자 현관 로비는 학생들로 붐볐다. 그 옆에 딸린 넓은 공간에는 도서관 스탠드와 독서용 의자를 갖춘 책상이 배치되어 있었다. 우르르 몰려온 학생들은 가방을 벗어던지고 책상에 자리를 잡거나 웅장한 계단을 후다닥 달려 위층으로 올라갔다.

이곳은 기숙 학교라기보다 으리으리한 호텔이나 사립 대학 같은 느낌이 들었다. 내가 학생으로 위장 잠입하고 싶다는 생각이 들 뻔했다.

"니키의 방은 3층에 있어."

노엘리아가 불쑥 말했다. 그녀의 목소리에 나는 어느새 빠져든 몽상에서 얼른 깨어났다.

"그런데…… 어느 방인지는 몰라."

"잘났다."

이렇게 투덜거리는데, 아래층에서 올라오던 붉은 머리 소녀가 나를 보며 나무라는 표정을 지었다. 혼잣말을 하는 모습은 보기 좋지 않은 법이다.

나는 중앙 계단을 올라갔다. 널찍한 복도를 따라 넉넉하게 거리를 두고 문이 달려 있었다. 미리 건물의 도면을 살펴보지 않았지만 기숙사 방이 말도 안 될 정도로 넓다는 사실을 짐작하기 어렵지 않을 정도였다.

나는 누군가를 만나려고 기다리는 사람처럼 보이려고 신경을 쓰면서 니콜리를 찾아다녔다. 그 아이를 직접 만난 적은 없지만, 카운트가 내게 준 사진과 노엘리아가 가지고 있는 사진을 총동원해 두 시간 동안 꼼꼼하게 살펴보았다. 지금은 경찰서 범인 식별을 위해 세워 놓은 사람들 사이에서도 니콜리를 찾아낼 수 있을 것 같다. 노엘리아는 동생이 걸을 때 항상 한 손을 주머니에 넣고 다니는 습관이 있다고 했다. 그러므로 나는 금발 머리, 푸른 눈동자, 열네 살, 백인 소년, 한 손을 주머니에 넣은 모습만 발견하면 된다. 지금껏 열 명도 넘는 학생들이 내 앞을 지나치거나 복도를 들고 났지만 니콜리의 모습은 보이지 않았다.

"찾았니?"

10분 동안 침묵을 지키고 있던 노엘리아가 마침내 말문을 열었다.

"찾았으면 말을 했겠지."

데브로가 대꾸했다.

"지나치는데 못 봤을 수도 있잖아. 눈 부릅뜨고 지켜보고 있지?"

얘가 지금 나를 순 초짜로 보는 건가?

나는 귀에 끼운 수신기를 톡 때려서 지독한 잡음을 노엘리아의 귀에 선물했다. 내 의도가 잘 전달되었기를.

"정말 성숙한 행동이었어, 로스."

노엘리아가 말했다. 나는 애써 웃음을 참았다.

또 다른 학생들이 계단을 통통 뛰어 올라왔다. 그 아이들은 머리가 전부 짙은 색이라 니콜리가 섞여 있을 리 없었다. 그래서 그대로 관심을 돌리려고 하는데, 그들 가운데 한 명이 어딘지 신경이 쓰였다. 얼굴은 다른 학생들에게 반쯤 가려서 보이지 않았다. 하지만 아시아인이었으며 안경을 쓰고 있고 머리카락이 한 가닥도 흐트러지지 않았다.

나는 우뚝 멈췄다. 또 한 무리의 학생들이 계단을 올라오며 내 시야를 가렸다.

그 틈에 그 소년은 사라져 버렸다.

나는 내가 있는 쪽으로 오는 사람들을 이리저리 피하며 계단으로 서둘러 달려갔다. 계단에 도착했을 즈음 그 소년은 마지막 칸을 내려가는 중이었다.

"타이요."

내가 작게 말했다.

"'우리' 타이요? 걔가 왜 여기 있어?"

노엘리아가 물었다.

데브로도 미심쩍은 목소리로 말했다.

"나도 이상한데. 우리 엄마는 어디든 계실 수 있지만, 설마 유럽의 기숙 학교일 것 같지는 않거든."

"목표물이 네 어머니가 아닐지도 몰라."

내가 본 소년이 타이요가 맞는다면 그는 지금쯤 비상구를 향해 전력으로 달리고 있을 것이다. 지금이면 비상 계단으로 달려가 그를 밖에서 따라잡을 수 있었다. 그 아이가 타이요가 맞는지 확실히 해 두고 싶다면 당장 움직여야 했다.

하지만 그 순간 내 눈에 그 아이가 들어왔다. 니콜리 보셰르.

얼굴과 머리 색깔은 제대로 보지 못했지만, 주머니에 한 손을 넣은 채 통통 튀어서 계단을 올라오는 모습만으로도 충분했다. 동행으로 양쪽에 남학생이 한 명씩 있었다. 한 명은 블레이저를 한쪽 어깨에 걸친 채 이야기를 하는 중이었고 다른 소년은 한 손으로 하품을 가렸다.

타이요인지 도플갱어인지 모를 학생은 그곳을 빠져나갔지만, 니콜리와 그의 친구들은 내 쪽으로 올라오는 중이었다.

"젠장."

내가 투덜거렸다.

"왜 그래? 타이요를 뒤쫓고 있어? 그러지 마! 네가 기다려서 찾아야 할 사람은 니키……."

나는 수신기를 귀에서 뽑은 후 짧게 숨을 쉬고 계단을 몇 단 내려가 웃는 낯으로 니콜리 앞을 가로막고 섰다.

"니키, 맞지?"

나는 블레이저를 벗고 있는 니콜리의 친구가 하는 말을 중간에 끊어 버렸다. 몇 달 동안 친구로 지내야 하는 목표물이 바로 이 아이 아닐까?

그 친구가 웃음을 터트렸다.

"니키? 사람들이 아직도 너를 니키라고 불러?"

니콜리의 얼굴이 살짝 붉어졌다.

"내 이름은 니콜리예요."

"오, 노엘리아가 니키라고 했는데."

그가 얼어붙었다. 누나의 이름을 슬쩍 말한 덕분에 관심을 끌었다.

"널 만나면 안부 전해 달라고 했어."

나는 그의 블레이저에서 솜털을 떼어내는 척하면서 노엘리아의 쪽지를 슬쩍 집어넣었다. 그가 잔뜩 긴장한 모습을 보니 내가 지금 무엇을 하고 있는지 잘 아는 듯했다. 물론 지금으로서는 주머니의 쪽지가 협박인지 다른 용건인지 알 수 없겠지만 말이다. 내가 이 말을 할 때까지 진땀을 뺐을 것이다.

"말로우도 너를 보고 싶어 한다고 전해 달래."

니콜리가 몸을 똑바로 했다. 말로우. 노엘리아는 그 단어가 남매의 암호라고 말했다. 니콜리가 고개를 살짝 끄덕였다. 내가 그의 편이라는 걸 알겠다는 뜻이었다.

나는 손을 흔들며 계단을 마저 내려갔다. 그의 친구 한 명이 말했다.

"누나가 있는 줄 몰랐는데. 네 누나 예쁘냐?"

"봤지, 내가 이래서 누나 얘길 안 한 거야."

니콜리가 말했다. 그 이후로 나눈 대화는 아이들이 멀어지면서 저절로 내 귀에서도 멀어졌다.

나는 반대 방향으로 걸어가 로비를 통과했다. 마침내 입구가 나

오자 건물 밖을 빤히 바라보았다. 소용없는 짓이었다. 설령 타이요
가 이곳에 있었다고 해도 벌써 사라졌을 테니.

43

"분명히 타이요를 봤어."

정확히는 본 것 같다고 생각하는 거지만, 데브로가 자꾸 꼬치꼬치 캐묻는 바람에 그 생각을 더 밀어붙이고 싶어졌다.

데브로는 소파―퀼트 방석 한 장이 달랑 깔린 아주 불편한 고리버들 소파로, 우리가 빌린 이 집에서는 그런 가구가 기본이었다―뒤에 서서 내가 퀼트 카펫을 서성이며 생각을 정리하는 모습을 지켜보았다.

"닮은 사람을 봤을 수도 있잖아."

그렇게 말하며 콧잔등을 집는 데브로의 모습에 나는 우뚝 서서 노려보았다. 뭐야, 나 때문에 스트레스를 받는 거야?

"왜 타이요가 여기 와 있는지 잠시 생각해 보자. 오직 너를 골탕 먹이겠다고 이곳에 나타났을까?"

나는 말이 선뜻 나오지 않았다.

"나도 모르지! 지금 목표물을 쫓는 게 아닐 수도 있잖아. 어쩌면 걔는……."

나는 한숨을 쉬며 딱딱하고 몸이 근질거리는 고리버들 의자에
털썩 앉았다.

"나도 몰라. 하지만 분명히 거기 있었어."

그러니까 내 생각에는.

이제 나야말로 스트레스를 꽉꽉 받았다. 이런 감정은 마일로가
중독된 희열에 찼을 때의 스트레스가 아니었다. 지금의 감정은 어
딘지 위험하게 느껴졌다. 마치 '상황을 예의 주시하지 않으면 모든
것이 박살 날 수 있다'는 위험 같았다.

"우리가 앞으로 서로를 믿을 수 있을 줄 알았어."

내가 속삭였다.

"그럴 거야."

"정말? 지금 너와 있을 때보다 노엘리아에게 더 간단하게 내 집
주소를 알려 줬으니까?"

그의 얼굴에서 슬픔에 젖은 미소를 본 것 같다고 생각하자마자
그는 원래 표정으로 되돌아왔다. 그는 침실을 힐끔 보았다. 우리는
휴대폰은 물론 도청 장치를 심을 수 있는 전자 장비는 모두 모아서
그곳에 두었다. 우리의 이야기를 엿들을지 모르는 장비를 길바닥에
버리지 않는 한 그 방이 우리와 가장 먼 곳이었다.

"그때는 우리가 그들의 규칙에 따라 움직였어. 그렇지만 지금은
달라 로스. 너는 뱀이 득실대는 구덩이 위에 쳐 놓은 밧줄 위를 걸
어가는 중이야. 한눈을 파는 순간 너는 그 구덩이에 처박히게 될
거야. 나는 네가 발이 미끄러지는 모습을 차마 볼 수 없어."

476

데브로는 내가 이 일을 포기할지 말지 지켜보며 숨을 죽이고 있는 것처럼 보였다. 나를 이렇게까지 염려해 주는 거야? 나비가 팔랑거리는 듯 가볍고 따스한 느낌이 내 안에서 동심원처럼 퍼져 나갔다. 지금까지 나를 이렇게까지 보호해 준 사람은 가족 외에 아무도 없었다. 누군가에게 보호를 받은 느낌은…… 매혹적이다.

하지만 매혹만으로는 내 직감을 조용히 시킬 수 없었다. 내 직감은 내게 경계를 하는 것이 옳다고 자꾸 말했다.

그때 노엘리아가 예쁘장한 얼굴에 잔뜩 인상을 쓴 채 쿵쿵거리며 거실로 들어왔다. 그녀가 데브로의 가슴팍으로 선불 휴대전화를 홀쩍 던지자 그는 한 손으로 가볍게 낚아챘다.

"타이요에게 아무리 전화를 걸어도 받지 않아. 하기야 모르는 번호를 왜 받겠어. 카운트의 전화라면 모를까."

그녀는 소파 팔걸이에 걸터앉더니 그곳이 왕좌나 그 비슷한 자리라도 되듯 발목을 꼬았다.

"내 휴대폰으로 전화를 할 수 없다니……."

"우리가 너를 인질로 붙잡고 있는 한 너는 아무에게도 전화할 수 없어."

데브로가 다시 상기시켜 주었다.

맨발에 반바지 차림을 하고 머리를 뒤로 넘겨 느슨하게 묶은 노엘리아는 보니 어쩌면 이렇게까지 인질 분위기가 안 날 수가 있나 싶어서 웃음이 날 지경이었다. 하지만 우리가 노엘리아에게 비행기 승무원으로 위장하게 하고, 휴대폰을 쓰지 못하게 막았다는 설정이 유지되는 한, 그녀는 뭐든 원하는 대로 입을 수 있었다.

노엘리아는 뒤로 묶은 머리채를 만지작거렸다.

"내 휴대폰으로 걸었어도 아마 받지 않았을지 몰라. 석관이 가짜라는 사실을 깨달았을 때 모두 내게 살짝…… 짜증이 난 것 같았어."

노엘리아를 위해서이기도 하고, 지금은 우리 사이에 최소한의 온기라도 돌고 있으니 나는 웃음이 나오는 걸 간신히 참았다.

데브로가 말했다.

"그건 중요하지 않아. 거기서 본 사람은 아마 타이요가 아니었을 테니까."

노엘리아가 코웃음을 쳤다.

"로스가 타이요를 봤다고 하면 로스는 타이요를 본 거야."

나는 그 순간 꼼짝도 할 수 없었다. 노엘리아가 내 편을 들어 주다니 일주일 전에는 생각도 할 수 없는 일이었다. 데브로마저 턱에 힘이 들어갔다. 하지만 노엘리아는 할 말이 있으면 해 보라고 도발하듯 한쪽 눈썹을 들었다.

"설령 로스가 확신하지 못한다고 해도—물론 본인이 확신한다고 했지만—'타이요와 닮은 사람이었을지 모른다'는 안일한 태도로 내 동생의 안전을 위태롭게 할 수는 없어. 선제적인 조치를 취해야 해. 예방약이 최고의 명약이니까."

"그것도 너희 훌륭한 엘리트 아버님 말씀이니?"

데브로가 물었다.

노엘리아는 그 말을 무시했다. 나는 데브로를 노려보았다. 그는 우리의 싸늘한 반응에도 눈 하나 깜짝하지 않았다.

"나도 노엘리아와 같은 생각이야."

노엘리아를 대놓고 편들다니 여전히 기분이 이상했다.

"오늘 밤 계획을 조정할 수도 있잖아. 노엘리아는 여기 머물러야 해. 그렇지만 네가 니콜리를 미행하면서 보호해 주는 건 괜찮지 않을까?"

"나보고 그 애의 경호원이 되라는 거야?"

"만약 타이요가 그 애를 납치하려고 여기에 있는 거라면 니콜리가 학교 밖에 있을 때가 더 수월할 거야. 그 애가 학교를 나서서 나를 만나러 오는 동안 뒤를 따르면서 별일 없는지 봐 줄래?"

내 말은 그리 설득력 있게 들리지 않았다. 그렇다는 건 나도 안다. 아무리 그래도 데브로는 왜 전적으로 내가 그의 기분을 망쳤다는 듯한 눈빛으로 나를 보는 걸까?

그는 일어서서 조끼의 밑단을 바로잡더니 내게 차가운 미소를 지었다.

"이건 네 계획이야. 그러니 네 뜻대로 해야지, 로스."

그는 방을 가로질러 와 내 볼에 살짝 입을 맞추었다. 노엘리아는 당연히 어이없다는 표정이었다. 데브로가 방을 나섰다.

노엘리아는 뒷문이 찰칵하고 닫히는 소리가 나자 그제야 말했다.

"정말 까다로운 애야. 데브로를 조심하도록 해, 로스."

"다정한 마음으로 데이트 조언을 해 주는 거야?"

그녀는 여전히 뒷문에서 눈을 떼지 않은 채 천천히 고개를 저었다.

"아니, 이건 직업적인 조언이야."

그 말을 남긴 채 노엘리아는 거실 옆방으로 돌아갔다. 어서 노엘리아를 따라가 무슨 뜻인지 자세히 물어보라는 마음의 소리가 작게 들려왔다. 하지만 나는 두 걸음도 가기 전에 우뚝 섰다.

밖에는 서서히 해가 지는 중이었다. 나는 오늘 밤의 만남을 준비해야 했다. 그리고 절대 망칠 수 없는 과제도.

44

반드시, 그 아이가 무사하게 지켜 줘야 해. 알았지?

은신처를 나서기 전 노엘리아가 마지막으로 한 말이 머릿속에서 계속 울렸다. 그리고 내 대답도.

약속해.

내 평생 가장 롤러코스터 같은 일주일이었다. 월요일에는 노엘리아를 미워했는데, 금요일에는 그녀의 가족을 반드시 지키겠다고 약속하는 상황이 되었다. 그래서 나는 지금 부유한 청소년들이 자주 가는 펍에서 두 블록 떨어진 카페에 있다. 이곳에서 노엘리아의 남동생이자 화이트칼라 도둑인 꼬맹이가 나를 만나러 오기를 기다리는 중이다.

9시가 되기를 기다리는 동안 나는 그 약속에 대해 줄곧 생각했다. 놀랍게도 약속을 꼭 지켜야 한다는 생각이 들었다. 특히나 엄마에 대한 진실을 알아 버렸으니 더욱 노엘리아를 배신하지 않을 것이다.

커피콩과 시럽 냄새로 가득한 카페는 쥐 죽은 듯 조용했다. 재즈

음악도, 학생들이 노트북 자판을 타닥타닥 두드리는 소리도 없다. 카페의 영업이 끝난 지 두 시간 후 이곳에 몰래 들어와 경보 시스템을 망가뜨리고 나니 이곳에는 텅 빈 테이블과 뒤집어 놓은 영업 중 표지판, 그리고 나만 덩그러니 남았다.

새로 장만한 노트북의 시계가 9시를 가리킬 때까지 나는 심하게 다리를 떨며 기다렸다. 시계처럼, 정확하게, 아니 매우 훈련을 잘 받은 듯한 니콜리는 정각에 카페로 들어왔다. 그 아이는 텅 빈 카페에 들어오면서도 한 손을 코트 주머니에 넣은 채 아주 자연스러워 보였다.

니콜리는 2인용 테이블에 앉은 내 앞자리에 앉으면서 어깨 뒤를 슬쩍 보았다.

"학교에서부터 누가 나를 따라오는 것 같아요."

"걱정하지 마. 나랑 같은 편이니까."

"그리고 누나는 노엘리아와 한편이고요?"

니콜리는 곁눈질로 나를 보았다. 그 모습이 꼭 제 누나였다.

"충격적이게도 그렇단다."

그가 내 말에 히죽 웃었다.

"그거 가지고 왔니?"

니콜리는 카페에 우리밖에 없는 게 맞는지 확인하듯 주위를 한 번 둘러보더니 주머니를 뒤져 검은색 USB를 꺼냈다.

"꼬박 하루 걸려서 스프레드시트에 정리했어요. 이걸 하느라 삼각 함수 시험 공부도 포기했다니까요."

"너의 미래가 만점짜리 삼각 함수 시험지에 달려 있진 않을 것 같은데."

나는 USB를 노트북에 꽂았다. 그때 화면 아래에 있던 채팅 창이 깜박였다. 이 채팅방에는 나 외에 딱 두 명이 더 있었다. K와 N.

N : 9시야. 어떻게 됐어?

내가 입력했다.

R : 여기 와 있어. K, 지금 스프레드시트 전송할게.

K : 👍

니콜리가 스크린을 슬쩍 훔쳐봤다. 그는 자신의 의자를 옆으로 가져와 키보드를 가리켰다. 나는 입을 꾹 다물고 노트북을 그가 못 보게 옆으로 돌렸다.

"이건 재미로 만든 채팅방이 아니야."

"아, 네, 그러셔요."

니콜리는 그렇게 말하며 어깨로 나를 밀치고 내 손을 찰싹 치며 밀어내더니 키보드를 차지했다.

R : 골치 아픈 일이 생겼어, 리아??? 이 동생이 나서서 해결해 줄까???

노엘리아가 답장을 작성하는 동안 채팅창에 점들이 계속 나타났다 사라졌다 하는 모습을 보며, 나는 그녀가 어떤 식으로 받아칠지 궁금했다. 아마도 정말 신세를 진 사람은 니키 너라는 둥, 지금 말 그대로 납치될 위험에서 구하기 위해 얼마나 고생을 했는지 구구절절 적어 보낼 것 같았다. 니콜리는 자신이 얼마나 위험천만한 지경에 처했는지 정확히 몰랐다. 내가 확실하게 말해 주지 않았으니까.

그런데 막상 내가 예상한 잔소리 대신 눈을 위로 치켜뜬 이모지 하나만 도착했다. 하여간.

K : 스프레드시트 받았어. 내가 비교해 볼게. 😊

나는 숨을 삼켰다. 모든 것이 딱 맞아떨어지거나 허무하게 무너지는 순간이 왔다. 내가 짐작한 대로 협상 수단을 확보할 수 있을까?

니콜리는 손가락으로 테이블을 두드리면서 대놓고 지루한 표정을 지었지만 정작 이 순간 내 세상은 언제 와르르 무너질지 몰랐다.

하지만 이게 통하지 않는다면 바로 눈앞에 플랜 B가 있어…….

이 녀석은 이제 날 의심하지 않아.

나는 마음의 소리를 최대한 멀찌감치 밀어 버렸다.

니콜리가 웅얼거렸다.

"그런데…… 이게 정확히 어디에 필요한 거예요? 리아의 쪽지에는 내가 지난 일 년 동안 박박 긁어모은 내용을 전부 정리해 놓으라고 적혀 있었어요. 정리한 자료만 주고 가면 되는 줄 알았는데, 지금 보니 뭐가 더 있는 것 같네요……."

이 꼬맹이는 정말 아무것도 모른다.

"나는 나대로 어떤 사람들에 대해 정리한 스프레드시트가 있거든. 뭐랄까…… 나를 열받게 한 사람들. 네가 사람들의 성을 정확하게 입력했다면 내 친구가 두 내용을 합쳐서 살펴볼 거야."

"아하, 그리고 누나는 누나의 똥 덩어리 명단에 있는 사람들이 내 오물 덩어리 명단에 있는 사람들과 겹쳤으면 하는 거고요. 재밌

겠네."

경순에게서 이메일이 왔다. 메일에는 파일이 첨부되어 있었다.

K : 와우.

나는 화면에 뜬 작은 클립을 더블클릭했다. 도착한 스프레드시트는 용량이 어마어마해서 다운을 다 받는 데 시간이 약간 걸렸다. 다운로드가 완료되자 이름과 전화번호와 주소가 아래로, 아래로 끝도 없이 내려가며 화면을 가득 채웠다. 중간중간 강조 표시된 이름이 보였다. 나는 제일 먼저 눈에 들어온 이름을 클릭했다.

딘 프랫, 피어스제약글로벌의 최고운영책임자(COO). 혼외자가 둘 있으며 현재 정부와 바르셀로나에서 거주 중. 주소는……

니콜리가 화면을 보며 고개를 끄덕였다.

"내 룸메이트인 루이의 아빠예요."

"이 주소는 어떻게 손에 넣었니?"

"루이가 배다른 형제들이랑 펜팔 같은 걸 해요. 어느 날 주소를 얼른 적어 뒀죠."

나는 계속 스크롤을 내리다 강조해 놓은 다른 이름을 찾아냈다. 펠리시아 코발스키. 폴란드 대법원의 판사. 가벼운 헤로인 중독. 사진이 첨부되어 있었다. 흐릿했지만 누구인지 알아볼 정도는 되었다. 어떤 여자가 자기 팔을 찰싹 때리는 것 같은 행동을 하면서 약물을 주사하려 하고 있었다.

"예전에 사흘 연휴 동안 앙리네 집에 초대받아 간 적이 있어요. 앙리 엄마는 그걸 안 할 땐…… 정말 좋은 분이에요."

니콜리가 설명했다.

그 순간 아는 이름을 보고 우뚝 멈췄다. 뒤부아.

카운트.

"이 사람은."

나는 마우스로 그 이름에 동그라미를 그리며 니콜리를 보았다.

"아, 제리! 걔네 엄마들은 2년 전에 이혼했어요. 제리는 다른 엄마와 같이 살고 싶다고 했는데, 이 여자가 판사를 매수해서 양육권을 가졌대요. 제리를 하우저에 1년 중 10개월은 처박아 놓고 다른 엄마는 절대 못 만나게 하는 걸 보면 정말 재수 없는 아줌마인 것 같아요."

그 이름에는 음성 파일이 첨부되어 있었는데, 이 파일을 들으면 훨씬 깊숙한 내막을 알게 될 것 같았다. 진짜 판사 앞이라면 누군가의 양육권을 잃게 할 수도 있을 만큼 상세한 내용일 테지.

나는 쓰레기에 이어 쓰레기들을 눈으로 확인하면서 계속 훑어 내려갔다. 이 방대한 스프레드시트에 있는 모든 사람의 정보가 다 특별하진 않을 것이다. 어림도 없는 이야기다. 끽해야 마흔 명 남짓. 하지만 그 정도로도 필요 이상의 정보를 담고 있으리라는 사실을 대충 살펴보아도 알 수 있었다.

그들이 니콜리를 이 바닥에서 제거하려 든다고 해도 놀랄 일이 아니었다. 니콜리의 아버지는 한 사람을 파멸시키기 위해 아들을 하우저에 잠입시켰다. 하지만 니콜리는 최소 열 명도 넘는 정치가의 경력을 망치고 열 개도 넘는 주식을 폭락시킬 만한 정보를 진공 청소기처럼 빨아들였다. 이 아이는 내가 필요한 탄약을 모두 가지고 있는 걸어 다니는 기관총이었다.

"아는 건 힘이지, 흠."

내가 말했다.

니콜리는 입을 꾹 다물어 일자를 만들더니 이렇게 말했다.

"아는 건 통제력이에요."

이것도 아빠 보셰르의 명언 중 하나겠지.

R : 자료 받았어. 두 사람 다 고마워.

K : ♥

N에게서는 아무 말이 없지만, 그 이유를 고민할 시간이 없었다. 아직 일이 다 끝나지 않았다.

나는 미리 열어 놓은 나의 블랙박스 계정으로 메일을 작성하기 시작했다. 그리고 그 메일에 세상을 뒤흔들 범죄로 점철된 스프레드시트를 첨부했다.

"아니, 그게 아니죠. 지금 누굴 협박하려는 거잖아요. 맞죠?"

니콜리가 턱으로 화면을 가리켰다.

"그러면 샘플로 일부만 보내요."

나에게 얼마나 더 많은 정보가 있을지 상대가 짐작해 보도록 하라고? 요 녀석 정말 이쪽에 재능이 있네. 상대는 최악의 시나리오를 상상할 수밖에 없고, 그 시나리오는 실제보다 더 최악일 테니.

나는 스프레스시트의 일부분을 복사했다. 물론 카운트의 치부가 포함된 부분을 골랐다. 그냥 맛보기용이었다.

다음으로, 나는 작성해 놓고 임시 보관 중인 메일 하나를 열었다. 수신인이 너무 많아서 경순의 도움까지 받아 가며 작성한 메일이었다. 카이로 호텔에서 입수한 스프레드시트에 입력되어 있던 엄청난 수의 메일 주소가 모두 수신처로 지정되어 있었다. 나는 그 메일에 스프레드시트 전체를 첨부했다.

내 무기들이 제자리에 갖춰졌다. 이제 내가 움직이기만 하면 된다.

"네 휴대폰 좀 줘."

니콜리는 인상을 쓰면서도 코트 안주머니에서 휴대폰을 꺼냈다.

"최신 노트북이 있는 사람이 휴대폰도 없어요?"

"차에 두고 왔어."

카운트의 번호로 전화를 건 후 휴대폰을 귀에 대었다. 니콜리도 무슨 이야기가 오가는지 직접 들어 보려고 내 쪽으로 몸을 기울였다. 내가 원래 자기에게 하기로 되어 있었던 짓에 대해 무슨 이야기를 듣더라도 흥분하지 않기를 바라며 나는 침을 꿀꺽 삼켰다.

예상대로 카운트는 신호음이 한 번 울리자마자 전화를 받았다.

내가 먼저 말했다.

"안녕하세요, 오렐리."

카운트가 발끈하는 모습이 눈에 그려졌다.

"전화번호를 보니 목표물을 확보했나 보군요? 당신 휴대폰은 어떻게 되었는지 물어봐도 될까요? 어제오늘……."

"조용했다고요? 그랬어요, 정말 바빴거든요. 아참, 당신에게 메일로 보내 줄 게 있는데. 메일 주소 좀 알려 주실래요?"

일순 주위가 고요해졌다. 정적. 우리 주위는 온통 어둠뿐이고, 니콜리와 나는 어깨를 맞대고 있고, 커피콩 향기와 내 흉곽을 쾅쾅 쳐대는 심장 박동 소리뿐.

"무슨 수작이죠?"

카운트가 천천히 말했다. 그녀의 목소리에서 불안의 기미가 읽혔다. 동요의 기색.

"메일 주소 대요."

내가 말했다.

놀랍게도 카운트가 정말로 씩씩거렸다. 부스럭거리는 소리가 나더니 알림창이 떴다. 숫자와 문자, 특수 기호가 복잡하게 이어진 계정명에 @가 달려 있었다. 나는 1초도 허비하지 않고 맛보기용 메일을 전송했다.

"그 자료를 살펴보는 데 1분 주겠어요."

내가 제안했다. 카운트가 살펴보기 시작했다. 전화기에서 새어 나오는 소리로 미루어 보아 다른 사람들도 함께 보는 듯했다. 몇 명이 웅성거리는 소리가 들리기 시작했다.

나는 다리를 덜덜 떨며 카운트를 기다렸다.

"이게 뭐야?"

카운트가 진짜로 소리를 지른 건가? 맙소사. 개인적인 일이 연관되면 사람은 정말 이성을 잃는 법이다.

내가 테이블에 몸을 기댔다.

"이기는 건 나예요. 나는 당신들 규칙에 질렸어요. 그래서 내 규칙에 따라 움직이기로 했어요. 바로 이런 식으로 말이죠, 오렐리. 나한테는 아주, 아주 중요한 사람들의 연락처가 적힌 아주 귀중한 스프레드시트가 있어요. 어떤 것이 당신네 조직 사람이고 어떤 것이 아닌지는 몰라요. 다만 그 스프레드시트에 입력된 몇몇 개인에 대한 범죄 정보가 내 수중에 산처럼 쌓여 있다는 것만은 확실하죠. 당신이 내 말대로 하지 않으면 이 군침 도는 정보를 내가 가지고 있는 메일 주소 모두에 첨부해서 뿌려 버릴 거예요. 알겠어요?"

카운트가 코웃음을 쳤다.

"자신을 과대평가하지 마. 우리가 그 메일들 전부 없앨 거니까."

협박에는 협박인가. 짐승들은 불리하다고 생각할 때 항상 제 몸을 부풀리곤 한다. 그녀의 실수다.

"오호, 당신들이 그 메일들을 언젠가 삭제할 수 있다는 건 알아요. 하지만 1000개를 없앨 수 있나요? 5000개를? 1만 개를? 누구 한 명이라도 열어 보기 전에?"

내가 눈을 가늘게 떴다.

"내가 전송 버튼을 누르기 전에 내 컴퓨터를 해킹해서 파일을 다 삭제할 수 있다고요?"

마일로가 옆에 있다면 얼마나 든든할까. 이런 식의 도박은 그의 심장을 활활 불타오르게 만들 것이다.

"뭘…… 원하죠?"

마침내 카운트가 물었다.

내 허풍이 통했다.

"10억."

너무 기다렸다는 듯 답변이 튀어나왔다. 바로 조금 전까지 한껏 으스대던 태도와 놀랄 정도로 다르게 말이다. 하지만 카운트나 다른 사람들이 나에 대해 어떻게 생각하건 무슨 상관이란 말인가.

"해외 계좌로 송금하세요. 즉시. 상세 정보는 지금 보내 드리죠."

나는 숨을 죽인 채 반응을 기다렸다. 카운트가 누구와 함께 있는지 모르겠지만, 협의를 하는 듯한 소리가 들렸다.

"막대한 금액이군요, 퀘스트 씨. 그게 다인가요?"

카운트가 물었다. 다냐고? 나는 이 사람들의 목숨줄을 쥐고 있다. 하지만 잠깐뿐이다. 그들이 나의 협박 계획을 영원히 무력화하는 방법을 알아내는 건 시간문제였다. 빠르면 몇 시간이면 충분했다. 하지만 지금 이 순간 상황을 통제하는 건 나였다.

과욕은 부리지 마, 로스.

"그게 다예요."

내가 말했다. 그 외에 내가 원하는 것은 내 손으로 얻을 수 있다. 그리고 원하는 것은 대부분…… 이미 가지고 있다.

"돈을 송금하도록 하죠. 그런데 시간이 좀……."

"당장 처리할 수 있다는 걸 당신도 나도 알잖아요. 10분 줄게요."

"좋습니다."

카운트가 말했다. 그녀의 목소리에서 체념한 기색이 느껴졌다.

"우승을 노리지 않았다니 아쉽군요, 퀘스트 씨. 당신이 우리를 위해 1년간 일해 준다면 정말 좋았을 텐데."

45

"정말 끝내줬어요."

내가 노트북을 끄는데 니콜리가 내 등을 툭 치며 말했다. 이 아이는 잘 만든 스파이 영화에서 튀어나온 사람의 에너지를 뿜어냈다. 거짓말이 아니라, 나조차 니콜라의 활기 넘치는 분위기에 전염되어 살짝 들떴다. 엄마가 곧 안전해질 것이라는 사실에 하늘을 날 것 같은 기분이 된 것은 물론, 더는 누군가를 납치할 필요도 없다. 게다가 공식적으로 갬빗과 끝장을 봤다.

우승은 못 했을지 몰라도, 이미 이긴 셈이었다.

나는 카페 문을 열고 밤공기가 신선한 거리로 나서며 말했다.

"너는 나와 함께 우리 은신처로 가야 해. 지금까지 내가 노엘리아와 비밀리에 손잡았다는 사실을…… 그 사람들에게 숨겼는데, 지금쯤이면 그 애가 너를 보고 싶어 할 거야. 걱정 많이 했어."

그 말에 니콜리의 핏기 없는 얼굴이 분홍색으로 물들었다. 누나와 가까운 사이라는 사실이 창피한 일인가 보다.

"됐어요. 그러지 말고 누나 보고 나한테 오라고 해 주세요. 내 친구들은 지금쯤 내가 어디로 사라졌나 궁금해하고 있을 거예요."

니콜리가 펍이 있는 곳을 향해 돌아섰다.

나는 한쪽 눈썹을 올렸다.

"친구들이라고?"

"친구들. 목표물들. 그게 그거잖아요?"

역시, 이럴 줄 알았다.

그가 내게 손을 흔들었다.

"공짜로 재미있는 시간을 보내게 해 줘서 고마워요. 리아에게 신세 크게 갚으라고 전해 주세요."

그는 한 손을 주머니에 넣고 인도를 걸어가기 시작했다. 나는 내 차를 향해 걸어갔다. 내 차라고 해도 남의 현대 차를 슬쩍한 거지만, 한껏 흥이 올라 운전석에 올라탔다. 누구에게 제일 먼저 전화를 해야 할지 마음을 정하지 못하겠다. 노엘리아에게 전화를 걸어서 남동생은 무사하다고 전해야 할까? 경순에게 실시간으로 고마움을 전해야 하나? 데브로는? 아니다, 니콜리가 기숙사에 무사히 도착할 때까지 경호에 집중할 수 있도록 방해하지 않는 편이 가장 안전했다. 만약은 대비해야 하니까.

이모. 어떻게 이모에게 전화를 해야 한다는 생각을 제일 먼저 떠올리지 못했을까? 지금쯤 이모는 내 걱정에 제정신이 아닐 텐데. 그리고 엄마. 엄마에게 두 발 쭉 뻗고 푹 쉬시라고 말해야지. 엄마는 집으로 돌아올 것이다. 그러면 나는? 새 동료들과 프리랜서로 국제적인 의뢰를 몇 건 받는다고 나를 비난할 가족은 없겠지?

아니, 새 친구들이라고 해야겠네.

나는 머리를 운전석 창문에 기댄 채 머릿속으로는 그동안 무슨 일이 있었고, 엄마를 어떻게 구출했고, 내가 어디에 있는지 알리지도 않고 집으로 돌아가지 않는 이유를 이모에게 말해 주는 상상을 하며 새끼 고양이처럼 만족감에 푹 빠져들었다. 이제 정말 어디로 가야 할지도 모르는 처지지만, 어디든 최고로 근사한 곳으로 가고 있는 기분이 들었다.

나는 이런저런 생각을 정리하면서 멀어지는 니콜리를 바라보았다. 머리를 살짝 기울인 모습을 보니 오늘 저녁에 있었던 일을 다시 곱씹어보는 것 같았다. 정신이 딴 데 팔려 있었다.

그래서 다가오는 위험을 감지하지 못했을지 모른다.

바로 그때 괴한이 근처 골목에서 튀어나왔다. 괴한은 팔로 니콜리의 목을 휘감아 조르며 뭔가로 입을 덮었다.

그 괴한은 타이요였다.

니콜리는 곧장 저항했지만, 그의 발버둥은 금방 사그라들었다. 멍청하게도 나는 그 순간 그대로 얼어붙었다. 다행히 니콜리에게 미행을 붙여 두지 않았는가. 다음 순간 데브로가 타이요를 덮칠 것이다. 그게 그에게 주어진 임무였으니까.

그런데 데브로는 대체 어디에 있지?

잠시 후 나는 깨달았다. 그는 여기에 없었다.

"젠장!"

나는 시동을 걸고 액셀을 밟았다. 멍청하게도 그만 전조등부터 켜고 말았다. 타이요는 달려오는 나를 보자마자 모퉁이에 세워 둔 검은색 승용차 뒷좌석에 니콜리를 밀어 넣었다. 그는 나보다 앞서 있는 데다…… 니키를 인질로 데리고 있다.

한 손으로 운전대를 쥔 채 나는 미친 듯이 주머니에서 무전 수신기를 찾았다.

먹통이었다. 누군가가 아예 통신을 끊어 버린 게 분명했다.

나는 수신기를 바닥에 내던졌다.

타이요는 북쪽으로 향했다. 나는 가까운 공항과 기차역으로 가는 가장 빠른 경로를 검색했다. 카운트가 타이요에게 목적지를 알려 줬을 수도 있고, 카운트가 잠재적 증인들이 북적거리는 기차역 대신 외진 공항을 접선 장소로 고를 거라고 영리하게 예상했을 수도 있다.

그는 이 도시에서 몇 킬로미터 떨어진 외곽에 있는 격납고로 가는 가장 빠른 길로 접어들었다. 하지만 내 차가 더 빠르다.

나는 한 손으로 운전대를 잡고 앞좌석 수납함을 열어젖혔다. 전방에는 타이요가 모는 승용차의 후미등이 환하게 켜져 있다. 내가 횡단보도를 날 듯이 지나가자 누군가 비명을 질렀다.

수납함에 펜이 한 자루 있었다. 나는 자동차 매뉴얼을 한 장 찢어서 현대 자동차의 고강도 강철의 장점을 설파하는 문단 위에 이렇게 휘갈겨 썼다.

불빛 두 번, 다음에 뛰어내려!

나는 물병에 그 종이를 감고 머리에서 뽑은 고무줄로 고정했다.

제발, 제발 그 아이가 아직 의식이 있고, 또 제발, 제발 제 누나처럼 영특하게 태어났기를. 제발 괴한에게 끌려가느니 달리는 차에서 뛰어내리는 편이 훨씬 덜 무섭다고 생각해야 할 텐데.

나는 타이요의 차로 접근했다. 그는 마리오 카트라도 되는 듯이 지그재그로 달리며 절대 내게 추월당하지 않으려고 애썼다.

저 앞으로 차선이 하나밖에 없는 다리가 보이자 그는 마음이 놓인 듯했다. 무슨 수를 써도 그 다리에서 내가 추월할 수는 없을 테니 말이다. 그의 생각대로였다. 그렇지만 나는 애초에 추월할 생각이 없었다.

엔진이 더 속도를 냈다. 나는 한계 속도로 밀어붙이며 타이요의 자동차 옆으로 다가갔다.

차선이 점점 하나로 좁아졌다.

다리의 시멘트 난간이 바로 앞에 있었다. 어서 옆 차선으로 들어가야 했다.

다리의 난간과 정면충돌하기 직전이었다.

나는 팔찌를 이용해서 뒷유리를 깨고 물병을 던져넣은 후 끼익 소리가 날 정도로 브레이크를 힘껏 밟았다. 내가 하나밖에 없는 차선으로 차를 홱 돌리자 운전대가 충격으로 흔들렸다. 내 가슴으로 안전벨트가 파고들었다. 마찰로 탄 고무 냄새가 코를 찔렀다. 타이요는 전속력으로 다리를 건너는 중이었다.

나는 몇 센티미터 차이로 가까스로 난간을 피했다. 백미러로 보니 나를 향해 달려오는 행인들 몇 명이 보였다. 그들이 나를 걱정해 차를 세우려고 할까 봐 나는 얼른 차를 유턴해 달리기 시작했다.

타이요가 어떤 경로로 공항으로 가는지 짐작이 갔다. 그런데 더 빠른 경로가 있었다. 물론 내가 내 목숨이 걸린 것처럼 속도를 내고, 시의 경계 외곽에 있는 그 급격한 커브에 타이요보다 먼저 도착해야 한다는 전제 조건이 있었지만 말이다.

열린 창문으로 바람이 굉음을 지르며 들어와 내 머리채를 뒤로 날렸다. 차가 방향을 틀 때마다 타이어들이 비명을 질러 댔다. 자동차도 나처럼 휘발유가 아닌 아드레날린으로 달리는 듯 운전대가 마구 요동쳤다. 아직 경찰과 마주치지 않은 건 기적이었다.

도로변에 늘어선 건물이 점점 줄어들었다. 이윽고 건물 대신 들판과 농가가 그 자리를 차지했다. 나는 옆으로 시선을 돌렸다. 그쪽에 격납고를 향해 뻗은 한가한 도로가 갈라져 나간다는 걸 알고 있었다. 그 길을 보니 주변 풀밭을 비추는 전조등도 후미등도 보이지 않았다.

나는 자동차의 전조등과 후미등을 모두 끄고 달빛과 내 기억에 의지해 길을 찾기로 했다. 내 길과 타이요의 길이 교차하는 곳까지 반 정도 갔을 즈음, 저 멀리서 번쩍이는 자동차의 전조등이 보였다.

역시 내가 그를 앞질렀다.

나는 서둘러 그 교차로를 향해 달렸다. 거칠게 차를 세우자 주위로 흙먼지가 피어올랐다. 그 도로의 급커브는 20미터 가량 앞에 있었다. 그 급커브 너머로 멀리 격납고가 어렴풋이 보인다.

타이요가 모는 차의 전조등 불빛이 점점 가까워지자 호흡이 느려지며 떨렸다. 이 일은 타이밍이 완벽해야 한다.

타이어가 포장도로를 달리는 소리가 점점 커지며 굉음으로 바뀌었다. 그 차가 나를 지나치기 몇 초 전, 그 급커브를 돌기 위해 속도를 늦추기 직전 나는 자동차 불빛을 두 번 깜박였다.

제발, 겁먹지 말아, 니키.

차의 뒷문 하나가 활짝 열렸다. 니키가 차에서 뛰어내려 흙바닥을 굴렀다. 자동차의 제동등에 불이 들어왔다. 나도 자동차의 등을 켰다. 니콜리는 훅훅 숨을 몰아쉬고 한쪽 어깨를 붙잡은 채 비틀거리며 일어섰다. 타이요가 서둘러 유턴을 했다.

나는 얼른 차를 몰아 니콜리 옆에 세운 후 조수석 문을 열었다.

"그 남자는 누나 편이라면서요!"

니콜리가 차에 얼른 올라탔다. 이마에 자잘하게 난 상처에서 피가 나고 있었다.

"다른 남자야."

"그럼 그 남자는 어디에 있어요?"

좋은 질문이네.

나는 타이요가 달려왔던 도로를 거슬러 달리기 시작했다. 잠시후 그도 내 뒤를 따라왔다. 나는 그에게서 훌쩍 달아날 작정으로 가속페달을 밟았지만 어째서인지 속도가 오르지 않았다.

대시보드에 경고등이 들어왔다. 타이어 압력이 낮았다. 아까 그옆길을 달릴 때 뭔가에 타이어가 구멍난 것 같다.

실질적으로 속도가 떨어지기까지 시간이 얼마나 남았을까?

"안전벨트 매."

니콜라는 피범벅이 된 손으로 안전벨트를 딸각 채웠다.

타이요가 맹렬히 우리를 추격해 왔다.

"너 휴대폰 있니?"

그는 주머니를 톡톡 쳐 보더니 고개를 흔들었다.

"아뇨, 그 자식이 가져갔나 봐요. 직전에……."

나는 내 휴대폰을 그의 다리 위로 던졌다. "비밀번호는 0928이야. 저 차 제조사를 검색해."

그는 쓸데없는 질문으로 시간을 허비하지 않고 곧장 시키는 대로 했다.

"음, 저 차는……."

"테슬라 S60 같은데. 차체가 뭔지 찾아봐."

그의 엄지손가락이 화면 위를 바삐 움직였다. 잠시 후 돌아온 대답.

"음…… 2020 S60 모델은 날렵한 알루미늄 차체를 자랑합니다…… 이걸 왜요? 이게 어떻게 도움이 되는 거예요?"

타이요는 이제 우리 꽁무니에 바짝 따라붙었다. 속도계의 바늘은 어느새 100킬로미터 아래를 가리키고 있었다. 언제라도 추월당할 수 있다. 실행하려면 지금이었다.

목이 콱 막히는 것 같았다.

"왜냐면 이 차의 차체는 강철이거든."

내가 대답했다. 다음 순간 두 번 생각하지 않고 나는 브레이크를 밟았다.

타이요의 차는 우리 차와 추돌을 피할 수 없었다.

안전벨트가 내 몸을 확 당겼다.

추돌의 충격은 어마어마했다.

금속이 뒤틀리고 유리가 산산조각이 나는 소리가 우리를 강타
했다.

나는 그 와중에도 운전대를 놓치지 않았다. 그리고 모든 것이 멈
춘 다음 순간 곧장 가속 페달로 발을 옮겼다.

강철은 알루미늄을 이긴다.

우리 차의 엔진은 털끝 하나 다치지 않았기에 그대로 도망칠 수
있었다. 물론 차체가 지면에 질질 끌리는 소리가 들리기는 했지만.

나는 얼른 백미러를 봤다. 타이요의 차는 앞부분이 완전히 찌그
러져 있었다. 우그러지고 찌그러진 금속과 산산조각이 난 유리밖에
보이지 않았다.

심장이 미친 듯이 뛰었다. 도로를 제대로 확인했어야 했나? 타이
요는 괜찮을까?

나는 니콜리에게서 얼른 휴대폰을 뺏었다. 니콜리도 나만큼 추
돌로 충격을 심하게 받은 것 같았다. 나는 얼른 스위스 긴급 구조
대에 신고했다.

"구급차를 보내 주세요."

그러고는 서둘러 그곳을 떠났다.

46

위험한 순간으로부터 벗어나 니콜리가 냉정을 되찾기까지 고작 5초밖에 걸리지 않았다.

"젠장."

그는 양손으로 자신의 볼을 찰싹찰싹 때려서 혈색이 돌아오게 했다. 그러더니 내 어깨를 주먹으로 쳤다.

"정신 좀 차렸니?"

"이게 뭐예요? 누가 나를 납치할 거라는 이야기는 없었잖아요!"

숨 쉬기가 힘들었다.

"미안해. 누가 너를 잘 지켜보고 있는 줄 알았어. 그런데 그 사람이…… 어디에 있는지 모르겠어."

"그 자식에게 구급차는 왜 불러 줬어요?"

니콜리가 그런 질문을 한 덕에, 당장이라도 공황 발작을 일으킬 것 같던 나는 정신을 차렸다.

나는 말없이 니콜리를 바라보다가, 뒤쪽으로 타이요의 사고 현장이 점점 멀어지는 것을 지켜봤다.

"그 사람에게 필요했으니까."

니콜이 코웃음을 쳤다.

"우리 아빠였으면 죽으라고 내버려 뒀을 텐데."

"기분 나쁘게 듣지 마. 듣자 하니 너희 아빠는 아무래도 진짜 나쁜 인간 같아."

우리 차 뒤로 불꽃이 튀었다. 구멍 난 타이어 때문에 차가 슬슬 흔들리기 시작했다. 모든 게 엉망진창이었다.

"노엘리아에게 전화해 봐."

니콜리는 고개를 끄덕이더니 머리를 흔들어서 유리 파편을 털어내고 전화를 걸었다. 번호는 외워 둔 모양이었다.

"전화 안 받아요."

다시 찾아온 두려움. 인정하고 싶지는 않지만, 타이요가 니콜리를 차에 억지로 밀어 넣는 모습을 봤을 때보다 더 지독한 두려움이 밀려와 머릿속이 멍해졌다. 노엘리아가 전화를 받지 않는다. 데브로는 실종되었다. 지금 대재앙이 벌어졌는데 정작 나는 눈앞이 캄캄했다.

"이제 어떻게 해요?"

니콜리가 물었다.

"리아를 만나러 가야지."

나는 은신처로 빌린 아파트의 문을 걷어차다시피 안으로 들어갔다. 불이 전부 꺼져 있었다. 니콜리가 벽을 더듬어 불을 켰다.

"노엘리아! 데브로?"

내가 소리쳤다. 거실은 텅 비어 있었지만 노엘리아의 노트북은 여전히 커피 테이블에 놓인 채 켜져 있었다.

"여기 맞아요?"

니콜리가 물었다.

그러던 니콜리는 바로 옆 복도에서 틀어막힌 입에서 나오는 신음이 들리자 바로 입을 다물었다. 우리는 그 소리를 따라 작은 욕실 문으로 달려갔다. 잠겨 있었다. 이번에 문을 걷어찬 사람은 니콜리였다.

노엘리아가 세면대 배수관에 수갑으로 묶여 있었다. 입에는 강력 접착 테이프가 발라져 있고 핏발이 선 눈은 피곤해 보였다.

"젠장!"

니콜리가 나를 밀쳐 내고 들어가 누나 옆에 무릎을 꿇었다. 그는 핀이든 뭐든 필요한 도구를 찾아 몸을 더듬었다. 나는 그에게 얼른 내 머리에 꽂혀 있던 핀을 던졌다.

그가 수갑을 푸는 동안 나는 노엘리아의 입에서 테이프를 떼어 내고 입에 쑤셔 넣은 재갈을 뱉게 했다.

"어떻게 된 거야? 데브로는 어디에 있어?"

"걔는······."

노엘리아가 발작적으로 기침을 했다.

"누나, 서두르지 마. 어차피 누나는 시간표대로 움직이지 못할 것 같으니까."

니콜리는 이렇게 아무짝에도 도움되지 않는 말을 주절거리며 수갑의 마지막 잠금장치를 풀었다.

"닥……쳐…… 니키……."

노엘리아가 쓰라린 손목을 문질렀다. 기침이 너무 심해 눈물까지 흘렀다.

내가 말했다.

"노엘리아, 데브로는."

"이런 짓을 누가 했겠어?"

그녀는 순식간에 침착을 되찾아 내게 쏘아붙였다.

"일찍 돌아왔더라고. 그러더니…… 네가 내게 준 주소를 받아 갔어."

말도 안 돼. 어떻게 이런 일이 일어날 수 있지.

"거짓말."

말은 이렇게 했지만 나도 노엘리아의 말을 믿을 수밖에 없었다.

"미안해."

그녀의 목소리가 갈라지더니 더 많은 눈물이 흘러나왔다. 심한 기침으로 흐르는 눈물이 아니었다.

"주소를 주지 않으려고 저항했어. 네가 주소를 알려 줬다는 걸 어떻게 알았을까?"

서러워서 울음이 터져 버렸다. 눈이 따가웠다.

"내가 말했어."

나는 코를 훌쩍이고 눈을 깜박여 눈물을 참았다. 지금은 무력하게 주저앉아 있을 때가 아니었다.

나는 휴대폰을 켰다. 그러고는 아주 잠시 데브로의 연락처를 가만히 바라봤다. 그러면 그가 지금 어디에 있으며 무슨 일이 진행 중인지 알려 주기라도 할 듯이 말이다. 나는 그의 휴대폰에서 내려받은 파일을 열었다. 마치 내가 추적할 수 있는 그의 비행 일정이 자동적으로 업데이트되어 있기라도 한 듯. 당연히 그런 행운은 없었다.

나는 쪼그리고 앉아서 계속 데브로의 파일을 조사했다. 처음에 봤을 때 놓친 것이 있지 않을까? 그와 그의 엄마의 채팅방을 열었다. 행방을 알아내기 위해 꼭 갬빗을 우승해야 한다고 말했던 데브로의 엄마. 그녀가 아들에게 보내는 메시지는 규칙이 보이지 않는 숫자의 연속이었다. 데브로는 엄마가 암호화된 메시지를 보낸다고 했다.

그런데 숫자의 개수는 왜 똑같을까?

나는 그의 주소록을 열었다. 그곳에는 이름을 설정하지 않은 번호가 잔뜩 저장되어 있었다. 나는 떨리는 손으로 그중 하나를 탭했다. 연락처에는 그 아래에 위치가 저장되어 있었다. 다음 번호도, 다음 번호도 마찬가지였다. 그가 받은 메시지와 연락처 목록을 오르내리면서 그 번호들을 교차 대조했다.

그가 받은 메시지의 번호는 그의 주소록에 있는 번호와 동일했다. 그의 엄마는 전화번호를 보내는 게 아니었다. 그녀는 아들에게 위치를 알려 주고 있었다. 그는 내내 엄마가 어디에 있는지 알았다.

그러니까 그가 말한 소원도 거짓말이었다.

엄마를 찾아 달라는 소월을 빌 게 아니라면 그의 소원은 뭘까?

휴대폰에 메시지가 하나 떴다. 데브로가 보낸 것이었다.

선택의 여지가 없었어.

미안해.

"나…… 이모를 찾으러 가야 해."

비틀거리며 욕실을 나가는데 세상에서 가장 잔혹한 회전목마에서 막 내린 것 같은 기분이었다.

그래, 데브로는 내가 어디에 사는지 알고 있다. 이모가 어디에 있는지 말이다. 이모야말로 그의 진짜 목표물이었다. 그런데도 그는 내게 보여 줄 가짜 사진까지 준비해 놓고 있었다. 혹시 마지막 단계에 대해 줄곧 알고 있었던 건 아닐까?

밖으로 나오자마자 이모에게 전화를 걸었다.

연결이 끊어져 있다.

이번에는 집으로 걸었다. 이번에도 없는 번호로 나왔다.

마침내 나는 붉은 전화로 전화를 걸었다.

신호가 갔다.

이모가 전화를 받았다.

"로스니?"

"이모 어서 떠나야……."

"뭐라고?"

잡음이 심하고 목소리가 자꾸 끊어졌다.

"어디…… 너……."

"섬에서 나가요!"

내가 소리를 질렀지만 소용없었다. 이모는 내 말을 들을 수 없었다. 전화가 끊어졌다. 다시 걸었지만 다른 번호처럼 아예 연결되지 않았다.

엄청난 두려움에 휩싸인 나는 오늘 밤 두 번째로 카운트에게 전화를 걸었다. 아까와 달리 이번에는 내가 어떤 미래로 걸어 들어갈지 아무것도 모르는 쪽이었다.

"당신 전화번호가 지겨워지려고 하네요, 퀘스트 씨."

"이모와 연결해 줘요!"

전화기 속에서 웅얼거리는 소리가 점점 커졌다.

"내가 왜 그래야 하죠?"

마침내 카운트가 물었다.

"그렇게 해 주지 않으면 그 스프레드시트로 당신을 박살 내 버릴 테니까."

카운트가 코웃음을 쳤다.

"어머나 정말요? 그건 한 시간 전에 다 해결되었어요. 컴퓨터를 확인해 봐요. 찾고 싶은 자료를 찾으려면 고생깨나 해야 할 거예요."

내 손에서 진땀이 났다. 젠장, 뭐 하나 되는 일이 없잖아. 내 인생이 손가락 사이로 스르르 새어 나가고 있었다.

"이봐요, 로절린. 당신은 당신의 게임을 했어요. 아주 인상적이더군요. 우리는 약속을 지키는 조직이에요. 그래서 지금 송금 문제를 처리하는 중이죠. 하지만 당신도 부탁을 하려면 공짜로는 안 될 겁니다."

"알았어요. 뭘 원하죠?"

카운트가 잠시 말문을 닫았다.

"아직 결정하지 못했어요. 거기서 꼼짝하지 말고 기다려요."

나는 입을 열었지만 전화가 뚝 끊겼다. 다시 걸었지만 없는 번호였다.

이 인간들.

엄마. 나는 엄마가 필요했다. 무엇을 해야 할지 말해 줄 엄마가 필요했다.

그래서 전화를 걸었다. 그런데 이번에는 엄마가 바로 받았다. 엄마는 내가 입을 열기도 전에 말을 쏟아 놓았다.

"로스, 나는 그게 그 여자인 줄 몰랐어. 그리고 그 애도……."

그 전 전화처럼 전화는 뚝 끊겼고 다시 연결되지 않았다.

나는 비명을 질렀다. 무슨 일이 벌어지고 있지? 모든 것이 무너지는 중이었다. 게다가 나는 이렇게 된 이유도 알지 못했다.

지금 내가 절대 하지 않을 일이 있다면 기다리는 일일 것이다. 일단 집으로 돌아가야 했다. 하지만 지금 당장 출발해도 데브로는 여전히 나보다 앞서 있다. 그보다 먼저 도착하기에 나는 이모에게서 너무 멀리 떨어져 있었다. 그렇지만…… 내 친구들은 아니었다.

마일로는 자신들이 마이애미의 죽여주는 곳으로 술을 마시러

갈 거라고 했다. 플로리다에서 비행기를 타고 한 시간만 가면 바하마 제도다. 어쩌면 그들이 아직도 마이애미에 있을지 모른다.

어차피 연락할 곳도 많지 않았다.

경순이 전화를 받았다.

"로스, 설마 그 스프레드시트를 또 복사해 달라고 전화한 건 아니길 바라. 내 컴퓨터에서 감쪽같이 사라져 버렸거든. 이렇게 뛰어난 해킹 솜씨는 처음 봤어. 그 사실을 알자마자 기절초풍……."

"그건 걱정하지 마. 마일로 아직 거기 있니?"

"네가 말하는 '거기' 있다는 게 아래층에서 슬롯머신을 한판 하는 거라면, 그래 아직 있어."

"다행이다."

내가 심호흡을 했다.

"있지, 너희가 내게 신세를 진 적도 없고 벌써 오늘 나를 한 번 도와줬어. 그런데…… 또 너희 도움이 필요해."

"뭐든 말해. 재미있는 일이라면 마일로도 마다하지 않을 거야."

나는 그들의 도움이 필요했다. 달리 방법이 없었다.

"바하마 제도의 안드로스로 가는 비행기를 예약해. 그곳에 가서 우리 이모를 구해 줘."

47

간을 졸이는 10시간의 비행 끝에 마침내 나는 나소에 내렸다. 여기서 비행기를 환승하고 다시 전세기를 타면 집에 갈 수 있다. 우리가 연락을 하는 한, 그들이 어디에 있고 무슨 일이 일어났는지 알아낼 기회를 허비할 일은 없을 것이다.

나는 먼저 마일로에게 전화를 했다. 받지 않는다. 서둘러 비행기를 갈아타러 가면서 경순에게 전화를 했다. 터미널로 뛰어 들어가는데 전화가 연결됐다.

"경순! 어디야? 무슨 일이야?"

"안타깝게도 친구분들이 탄 비행기는 경로가 변경되었습니다. 플로리다 키스 제도의 활주로에 발이 묶여 있죠."

카운트.

그녀가 말을 이었다.

"가만히 기다리라고 했을 텐데요?"

"그런 일은 절대 일어나지 않으리라는 걸 우리 둘 다 알잖아요?"

"그건 그래요."

어째서 이 여자가 웃고 있는 것처럼 들리지?

혹시 카운트의 얼굴에 주먹을 날려도 처벌받지 않을 기회가 있다면 나는 그 기회를 절대 놓치지 않을 것이다.

나는 수화물 찾는 곳을 지나 도착 구역 바로 밖에서 멈춰 선 후 제일 먼저 보이는 빈 택시를 향해 손을 흔들었다.

"원하는 게 뭐예요? 송금 상황을 알려 줄 건가요? 아니면 이모를 되찾는 데 필요한 몸값 산정이 끝났나요?"

"실은 둘 다예요. 당신이 내 말을 듣지 않아서 차라리 잘됐어요. 여기까지 왔으니 모두 모여서…… 새로운 상황에 대해 논의를 해 보도록 하죠."

내 휴대폰이 진동했다. 나소 모처의 주소. 내가 아는 지역이었다. 그 지역에 있는 대형 건물이라면 완공되지 않은 호텔이 유일했다. 정말 그 사람들답다니까.

"당신을 어서 만나고 싶어 벌써 흥분되는군요."

바하마-마르 호텔은 몇 년째 건축 중이다. 어릴 때 엄마와 함께 차를 타고 지나갈 때마다 창문의 포장 비닐이 늘 그대로인 모습을 본 기억이 난다. 밖에서 보면 리조트 같았지만 안으로 들어오니 여기저기 방수포가 널려 있고 사방에 비계가 서 있었다. 공기 중에는 페인트와 시멘트 냄새가 스며들어 있었다.

카운트에게서 메시지가 왔다.

나는 대연회장을 찾기 위해 복도를 뛰어다녔다. 표지판이 없어서 미로를 헤매는 기분이었다. 그러나 헤매고 다닐수록 머릿속에서 건물의 내부 구조가 착착 맞춰지기 시작했다. 내 신발 아래로 양탄자가 나타났다. 회색 벽에 색채가 물들기 시작했다. 마침내 나는 완전하게 꾸며진 로비에 도착했다. 그곳에 도착하자 '코랄 대연회장'의 위치를 알리는 화살표가 찍힌 표지판이 붙어 있었다. 육중한 이중문으로 달려가니 그곳은 복도의 끝이었다. 문 하나를 밀어서 열고 대연회장으로 들어갔다.

방의 정중앙에는 어떤 사람이 서서 스포트라이트를 받으며 기다리고 있었다.

데브로.

고작 몇 시간 전만 해도 나는 그의 품에 안겨 있었다. 순진하게도 내 발로 그의 품으로 걸어 들어갔다. 나는 용서받을 수 없는 짓을 하고 말았다. 그를 믿어 버렸다.

그가 내게 준 로즈골드 팔찌는 여전히 내 팔에 감겨 있었다. 내게 이걸 채워 주고 우쭐했을까? 나는 내 무기를 풀어 맘껏 휘두를 준비를 했다.

"내내 나를 가지고 놀았구나?"

그런데 내가 그에게 다가가기도 전에, 아마도 내가 듣고 싶지 않은 말을 그가 하기도 전에, 조명이 확 켜지며 그늘의 바다에 있던 관중들의 모습이 드러났다. 우레와 같은 박수와 환호성에 나는 우뚝 멈춰 섰다. 사람들은 발코니석에서 바닥에 있는 우리를 내려다보고 있었다. 역광이라 그들이 실루엣으로만 보였다. 얼굴 없는 형체들. 눈이 점차 익숙해지자 관객들이 보이기 시작했다. 이브닝드레스와 턱시도를 입고 반짝이는 보석과 세련된 머리 모양으로 치장한 이들이 박수를 치며 자기들끼리 두런두런 귓속말을 나눴다. 마치 방금 대단한 쇼의 관람을 마친 것처럼. 나는 분노에 치를 떨었다.

눈이 어둠에 적응해 가자 실루엣으로만 보였던 형체가 점점 또렷해졌다. 또렷해진 정도가 아니라 낯도 익었다.

가는 줄무늬 양복을 입은 남자. 파리로 가는 기차에서 본 사람이었다. 마음에 든다는 듯 박수를 치는 노부인. 박물관에서 마주쳤을 때 하고 있던 커다란 브로치가 눈에 익었다. 천천히 고개를 돌리자 카이로의 호텔에서 본 다른 남자가 눈에 들어왔다. 엘리베이터에서 나오는 그 남자의 휴대폰을 슬쩍했었다. 샴페인을 홀짝이고 있는 또 다른 노신사는 우리 객차에서 신문을 읽는 시늉을 하던 승객이었다.

이제야 모든 조각이 내 주위에서 딸깍딸깍 맞아 들어갔다. 대회가 열리는 내내 주최자들은 결코 카메라를 통해서만 우리를 훔쳐본 것이 아니었다. 그들은 직접 현장에 나와 있었다. 그리고 이 대회를, 우리를 조종했다.

"축하합니다, 켄지 씨."

박수 소리 위로 귀에 익은 목소리가 울려 퍼졌다. 카운트가 앞으로 나왔다. 이번에는 반짝이는 붉은색 칵테일드레스 차림이었지만 여전히 태블릿을 부적처럼 들고 있었다.

"켄지 씨가 올해 갬빗의 공식적인 우승자입니다. 그리고 퀘스트 씨, 당신은 눈부신 활약을 보여 줬습니다. 올해 대회도 가장 흥미진진한 대회의 반열에 오르겠죠."

그녀는 고개를 들어 관객들을 보았다.

"자, 이제 진짜 대미를 장식할 시간입니다. 켄지 씨, 소원을 말하세요. 나는 당신이 무슨 소원을 빌지 알 것 같군요."

그녀의 태블릿 화면이 환해졌지만, 내게는 보이지 않았다.

"데브로의 소원 따위 아무 관심도 없어요. 그 전에 우리 이모 얘기부터 해요. 이모는 어디에 있죠?"

내가 으르렁대자 카운트는 질렸다는 표정을 지으면서도 여전히 내가 아니라 태블릿만 보고 있었다.

"여러 상황이 생각하시는 것보다 훨씬 더…… 연결되어 있어요."

그녀는 태블릿을 내 쪽으로 돌렸다. 화면에 나온 사람은…… 엄마였다.

"엄마!"

나는 태블릿을 뺏으려고 와락 달려들었지만, 카운트가 태블릿을 쥔 손을 재빠르게 피했다. 저 위에서 내려다보고 있는 사람들은 모두 자신의 휴대폰이나 태블릿 화면을 보고 있는 듯했다. 그리고 그들은 나와 같은 영상을 보는 것 같았다.

엄마가 침을 꿀꺽 삼켰다. 엄마는 앉아 있고 그 뒤로 덩치 큰 남자들이 서 있었다. 그들의 얼굴은 보이지 않았지만, 그림자나 엄마가 앞쪽을 바라보는 모습을 봐서는 그런 괴한들이 화면에 보이는 것보다 훨씬 더 많은 것이 분명했다.

나는 카운트를 잡아먹을 듯 노려봤다. 한편 카운트는 이 모든 상황에서도 짜증 날 만큼 차분해 보였다.

"그 돈 송금하기로 했잖아요."

왜 아직도 엄마가 인질로 잡혀 있지?

"오, 우리는 돈을 보냈어요. 10억 달러가 모두 어떤 계좌로 들어가더니 다른 계좌로 이체되었고, 다시 다른 계좌로 이체되더군요. 그런데 그게 바하마 제도에 있는 계좌였어요."

잠깐…… 바하마 제도?

바하마가 많은 사람들에게 조세 피난처가 되고 있다는 사실은 알고 있다. 하지만 카운트가 말하는 투를 보면…… 설마…….

엄마가 말문을 열었다.

"로스, 나는……."

엄마는 나를 만질 수 있기라도 하듯 화면을 향해 손을 뻗었다.

카운트가 끼어들더니, 저 위 관객들에게 들려주려는 것처럼 큰소리로 말했다.

"당신의 어머니를 억류하고 있는 사람들은 납치범이 아닙니다. 가상의 인물이 되는 건 쉽지 않네요. 저들은 우리가 보낸 사람들입니다."

카운트는 계속 이야기를 했지만, 내 머리는 엄마의 손이 나왔던 장면이 각인된 채 멈춰 버렸다. 엄마의 손가락, 엄마의 손톱. 내가 마지막으로 봤을 때 엄마 손톱은 반들거리고 완벽하게 손질되어 있었다. 그런데 지금 손톱 두 개는 갈라지고 부러져 있었다. 지난 2주 동안 구금 상태에 있었던 사람이라면 손톱이 그 지경이 될 만하다. 그런데 나머지 세 개는 더할 나위 없이 완벽했다. 마치……

마치 엄마가 직접 손톱에 흠집을 내고 있는데, 마침 누가 방해를 한 것처럼.

구역질이 났다. 실내가 기울어지기 시작했다. 손이 벌벌 떨렸다. 믿고 싶지 않았다. 그러고 싶지 않았다. 그러기 싫었다. 그러나 모든 것을 깨닫자 모든 상황이 이해되었다. 지난 세월 동안 나와 노엘리아가 사실이라고 알고 있었던 상황이 실은 엄마가 꾸며낸 것이었듯 이것도 마찬가지였다.

엄마가 내게 사기를 쳤다.

"오 맙소사……."

눈물이 차올랐다. 분노에 찬 눈물이자, 충격에서 비롯된 눈물이었다.

"엄마는 납치된 게 아니었군요."

실내는 고요해졌다. 나를 갉아먹기 시작한 새로운 진실이 밝혀지는 순간을 모두가 게걸스럽게 지켜보았다.

엄마의 입이 떡 벌어졌다. 내 평생 처음으로 엄마도 내게 무슨 말을 할지 모르는 순간이었다.

"네가…… 알아서는 안 되는데."

역시 그랬다. 내 짐작이 사실이 아니고, 내가 틀렸을 가능성은 엄마의 그 말에 그대로 사라졌다.

"대체 왜 그랬어요?"

내가 소리를 질렀다. 울음이 터졌다. 심장 한 조각이 썩어 문드러지는 것 같았다. 흐느끼느라 목소리가 나오지도 않았다. 나는 고개를 흔들고 흔들었다.

"나 죽을 것 같았어요. 엄마가 죽는 줄 알았다고요. 엄마에게 거짓말을 했다는 이유로 자기혐오에 빠졌어요. 애초에 엄마를 떠나려고 한 내가 너무 미웠는데……."

서럽게 흐느끼던 나는 울음을 그쳤다. 그리고 소매로 눈물을 닦았다. 맙소사, 그게 바로 엄마가 이런 계획을 꾸민 이유였다. 엄마는 아마도 나보다 먼저 블랙박스에서 초대장을 봤을 것이다. 그리고 그것을 이용해 이 악몽을 만들어 냈다.

엄마는 양손을 들어 올리며 말했다.

"너를 상처 주려던 게 아니야. 네가 헤쳐 나갈 수 없는 위험에 처하게 한 적도 없고. 너 지금 괜찮잖아, 안 그래?"

괜찮다고? 이런 상태를 엄마는 괜찮다고 하나? 내 정신. 내 감정. 이 두 가지는 한 발만 더 내디디면 영원히 망가질 지경인데.

내가 천천히 말했다.

"엄마는 알고 있었군요. 내가 떠나고 싶어 하고, 떠나려 한다는 걸. 엄마의 불안정한 정신으로는 그걸 받아들일 수 없었고요."

이제 모든 걸 잔인할 정도로 또렷하게 잘 알 것 같았다. 지난 몇 주 동안 그것은 내게 현실이었다. 하마터면 엄마가 살해될 뻔하고, 몇 주간 억류된 사건의 원흉이 바로 나인데 내가 어떻게 엄마를 떠나겠는가? 엄마가 잡혀 있는 매분 매초 엄마가 간절히 보고 싶었다. 엄마를 되찾기 위해 무슨 짓이든 하고, 어떤 사람이든 될 수 있었다. 나는 몇 년이고 엄마 곁에 머무를 터였다. 그러다가 또 떠나고 싶은 마음이 들 땐, 엄마는 과거에 내가 떠나려고 한 탓에 납치되었던 이야기를 꺼내기만 하면 만사형통일 것이다. 지난 세월 노엘리아의 '배신'을 상기시켰듯이 납치 사건을 이용해 내가 겁에 질려 다시는 떠날 생각도 못 하게 만들려고 했다. 언젠가 그 효과가 미미해지면, 엄마는 나를 붙잡아 두기 위해 새로운 방법을 찾아낼 것이다.

양옆으로 늘어뜨린 손은 주먹을 꽉 쥐었다.

"엄마는 악마예요."

"너를 올바른 방향으로 인도하려던 것뿐이야."

엄마가 항변했다.

"이모는요? 엄마는 이모도 납치되게 했잖아요! 알고 있었어요?"

엄마는 입을 꾹 다물었다.

그때 카운트가 헛기침을 하더니 더 큰 폭탄을 터트리고 싶어 안달이 난 사람처럼 앞으로 나왔다.

"올해의 갬빗이 시작되기 전 퀘스트 부인이 연락을 해 왔습니다. 단계별 테스트 내용을 알려 달라고 하시더군요. 우리는 대개 그 내용에 대해서 철저히 함구합니다만, 퀘스트 부인은 자신의 의도를 밝혔습니다. 또한 따님이 참가할 경우, 사전에 단계별 테스트 내용을 절대 알리지 않겠다고 약속하셨고요. 그래서 올해 마지막 단계에서 살짝 변경된 내용을 미리 알려 드렸죠."

엄마는 이모가 올해 갬빗의 표적이라는 사실을 알고 있었다.

카운트가 계속 말했다.

"퀘스트 부인은 한 가지 조건을 제안하셨습니다. 자신의 여동생이 납치될 경우, 몸값으로 5억 달러를 내겠다고요."

5억. 엄마가 풀려나기 위해 내게 보내라고 했던 10억의 절반.

"그러니까 엄마는 나를 몇 년이나 더 옆에 붙잡아 둘 뿐 아니라 나머지 5억까지 혼자 꿀꺽하려고 했군요."

갑자기 웃음이 터졌다. 웃겨서 견딜 수가 없었다.

"이모가 받을 정신적 충격은 안중에도 없었고요. 이 일로 비자금을 챙길 궁리를 하다니, 이제 가족은 똘똘 뭉쳐야 한다는 엄마의 헛소리를 어떻게 믿으라는 거죠?"

엄마가 고개를 숙였다. 엄마가 이 시점에서 눈물을 보이려 한다면 나는 맨정신을 유지하지 못할 것이다.

"퀘스트 씨가 어머니의 주장대로 전통적인 방식으로 우승을 거뒀다면 우리는 조건을 들어줄 생각이었습니다. 그런데 상황은 완전히 엉뚱한 방향으로 흘러갔죠. 게다가 이제 고려해야 할 또 다른 요소들이 등장했습니다."

카운트의 시선이 내 어깨 너머로 향하자 나도 모르게 고개를 돌렸다. 그곳에는 데브로가 매서운 눈빛을 하고 이 모든 상황을 지켜보고 있었다. 이 혼돈의 소용돌이에서 나는 그를 하마터면 잊을 뻔했다. 너무나 많은 일이 한꺼번에 일어났다. 내가 받아들이고 극복하기에 너무나 큰 고통도.

카운트가 말을 이었다.

"아까 말했듯이 켄지 씨, 한 가지 소원을 빌 수 있습니다. 내가 생각하는 아바라 부인이라면, 그분이 아들의 소원으로 무엇을 기대하는지 알 것 같은데요."

아바라. 어디서 들어본 적이 있는 이름인데. 어디지?

그 USB. 과거의 갬빗들. 엄마가 참가한 갬빗. 엄마와 경쟁한 사람들의 이름들 가운데 아바라가 있었다.

"너희 엄마가 우리 엄마와 갬빗에서 맞붙었었구나."

내가 살며시 말했다. 데브로가 조끼의 아랫단을 잡아당겼다. 역시 내 말이 옳았다.

내가 웃음을 터트렸다.

"네 아버지를 위해 참가한다며 떠들어 댄 말에 넘어갔다니 믿을 수가 없네. 너는 정말 엄마의 패배를 복수하려는 일념만으로 나를 이기려고 온 건데."

마음을 후벼파듯이 들리도록 말하고 싶지 않았다. 하지만 내 말이 내 마음을 후벼 팠다. 모든 것이 내 마음을 후벼 댔다. 그 모든 추파와 키스, 짜릿한 순간들. 모두 그가 벌인 거대한 사기극의 일부였다. 이런 속임수가 다가오는 것을 보면서도 나는 모험을 해 보기로 했다.

다시는 그런 실수를 하지 않을 것이다.

데브로의 턱에 힘이 들어갔다.

"아빠는 갬빗에 나가고 싶어 하셨어. 그런데 병을 얻어서 도저히 참가하실 수 없었지. 그래서 엄마가 대신 나가신 거야. 엄마는 승리가 코앞이었어. 승리하면 아빠가 완쾌하실 수 있도록 조직이 모든 수단을 동원해 달라고 소원을 빌 생각이었고."

그의 시선이 카운트와 자기 뒤의 태블릿으로 향했다.

"그런데 누군가 엄마를 이겼고 소원도 가로챘어. 엄마가 왜 갬빗에 나왔는지 다 알면서."

데브로가 앞으로 걸어나갔다. 그의 눈빛에는 깊은 고통이 담겨 있었다.

"무슨 소원을 비셨죠? 한 사람의 생명을 구하는 것보다 더 중요한 소원이 뭐였나요?"

엄마는 화면 너머로 데브로를 한참 바라보았다. 나도 알고 싶었다. 알아야 했다. 엄마가 과거부터 줄곧 간교했던 것만은 아닐 거라는 걸 말이다.

하지만 이렇게 눈앞에서 물어봐도 엄마는 눈 하나 깜짝하지 않고 데브로를 향해 손을 홱 내저으며 시선을 돌려 버렸다. 엄마에게 그는 아무도 아니고 조금도 개의치 않는다는 듯이.

데브로의 얼굴에 고통이 서린 모습은 참고 보기 힘들었다.

카운트가 재미있다는 듯 말했다.

"언제나처럼 무정하네요, 리애넌. 적어도 가장 진실된 모습으로 최후를 맞겠군요."

화면 밖에서 엄마 뒤에 있던 괴한 한 명이 총을 들어 엄마 머리를 겨눴다. 엄마가 헉 숨을 들이쉬는 순간, 괴한은 총신으로 엄마의 머리를 쳤다. 비명을 지르려고 했지만, 내 뒤통수에도 총구가 닿는 걸 느낀 순간 우뚝 멈췄다. 나는 그대로 얼어붙었다.

카운트가 관중에게 알렸다.

"뒷방에 있는 자야 퀘스트 씨에게도 우리는 사람을 붙여 뒀습니다. 그리고 오늘 안으로 나머지 가족들을 처리할 인원도 파견해 두었죠. 어떻게 하시겠습니까, 켄지 씨? 우리는 리애넌 퀘스트를 죽일 수 있습니다. 가족 전체를 말살할 수도 있고요. 이 산업이 입을 손실을 생각하면 안타까운 일이지만, 받아들여야겠죠. 말만 하세요. 소원을 들어 드리죠."

나는 숨이 잘 쉬어지지 않았다. 엄마, 이모, 할머니, 할아버지, 심지어 이모할머니까지. 모두 죽음을 맞이하게 된다니.

그리고 나도. 몇 초 후면 내 삶이 끝날 수도 있다. 설령 내 뒤통수에 총을 대고 있는 자와 싸워 이긴다 해도 또 다른 사람이 나타날 것이다. 그럴 것이 뻔했다.

완벽한 복수였다.

그런데 데브로는 왜 뜸을 들이는 거지?

데브로가 몇 걸음 뒤로 물러났다. 연회장은 달콤한 긴장감으로 마비될 지경이었다. 저 위에서 지켜보는 사람들만이 느낄 수 있는 달콤함.

데브로는 그 자리에 그냥 서 있었다. 그는 떨고 있었다. 불안이나 분노 때문인지, 다른 이유가 있는지 나는 알 수 없었다. 그의 시선은 바닥에 못 박힌듯 고정되어 있었다.

"아빠는 엄마 말을 귀담아들으라고 하셨죠."

항상 엄마 말을 귀담아듣거라. 그의 아빠가 남긴 편지에서 읽은 기억이 났다.

"어머님은 지금쯤 지켜보고 계실 거예요. 알겠지만."

카운트가 말을 이었다.

"어머니에게 실망을 안겨 드릴 건가요?"

"데브로."

내가 울먹이며 그를 불렀다. 놀랍게도 그가 고개를 들어 나를 보았다. 눈매는 여전히 매서웠고 내 눈을 보려고 하지 않았다. 하지만 이 정도도 대단한 일이었다.

"제발."

매서운 눈빛이 잠시 흔들렸다. 그는 나를 등지고 돌아섰다.

"나는…… 소원을 나중으로 미루고 싶어요."

사람들이 소곤대고 탄성을 내는 소리가 여기저기서 터졌다.

"정말 마음을 정했나요?"

카운트가 압박했다.

"그게 내 소원입니다."

카운트가 한숨을 내쉬었다. 내 두개골을 짓누르던 총구가 사라졌다. 나는 안도감에 한 손으로 입을 막으며 무릎으로 주저앉았다. 고개를 들어 카운트의 태블릿을 보자 엄마는 눈을 감은 채 참았던 숨을 비로소 내쉬었다. 그리고 다음 순간 카운트는 태블릿을 자신을 향해 돌렸다.

"당분간 퀘스트 부인을 풀어 주겠습니다."

종료를 알리는 차임벨 소리가 들렸다. 엄마는 자유였다. 엄마를 향한 내 마음은 싸늘하게 식었지만, 그래도 더는 억류된 상태가 아니라는 사실에 마음이 놓였다. 그렇지만 이모는…….

"이모는요."

내가 머뭇거리며 물었다. 그 순간 내 심장은 철렁 떨어졌던 곳에서 다시 튀어 올라 미친 듯이 뛰기 시작했다.

"이모를 돌려주세요. 뭐든 다 할게요."

그들이 아직도 엄마가 사전에 제시한 조건을 존중할지, 아니면 이 난장판과 함께 모든 것을 끝장내 버릴지 나는 알아야 했다.

카운트가 태블릿에 뜬 글을 읽고는 대답했다.

"좋습니다. 그 문제에 대해서 조건을 수정하기로 결정했습니다. 우리는 그분에 대한 몸값을 받고 석방하겠습니다. 대신 한 가지 조건이 있습니다. 당신도 우리와 1년 계약을 수락해야 합니다."

카운트는 재미있어 죽겠다는 웃음을 애써 숨겼다.

1년. 데브로와 1년?

나는 고개를 가로저었다.

"혹시라도…… 데브로가 소원을 빌겠다고 하면 어쩌죠?"

나는 머리에 닿은 총구의 감촉이 다시 떠올라 진저리를 쳤다.

"다리를 건널 때가 되면 우리는 기꺼이 건널 겁니다. 하지만 그때까지 당신이 우리를 위해 일하는 시간을 즐길 거예요. 두 사람은 각자의 방식으로 몹시 인상적이고…… 놀라운 재능을 증명했으니까요."

어쩌면 이것이 최선일 것이다. 데브로와의 1년. 그동안 그를 감시할 수 있다. 누군가는 해야 하니까.

"좋아요."

"잘 생각했어요."

카운트가 환하게 웃었다. 관중들도 이 결말이 마음에 든다는 듯 웅성거렸다. 물론 퀘스트 일가가 순식간에 몰살되는 모습을 볼 수 있는 기회를 놓쳤다고 발끈한 사람들도 있었다. 하지만 우리 사이에 핵폭탄을 매달고서 앞으로 1년 동안 함께 일해야 하는 나와 나의 새 숙적을 지켜보는 시간은 가십이 난무하는 오락거리가 되기에 충분할 것이다.

그리고 모두가 알다시피, 데브로는 언젠가는 그 소원을 쓸 것이다. 심판의 날은 없어지지 않았다. 보류되었을 뿐이다.

카운트가 태블릿을 두드렸다.

"두 사람은 당장 떠날 준비를 하기 바랍니다. 두 사람의 1년은 지금부터 시작됩니다."

데브로와 나는 서로의 눈을 바라보았다. 우리 사이에 말하지 않은 이야기가 100만 개는 이어져 있었다.

적과 함께 일하며 그로부터 내 목숨을 지켜야 할 1년.

그렇지만 운 좋게도 내게는 새로운 넘버 원 규칙이 생겼다.

아무도 믿지 마라.

작가의 말

맙소사 이 이야기가 정말 책으로 나왔네요! 여러분은 이 책을 읽고 있고요??!!!

3년 전, 평생 최고의 길몽을 꾼 후 저는 구글 문서를 개설해 '도둑들의 갬빗?'이라는 제목의 문서를 생성한 후 글을 쓰기 시작했습니다. 그 후 멘토십 프로그램을 한 번 받고 수정에 수정을 거친 후 이렇게 책이 완성되었죠.

솔직히 말하자면, 저는 헌사를 쓰는 솜씨가 형편없습니다. 감사를 받아야 하는 분들에게 다 감사를 드리는 건, 밤하늘을 밝히는 별 하나 하나에 다 감사를 드리는 것과 마찬가지예요. 서너 쪽은 고사하고 백 쪽으로도 제대로 감사를 드리지 못할 겁니다. 그래도 이해해 주신다면, 최선을 다해 보겠습니다. 에헴, 에헴(목청을 가다듬으며).

우선, 최고의 에이전트 첼시아 에벌리에게 큰 박수를 보내 드립니다! 이 책이 나오기까지 심장이 두근거리고 황홀했던 순간이 참 많았답니다. 그렇지만 처음 제게 보내 주신 메일을 받은 순간만큼

떨 듯이 기뻤던 순간은 없었어요. 저의 에이전트가 되고 싶다고 제 안해 주신 날이 제 평생 최고의 날이었어요. 그로부터 두 시간 후 제 차를 박았지만 말이죠(이 이야기 제가 했던가요?).

영어덜트 소설의 여신이신 닉 스톤이시여, 제 감사를 받아 주세요. 2021년 작가 멘토 매칭 프로그램에 저를 뽑아 주시기 전까지 이 작품은 책꽂이에서 먼지나 뒤집어쓸 신세였어요. 이 작품의 잠재력을 제일 먼저 알아봐 주셔서 감사합니다.

또한 작가 멘토 매칭 프로그램의 모든 관계자분, 이런 프로그램을 만들어 주셔서 감사합니다. 인맥과 네트워크를 바탕으로 돌아가는 분야에서는, 저처럼 외부와 교류가 활발하지 않은 작가—특히 유색인종 작가—는 활동을 시작하기 어려울 수도 있습니다. 이 프로그램이 없었다면 '갬빗'은 제 구글 문서 제일 밑바닥에 깔려 빛을 보기 힘들었으리라 진심으로 믿고 있어요.

멋진 펭귄 출판사 팀 여러분! 여러분은 모두 그저…… 와우! 스테이시 바니, 이렇게까지 잘 맞는 편집자는 또 없을 거예요. 우리는 어쩌면 지킬과 하이드의 삶을 사는 동일인이 아닐까요? (참, 언젠가 감자 한 개를 우편으로 보내서 죄송해요. 새벽 2시에는 좋은 생각 같았어요.) 케이틀린 투터로, 함께 작업할 기회를 가져서 정말 감사합니다. 제가 과거에 무슨 착한 일을 했기에 한 분도 아니고 두 분의 날카롭고 명민한 편집자분들과 작업을 하는 행운을 손에 넣었을까요?

펭귄 팀의 다른 모든 분들, 고맙습니다. 탁월한 홍보 담당자인

올리비아 루소와 리지 구델, 마케팅의 마법사들, 책 표지를 맡아 주신 테레사 에반겔리스타, 본문 디자인을 담당하신 수키 보인턴, 교열을 담당하신 애나 드부 그리고 신디 하울, 그 외에 이 책의 출간에 관여해 주셨지만 제가 반도 제대로 모르는 수많은 분들께도 인사드립니다. 보이지 않는 곳에서 이 책을 사랑해 주신 분들에게 특히 감사드리고요.

경이로운 사이먼 앤 슈스터 영국 팀의 루시 피어스, 대니 윌슨, 새러 맥밀런, 니나 더글라스, 엠마 핀너티를 포함해 모든 분에게 무한한 감사를 드립니다. (이 헌사를 쓰기 하루 전에 처음으로 여러 분 중 몇 분을 뵈었습니다. 하지만 이 책에 대한 여러분의 열정은 이미 지난 몇 달 동안 뜨겁게 느꼈답니다.) 또한 이 책을 사이먼 앤 슈스터 영국 팀과 전 세계의 출판사에 소개해 주신 샬럿 보드맨에게 감사의 인사를 전합니다. 덕분에 이 책이 훨씬 더 국제적이 되었습니다.

'갬빗'을 영화로 만드는 멋진 할리우드 관계자분들에게도 '샤라웃'을 보냅니다. 영상 에이전트인 대나 스펙터와 베니 바타에게 고마움을 전합니다. 이분들처럼 막강한 팀이 또 있을까요! 이 책의 영상화 판권을 따기 위한 경쟁이 그렇게 치열할 줄 제가 상상이나 했겠어요? 그런 종류의 할리우드 마법을 일으킬 사람이 있다면 바로 두 분입니다. (저는 아직도 뤼미에르에서 먹은 프렌치 토스트 꿈을 꾼답니다. 우리가 다시 만나면 그곳에 또 데려가 주세요.)

템플힐 앤 호드슨 엑스포츠의 프로듀서와 경영진 여러분, 스티

븐 케이플 주니어 감독님, 라이언스게이트 경영진에게 제 사랑을 보냅니다. 여러분은 저보다 이 책을 훨씬 더 사랑하시는 것 같더라고요. (물론 저도 사랑한답니다.) 여러분의 앞날에 언제나 행복이 함께하기를 기원합니다.

여기에 네 이름이 빠지면 절대 용서해 주지 않겠지? 반쯤 도움이 된 아이디어 회의 시간마다 힘이 되어 준 내 동생 키튼, 고맙다. 네 아이디어가 가끔은 끝내줬어. 그래, 뭐 어쨌든 나를 위해서 몇 가지 반전 중 하나를 생각해 내 줘서 고맙다. (눈알을 굴리며)

친구들아, 이 책을 쓰면서 우여곡절이 많았지만, 매번 내게 힘이 되어 줘서 고마워. 내가 십 대 시절 하고 싶었던 모험 이야기를 다 들어 주고, 지금도 하던 일을 제쳐 두고 나와 현실 속 모험을 함께 해 준 일리아나, 타네샤, 케리건, 재스민, 빅토리아, 폴리나(최근에 너는 잘 못 만났지만). 로스가 자신의 동료들을 찾았듯이 너희는 내 동료란다.

비앙카, 나는 네가 동료가 아니라 최종 보스일지 모른다는 의심을 하고 있어. 내 친구 중 한 사람이 나의 필생의 숙적이 되어야 한다면, 난 그게 너였으면 좋겠어. (그래도 진짜 배신하지는 말고. 그랬다간 널 부숴 버릴 거야.) 오, 그리고 페이! 안녕! 나 대신 비앙카를 잘 감시해 줘.

메인 앤 노스 슈레브의 도서관 친구들에게도 감사드립니다(레이니, 팸, 조프리, 린, 캐시, 레지나, 크리스, 몰리, 헬렌.) 도서관은 고등학교를 졸업하고 전업 작가가 되기까지 기묘한 시간을 견디는 내게 반석 같은 곳이었습니다. 내 인생 최고의 추억에는 여러분과 함께한 순간이 많아요. 3년 동안 제가 책을 쓰면서 주절대는 이야기를 불평 없이 들어 주신 팸과 조프리에게 정말 감사합니다. 게다가 언젠가 제 책이 꽂힐 서가를 하염없이 바라보며 영어덜트 섹션에서 배회하는 저를 고자질하지 않아 준 것 진심으로 고맙습니다. 두 분이 제일 보고 싶어요.

제시카 맥카트 사서 선생님, 제가 얼마나 감사드려야 할지 모르겠어요. 선생님의 인생을 되돌아봤을 때 인생의 한 사건에서 다른 사건으로 이어지는 도미노 패가 어디에서 시작되어 어디로 가는지는 저도 알지 못합니다. 그렇지만 저를 지금의 삶으로 안내한 도미노 행렬이 시작되는 첫 번째 패를 넘어뜨려 주신 분이 선생님이라고 저는 굳게 믿고 있습니다. 그때 왜 저를 도서관에 뽑아 주셨는지 지금도 모르겠어요. 면접자 이름도 엉터리로 알고 운전면허를 막 딴, 눈썹이 덥수룩한 열여섯 살짜리에 불과했던 저를요. 그렇지만 도서관에 저를 뽑기로 하신 결정으로 제 인생의 궤적이 시작되었습니다. 우리가 도서관에서 함께 근무했던 마지막 주에 선생님이 해 주신 말씀은 제 인생의 금과옥조입니다. "정말로 하고 싶은 일이 있다면 두려워 말고 도전해." 저는 작가가 되기로 결심했을 때, 이 말씀을 기억했어요. 이 책의 제안서를 보낼 때도, 혼자서 새로운 곳을 여행하게 되어 긴장될 때도 이 말씀을 떠올렸지요. 끝내주는 이야기를 쓰고 싶지만 잘 해내지 못할까 겁이 날 때마다 이 말씀을 기억했어요. 선생님이 아니었다면 오늘의 저는 없었을 겁니다.

물론 이 책도 세상에 나오지 못했겠지요.

　마지막으로, 가장 중요한 분들에게 감사의 마음을 전합니다. 바로 독자 여러분입니다! 여러분이야말로 이 소설이 존재하는 이유입니다. 요즘은 자유로운 시간이 점점 더 소중해지고 있어요. 그 귀한 시간을 멜로드라마풍의 현란한 도둑들의 세계에서 보내기로 마음먹어 주셔서 감사합니다. 이 세계를 곧 다시 찾아 주시길.

케이비언 루이스

THIEVES' GAMBIT

갬빗
훔쳐야 이긴다

1판 1쇄 찍음 2024년 4월 10일

1판 1쇄 펴냄 2024년 4월 20일

지은이 케이비언 루이스

옮긴이 이경아

펴낸이 박상희

편집주간 박지은

편집 이재원

디자인 곰곰사무소

펴낸곳 (주)비룡소

출판등록 1994.3.17. (제16-849호)

주소 (06027) 서울시 강남구 도산대로 1길 62 강남출판문화센터 4층

전화 02)515-2000 **팩스** 515-2007

홈페이지 www.bir.co.kr

ISBN 978-89-491-4802-1 43840